Jakobs Mantel

W0462478

Eva Weaver

Jakobs Mantel

Roman

Aus dem Englischen von
Werner Löcher-Lawrence

Weltbild

Die englische Originalausgabe erschien 2013 unter dem Titel
The Puppet Boy of Warsaw bei Orion, London.

Besuchen Sie uns im Internet:
www.weltbild.de

Genehmigte Lizenzausgabe für Verlagsgruppe Weltbild GmbH,
Steinerne Furt, 86167 Augsburg
Copyright der Originalausgabe © 2013 by Eva Weaver
Copyright der deutschsprachigen Ausgabe © 2013 by Droemer Verlag
Ein Unternehmen der Droemerschen Verlagsanstalt
Th. Knaur Nachf. GmbH & Co. KG, München
Übersetzung: Werner Löcher-Lawrence
Umschlaggestaltung: Johannes Frick, Neusäß
Umschlagmotiv: Trevillion Images, Brighton (© Andrew Davis) /
www.arcangel-images.com (© Margie Hurwich)
Satz: Uhl + Massopust, Aalen
Gesamtherstellung: CPI Moravia Books s. r. o., Pohorelice
Printed in the EU
ISBN 978-3-86365- 860-1

2016 2015 2014 2013
Die letzte Jahreszahl gibt die aktuelle Lizenzausgabe an.

»Diese bewegende, vor dem Hintergrund des Warschauer Ghettos und seiner Nachwirkungen erzählte Geschichte ist ein beeindruckender Beweis der erlösenden Kraft von Kunst in einer brutalen, gewalttätigen Welt.«

ANTONY POLONSKY,
Professor für Holocaust-Studien und
Herausgeber von A *Cup of Tears –*
a Diary of the Warsaw Ghetto

Prolog

Ohne den Mantel wäre nichts so gekommen, wie es kam. Erst war er nur ein Zeuge, ein einfacher schwarzer Wollmantel mit sechs untereinandergesetzten Knöpfen, aber dann wurde ein Taschen-Mantel aus ihm und damit ein Komplize.

Jetzt liegt er ausgeweidet da wie ein Keiler, dem man die Innereien herausgeholt hat, geleert bis auf den letzten Gegenstand. Abgewetzt und aus der Mode, getränkt mit Erinnerungen und Tränen. Alles, was er einst beherbergt hat, Dinge wie Menschen, ist verschwunden: Mika und seine Puppen, die alte Goldrandbrille, die Flöte des Bettlers, die verblichenen Briefe, die Fotografien und natürlich die Kinder. Nur noch das letzte Buch ist da, das Mika in eine der Taschen gesteckt hat, einem tiefen Geheimnis gleich. Gebunden in dunkelrotes Leder, nicht größer als ein Notizbuch und gefüllt mit Fotografien, Zeitungsausschnitten und Notizen: Mikas »Buch der Helden« liegt in den Nähten des Mantels versteckt wie ein versunkener Schatz.

Als Mika den Mantel zusammenrollte und in einen Karton stopfte, war er noch ein junger Mann gewesen. Seine letzte Nacht als Junggeselle war für den Mantel ein grausamer Sturz in die Finsternis. Es war, als fiele er in einen tiefen Schacht, in den nie auch nur ein Sonnenstrahl drang, und langsam vergaßen ihn alle, die ihn einmal geschätzt hatten: Nathan, der Schneider, Großvater Jakob, Mika, Elli, die Mütter, die Zwillinge, die Puppen und die Waisen …

Dann kam Mika zurück. Ohne Vorwarnung, einem Blitz in der Schwärze der Nacht gleich, hellte er die Finsternis auf. So grau wie einst sein Großvater stand er da, gereift und gealtert, und neben ihm mit schokoladenbraunen Augen ein Junge von der Größe und Statur Mikas zu der Zeit, als er den Mantel bekommen hatte.

Zugeschnitten und zusammengenäht von den erfahrenen Händen des alten Schneiders Nathan, mit einer Reihe eleganter schwarzer Knöpfe versehen, war der Mantel kein gewöhnliches Kleidungsstück. Und als die Deutschen Warschau einnahmen und Großvater Jakob ihn zwei Jahre danach zu einem Taschen-Mantel machte, da fand er seine Aufgabe.

Aber vor den Taschen kam die Armbinde: aus weißer Baumwolle und mit einem blauen aufgenähten Davidstern. Oben am rechten Ärmel wurde sie befestigt. Sieh genau hin, da ist immer noch ein Rest von dem dunkelblauen Garn, mit dem die Binde festgemacht war, ein unschuldiges Stück Faden aus Mutters Nähkorb.

Über die Jahre hat sich vieles in den Taschen vermischt und ineinander verfangen, aber das Mädchen veränderte alles. Für sie wurde der Mantel zu einer Zuflucht, zu Jonas Wal, der sie ganz verschluckte, so dass sie sicher auf die andere Seite gebracht werden konnte.

Sie war das erste hinausgeschmuggelte Kind, und sie roch nach Schlaf, selbstvergessenem Schlummer und billiger Seife. Die Oberin musste sie von Kopf bis Fuß abgeschrubbt haben. So würde sie wenigstens gut riechen, falls sie entdeckt wurde, und vielleicht würde der frische Seifengeruch sie auch schützen, indem er in einem der Soldaten Zweifel weckte bei der sorgfältig gehegten Erinnerung an das eigene Kind, frisch gewaschen und bereit, zu Bett zu gehen …

In jener Nacht bot der Mantel der Kleinen Schutz, umfing

sie und wickelte sich so fest wie nur möglich um sie. Wie grobe Wolle rieben ihre Locken über den seidigen Futterstoff, und dann war sie weg, im Handumdrehen weitergereicht, nur ihr Geruch schwebte noch eine Weile in der Luft, einem nachklingenden Gedanken gleich …

TEIL EINS

Mikas Geschichte

Kapitel eins

NEW YORK CITY, 12. JANUAR 2009

Nach dem Blizzard lag die Welt unter einer pudrigen, federleichten weißen Decke. Der erste Schnee verzauberte New York, still und völlig verändert glitzerte die Stadt unter einem strahlend blauen Himmel. Trotz oder wohl eher wegen der weißen Pracht bestand Mika darauf, die paar Straßen von der U-Bahn zum Museum zu Fuß zu gehen. Schnee nimmt allem die Härte. Plötzlich ist die Welt eine andere.

Obwohl er nicht geschlafen hatte und der Schmerz in seinem linken Knie nicht nachlassen wollte, summte der alte Mann eine Melodie: Das Weiß war wie ein Versprechen, und ein Sonntag mit seinem Enkel bot eine willkommene Abwechslung vom einsamen Tageseinerlei.

Daniel war schon früh gekommen, damit sie den kurzen Wintertag gebührlich nutzen konnten, und nach einem ausgiebigen Frühstück schlug Mika vor, sich unter die Dinosaurier des Naturkundemuseums zu mischen. Mit dicken Schals und Mützen gegen den eisigen Wind verließen sie die U-Bahn an der 72. Straße und gingen Richtung Central Park.

Daniel war groß für seine dreizehn Jahre, schlaksig und gelenkig, mit noch kindlichen Zügen, die Neugier und eine Prise Verschmitztheit verrieten. Mika mochte das laute, offene Lachen und die wilden schwarzen Locken seines Enkels. Sie waren wie die von Hannah. Wie die von Ruth. Immer wieder vollführten die beiden einen verrückten kleinen Tanz und traten in den schwerelosen Schnee, um glitzernde Puderzuckerwolken aufsteigen zu lassen. Mika schwang seinen Stock, und sie lachten ausgelassen.

Es war auf der 72. Straße, Richtung Columbus Circle. Sie kamen an einem kleinen Theater vorbei, das von außen nicht mehr als eine große, schäbige rote Tür mit einem einfachen Schriftzug darüber war. Aus den Augenwinkeln sah Mika ein farbiges Plakat, auf dem in großen Lettern stand: »Der Puppenspieler von Warschau – seine bewegte Geschichte, von Puppen erzählt«.

Mika wurde langsamer, blieb aber nicht stehen. Trotz der Kälte sammelte sich Schweiß auf seiner Stirn und zwischen seinen Schulterblättern.

Die Schrift zog sich über das Bild eines alten schwarzen Mantels, der offenbar im nächsten Augenblick davonfliegen wollte. Am rechten Ärmel war eine Binde mit dem Davidstern befestigt. Einem blauen Stern, einem polnischen, keinem gelben, wie sie ihn anderswo tragen mussten. Und dann die Puppen, aufgeregt reckten sie ihre leuchtend bunten Köpfe aus den zahllosen Taschen des Mantels: ein Krokodil, ein Narr, eine Prinzessin, ein Affe. Mikas Herz klopfte heftig und schnell wie eine verrückte Trommel.

Er griff in seinen Mantel, erst in die linke, dann in die rechte Tasche, tastete und suchte nach etwas, fand aber nur ein altes, verkrumpeltes Taschentuch, einen Bleistiftstummel und ein zweites Paar Handschuhe. Ihm wurde schwindelig, Übelkeit erfasste ihn und mit ihr ein Gefühl von Hilflosigkeit und Zorn, das ihn zu verschlingen drohte. Seine Brust wurde eng, und er schnappte nach Luft und fasste Daniels Arm. Seine Stimme klang dünn und angespannt.

»Danny, bitte, lass uns nach Hause gehen. Ich muss dir etwas zeigen.«

»Was ist? Ist dir nicht gut?«

»Doch, doch. Ich muss nur zurück. Es tut mir leid, Daniel.« Mika klammerte sich an seinen Stock, er schwankte. Bilder überfluteten ihn: Ein kleiner Junge stolperte über ein endloses Feld schwelender Trümmer, in Rauch und Asche gehüllt, einen riesigen, krähengleichen schwarzen Schatten über sich. Es war ein Mantel, von schreienden Puppen bewohnt, der ihn jagte und fangen wollte, ein für alle Mal.

Mika lehnte sich gegen die Hauswand, das Bild verblasste, doch seine Knie gaben nach, und er spürte, wie er zu Boden glitt, langsam, aber unweigerlich. Es klingelte dumpf in seinen Ohren, dann war da nur noch Schwärze.

Er wusste nicht, wie viel Zeit verstrichen war, als er Dannys Hand spürte, die seine Wange tätschelte.

»Wach auf, Grandpa!«

Von der anderen Seite der Straße rief eine Gestalt. Er konnte nicht verstehen, was der Mann wollte. Der Bursche sollte nicht auf dem Bürgersteig laufen, wenn er ein Jude ist wie ich. Weiß er denn nicht, dass es verboten ist, den Bürgersteig zu benutzen? Oder ist es ein Deutscher? Der Fremde überquerte die Straße.

»Hier, Grandpa, nimm einen Schluck.« Danny drückte einen silbernen Flachmann gegen Mikas Mund. Das Metall klebte an den Lippen.

»Geht es?« Der Mann von der anderen Seite der Straße beugte sich über ihn, freundlich, besorgt, die Stirn voller Furchen. Er trug keine Uniform, sondern eine Wollmütze und einen Schal.

Vertrau nie dem Lächeln eines Fremden! Du musst aufstehen, du kannst hier nicht sterben.

Daniel hielt die Flasche erneut an Mikas Lippen. Mika nahm einen Schluck und hustete.

»Wollt ihr mich umbringen? Was ist das?«

Der Mann lachte.

»Stroh-Rum aus Österreich, der hat sechzig Prozent. Ideal für Notfälle. Erweckt sogar Tote zum Leben. Fühlen Sie sich besser?«

»Danke, ja.« Mika schüttelte sich wie ein nasser Hund.

»Kannst du aufstehen?« Danny stand direkt neben ihm. »Ich kann einen Krankenwagen rufen.«

»Nein, es geht schon wieder. Wirklich. Helft mir nur auf.« Daniel und der Mann fassten jeder einen Arm und zogen Mika hoch. Seine Beine fühlten sich fremd an und schienen so weit weg, als sähe er verkehrt herum durch ein Fernglas. Er stampfte ein paarmal mit den Füßen auf den eisigen Boden.

»Das ist schon besser, danke. Ich muss nach Hause.« Sein Kopf brummte fürchterlich.

»Bist du sicher, dass du gehen kannst, Grandpa? Sollen wir nicht lieber ein Taxi nehmen?«

Mika lächelte. Seit sie aus der U-Bahn gekommen waren, hatten sie nicht ein einziges Auto gesehen. Das gehörte zur Magie des ersten Schnees.

»Nein, wir gehen zur U-Bahn. Und vielen Dank für den Rum, Sir, der wird mich bis nach Hause bringen.« Danny gab ihm seinen Stock. Sie sagten nichts, aber Daniel ergriff Mikas Arm und stützte ihn auf dem Weg durch die verschneite Stadt. Mika ließ es zu, mehr noch, er war ihm dankbar dafür.

Sie nahmen die U-Bahn, und nach einem weiteren kurzen Fußmarsch erreichten sie Mikas Apartmenthaus. Der Aufzug brachte sie in den fünften Stock. Mika schloss die Tür auf, zog den Mantel aus und schien wieder bei Kräften.

»Danny, gehe bitte ins Schlafzimmer und hole das große

braune Paket aus dem Schrank. Es steckt hinter den Mänteln und Anzügen.«

Das Paket stand schon seit vielen Jahren dort. Am Tag bevor er seiner Frau das Jawort gab, hatte Mika es hier verstaut. Damals war er achtundzwanzig Jahre alt gewesen. Seitdem hatte er es nur einmal geöffnet, im letzten Oktober, um noch etwas Letztes hineinzulegen.

Daniel lief zum Schrank und holte das in braunes Packpapier gewickelte Paket heraus. Einen Moment schwankte er unter dem Gewicht.

»Hast du da Steine drin?«

»Nein, bring es her!« Mikas Hände zitterten, als Daniel das Paket vorsichtig vor ihm abstellte. Seine Finger glitten über das knittrige braune Papier und betasteten liebevoll alle Seiten. Dann schnitt er die Kordel mit einem scharfen Küchenmesser durch. Er riss das Papier auf, das er nicht mehr brauchte, weil er das Paket nie mehr verschnüren würde. Dann öffnete er langsam den Deckel. Der Geruch war überwältigend, scharf und durchdringend.

»Was ist da drin, Grandpa?«

»Ich will dir erzählen, wie es im Ghetto war, Danny. Bevor ich sterbe. Ich will dir die Wahrheit erzählen – dir und meinem Herzen. Deiner Mutter und vielleicht der ganzen Welt.« Er holte einen riesigen Mantel aus dem Karton. Schwarz und schwer. Mika musste an den großen schwarzen Hund denken, den er in der letzten Woche tot am Eingang zum Madison Park hatte liegen sehen, wie vom Blitz getroffen. Aber in seinem alten Mantel war noch Leben.

Er faltete ihn auseinander und schob die Arme in die dunklen Ärmel, als wären es zwei Tunnels. Das schwarze Ding sah zu groß aus und schien ihm doch zu passen wie eine zweite Haut. Und als wäre es der Mantel eines Zauberers, fiel es Mika leicht, in seiner Geborgenheit Geister und Erinnerungen aus der Vergangenheit heraufzubeschwören. Er nahm Daniels Hand und holte tief Luft.

»Hast du das Plakat an dem kleinen Theater gesehen, an dem wir vorbeigekommen sind? Vom ›Puppenspieler von Warschau‹?« Daniel schüttelte den Kopf und sah seinen Großvater mit aufgeregt schimmernden Augen an.

»Nun, im Ghetto haben sie mich den Puppenspieler genannt, aber sie hätten mich auch den Taschenspieler nennen können.«

»Bist du deswegen so erschrocken?«, fragte Daniel. Mika nickte. »Die Soldaten haben die geheime Welt meines Mantels nie entdeckt, Danny, all die Taschen in den Taschen. Dieser Mantel besitzt seine ganz eigene Magie. Aber lass uns von vorn beginnen. Lass mich dir erzählen, wie es wirklich war.«

Kapitel zwei

WARSCHAU 1938

Ich war zwölf, als der Mantel geschneidert wurde, im letzten Jahr der Freiheit, das Warschau und uns noch blieb. Nathan, unser Schneider und guter Freund, hatte ihn in der ersten Märzwoche 1938 fertiggestellt.

Nathan wohnte in seiner kleinen Werkstatt am Ende der ulica Piwna, der Piwna-Straße, in der Altstadt, nicht weit von unserer Wohnung. Weil er für sein großes Können bekannt war, kamen die Leute aus allen Teilen der Stadt zu ihm. Er wurde Nadel und Faden nie leid und arbeitete wie eine fleißige Spinne, als kämen ihm die Fäden direkt aus den Händen. Tatsächlich lagen sie ordentlich in einem Regal, er besaß eine riesige Auswahl an Farben und Schattierungen: Hemden, Hosen, Mäntel und Jacken wurden von ihnen zusammengehalten, und wie sich herausstellte, vermochte Nathan mit ihnen nicht nur Säume und Größen zu ändern, sondern auch Menschenleben.

Ich erinnere mich an viele Besuche in Nathans Werkstatt, vor der Okkupation, zusammen mit Großvater. Das Licht war gedämpft, und es roch immer leicht muffig nach Stoff, der nicht gut gelüftet wurde. Es gab Baumwollgewebe aller Qualitäten und Farben, Wollstoffe und sogar Kaschmir. Im Fenster standen ein paar traurige, verstaubte Gummibäume, die überlebten, obwohl sie nie jemand zu gießen schien. Wenn wir eintraten, klingelte ein kleines Glöckchen über der Tür. Besonders lebhaft aber erinnere ich mich an Nathans strahlend grüne Augen, die mich in der Eintönigkeit der Werkstatt immer neu überraschten. Wie Smaragde leuchteten sie in seinem faltigen Gesicht. Seine knochigen Finger und unruhigen Hände bewegten sich ständig und kamen nicht eine Sekunde zur Ruhe. Nähte er auch in seinen Träumen?

Das war der Ort, an dem alles begann, diese kleine, staubige Schneiderwerkstatt. Nathan nahm Maß, und mein Großvater fuhr mit den Händen über die zahllosen Stoffe, die einer festlichen Tafel gleich vor ihn hingebreitet lagen. Behutsam ließ er seine Fingerspitzen den richtigen Stoff aussuchen. Er war im Monat zuvor zum Professor ernannt worden, und der maßgeschneiderte Mantel war seine Art, das zu feiern.

Großvater nannte mich Mika, was die Kurzform von Mikhael ist. Mikhael bedeutet »Geschenk Gottes«. Machte mich die Verkleinerung meines Namens zu einem kleineren Geschenk? Ich war dünn und nicht gerade groß für meine zwölf Jahre, aber schnell auf den Beinen und ein wissbegieriger Schüler. Überall in meinem Zimmer lagen Bücher, selbst unter dem Kopfkissen. Großvater liebte ich mehr als sonst jemanden auf der Welt. Nach dem Tod meines Vaters war er mein bester Kamerad geworden. Ich nannte ihn *Tatuś*, also Papa, und manchmal auch Opa. Wir waren eine seltsame Familie: Ich hatte keine Geschwister, mit denen ich streiten oder Streiche aushecken konnte, nur meine Mama und den alten Mann. Wir waren ein Dreigestirn aus drei Generationen.

Als wir eine Woche später wieder zu Nathan kamen, konnte Großvater es kaum erwarten, den neuen Mantel anzuprobieren. Es schien mehr als nur ein neuer Mantel zu sein, es war, als zöge er in ein neues, größeres, aufregendes Haus.

»Was sagst du, Mika?« Sein Gesicht verzog sich zu einem wunderbaren Lächeln, während er sich vor dem großen Spiegel drehte. Er erwartete keine Antwort.

»Gut gemacht, Nathan, mein Bruder. Was für eine Kunst! Was ist die Algebra schon, verglichen mit solch einem Geschick?«

Er klopfte dem Schneider auf die Schulter, bezahlte, und wir gingen nach Hause. Wir nahmen den längeren Weg. Großvater schritt stolz über die gepflasterten Straßen, die Hände tief in den Taschen des Mantels vergraben.

1938 konnten wir uns noch frei in der Stadt bewegen, einem blühenden Zentrum jüdischer Kultur. Es war eine schöne Stadt, unser Warschau. Aber das alles sollte bald schon ein brutales Ende nehmen.

Großvater war Professor für Mathematik an der Universität Warschau, ein kluger, stolzer Mann, der von seinen Studenten geliebt wurde. Seine runde Goldrandbrille und die ruhige, tiefe Stimme machten ihn zum Inbegriff eines Professors, seine Größe, sein kantiges Gesicht und das dichte schwarze Haar mit der dünnen weißen Strähne über der linken Schläfe verlangten Respekt. Er liebte die Klarheit der Zahlen und dass alles immer einen Sinn ergab, wenn man ihnen nur genug Zeit und Aufmerksamkeit schenkte. »Zahlen finden immer zu einem Ergebnis«, pflegte er zu sagen, doch ein paar Monate nach unserem Heimweg vom Schneider sollte ich noch eine andere Seite an ihm entdecken, die wenig mit Algebra, Logik und abstrakten Zahlen zu tun hatte. Und dabei lernte ich auch, dass uns Zahlen keinerlei Schutz zu bieten vermochten.

Der Krieg war ein Gespenst, das schon lange drohend über uns schwebte. Am 1. September 1939 dann fielen die ersten Bomben auf Warschau. Der Schulunterricht war ausgesetzt worden, und ich saß mit Mutter und Großvater zu Hause und kuschelte mich in unseren alten Ohrensessel im Wohnzimmer, um mich herum meine Physikbücher. Die erste Explosion hörte ich aus Richtung Stadtzentrum, ein dumpfer Schlag, und schon krachte es, als sei etwas Riesiges in tausend Stücke zerschellt. Splitter rissen Stein auf.

Ich lief ans Fenster. Draußen brach die Hölle los: Ein Schwarm Messerschmitts dröhnte heuschreckengleich über unsere schöne Stadt, warf Bombe um Bombe und tauchte den Himmel in ein unheimliches Orange und Phosphorgelb. Ich stand da, deutete hinaus und schnappte nach Luft, bis meine Mutter meinen Arm fasste und mich wegzog. In dieser Nacht schliefen wir kaum, und auch in den kommenden Nächten nicht.

Nach dem ersten Angriff fielen die Bomben Tag und Nacht, unerbittlich krachten sie auf Warschau nieder. Manche Angriffe dauerten Minuten, andere hörten über Stunden nicht auf. Ich konnte nicht anders, ich musste mir das tödliche Feuerwerk ansehen, besonders nachts. Auch nachdem wir die Fenster mit Vorhängen, Bettlaken und Zeitungen verdunkelt hatten, fand ich winzige Lücken, durch die ich hinaussehen konnte. Wie Kaninchen, die darauf warteten, geschlachtet zu werden, waren wir gefangen.

»Geh vom Fenster weg, du bringst uns noch alle um!« Mama hatte Angst, wir könnten die Aufmerksamkeit der Flugzeuge auf uns ziehen, während ich der Meinung war, wenn ich die Dinger im Auge behielt, würden ihre Bomben nicht auf uns fallen. Vielleicht war es eine dumme Vorstellung, aber *Tatuś* stand in vielen Nächten neben mir. Was sonst konnten wir tun? Nach Tagen des Eingeschlossenseins in der Wohnung schmerzten Glieder und Augen, und wir fühlten uns wund vor Schlaflosigkeit.

Und dieser höllische Lärm! Ich hatte Angst, unser Trommelfell könnte platzen, doch wenn die Flugzeuge wieder weg waren, ängstigte uns die merkwürdige Leere der Stille noch mehr. Das war jedoch nur der Anfang. Ein paar Tage später kamen die Stukas, Deutschlands aggressivste Kampfflugzeuge, die mit ohrenbetäubenden Sirenen ausgerüstet waren, unseren Willen brechen und uns zur Aufgabe zwingen sollten. Ich hörte sie lange, bevor ich den ersten zu Gesicht bekam. Er kreiste über uns wie ein unheimlicher Raubvogel und zog Runde um Runde. Dann plötzlich fiel er wie ein toter Vogel vom Himmel, senkte die Nase und stürzte mit atemberaubender Geschwindigkeit und kreischendem Crescendo herab.

»Wir haben einen erwischt!«, schrie ich und drückte die Hände auf die Ohren. »*Tatuś*, komm, sieh doch!« Ich hüpfte wie wild auf der Stelle, aber meine Freude zerplatzte schnell wie eine Seifenblase. Eine Sekunde vor dem Aufschlag warf das Flugzeug seine Bomben ab. Unser Himmel war eine einzige Feuersbrunst, dicke, schwarze Wolken quollen auf, während das Flugzeug einer Lerche gleich zurück in die Lüfte stieg. Die Mistkerle hatten zugeschlagen und waren entkommen. Das war schlecht, sehr schlecht. Wenn ihnen so etwas gelang, was hatten sie dann noch alles im Ärmel? In dieser Nacht verließ ich das Fenster zum ersten Mal seit Tagen.

Unsere kleine Familie hielt fest zusammen. Mama schaffte es an den meisten Tagen immer noch, eine einfache Suppe oder einen Eintopf auf den Tisch zu bringen, und Großvater unterhielt mich mit Algebra und Geometrie.

Manchmal verbrachten wir ein paar Stunden mit den Nachbarn, meist hielten wir jedoch den Atem an, spähten hinter unseren verdunkelten Fenstern hervor oder lauschten dem knisternden Radio. Es gab jetzt weniger Ankündigungen, dafür schwebten Chopins Polonaisen und Walzer durch den Äther und erinnerten uns an unseren polnischen Helden, unser Erbe und unseren Stolz. Manchmal wurde die Musik mittendrin unterbrochen, und es gab Nachrichten, aber die waren nie ermutigend. Wir waren die Ersten, die Deutschlands neueste Erfindung zu spüren bekamen, den Blitzkrieg: Mit intensiver, übermächtiger Kraft überrannten sie uns und zwangen unser Land und seine herrliche Kavallerie in die Knie. Wir kämpften so tapfer, doch was konnten Pferde und Gewehre gegen die dröhnenden Kampfflugzeuge ausrichten, gegen Panzer und weitreichende Mörser? Die Menschen starben wie Fliegen unter dem Ansturm, wurden zerfetzt, unter dem Schutt ihrer Häuser begraben oder von Maschinengewehrgarben aus Flugzeugen niedergemäht, wo sie doch nur Wasser holen und etwas zu essen besorgen wollten.

Am 29. September, nach einem Monat des Bombardements, war die Stadt übersät mit schwelenden Ruinen, und es gab kein Wasser zum Löschen mehr. Warschau ergab sich.

Als ich das Haus verließ, betrat ich eine andere Welt. In der ulica Pawia 46, wo die Krotowskis lebten, begrüßte mich nur noch eine hässliche, ausgebrannte Fassade. Die Karsinskis hatten zwei ihrer Kinder verloren, und das Haus meines Freundes Jakob war völlig ausgebrannt, eine verkohlte Ruine, der Vater lag unter den Trümmern begraben. Die beiden alten Rosenzweigs nebenan hatten überlebt, aber Steinbergs kleine Bäckerei direkt gegenüber von Nathans Werkstatt war bis auf die Grundmauern niedergebrannt. Damit würde es sein luftig-lockeres Weißbrot nicht mehr geben. Die gepflasterten Straßen lagen voller Schutt und übel zugerichteter Habseligkeiten. Und die Pferde. Ihre aufgedunsenen, verwesenden Kadaver waren überall. Schwarze Fliegenwolken flogen auf, wenn man an ihnen vorbeiging.

An diesem Abend sahen wir, wie eine lange Reihe unserer tapferen, kläglichen Soldaten stumm aus der Stadt hinauseskortiert wurde. Wie geschlagene Hunde schleppten sie sich voran, kaum zusammengehalten von ihren schmutzigen, zerrissenen Uniformen. Ihr Anblick ließ mich erschaudern. Was würde aus ihnen werden? Was aus uns?

Am nächsten Tag marschierte die deutsche Wehrmacht in Warschau ein und das, ich sage es dir, ganz und gar nicht still und leise. Der »Führer«, Hitler, kam selbst, um die siegreichen Truppen und die neu eroberte Stadt zu inspizieren. Die Panzer, mit denen sie unser Land so brutal überrannt hatten, rollten durch die Straßen, die Ketten dröhnten über das alte Pflaster. Und dann die Soldaten, wie sie marschierten: endlose Rechtecke behelmter, bewaffneter Männer im Parademarsch, als wären sie ein einziges Wesen. Als sie an der Tribüne des Führers vorbeikamen, drehten sie die Köpfe scharf zur Seite und traten noch härter mit ihren schwarzen Lederstiefeln aufs Pflaster. Sie marschierten mit solch einer Präzision und Kraft, dass die Stadt erzitterte.

Als Nächstes wurden die Flaggen gehisst. Als sollte uns die Allgegenwart des Hakenkreuzes immer und überall an die blonde, blauäugige »Herrenrasse« erinnern, die mit ihren brutalen Stiefeln alles niedertrampelte, was sie für minderwertig und unwert hielt. Es dauerte nicht lange, bis sie uns wie Ungeziefer, wie Insekten, wie Schmutz zu vernichten begannen.

Bald gab es die ersten Verordnungen, und Woche für Woche wurden neue erlassen, Monat für Monat. Das alles kam nicht auf einmal, sondern sie übten ihren Terror in kleinen Portionen aus und nahmen uns Schritt für Schritt Freiheit und Ehre. Zuerst verboten sie die Unterhaltung. Von einem Tag auf den anderen war es allen Menschen jüdischer Abstammung untersagt, öffentliche Parks, Cafés oder Museen zu besuchen. Unser Krasinski-Park: verboten. Ausflüge in den Zoo und den Łazienki-Park: nicht mehr für uns. Bänke und Straßenbahnen:

»Nicht für Juden!« Die Schilder waren bald überall und wirkten wie ein Schlag ins Gesicht.

Eines Tages ging ich nach der Schule die ulica Freta hinunter, als ein deutscher Soldat um die Ecke kam.

»Mach, dass du wegkommst! Runter hier!«, schrie er, und bevor ich begriff, was er da herausbellte, hatte er mich schon beim Hemd gepackt und warf mich wie einen alten Sack vom Bürgersteig auf die Straße. Ich spürte das Blut aus meinen Knien sickern, die Hose war hin, und mein Herz hing in Fetzen, als ich nach Hause kam. Abends las mir Großvater die neuesten Verordnungen vor: »Juden dürfen keine Straßenbahnen benutzen, keine Restaurants in nichtjüdischen Vierteln besuchen und nicht auf den Bürgersteigen gehen, sondern müssen sich die Straße mit Autos und Pferden teilen.«

Im Mai verlor *Tatuś* seine Stelle an der Universität. Völlig aus dem Blauen heraus sagten sie ihm, er solle seine Sachen packen, seine Anwesenheit sei nicht länger erwünscht. Und es sollte nicht mehr lange dauern, bis es auch mich erwischte.

Es geschah während des Chemieunterrichts. Siemaski, unser Lehrer, deutete gerade auf das Beryllium im Periodensystem, als es dreimal laut klopfte und sich die Tür zum Chemiesaal öffnete.

Rektor Krasinski stand völlig verwirrt da, zwischen zwei deutschen Soldaten eingekeilt, und starrte uns an. Der Soldat links neben ihm hatte eine Liste. Er drückte sie Krasinski in die Hand: *»Vorlesen!«*

»Abram Tober, Jakob Kaplan und Mika Hernsteyn.« Krasinskis Stimme zitterte. »Packt eure Sachen, ihr seid von der Schule verwiesen. Geht nach Hause.«

Einen Augenblick lang konnte ich mich nicht bewegen. *»Schnell, macht schon!«*, rief der Deutsche. Ich stand auf und ging hinaus, ohne jemanden anzusehen. Abram und Jakob habe ich nie wiedergesehen, und auch meine Freunde Bolek und Hendryk nicht, die in der Klasse zurückblieben.

Zu Hause warf ich mich in Großvaters Arme. »*Tatuś*, sie haben mich aus der Schule geworfen, einfach so. Wie ein Stück Dreck. Das ist nicht fair.« Großvater drückte mich an sich, und Mama nahm uns beide in den Arm.

»Ich weiß, es steht heute in der Zeitung: ›Jüdische Kinder werden sofort aus allen öffentlichen Schulen entfernt.‹ Es tut mir so leid, Mika.«

Ich ließ mich in einen Sessel fallen. Ich betrachtete mich als Juden und Polen. Chopin, der große Komponist, Kopernikus und Madame Curie, diese mutigen Wissenschaftler, die Grenzen überschritten und uns neue Welten eröffnet hatten, waren meine Helden. Ich wollte in ihre Fußstapfen treten. Ungläubig und wie erstarrt saß ich in unserem alten Ohrensessel und dachte daran, wie ich mit Großvater Madame Curies Haus in der Altstadt besucht hatte, und obwohl ich noch nie in der Heiligkreuzkirche gewesen war, erfüllte es mich doch mit Stolz, dass Chopins Herz in unserer Stadt begraben lag.

Nicht mehr in die Schule zu dürfen traf mich hart. Ich war ein ausgezeichneter Schüler und liebte den Unterricht. Bolek und Hendryk war die Schule nicht halb so wichtig wie mir, und die durften bleiben? Warum? Wie viele Nachmittage hatten wir zusammen in den Straßen gespielt. Bolek hatte sogar am selben Tag Geburtstag wie ich.

Großvater versuchte, mich zu trösten, wir verbrachten lange Tage gemeinsam über seinen alten Büchern, und er brachte mir seine Liebe zur Mathematik nahe. Ich nahm seine sanfte Stimme in mich auf, sein Wissen und seine Güte. Und die Algebra hatte tatsächlich etwas Tröstendes. Aber ein Teil von mir wollte Großvaters Kapitulation, sein Sichabfinden mit der

Situation nicht akzeptieren. Warum wehrte er sich nicht? Jahrzehntelang war er an der Universität gewesen, von allen respektiert. Wo blieben seine Kollegen? Warum war niemand bereit, für ihn aufzustehen?

»Ich bin alt, Mika, mach dir wegen mir keine Sorgen! Aber du, mein Junge, musst noch viel lernen, und deine Mutter braucht dich«, sagte er und schüttelte den Kopf. Er hatte keine Antworten, er konnte mir nur hilflos die Hand auf die Schulter legen.

Wochen vergingen, in denen die Verordnungen die Schlinge um unseren Hals immer enger zogen. Wir hielten den Atem an, und kaum dass wir den Schock einer neuen Einschränkung verdaut hatten, folgten weitere: Die Deutschen wollten uns deutlich erkennbar mit einem Zeichen versehen. Alle Juden hatten weiße Armbinden mit einem blauen Davidstern zu tragen, am rechten Ärmel und nicht kleiner als sechs Zentimeter. Die Binden mussten deutlich sichtbar aufgenäht werden, und natürlich hatten wir sie selbst herzustellen. Das sollte von jetzt an immer so sein: Die Deutschen erließen Gesetze, und wir mussten für ihre Umsetzung sorgen. Wir hatten die Seile zu flechten, mit denen sie uns strangulierten. Natürlich gab es innerhalb von Tagen an jeder Straßenecke Verkäufer mit den verhassten Armbinden.

Bald darauf mussten wir uns für *Kennkarten* registrieren lassen, Ausweisen mit einem großen J für Jude. Wie ein einzelner Buchstabe doch alles verändern konnte. Wir brauchten die Karten, um unsere Lebensmittelmarken zu bekommen, doch unsere Zuteilungen waren mager, gerade mal ein Bruchteil dessen, was die nichtjüdische Bevölkerung erhielt. Zwei Laibe Brot für die Deutschen, einen für die Polen, eine Scheibe für uns Juden. Mutters Suppen wurden mit jedem Tag dünner. Wir bekamen weder Milch noch Eier und schon gar kein Fleisch. Die Deutschen hatten zweifellos vor, uns verhungern zu lassen. Kilo für Kilo nahmen wir ab.

Um dem nagenden Hunger zu entgehen, versuchten viele von uns, heimlich an »arische« Kennkarten zu kommen. Wer gefasst wurde, kam ins Pawiak-Gefängnis. Die Gerüchte über Folterungen und Ermordungen in dieser grässlichen Festung verschafften mir schlimme Alpträume, aus denen ich, in eiskalten Schweiß gebadet, hochfuhr. Im Oktober 1940, als wir dachten, es könne nicht schlimmer werden, gaben sie uns zwei Wochen, um unsere Wohnungen zu räumen. Den Großteil unserer Habe mussten wir zurücklassen und in einen winzigen Teil der Stadt ziehen, den die Deutschen den *Jüdischen Wohnbezirk* nannten. Das Wort »Ghetto« war tabu, aber wir wussten – die Gerüchte verbreiteten sich wie ein Lauffeuer in der Nachbarschaft –, es würde ein riesiges Gefängnis sein.

Stell dir die Angst und Verzweiflung unter uns vor! Überall war die Bedrückung zu spüren, wie Nebel kroch sie in unsere Behausungen und hing dick und stickig über uns, ein Gewitter, das jeden Moment losbrechen musste. Wie sollten wir alle in diesen kleinen Bezirk passen? Wir waren fast vierhunderttausend, ein Ozean von Menschen, der versuchen musste, in einem kleinen Teich unterzukommen. Umgeben von einer drei Meter hohen, mit Stacheldraht und Glasscherben bewehrten Mauer.

Am 31. Oktober trieben uns die Deutschen ins Ghetto, dessen nördliche Ecke nach Westen hin von der ulica Okopowa und unserem alten jüdischen Friedhof gesäumt wurde. Dieser Teil Warschaus war schon immer dicht bevölkert gewesen. Zwar waren viele der Häuser stolze dreistöckige, mit schmiedeeisernen Balkonen geschmückte Gebäude, doch der Großteil der Straßen war eng und dunkel. Die Deutschen hatten alle

Nichtjuden gezwungen, das Gebiet zu verlassen, um Platz für unseren Exodus zu machen, und als wir ankamen, wurden wir von einer unheimlichen Stille begrüßt.

Mama hatte sich viel Zeit genommen, um auszuwählen, was wir mitnehmen wollten. Ich sehe sie noch vor mir in unserer alten Wohnung, wie sie diesen Kerzenständer und jenes Buch in die Hand nimmt und sich zwischen einem Topf und einer Blumenvase entscheiden muss. Am Ende nahm sie die wertvollsten und praktischsten Dinge mit: ein Fotoalbum, ein paar Bücher, einen silbernen Leuchter, der ein Hochzeitsgeschenk gewesen war, zwei Töpfe, Kleider und Bettzeug. Wir bündelten alles zusammen und schlossen uns dem Auszug an. Unsere kleine Gruppe, unsere winzige Familie: Mama, *Tatuś* und ich.

Stumm zogen wir dahin und trugen unsere verbliebenen Besitztümer in alten Koffern und provisorischen Rucksäcken auf dem Rücken. Manche hatten Karren oder schoben Kinderwagen vor sich her, gefüllt mit Decken, Kissen und Töpfen, einige balancierten ihre Habseligkeiten auf dem Kopf. Die Straßen wurden von christlichen Polen gesäumt, die unseren Auszug neugierig und mitunter mitleidvoll verfolgten. Einige von ihnen trugen dieses besondere Grinsen im Gesicht, das die Deutschen *Schadenfreude* nennen, die Freude über das Unglück anderer, vom Schicksal getroffener Menschen. So lange schon waren wir Juden zu Sündenböcken gemacht worden, und die antijüdische Propaganda mit ihren grellen, hässlichen Plakaten, auf denen wir mit Ungeziefer und Läusen verglichen wurden, die Typhus verbreiteten, tat den Rest.

Die meisten in unserem traurigen Zug hielten den Kopf gesenkt. Warum? Ich wollte den Leuten ins Gesicht sehen, wenn mein trotziger, hasserfüllter Blick auch das Einzige war, was ich auf diese Menschen abschießen konnte, die dastanden und darauf warteten, unsere Wohnungen und unser Eigentum in Besitz zu nehmen. Ich hielt auch nach Bolek und Hendryk Ausschau, die seit meinem Hinauswurf aus der Schule nicht mehr zu uns nach Hause gekommen waren, vermochte sie jedoch nirgends zu entdecken. Wie konnten sie sich gegen uns wenden und glauben, wir seien Menschen zweiter Klasse? Feiglinge. Ich ballte die Fäuste, aber der Gedanke an Bolek mit seinem fehlenden Schneidezahn und dem schiefen Lächeln versetzte mir immer noch einen Stich.

Als wir das Ghetto von Osten her über die ulica Nalewki betraten, sah ich ein letztes Mal zurück. Sie zwangen mich nicht nur, meine alten Freunde und meine Schule hinter mir zu lassen, sondern auch meine Erinnerungen an *chlopek*, Himmel und Hölle, *zoska* und viele andere Spiele, an unsere Picknicks im Krasinski-Park, die Ausflüge mit Mama und *Tatuś* an die Seen und unsere schöne Wohnung. Beim Durchschreiten des Tors ins Ghetto wurde mir meine Kindheit und alles genommen, was mir lieb und teuer war.

Und doch waren wir auf eine verdrehte Art glücklicher dran als viele andere. Ein ehemaliger Kollege meines Großvaters war Mitglied des *Judenrats* und besorgte uns eine halbwegs anständige Bleibe, was das wenigste war, was er für einen geachteten ehemaligen Kollegen tun konnte: eine kleine Wohnung in der ulica Gęsia, der Gänsestraße 19 – was ich als gutes Zeichen zu sehen versuchte, denn ich hatte am 19. Mai Geburtstag.

Während wir in zwei Zimmer ziehen konnten, mussten sich viele große Familien mit nur einem Raum begnügen oder, schlimmer noch, auf der Straße bleiben, bis sich irgendwo ein Platz für sie fand. Es kam vor, dass sich neun Leute in einem einzigen Raum zusammendrängten. Wir erkannten unser Glück sofort, aber sollte unsere Wohnung nicht einer größeren Familie zustehen?

Am 16. November stellten die Deutschen die Mauer fertig und verschlossen das Ghetto. Da war ich vierzehn Jahre alt.

Damals machte der Mantel eine Verwandlung durch. Großvater war nicht nur ein Wissenschaftler, sondern auch ein äußerst praktisch veranlagter Mann, und er beschloss, falls wir je anderswo hingebracht würden – aus Warschau zu fliehen war nicht mehr denkbar –, seine wertvollsten Besitztümer nahe bei sich zu haben. Taschen waren da eine tolle Lösung: große, kleine, winzige Verstecke in den Tiefen seines Mantels. Den Beginn machte eine kleine Tasche auf der linken Seite, auf Höhe seines Herzens, eher ein Schlitz als eine sichtbare Öffnung, aber eben doch eine Tasche. Für seine goldene Uhr, das Letzte, was er noch von seinem Vater besaß. Mit der Zeit nähte er mehr und mehr Taschen in seinen Mantel: eine eigens für Fotos tief innen rechts unter dem Brustkorb. Es waren Fotos von meinem Vater als Junge und später mit mir, seinem Baby, das er stolz auf den Armen hielt, meine Mutter strahlend neben sich. Wieder und wieder bat ich meinen Großvater, mir die Fotos zu zeigen.

Ich vermisste meinen Vater sehr, vor allem in jenen dunklen, beißend kalten Winternächten während des ersten Jahrs im Ghetto. Ich war erst drei Jahre alt gewesen, als er starb, und konnte mich nicht daran erinnern. Mama sagte, ich hätte mit meinen Sachen gespielt, während er im Zimmer nebenan an einer falsch diagnostizierten Lungenentzündung starb.

»Der Arzt dachte, dein Vater hätte eine Erkältung und eine Blasenentzündung«, erklärte sie später, als ich sie danach fragte.

Ich weiß, sie hat dem Arzt nie vergeben, und auch sich selbst nicht.

»Er hätte überleben können, hätten wir ihn ins Krankenhaus gebracht. Du hast nicht mehr geredet und wochenlang die alte rote Spielzeuglokomotive nicht losgelassen.« Die Eisenbahn war das letzte Geschenk von ihm gewesen.

Mittlerweile bestanden die Erinnerungen eher aus bestimmten Gerüchen und Geräuschen: ein scharfer Seifengeruch, Schweiß, Tabakduft und etwas, das ich später als Alkoholgeruch identifizierte, in den sich seine sanfte Stimme mischte: »Schlaf jetzt, mein Junge.« Das lebte als schwache Erinnerung in meinem Körper versteckt, und ich rief sie so oft wach, wie ich nur konnte. Ich sehnte mich nach ihm und der Sicherheit seiner Gerüche. Als ich den Mantel erbte, fühlte sich nichts mehr sicher an.

Großvater fügte dem Mantel Tasche um Tasche hinzu, und eines Tages kam ihm die Idee für zusätzliche Taschen in den Taschen. Selbst wenn sie diese oder jene Tasche entdeckten, würden sie die zusätzlichen Einschübe und Schichten nicht finden. Langsam wurde Großvaters Mantel zu einem riesigen Labyrinth: Diese Tasche war mit jener verbunden, die aber wieder nicht. Hier gab es eine Sackgasse, und dort führte eine Öffnung von links nach rechts.

Während andere Leute ihr Leben für falsche Pässe riskierten oder Tunnels hinaus aus dem Ghetto gruben, fand Großvater mehr und mehr schlaue Plätze für Verstecke in seinem Mantel, in dem nur er sich auskannte. Seine Lieblingsbücher kamen an den Saum, eine zusätzliche Garnitur Unterwäsche unter die rechte vordere Seite, eine zweite Brille, Manschettenknöpfe und Taschentücher nach links.

Großvater trug seinen Mantel voller Stolz, und während es um uns herum immer schlimmer wurde, während wir wegen der schlechten Versorgung immer schwächer und magerer wurden, dachte ich manchmal, dass der Mantel das Einzige war, was ihn noch zusammenhielt.

Großvater verbrachte viel Zeit in seiner kleinen Werkstatt,

die er ganz für sich hatte. Es war nicht mehr als ein kleiner Vorratsraum, kaum geräumiger als ein Schrank, den er bei unserem Einzug entdeckt und ausgeräumt hatte. Er nannte ihn sein »Refugium«. Ich habe ihn oft gefragt, was er darin mache, aber darauf lächelte er nur und schwieg.

Der Mantel und *Tatuś* waren unzertrennlich, wie eine Hand und ein Handschuh. Dann, im Juli 1941, zwei Tage vor seinem dreiundsiebzigsten Geburtstag, änderte sich alles.

Als ich auf die Straße vor unserem Haus hinunterkam, lebte er noch. Eine Nachbarin war die Treppe heraufgerannt, um uns zu rufen, atemlos und blass, die Stimme angespannt und voller Angst.

»Sie haben auf ihn geschossen. Schnell, schnell!« Furcht ergriff mich wie eine stählerne Faust. Ich erinnere mich noch an die ersten Momente, ein verweilendes Nichts, in dem ich mich nicht zu bewegen vermochte. Erstarrt stand ich da, wie in einem Alptraum. Die Nachbarin brachte die Worte kaum heraus, ihre Brust hob und senkte sich. »Er wollte den Mund nicht halten, es war wieder das Mädchen. Er konnte es nicht mit ansehen, kommen Sie! Schnell!«

So sanftmütig und reserviert mein Großvater war, vermochte er doch angesichts der Grausamkeiten um uns herum kaum ruhig zu bleiben – wenn er wieder einmal sah, wie Leute getreten und angespuckt wurden, geschlagen, verhöhnt oder, schlimmer noch, wie alte, räudige Hunde erschossen wurden, einfach so, auf der Stelle. Er wollte sich nicht an die Besatzer und die tägliche, unvorhersehbare Gewalt gewöhnen. An diesem Morgen hatten Soldaten eine junge Frau im Haus gegenüber drangsaliert, hatten sie nach draußen gezerrt und mit vorgehaltener Pistole von ihr verlangt, sich auszuziehen. Großvater war zu ihr gegangen und hatte seinen Mantel um sie legen wollen, um sie zu schützen, worauf die Soldaten ihn erschossen. Einfach so, aus nächster Nähe. Meinen *Tatuś,* den liebsten Menschen, den ich kannte.

Das Mädchen war verschwunden, als ich kam. Erst später hörte ich, dass es geschrien und seine Kleider zusammengesucht hatte, ehe es davongerannt war. Ich lief zu Großvater und beugte mich zu ihm hinab. Seine Augen öffneten sich einen Spaltbreit.

»Pass auf den Mantel auf, Mika, mein Junge ...« Es war kaum mehr als ein Flüstern. Sein Blick brach, und der Kopf fiel zur Seite gegen mich.

»Schafft ihn weg«, bellte einer der Soldaten und wollte sich schon abwenden, sah Großvater aber noch einmal an und zögerte. »Moment mal, das ist ein guter Mantel, zieht dem Mann den Mantel aus! Sieht aus, als wären da ein paar Schätze drin. Gib ihn mir, Junge!«

Da brach es aus Mutter heraus. Sie hatte neben mir gestanden, zur Salzsäule erstarrt wie Lots Weib, meine Hand fest in ihrer. Unversehens ließ sie mich los und fing an zu jammern und zu schreien, warf die Hände in die Luft und schlug sich wieder und wieder auf die Brust. Langsam bewegte sie sich dabei von meinem Großvater weg auf die gegenüberliegenden Häuser zu.

»*Halt's Maul, Frau! Ruhe!*«, brüllte der Soldat.

Sie klopfte an die erste Tür.

»Hör schon auf damit, du Hure, oder wir erschießen dich!«

Sie drehte sich nicht um.

In der Verwirrung um meine Mutter und den brüllenden Soldaten zog ich meinem Großvater mit Hilfe der Nachbarn den Mantel aus. Immer noch mehr Leute kamen zusammen. Ein paar Männer hoben *Tatuś* hoch und trugen ihn zum Haus, und dann sah ich in all dem Durcheinander Nathan. Ich hatte keine Ahnung, woher er gekommen war, doch die knochigen Hände des alten Schneiders griffen nach dem Mantel und zogen ihn mir an. Ich fühlte mich steif und leblos wie eine von Nathans alten hölzernen Schneiderpuppen und ließ ihn wortlos machen.

Es war das erste Mal, dass ich den Mantel trug. Ich hatte meinen Großvater mehrmals darum gebeten, ihn anprobieren zu dürfen, doch er hatte es nicht gewollt: »Das bringt Unglück, Mika. Deine Zeit ist noch nicht gekommen.«

Das Gewicht des Mantels war unglaublich. Ich konnte kaum atmen unter der Last der Besitztümer meines Großvaters, des Gewichts seines Lebens. Dennoch, ich musste mich beeilen, musste davonlaufen, seinen letzten Wunsch ehren. Der Mantel umfing mich wie ein warmes, lebendes Geschöpf und flößte mir neue Kraft ein, und so stolperte ich aus dem Blickfeld des Soldaten hinauf in unsere kleine Wohnung.

Ich sank zwischen unsere mutigen Nachbarn, die ihr Leben riskierten, um mir Schutz zu bieten. Ich hatte solche Angst um Mutter und saß lange reglos und stumm in der Küche, wartete auf das Brüllen und die schweren Stiefeltritte auf der Treppe und auf die gefürchteten Schüsse, doch es blieb still.

Mutter kam viel später nach Hause, weiß wie ein Laken, schmutzig und zerzaust, gestützt von Anna, unserer Nachbarin. Ich lief zu ihr und drückte sie fest an mich, aber ihr Gesicht blieb reglos. Sie starrte mich durch eine leere, ausdruckslose Maske an und schob mich sanft zur Seite. Ohne ein Wort setzte sie sich an den Küchentisch und blieb dort für den Rest des Nachmittags, den Blick auf die zitternden Hände gerichtet, als fragte sie sich, wem sie gehörten. Anna setzte sich zu ihr und sagte, sie solle etwas Tee trinken, heißes Wasser mit ein paar Teeblättern, die bereits zum zweiten Mal aufgebrüht worden waren. Ich hatte meine Mutter dort draußen erlebt, hatte gehört, wie die Soldaten sie beschimpften, und für mich war sie eine Heldin.

Erst später sollte ich erkennen, was Scham bedeutet und was sie dir zufügen kann. Ich ließ Mutter am Tisch zurück und vergrub meine heftige Liebe zu ihr und *Tatuś* tief in dessen Mantel. Ich breitete ihn auf meinem Bett aus, legte mich darauf und suchte nach Großvaters Geruch und Spuren seines Lebens. Aber ich spürte nur meine Tränen und die raue Wolle an meiner Wange.

In dieser Nacht fühlte ich mich wie ein Kind und gleichzeitig wie ein alter Mann.

Wir konnten Großvater nicht so begraben, wie wir es früher getan hätten, aber ich nehme an, wir hatten noch Glück, überhaupt ein Grab für ihn zu finden. Trotz der Angst, die uns erfüllte, als wir uns auf dem jüdischen Friedhof trafen, war eine ganze Reihe Leute gekommen, um sich von ihm zu verabschieden. Zusammen mit Nathan, dem Schneider, einem Nachbarn und zwei von Großvaters alten Kollegen von der Universität, die ebenfalls ins Ghetto verbannt worden waren, trug ich den einfachen Sarg. Die Sonne brannte an diesem Julitag auf uns nieder, aber ich bestand darauf, Großvaters Mantel anzubehalten. Der Schweiß lief mir über den Rücken, als wir *Tatuś* die ulica Okopowa hinunter zum Friedhof trugen. Die Männer von der Beerdigungsgesellschaft hatten Großvater in ein weißes Tuch gewickelt und seinen alten Gebetsschal mit in den Sarg gegeben.

Es ging alles so schnell, achtundvierzig Stunden sind wenig Zeit, sich zu verabschieden. Der Rabbi sprach die Gebete, ich stand stocksteif da wie die alten, knotigen Bäume des Friedhofs und sah wie durch einen Schleier oder rauchiges Glas auf das offene Grab. Ein paar Leute warfen eine Schaufel Erde auf den Sarg meines lieben *Tatuś,* aber als ich an die Reihe kam, hatte ich nicht die Kraft dazu. Mama legte die Arme um mich, und ich zitterte und schluchzte untröstlich.

Monate später gab es keine richtigen Gräber mehr: Die Toten wurden in den Straßen gelassen und abends oder im Morgengrauen eingesammelt, auf übervollen Karren davongeschafft und irgendwo in ein Loch geworfen. Sie kamen zusammen mit den anderen, die an diesem Tag gestorben waren, in ein namenloses Massengrab.

Kapitel drei

Die Tage nach Großvaters Tod verbrachte ich allein mit dem Mantel und seinen Geheimnissen. Ich lebte in diesem geschneiderten Meisterstück, atmete sein kräftiges Aroma ein und ließ mich von ihm umfangen und halten. So schwer und rau der Mantel war, spürte ich doch Großvaters liebevolle Gegenwart in seiner Umarmung, und so saß ich stundenlang in meinem Zelt, während die gedämpfte Welt draußen aufhörte zu existieren. Mama ließ mich in Ruhe, und ich war ihr dankbar dafür. Sie trauerte auf ihre eigene, stumme Weise.

Irgendwann knurrte mein Magen so sehr, dass er sich verkrampfte. Ich hasste mich dafür, aber ein scharfes Hungergefühl erfasste mich, und ich untersuchte den Inhalt der Manteltaschen genauer. Ich hoffte auf etwas Essbares, um den Schutz des Mantels nicht verlassen zu müssen.

Langsam bewegte ich mich durch das von Großvater angelegte Labyrinth und stieß ständig auf neue Schätze: eine hölzerne Pfeife, eine Brille, einen kleinen Gedichtband. Ich hatte nicht gewusst, dass Großvater solche Dinge wichtig gewesen waren. Kieselsteine, klebrige Bonbons, ein Füllfederhalter und einiges, worin ich nichts erkennen konnte, wie ein Stück Hasenfell, bunte Stofffetzen und eine Papierblume.

Da plötzlich berührten meine Finger eine kühle, gewölbte Oberfläche, über die Drähte gespannt waren. Ich zog das Ding aus den Tiefen der Nähte durch die Röhre des linken Ärmels und schnappte nach Luft, als ich eine perfekt geformte kleine Geige ans Licht beförderte. Ich hatte meinen Großvater niemals spielen hören und bestaunte das winzige Instrument, das für einen Zwerg gemacht zu sein schien oder einmal das wertvolle Spielzeug eines Kindes gewesen sein musste. Vorsichtig hielt ich die kleine Geige in Händen, zupfte an den Saiten und durchsuchte den Mantel nach einem Bogen, den ich in einer anderen Tasche fand, einer schmalen senkrechten, direkt hinter der vorderen Knopfreihe.

Ich breitete den Mantel auf dem Boden aus, setzte mich darauf und versuchte meine ersten Striche über die Saiten. Ich stellte mir Großvater vor, wie er die winzige Geige hielt, als wäre sie ein Neugeborenes. Die von mir erzeugten Töne hatten aber wenig mit Musik zu tun.

Später an diesem Nachmittag entdeckte ich eine weitere Tasche, etwa auf Nierenhöhe. Als meine Finger hineinfuhren, konnte ich gleich sagen, dass das, worauf sie stießen, Briefe waren. Ein kleines Bündel, ordentlich mit einem hellblauen Seidenband zusammengebunden. Die Briefe wirkten brüchig und blass, als hätte ein Geist sie geschrieben, jemand, der kaum von dieser Welt stammte. Die Tinte war verblichen und die Handschrift fast nicht mehr zu lesen. Langsam öffnete ich das Band, und die Briefe fielen wie Motten in meinen Schoß.

An diesem Abend, im Licht einer wertvollen Kerze über die Seiten gebeugt, erfuhr ich Dinge, die alles veränderten, was ich über meinen Großvater und meinen Vater gewusst hatte. Großvater hatte nicht nur eine besondere Begabung für die Mathematik besessen, sondern auch für die Sprache: Er hatte wunderschöne Gedichte geschrieben. Da waren Briefe an seine Frau, die Großmutter, die ich nie kennengelernt habe, Briefe aus dem ersten großen Krieg. Er goss seine Liebe und seinen Schmerz über die Trennung in Bilder und Metaphern, und obwohl er den Krieg kaum erwähnte, gab das dünne, zerknitterte, angeschmutzte Papier ein beredtes Zeugnis von den Schrecken und Drangsalen der Schützengräben. Bis an die Ränder hatte er die Blätter mit winzigen Worten gefüllt. Dort, wo er gewesen war, musste das Papier genauso knapp gewesen sein wie heute bei uns im Ghetto. Großmutters Prosa dagegen war handfester. Sie schrieb hauptsächlich über ihren Jungen, meinen Vater. Als die Dunkelheit dem Grau des Morgens wich, band ich die Briefe wieder zusammen und versteckte sie in den Tiefen des Mantels. Erschöpft schlich ich ins Bett.

Wochenlang verließ ich die Wohnung so wenig wie möglich, und der Mantel wurde mein zweites Zuhause, meine Höhle, mein stummer Begleiter. Währenddessen wurde die Welt draußen noch hoffnungsloser und feindseliger. Die Tage, an denen ich mit Bolek und Hendryk in unserer Straße oder im Krasinski-Park gespielt hatte, waren nur mehr eine ferne Erinnerung. Das Kinderleben, das ich einst gelebt hatte, lag in Scherben, die Straßen des Ghettos waren nicht zum Spielen geeignet. Ich hatte keine Freunde zum Herumspaßen, und wenn Mutter mich zu Besorgungen losschickte, um etwas zu erhandeln oder mich an einer Schlange anzustellen, weil plötzlich das Gerücht ging, es gebe frisches Gemüse, sah ich, wie alles immer noch schrecklicher wurde: Ich roch den Gestank und sah, wie überfüllt alles war, eingehüllt in ein überwältigendes, uns alle verschluckendes Grau.

Aus meinem Mantel heraus sah ich das Ghetto wie durch einen Schleier: Wer waren diese Horden von Menschen, die in schmutzige, zerrissene Lumpen gekleidet ständig so rannten und drängten, als müssten sie noch den letzten Zug nach Hause erreichen? Ich sah nichts als graue, dahineilende Gestalten, dazwischen ein paar Fahrradrikschas mit schreienden, durch das Durcheinander steuernden Fahrern und hier und da einen Pferdewagen. Auch eine letzte, ständig überfüllte Straßenbahn fuhr durchs Ghetto, eine traurige Erinnerung an vergangene Tage. Trauben von Menschen hingen an ihr wie Schiffbrüchige an einem Boot. Statt der gewohnten Nummer trug die Bahn vorn einen Davidstern und pendelte zwischen den Mauern hin und her.

In jenen frühen Tagen hatte jeder etwas zu verkaufen: Zerlumpte Straßenkinder handelten mit den verhassten weißen Armbinden, Frauen hockten hinter ein paar winzigen Kartoffeln, die sie sorgfältig wie Edelsteine in Vierergruppen vor sich ausgebreitet hatten. Sie wetteiferten mit Männern, die raue Bürsten und andere Waren feilboten, einen Stapel Hemden hier und einen Mantel und ein Paar wertvolle Stiefel dort. Ein junger Mann bewachte einen Kinderwagen voller Bücher, während andere auf dem Boden saßen und anboten, was immer sie erübrigen konnten: einen Topf, ein Kleid, Geschirr. Sie alle hofften auf Geschäfte, hofften darauf, ein paar Zlotys nach Hause bringen zu können, um Brot, ein paar Stücke stinkenden Trockenfisch oder etwas verschrumpeltes Gemüse kaufen zu können.

Einige Läden im Ghetto waren noch geöffnet, und der Schwarzmarkt blühte. Tatsächlich konntest du, wenn du Geld hattest, immer noch alles kaufen. Selbst Süßigkeiten gab es noch. Bettler, dünn wie wandelnde Skelette, hockten vor Bäckereien und Lebensmittelgeschäften und reckten die knochigen Arme, während hinter ihnen in den Schaufenstern Weißbrot und sogar Kuchen ausgestellt wurden. Was war mit uns geschehen, mit uns und unserer schönen Stadt? Menschen verhungerten vor unseren Augen, lebende Leichname lehnten an den Mauern und lagen auf der Erde, während die Leute vorbeihasteten und ihr Schicksal zu übersehen versuchten.

Einige Bettler machten Musik: mit einer Geige, einer kleinen Flöte; oder wie der alte Marek, ein Bär von einem Mann mit einem wilden grauen Bart, der in Lumpen gekleidet in einem Kinderwagen ein ganzes kleines Orchester mit sich führte. Er versammelte immer ein paar Leute um sich, bekam aber nur wenige Zlotys.

Am schlimmsten waren die Waisenkinder, die auf den Bürgersteigen saßen, dünn und verkrumpelt wie altes Papier. Sie starrten dich mit großen Augen an und hatten längst den Versuch aufgegeben, etwas zu stehlen. Ich mied ihren Blick.

Eines Tages begann Mama, einen Garten anzulegen. Seit wir im Ghetto eingesperrt waren, entstanden überall kleine Gärten. Der Wirklichkeit zum Trotz zogen die Leute in ihnen Blumen, der Verzweiflung zum Trotz Gemüse. Zuerst konnte man sie im allumfassenden Grau kaum erkennen, doch dann zeigten sie sich überall: kleine Flecken sorgfältig gehegter und gepflegter Erde, kleine Stücke urbar gemachten Landes. Ihre Besitzer handelten mit Setzlingen, säten, pflanzten und hegten und pflegten, was da wuchs, manchmal beteten sie sogar dafür. Die Toporel-Gesellschaft unterstützte den Anbau, und immer mehr Ghettobewohner versuchten sich als Gärtner, um sich und ihre Familien am Leben zu halten: Ein Kohlkopf konnte eine Familie über Tage ernähren, und auch ein paar Rüben hielten dich eine Weile länger am Atmen. Irgendwann wurde das ganze ehemalige Stadion des Sportvereins SKRA in ein großes Kohlfeld umgewandelt – was hatte Sport noch für einen Sinn, wenn alle verhungerten?

Zusätzlich zu unserem kleinen Garten stellte Mutter Blumenkästen auf. Die Erde tröstete sie mehr als alles in ihrer Trauer um Großvater und schien ihr zu sagen, dass das Leben weiterging. Langsam sprossen im Grau des Ghettos hübsche Blumen. Wie war sie an die Samen gekommen? »Ich habe sie im Oktober mit eingepackt, als wir entscheiden mussten, was wir ins Ghetto mitnehmen wollten. Sind Blumen nicht genauso wichtig wie Töpfe und Pfannen?«, sagte sie, als ich sie fragte.

Den kleinen Garten hatte sie auf unserem Balkon angelegt. Ein Garten auf einem Balkon im dritten Stock? Ich hatte sie ausgelacht. Aber sie schleppte Eimer um Eimer Erde herauf und bedeckte den steinernen Boden des Balkons mit einer schönen, dicken Schicht. Und ein paar Monate später lachte ich nicht mehr, als wir grünen Salat und kleine rote Radieschen aßen.

Die Kunde vom Tod meines Großvaters und von seinem Mantel voller Taschen verbreitete sich schnell, und bald schon hatte Nathan alle Hände voll mit Änderungsaufträgen zu tun. Er hatte seine Nähmaschine mit ins Ghetto gebracht und arbeitete Nacht um Nacht in seinem winzigen Zimmer gleich um die Ecke. Er stattete Mäntel, Jacken, Hemden und Hosen mit geheimen Taschen aus, denen die Leute ihre wertvollsten Dinge anvertrauten, die Zeugnisse ihres Lebens.

Eines Tages suchte ich wieder einmal in meinem Mantel herum und tastete nach geheimen Verbindungen, als ich auf etwas Fremdes, Unbekanntes stieß: Es war hart, leicht, fast rund und schmiegte sich angenehm in meine Handfläche. Vorsichtig zog ich es hervor und sah direkt in ein Gesicht. Es war ein kleiner Kopf aus Papiermaschee, mit großen Augen bemalt, roten Lippen und flachsblondem Haar. Er sah so echt aus, dass ich ihn küssen wollte.

Mein Herz wusste es, bevor ich es denken konnte, und setzte einen Schlag aus: der Vorratsraum! Die kleine Kammer, in die Großvater mich nie lassen wollte. Warum hatte ich nicht früher daran gedacht? Erst am selben Morgen hatte ich einen Schlüssel in einer winzigen Tasche nahe beim Saum des Mantels gefunden. Ich fingerte nach dem Schlüssel und lief zur Tür von

Tatuś' Refugium. Der Schlüssel passte. Fast geräuschlos sprang die Tür auf. Ich schaltete das Licht ein und schnappte nach Luft: Eine ganze Armee kleiner Leute starrte mich an.

Der Raum war voller Puppen in allen Ausführungen und Stadien der Herstellung. Da waren ein König, ein Mädchen, ein Narr und etliche Tiere: ein Krokodil mit erst zur Hälfte bemalten Zähnen, ein Affe und ein Pferd ohne Schweif. Einige der Puppen sahen aus, als wären sie bereit, von ihrem Regalbrett zu springen, anderen fehlten noch einzelne Glieder oder sie hatten nichts an. Quer durch den Raum war eine Leine gespannt, an der, mit Klammern befestigt, winzige Arme und Beine hingen, die darauf warteten, einen Besitzer zu finden.

Auf einem kleinen Tisch lagen noch nicht ganz fertige Puppenkleider ausgebreitet, sorgfältig aus Stofffetzen zusammengenäht. Ich erkannte Teile einer alten Schürze meiner Mutter wieder, aus denen ein Sommerkleid für ein Mädchen geworden war, daneben lag ein Hemd aus Serviettenstoff. Ich schnüffelte. In Großvaters Werkstatt roch es intensiv nach Lack. Auf einem hölzernen Regalbrett standen kleine Farbtöpfchen und in einem Glas ein paar ausgetrocknete Pinsel. Weiter hinten entdeckte ich eine bemalte Bühne, komplett mit einem von goldenen Ornamenten eingefassten Samtvorhang.

Daneben hockte ein Prinz. Er trug einen purpurroten Umhang mit einer Kaninchenfellborte und sah mir direkt in die Augen.

Das war also Großvaters Geheimnis gewesen. Diese kleinen Leute, alles selbstgemachte Handpuppen, hatten ihm Gesellschaft geleistet. Aber warum hatte er sie mir nie gezeigt? Hatte er das alles für einen besonderen Anlass vorbereitet, eine aufwendige Vorstellung? Und warum hatte er gerade diesen einen unvollendeten Puppenkopf in seiner Tasche mit sich getragen?

Die Erinnerung an einen besonderen Nachmittag mit meinem Großvater vor nur zwei Monaten, im Mai 1941, kam mir in den Sinn. An dem Tag war ich fünfzehn geworden, und Großvater hatte eine Überraschung für mich. Es war ein sonniger Tag, und wir genossen die Wärme, nachdem der Winter mit seinen kräftigen, kalten Klauen Tausende Leben dahingerafft hatte. Wir schlenderten die ulica Leszno entlang, die aus Spaß »der Broadway des Ghettos« genannt wurde. Sie hatte nichts Glamouröses, bot aber immer noch einiges an Unterhaltung. Aus Cafés drang Klaviermusik, es gab ein paar kleine Theater, ein Kabarett und sogar ein Kino. Überall an den Mauern hingen Plakate und kündigten mit großen Lettern Konzerte und Aufführungen an. Das brachte nicht nur Farbe auf die grauen Wände, es versprach auch Ablenkung von unserer schrecklichen Situation, und wenn es nur für einen Nachmittag war.

Die ulica Leszno bot eine willkommene Atempause von der überwältigenden Armut rund um uns herum. Hier konntest du tatsächlich noch lächelnde Gesichter sehen, und wenn einer den Schritt beschleunigte, tat er es aus Vorfreude auf ein Konzert und nicht, weil er von der Polizei verfolgt wurde oder unbedingt einer der Ersten sein wollte, die sich an einer Schlange anstellten. Natürlich konnten sich nicht alle solche Unterhaltungen leisten, doch es gab immer noch Leute mit Geld und besseren Kleidern. Obwohl uns die weiße Armbinde alle auf die gleiche Weise brandmarkte, gaben die schöneren Mäntel, Hüte und Schuhe der Reichen ein beredtes Zeugnis von den Unterschieden, die immer schon auch zwischen uns Juden geherrscht hatten.

Mutter blieb zu Hause, damit Großvater mich ausführen konnte. Ich sog die Atmosphäre in mich auf und vergaß für einen Augenblick die ausgemergelten Körper, an denen wir unterwegs vorbeigekommen waren und denen man überall im Ghetto begegnete.

»Ich habe genau das Richtige für dich, Mika, komm.« Mit diesen Worten führte mich Großvater in ein kleines Café. Ich wollte schon protestieren: Hatte er mir nicht eine Aufführung versprochen? Dann sah ich hinten im Raum ein Plakat, auf dem stand: »Der Dieb von Bagdad – ein Puppenspiel.«

Großvater ging zu den Frauen hinter der Theke und verkündete lautstark, was mir äußerst peinlich war: »Das ist mein Enkel Mika, bitte einmal die besten Karten des Hauses als Geburtstagsgeschenk für ihn. *Masel-tov!*« *Tatuś* lächelte erst die Frauen und dann mich an.

»Sicher. Die Vorstellung beginnt in einer Stunde. Oben. Ich bin überzeugt, es wird ihm gefallen. Alles Gute zum Geburtstag, Mika!«

Ich war da nicht so überzeugt. War das nicht was für kleine Kinder? Immerhin war ich jetzt fünfzehn, sollte Großvater da mit mir nicht in ein richtiges Theaterstück gehen? Wir setzten uns an einen der Tische und warteten, und obwohl die Limonade, an der wir nippten, herrlich schmeckte, seufzte ich erleichtert, als eine der Frauen mit dem kräftigen Läuten einer Glocke verkündete, die Vorstellung werde in fünf Minuten beginnen.

Mit der kleinen Gruppe, die sich mittlerweile versammelt hatte, stiegen wir eine steile, enge Treppe hinauf in einen winzigen Raum mit einer noch winzigeren Bühne. Jeder Platz war besetzt. Wir saßen da wie in einem Wohnzimmer, aber mit Leuten, die wir nicht kannten, und mit keiner anderen Ablenkung als der goldgerahmten, luxuriösen kleinen Bühne. Die Lichter verloschen, der Vorhang öffnete sich und führte uns in die exotische Welt Bagdads, mit einer wunderbar gemalten Kulisse aus Moscheen, Halbmonden und farbenfrohen Häusern, hinter denen sich mächtige Berge erhoben.

Dann kamen die Puppen: Es waren Marionetten, die sich

wie durch einen Zauber fortbewegten, von einem Puppenspielermeister, der vor unserem Blick verborgen blieb, an unsichtbaren Fäden geführt. Es war die reine Magie. Die Welt des Diebes riss mich mit sich mit, und ich vergaß all meine Vorbehalte. Ich sah meinen Großvater an, der verzückt lächelte, und für die Zeit des Stücks waren wir ohne Angst und Schrecken. *Tatuś* lachte und seufzte, klatschte in die Hände und biss sich auf die Lippe. Auch er war wieder ein Kind, zu Gast bei einer Geburtstagsfeier, und ging völlig auf in der Geschichte, die sich dort auf der Bühne zutrug, in diesem winzigen Raum über dem Café an der ulica Leszno im Warschauer Ghetto, in Polen, im Frühling des Jahres 1941. Es war unser letzter gemeinsamer Ausflug.

Etwas in der Ecke der Werkstatt zog meine Aufmerksamkeit auf sich und holte mich aus meiner Erinnerung zurück. Auf dem Tisch in der Ecke lag ein Stück in zwei Teile geschnittener roter Samt, daneben ein winziges Kleid aus dem gleichen Stoff, aus dem auch der prächtige Umhang des Prinzen gemacht war. Nadel und Faden steckten noch darin, als käme Großvater jede Minute zurück, um nach der Nadel zu greifen und sein Werk zu vollenden.

Doch statt seiner setzte ich mich an jenem Nachmittag an den Tisch und vollendete das winzige Kleid. Ich wählte Arme, Hände, Beine und Füße aus, befestigte sie, so gut ich konnte, und nähte vorsichtig den Kopf aus der Tasche des Mantels auf den zarten Puppenkörper. Ich schob eine Hand unter das Kleid und bewegte den Körper, seine dünnen Arme und Beine und den hübschen Kopf. Die Puppe sah mich mit großen dunklen Augen an und verbeugte sich.

»Hallo, mein Junge, wie heißt du denn? Wie schön, dich kennenzulernen. Ich bin Prinzessin Sahara«, sagte ich laut.

Und so begann meine Lehrzeit mit Großvaters Puppen.

Kapitel vier

Ich behielt das Geheimnis der Puppen für mich und verbrachte mehr und mehr Zeit in der Werkstatt. Mutter fragte nicht, was ich dort machte. Wir redeten kaum. Vielleicht wusste sie ja sogar von den Puppen, aber die Trauer hatte sie verschlungen, wie ein Löwe ein Lamm verschlingt, und doch schaffte sie es, uns jeden Abend eine Suppe von dem zu kochen, was sie tagsüber hatte kaufen oder eintauschen können.

Während ich mich in Großvaters Puppenreich zurückzog, wurde die Welt draußen immer feindseliger, und wenn Mutter mich für eine Besorgung hinausschickte, erinnerte mich das, was ich da draußen sah, auf brutale Weise daran, dass unsere Situation längst mehr als verzweifelt war: Häuser waren mit einem großen T gekennzeichnet, wo der Typhus Straße um Straße heimsuchte, und immer noch mehr Menschen wurden ins Ghetto getrieben und zogen auf der Suche nach einem Platz, an dem sie sich einrichten konnten, ihre wenigen geretteten Habseligkeiten hinter sich her. Sie kamen vom Land, und ihre geflüsterten Geschichten waren voller unvorstellbarer Schrecken: Ganze Dörfer waren massakriert, die Einwohner in die Wälder gezerrt und ermordet worden, nur eine Frau hatte überlebt und wusste die Geschichte zu erzählen.

Ich konnte diese Flüchtlinge, die nichts als Leere in ihren Augen mit sich trugen, nicht ansehen.

Vor dem Einmarsch der Deutschen hatten wir eine geräumige Wohnung mit hohen Decken und einem großen Balkon gehabt. Unsere Wohnung im Ghetto maß kaum ein Viertel davon. Nachdem sie meinen Großvater erschossen hatten, war ich in sein Zimmer gezogen. Es hatte nur Platz für ein Bett und einen kleinen Schrank, aber es gehörte mir. Drei Wochen später zogen zwei Familien bei uns ein.

Die erste klopfte zufällig zu einer Zeit an unsere Tür, als meine von der Essenssuche völlig erschöpfte Mutter nicht mehr die Kraft hatte, dem Flehen Fremder zu widerstehen. Es war bereits die fünfte Familie, die an diesem Tag anklopfte, während Mama unsere dünne Suppe kochte. Sie führte die Leute stumm durch die Wohnung.

»Mika, bitte pack deine Sachen zusammen, du ziehst zu mir«, sagte sie mit einem Blick, der verlangte, dass ich still blieb und gehorchte. Ich warf meine wenigen Bücher und Kleider auf Mamas Bett. Wie konnte sie so einfach mein Zimmer weggeben?

So zogen Marek und Diana bei uns ein nebst ihren drei Kindern, die vierjährigen Zwillinge Sara und Hannah und ihrem gerade erst auf die Welt gekommenen kleinen Bruder. Sara und Hannah waren kaum zu unterscheiden und hatten schwarze Zöpfe mit großen rosa Schleifen. Zu fünft teilte die Familie sich mein winziges Zimmer.

Während der ersten Tage weigerte ich mich, mit ihnen zu sprechen, und das schreiende Baby hielt mich nachts wach. Manchmal hörte ich auch die Mädchen weinen. Und dann, gerade als ich mich entschieden hatte, nett zu den Zwillingen zu sein, wurde es noch schlimmer: Mutters Schwester Cara klopfte eines Nachmittags mit meiner Cousine Elli und meinem Cousin Paul an die Tür. Vor etwa vier Jahren hatten wir sie in der Nähe von Krakau auf dem Land getroffen. Ich erinnerte mich noch gut daran. Großvater, Mutter und ich hatten den Zug genommen. Elli war damals ein kleines, lebhaftes Mädchen gewesen, dessen Dreistigkeit mich ständig zum Lachen brachte. Paul dagegen hatte schon mit seinen sechs Jahren eine schwermütige, erwachsene Art, die ich nicht verstand. Heute frage ich mich manchmal, ob er vielleicht ahnte, was uns bevorstand?

In jenem heißen Sommer auf dem Land hatten wir uns an die Seen geflüchtet. Die Erwachsenen saßen auf ihren Decken, tranken Limonade und Wein und tischten ein köstliches Picknick auf, während wir ein kleines hölzernes Floß bauten, ins Wasser sprangen, spritzten und uns gegenseitig untertauchten. Ich schluckte reichlich Wasser, mehr als alle anderen, aber wir hatten einen Riesenspaß. In der Gesellschaft meines Cousins und meiner Cousine fühlte ich mich als Teil von etwas Größerem, unerhört lebendig und von Grund auf glücklich.

Damals hatte mein Onkel Samuel noch gelebt. Er war Uhrmacher wie sein Vater und Großvater, ein beeindruckender Mann mit einer schönen Goldrandbrille, der sich wie mein Großvater sehr für Astronomie interessierte. Ich hörte, wie die beiden sich über neue Entdeckungen unterhielten und überlegten, ob es die Menschen jemals auf den Mond schaffen würden. Derweil steckten Cara und Mama die Köpfe zusammen und lachten und kicherten wie wir Kinder.

Ich erinnere mich auch noch an den Abschied: Etwas steif und formell stand ich da, schüttelte allen die Hand und wollte nicht, dass Elli merkte, wie sehr ich sie vermissen würde. Wir versprachen, einander zu schreiben, taten es aber nicht.

Ein Jahr später kämpfte Elli um ihr Leben. Es fing mit Kopfschmerzen und einem leichten Fieber an, dann wich alle Kraft aus ihren Beinen, und nach zwei Tagen konnte sie nicht mehr gehen. Das Atmen fiel ihr schwer, und sie brachten sie in die Kinderklinik nach Krakau, wo sie wochenlang in einem viel zu großen Bett lag, abgemagert und blass, wie aus Wachs modelliert. Sie hatte Polio, Kinderlähmung.

Elli kämpfte und erholte sich. »Deine Cousine ist ein tapferes Mädchen«, sagte meine Mutter, aber wir hörten, dass sie noch monatelang an Krücken gehen musste. Mit großer Willenskraft lernte sie wieder zu laufen, nur ihr rechtes Bein zog sie hinkend nach. Es würde für immer schwächer bleiben, sagten die Ärzte, doch Elli schwor sich, ihnen das Gegenteil zu beweisen.

Das kleine Mädchen aus meiner Erinnerung gab es nicht mehr. Im Sommer 1941 stand eine lebhafte Fünfzehnjährige in unserer düsteren, kleinen Ghettowohnung, mit einem abgewetzten braunen, zum Bersten gefüllten Koffer in der Hand, und grinste von einem Ohr zum anderen. Ich sah ihre herrlich geraden Zähne aufblitzen und konnte weder eine Krücke noch einen Stock entdecken.

»Mika! Wie geht's dir? Mann, bist du gewachsen!« Sie selbst war ebenfalls in die Höhe geschossen und auf halbem Weg von dem Mädchen jenes heißen Sommers am Rosnowskie-See zu einer erwachsenen Frau. Ich starrte sie an, bis sie laut lachte.

»Hast du die Sprache verloren, Mika? Ich bin's, Elli, deine Cousine. Erinnerst du dich nicht?«

»Aber natürlich, was denkst du? Kommt herein, ihr müsst erschöpft sein.«

Sie schob sich mit ihrem Bruder Paul im Schlepptau an mir vorbei, der für seine zehn Jahre zwar groß war, aber käsig und dünn wie eine Bohnenstange. Bis auf sein ständiges Husten und ein »Hallo« blieb er stumm. Ich warf einen verstohlenen Blick auf Ellis Beine, die unter dem blauen Kleid hervorsahen: Das linke schien etwas dünner als das rechte, und sie zog es leicht nach. Verlegen sah ich gleich wieder weg und war froh, dass Elli meine Neugier nicht bemerkt hatte.

Tante Cara war genauso dünn wie Paul, aber sie hustete nicht. Sie war blass, hatte Schatten unter den Augen, dunkel wie Blutergüsse, und einen völlig farblosen Mund. Ihr war die

Anspannung und Erschöpfung anzusehen, die es ihr bereitete, verstehen zu wollen, was mit ihrer Familie und der Welt geschah – all unseren Welten.

Die Deutschen hatten Krakau Anfang 1940 zur Hauptstadt ihres Generalgouvernements erklärt und wollten eine »judenfreie Stadt«. Elli, Paul und ihren Eltern war wie allen anderen Juden befohlen worden, die Stadt zu verlassen und sich auf dem Land anzusiedeln, nicht weit von unserem Urlaubssee. Der Hunger trieb sie jedoch in der flüchtigen Hoffnung nach Warschau, dort einige von Onkel Samuels Uhren in Brot verwandeln zu können. Sie hatten uns im Ghetto zu finden versucht, aber ohne Erfolg, und so hatten sie monatelang, ohne dass wir es wussten, in der ulica Sliska gewohnt, in einem kleinen Zimmer ganz nahe bei uns. Vor zwei Wochen dann war Onkel Samuel nicht wieder nach Hause gekommen. Die Polizei hatte ihn bei einem Schwarzmarktgeschäft verhaftet und ins Pawiak-Gefängnis gesteckt. Und gestern waren Elli, Paul und meine Tante aus ihrem Zimmer geworfen worden.

Ich erfuhr das alles, als Cara und meine Mutter in jener ersten Nacht darüber sprachen.

»Ich habe seit seiner Verhaftung nichts mehr von ihm gehört. Ich habe solche Angst, Halina.« Es war komisch, den Namen meiner Mutter zu hören, selbst Großvater hatte sie immer nur Mama genannt.

Wir hatten keinen Platz in unserem Zimmer, so dass die drei in der Küche campieren mussten. Ihre Ankunft änderte alles. Ich konnte nicht aufhören, an Elli zu denken. Sie war so gewachsen, sogar größer als ich und immer noch voller Leben und Abenteuerlust, selbst in unserer grässlichen Situation. Das Feuer und die Verschmitztheit in ihren grünen Augen fesselten mich. Ich hatte Schmetterlinge im Bauch, aber würde mich dieses Feuer nicht verbrennen? Die ersten Tage versuchte ich, Elli zu ignorieren.

Wir konnten schnell sehen, dass Paul sehr krank war. Er lag die meiste Zeit im Bett, ohne jede Kraft und kreidebleich. Keiner konnte schlafen, wenn sein Husten die Nacht durchschnitt.

Ich schlich mich frühmorgens in die Werkstatt und schloss die Tür von innen ab. Ich sehnte mich danach, mit meinen Puppen wenigstens eine kleine Weile allein sein zu können, meine Kämpfe zu kämpfen und Liebe und ein wenig Frieden zu finden.

Am Ende erwischte mich Elli. Eines Morgens lauerte sie mir auf, als ich mich aus dem Schlafzimmer schlich, fasste meinen Ärmel und sah mich mit ihren herrlichen Augen an. Ich wusste, es war ihr ernst, aber sie lächelte. Lieber Gott, wie ich dieses Lächeln liebte.

»Wo willst du hin, Mika? Was ist das große Geheimnis?«

»Nichts, es gibt kein Geheimnis. Ich brauche nur etwas Luft.«

»Ah, der junge Mann braucht Luft. Komm schon, Mika, nimm mich mit, ich sterbe vor Langeweile!«

Ich glaube nicht, dass es an dem kleinen Stück Schokolade lag, das Elli aus ihrer Tasche hervorzauberte, weshalb ich mein Geheimnis preisgab, sondern ich begriff mit einem Mal, wie einsam ich mich fühlte. Wenn ich es als Einzelkind auch gewohnt war, allein zu spielen, sah ich doch, wie die Zwillinge miteinander balgten und kicherten, sah, wie lieb Elli sich um ihren Bruder kümmerte, und das alles erfüllte mich mit leichtem Neid und einer großen Sehnsucht.

Dazu kam, dass ich nur zwei Hände hatte und es mich langsam etwas langweilte, immer nur Zweierszenen auf der kleine Bühne aufführen zu können: mit dem König und dem Mädchen, dem Prinzen und dem Krokodil, dem Narren und dem Pferd.

Ich beschloss, Elli in meine kleine Welt zu lassen.

»Schließ die Augen!« Ich nahm sie bei der Hand, und sie trat vorsichtig in die dunkle Werkstatt. Ich schaltete das Licht ein, und da leuchteten außer der Glühbirne auch ihre Augen auf.

»Mika, das ist ja toll! Ich dachte, du baust eine Eisenbahn, aber das ist ja wunderschön. Sieh dir die an!« Sie griff nach der Prinzessin, fuhr mit der Hand unter das Kleid und in die Arme der Puppe und ließ sie auf der Bühne herumtanzen.

»Hallo, hallo, mein Junge, warum neigst du nicht den Kopf vor mir, der Prinzessin von Theben?«, sagte sie zu mir.

»Eigentlich heißt sie Prinzessin Sahara.«

»Ah, ja. Schau dir den Esel an, der ist ja so süß.«

Einen Moment lang spürte ich, wie sich reines Glück in meinem Körper ausbreitete. Dass Elli von meinen Puppen so begeistert war! Von jetzt an sollten in jedem meiner Stücke zwei wichtige Personen mitspielen: Prinzessin-Sahara und der Esel, beide von Elli geführt, während ich mich um die anderen Puppen kümmerte. Ein perfektes vierhändiges Duo war geboren, und es gab keinen Weg zurück.

Plötzlich leuchteten zahllose Möglichkeiten wie Goldmünzen vor mir auf, und zum ersten Mal, seit sie uns ins Ghetto gesperrt hatten, fühlte ich mich glücklich. Wir lachten, kicherten und kämpften auf der Bühne unserer kleinen, staubigen Werkstatt. Ich verriet Elli auch das Geheimnis von Großvaters Mantel, der uns Schutz bot, und die Puppengesellschaft ließ uns eine kleine Weile lang die Erwachsenenwelt vergessen. Eine Welt, in der die Menschen so viel Hässliches schufen wie dieses Judenghetto. Eine Welt, die wir beide nicht verstanden.

Wir hatten so viel zu tun. Als hätte uns ein Fieber erfasst, verbrachten wir Stunden in der kleinen Kammer, bauten Schiffe und ganz Wälder aus Papiermaschee, bemalten Landschaften mit Burgen und Flüssen und nähten aus sämtlichen Stofffetzen, die wir bekommen konnten, winzige Kostüme zusammen. Wieder und wieder fragten wir unsere Mütter nach einem weiteren Taschentuch oder einer Serviette. So schufen wir immer mehr Puppen für unsere Truppe: Piraten, Banditen und einen Doktor, und den Narren ließen wir ein paar Töne auf der kleinen Geige spielen. Dann erschien Kaninkudum, der Bösewicht aus den Tiefen des Waldes, dessen Spezialität es war, die Prinzessin zu entführen und sie im Krokodilgehege gefangen zu halten, bis der Prinz kam – tatata! – und sie mit Hilfe des Narren und des Esels befreite.

Wir kämpften Kampf um Kampf auf der kleinen Bühne, und ich bekam auf ihr sogar meinen ersten Kuss. Nun, es war der Doktor, den ich spielte und der das Herz der Prinzessin gewann, während der Esel applaudierte.

Im März dann näherte sich der Geburtstag der Zwillinge. Ich hörte durch die dünnen Wände, wie die Mädchen ihre Eltern anflehten, an ihrem großen Tag etwas Schokolade zu bekommen, gefolgt vom unterdrückten Schluchzen und Flüstern der Eltern. Am nächsten Morgen fasste ich Ellis Hand und zog sie in unseren geheimen Raum.

»Elli, lass uns eine spezielle Geburtstagsaufführung für die Zwillinge veranstalten, sie bekommen sonst nichts. Sie könnten die Ehrengäste sein. Was denkst du?« Elli war gleich Feuer und Flamme, und wir schrieben Einladungen mit aufgemalten goldenen Ornamenten und verteilten sie schon eine Stunde später. Die Überraschung und die erwartungsvolle Freude auf den Gesichtern der Zwillinge wärmten mir das Herz, und selbst Paul, der jeden Tag mehr zu kämpfen hatte, konnte plötzlich wieder lächeln.

Tatuś wäre stolz gewesen. Wir luden auch die Nachbarn ein. Nachmittags nahm mich Mama beiseite und sagte: »Das hast du also die ganze Zeit gemacht? Du schlauer, geheimnisvoller Junge.« Sie nahm mich in den Arm, und wir standen da und lachten.

Am Tag vor der Vorstellung modellierten wir aus frischem Papiermaschee noch eine zweite Mädchenpuppe, um ein Zwillingspaar auf der Bühne zu haben. Wir entschuldigten uns für den Rest des Tages, um zu proben, und nach und nach nahm unser Stück im abgeschlossenen Dunkel der Werkstatt Gestalt an. Es gab viel Hin und Her wegen der Geschichte, aber am Ende ergab sich alles wie von selbst.

Der große Tag kam. Wir wählten die Küche als Theaterraum und stellten mit geröteten Gesichtern, flink wie Wiesel, so viele Stühle und Kisten als Sitzgelegenheiten auf, wie wir auftreiben konnten. Die kleine Bühne mit ihrem roten Samtvorhang stand auf dem Küchentisch, und ich trug Großvaters Mantel, in dem alle Puppen steckten, die wie wir ungeduldig auf ihren großen Auftritt warteten. Im Raum war es dunkel, nur zwei Lampen erhellten die Bühne. Elli versteckte sich hinter der Bühne, ich holte tief Luft und trat vor.

»Meine Damen und Herren, willkommen zu unserer allerersten Vorstellung von ›Die Prüfungen und Triumphe von Polly und Holly‹, einem Stück in zwei Akten zu Ehren unserer Geburtstagskinder Hannah und Sara! Alles Gute für euch beide! Und jetzt viel Spaß bei unserem Stück.«

Es gab lauten Applaus, dann wurde es ruhig. Du hättest eine Stecknadel zu Boden fallen hören können. Ich tauchte hinter die Bühne und öffnete den Vorhang. Ich konnte Ellis Gesicht kaum erkennen, sie aber riechen: würzig, mit einer Spur Lavendel. Ihr Arm strich leicht über meinen, wie der Schweif einer Katze, und ein ganzer Schwarm Schmetterlinge flog in meinem Bauch auf.

Ich schob meine Hand in den Körper des Krokodils. Elli ließ die Zwillingspuppen in einem schwesterlichen Spiel über die Bühne tanzen, und bald schon hörten wir Kichern, Zwischenrufe und Klatschen. Dann kreischte Hannah, als das Krokodil seine scharfen hölzernen Zähne zuschnappen ließ, die Puppenzwillinge bei ihren winzigen Hälsen packte und davonzerrte. Ich linste heimlich ins Publikum und sah, wie sich Sara auf die Fingerknöchel biss und wegsah.

Was für ein Abenteuer! Wir schickten die Puppenzwillinge auf einem Floß den Fluss hinunter in die Wüste und versteckten sie in einem Vogelnest oben auf dem höchsten Berg, bevor die Hexe des Nordens sie in ein Iglu sperrte. Aber am Ende kamen sie mit Hilfe des Prinzen und des Affen wieder sicher nach Hause und brachten einen Korb voller magischer Schätze von ihrer Reise mit: eine nie verwelkende Blume für das ewige Glück, eine Adlerfeder, die ihrem Besitzer die Fähigkeit zu fliegen verlieh, und einen nie schmelzenden Eiszapfen, der heller leuchtete als das hellste Licht.

Wir zogen den Vorhang zu, traten, uns bei den Händen haltend, vor und verbeugten uns. Ellis Hand lag warm und verschwitzt in meiner. Ich bin ziemlich sicher, dass ich eine Träne über Mutters Wange rinnen sah, doch da kamen schon die Zwillinge gelaufen und packten die Taubenfeder, die Blume aus dem Blumenkasten meiner Mutter und den aus einem Taschentuch geformten Eiszapfen.

Wir bewahrten den Zauber des Nachmittags wie ein wertvolles Juwel in unseren Herzen, doch es dauerte nicht lange, bis unser kleines Glück zerbrach.

Ein paar Tage später wurde Pauls Husten schlimmer: Es hielt ohne Unterlass Tag und Nacht an und erfüllte uns alle mit banger Vorahnung. Wenn ich Paul so kämpfen hörte, tat mir auch meine Brust weh.

Tante Cara tat alles, um nahrhaftes Essen und Medikamente zu bekommen, aber auch auf dem schwarzen Markt gab es so gut wie nichts. Sie verkaufte sogar ihr Hochzeitskleid für eine winzige Flasche mit einem zweifelhaften Sirup, aber Paul wurde mit jedem Tag dünner und blasser. Er schwand vor unseren Augen dahin. Verzweifelt ging Cara mit ihm ins Krankenhaus, doch die Schwestern schickten sie weg. Die Betten seien übervoll mit Kindern, denen es schlechter gehe als Paul, sagten sie.

Als einzige Medizin blieben die Puppen, und Paul bat uns immer wieder, den Schurken und den Narren zu holen. Wir spielten für ihn und die Zwillinge, die sich zu ihm aufs Bett setzten, und manchmal kamen auch Tante Cara und Mutter für eine Weile.

Eines Morgens wachte ich früher auf als sonst. Ich drehte mich um und sah Mutter aufrecht auf dem Bettrand sitzen. Die Anspannung in ihrem Rücken war deutlich zu erkennen, fest wie ein Bogen war er, mit dem gleich ein Pfeil abgeschossen werden sollte. Sie spürte, dass ich aufgewacht war, und drehte sich zu mir um. Ihre Augen waren ganz rot.

»Paul ist gestorben, Mika. In der Nacht. Ich wollte dich nicht wecken.« Sie wandte sich ab und vergrub das Gesicht in den Händen.

O Gott, nächste Woche wäre sein Geburtstag gewesen. Aus der Küche war nichts zu hören.

»Was ist nur, Mika? Was machen sie mit uns?«

Ich blieb stumm, es gab nichts, was ich hätte sagen können. Ich wollte zu Elli, wollte sie trösten, ihre Hand halten, und hatte doch Angst davor. Sie musste die ganze letzte Nacht bei ihm gewesen sein, direkt neben ihm. Die beiden schliefen auf Feldbetten Seite an Seite. Ihr lieber kleiner Bruder. Ich wollte ihn mir nicht vorstellen wie die vielen Leichen, die ich in den Straßen des Ghettos gesehen hatte. Es war doch Paul, unser Paul.

Ich glaube, er wusste, dass er sterben würde. Etwa eine Woche vorher, als Elli unsere Puppen nach einer der vielen Aufführungen zurückbrachte, war ich einen kurzen Moment mit ihm allein gewesen.

»Du hast ein Talent, Mika. Du musst für alle Kinder im Ghetto spielen. Wenn ich nicht mehr bin, hoffe ich, mitmachen zu können, im Geiste, meine ich. Vielleicht kann ich eine Puppe werden, eine aus deiner Truppe, der Narr vielleicht, oder der Ritter.«

»Rede keinen Unsinn, Paul! Du wirst wieder gesund, und sobald du wieder bei Kräften bist, kannst du als dritter Puppenspieler bei uns mitmachen, wenn du magst. Nicht als Puppe. Und jetzt ruhe dich aus, ich glaube, wir haben dich erschöpft.« Das war das letzte Gespräch gewesen, das wir allein geführt hatten.

Während der nächsten Tage lebten wir wie aus der Zeit gefallen. Wie Vieh im dichten Nebel drängten wir uns in der Küche zusammen und hatten Angst, einen Schritt zu tun. Alle waren wir in der Welt unserer Gedanken gefangen, und ich fand keine Worte für Elli, sondern drückte sie nur an mich, und sie ließ es geschehen. Ich umarmte auch Tante Cara. Steif stand sie da und rührte sich nicht. Es war, als hielte ich einen knorrigen Baum in den Armen. Ich glaube, sie atmete nicht einmal. Nach der Beerdigung versammelten wir uns mit dem Rabbi um unseren Küchentisch. Elli zupfte an meinem Ärmel und flüsterte: »Lass uns die Puppen holen! Paul würde nicht wollen, dass wir hier sitzen und in unseren dünnen Tee heulen. Spielen wir sein Lieblingsstück!«

Und so führten wir in unserer Küche für Paul eines der lustigen Stücke auf. Ich erzählte Elli nicht, was Paul gesagt hatte, konnte den Narren aber kaum in Zaum halten. Von Anfang bis Ende wollte er im Vordergrund stehen, die Prinzessin retten und küssen und gegen den gefährlichen Zauberer kämpfen. Hinterher verbeugte er sich fünfmal vor unserem kleinen Publikum.

Elli veränderte sich nach Pauls Tod. Sie verlor ihre aufgeweckte, fröhliche Selbstsicherheit, saß den ganzen Tag in unserem einzigen Sessel, den sie zu ihrem neuen Zuhause machte, und las und las, vor allem aus »Tausendundeine Nacht« ein Märchen nach dem anderen. Sie sagte kaum noch etwas. Nur wenn ich sie überreden konnte, mit den Puppen zu spielen, und wir uns hinter die kleine Bühne duckten, erwachte die alte Elli zum Leben.

Und so ging es weiter: Die Puppen waren unsere Begleiter, und obwohl unsere Hände sie führten, hatten sie doch auch ihr eigenes Leben. Wir staunten über die Weisheit einiger Sätze, die aus ihren winzigen Mündern drangen.

Die Kunde von uns verbreitete sich schnell, und bald kamen die Nachbarn und wollten, dass wir für sie spielten, bei Geburtstagen, Mizwas und anderen besonderen Gelegenheiten. Ich glaube, Elli tat es für ihren Bruder. Sobald eine neue Anfrage kam, legte sie ihr Buch zur Seite und stand aus dem Sessel auf.

»Lass uns proben, und wir sollten uns ein neues Stück überlegen. Was ist diesmal der Anlass?«

Gewöhnlich kamen wir mit kleinen Geschenken zurück: Stiften, Tüchern oder sogar etwas Brot. Aber kaum dass wir wieder zu Hause waren, verkroch sich Elli in den Sessel, öffnete ihr Buch und tauchte tief hinein. Sie verschwand an einen Ort, an dem ich sie nicht erreichen konnte.

Mit einem Mal kamen auch Leute aus anderen Teilen des Ghettos, klopften an die große Tür unten, und wenn einer von uns den Kopf aus dem Fenster steckte, riefen sie: »Wir wollen den Puppenspieler sprechen, wir haben ein Engagement für ihn.«

Ich setzte eine geschäftliche Miene auf, antwortete mit leicht tiefer, rauer Stimme und ließ sie herauf in unsere Küche, um die Einzelheiten zu besprechen. In jenen Tagen klang meine

Stimme mitunter hell und kristallklar, dann wieder dunkel, gebrochen und fast heiser. Sie wurde ein äußerst unzuverlässiges Instrument, allerdings machte es mir großen Spaß, dem Schurken meine tiefste, gemeinste Stimme zu leihen und sie für den Narren in höchste Höhen steigen zu lassen.

Wir saßen am Küchentisch und handelten: eine Aufführung mit wenigstens fünf Puppen gegen ein halbes Roggenbrot. Für ein zusätzliches Stück verlangten wir etwas Besonderes: ein paar Gramm Butter, ein Ei oder frisches Gemüse. Nur wenige konnten uns solche Dinge bieten, etwas Brot gab es aber immer, und manchmal, wenn auch nicht oft, etwas mehr.

Eines Morgens, genau vier Wochen nach Pauls Tod, fand ich eine Notiz, die jemand unter der Eingangstür hindurchgeschoben hatte.

> *Lieber Puppenspieler, wir haben von Ihren wunderbaren Stücken gehört und möchten Sie einladen, den Geburtstag unseres lieben Sohnes mit einer Aufführung zu verschönern. Als Bezahlung hätte ich etwas Marmelade und Zucker. Mit den besten Grüßen, Ihr Marek Wunderblum*

Ich lief schnell nach oben, rief alle in die Küche und reichte den leicht zerknitterten Zettel herum. Als meine Mutter ihn las, lächelte sie nicht.

»Sieh dir die Adresse an! Sie liegt im kleinen Ghetto. Da ist es noch erbärmlicher und voller als hier, wie ich gehört habe.« Die Deutschen hatten das Ghetto in zwei Teile geteilt: einen größeren nordwestlich der Innenstadt und das kleine Ghetto im Süden. Sie hatten uns die ulica Chłodna nicht überlassen wollen und das kleine und das große Ghetto deshalb mit einer schmalen Holzbrücke verbunden.

»Ich weiß nicht, Mika. Was, wenn es eine Falle ist? Warum hat der Überbringer nicht geklopft? Was, wenn es ein Informant ist?«

In jenen Tagen hörte man etliche Geschichten über Informanten, Verräter, die dem Teufel ihre Seele für ein Stück Brot und ein paar Privilegien verkauften. Ja, wir mussten vorsichtig sein, aber diese Einladung roch für mich in keiner Weise verdächtig.

»Mutter, sie versprechen Marmelade und Zucker. Wann hast du zum letzten Mal etwas Süßes gegessen?« Sie sah weg.

»Ich muss da hin, Mama.«

»Ich komme mit.« Elli stand bereits auf.

»Das kommt überhaupt nicht in Frage. Elli bleibt hier«, ging Cara dazwischen. Seit Pauls Tod hatte sich etwas in ihr verhärtet. Ich glaube nicht mal, dass sie um ihn geweint hat, aber sie schleppte sich nur noch durch die Wohnung, als trüge sie eine schwere, alte Ritterrüstung. Wir hatten auch noch keine Nachricht von meinem Onkel. Immer wieder ging Cara den weiten Weg zum Pawiak-Gefängnis, wurde aber ohne ein Wort wieder weggeschickt.

Elli sagte nichts. Sie wusste, sie konnte mit ihrer Mutter nicht streiten. Sie ließ sich zurück in ihren Sessel fallen, nahm ihr schweres Buch und verschwand in der Welt der Geschichten, als wäre sonst nichts wichtig.

Kapitel fünf

Am nächsten Tag verließ ich unsere Wohnung schon frühmorgens. Ich trug Großvaters Mantel und steckte die Hände tief in die Taschen, um die beruhigende Gesellschaft der Puppen zu fühlen. Ich hatte beschlossen, keine Bühne oder zu viele Requisiten mitzunehmen, dieses Mal sollte der Mantel mein Theater sein. So konnte ich überall spielen, direkt aus Großvaters Erbstück heraus.

Nach außen hin sah ich aus wie jeder andere Junge, der Mantel umschloss mich, und ich machte mich entschlossen an meine heldenhafte Durchquerung des Ghettos. Was Schlimmes konnte mir in meinem magischen Mantel schon zustoßen?

Ich trat auf die Straße und marschierte zügig die ulica Gęsia hinunter. Ich war während der letzten Monate so sehr mit Elli und den Puppen beschäftigt gewesen, dass mir nicht aufgefallen war, wie viel schlimmer es im Ghetto stand. Genau wie unsere Wohnung platzte auch das Ghetto aus allen Nähten. Es hatte von Beginn an nicht genug Platz gegeben, aber jetzt kam ich an ganzen Familien vorbei, die vor den Häusern saßen und mit einem kleinen Teppich und ihren Koffern ein Stück Bürgersteig für sich beanspruchten, Inseln gleich. Viele steckten in Lumpen, reckten die knochigen Hände und bettelten mit dünnen, stöhnenden Stimmen. Gott, da waren ja unsere Puppen besser gekleidet. Je näher ich dem südlich gelegenen kleinen Ghetto kam, desto schlimmer sah es aus, vom Geruch gar nicht zu reden. Hunderte von Bettlern säumten die Straßen, ausgemergelte Leichen lagen auf den Bürgersteigen und in der Gosse, notdürftig mit Zeitungen bedeckt, halbnackt, entblößt, viele barfuß. Schuhe waren wie Brot und warme Kleider das Wertvollste im Ghetto, und die Toten brauchten keine Schuhe mehr. Aber eigentlich sollte niemand das Jenseits barfuß betreten. Ich zählte fünf Leichen, zwei von ihnen Kinder, nicht älter als fünf, sechs Jahre.

Ich erreichte die hölzerne Brücke, die das große mit dem kleinen Ghetto verband. In der Mitte blieb ich stehen. Es war verboten, aber ich konnte nicht anders, ich musste in unsere verlorene Stadt sehen. Die Brücke war der einzige Ort, von dem man aus dem Ghetto hinunter in die ulica Chłodna blicken konnte. Straßenbahnen voller christlicher Polen fuhren durch das Ghetto. Die ulica Chłodna war so nahe und doch unerreichbar. Ich lief weiter.

Als ich in die ulica Krochmalna bog, sah ich einen dünnen Arm wie einen vertrockneten Ast unter einer Zeitung herausragen. Mein Magen drehte sich um, und ich rannte, so schnell ich konnte. Was geschah mit den Toten? Warf jemand eine Handvoll Erde auf ihre Gräber und sprach ein paar freundliche Worte? Oder endeten sie in einem Loch, zusammen mit anderen Leichen, mit Kalk bedeckt und ohne dass sich jemand an ihre Namen erinnerte?

Jeden Abend sahen wir die hölzernen Karren durchs Ghetto fahren, gezogen von ein paar verhärmten Männern. Sie sammelten die Toten ein und warfen sie wie Säcke auf ihr Gefährt. Tagsüber blieben die Menschen liegen, wo sie gestorben waren, und die Leute stiegen über sie oder wichen ihnen aus: wieder ein Hindernis, ein weiteres Ärgernis im alltäglichen Ghettoleben. Was war nur aus uns geworden?

Ich erschauderte und zog den Mantel fester um mich. Männer, Frauen und Kinder drängten sich um kleine Feuer, andere standen in langen Schlangen und warteten auf eine Kelle Suppe aus einer der Suppenküchen, die überall aus dem Boden geschossen waren. Die Suppen waren dünn, und keiner wurde von ihnen satt, aber für eine kurze Weile, eine Stunde vielleicht, dämpften sie den nagenden Hunger und hielten das wilde, wütende Tier in Zaum.

Und so viele Kinder! In schmutzige Lumpen gekleidet, barfuß, das Haar verfilzt und verkrusteten Schmutz im kleinen Gesicht, saßen sie teilnahmslos neben ihren Eltern oder hockten, schlimmer noch, allein da, verlorene Seelen mit verstörtem, glasigem Blick. So große Augen in so kleinen Gesichtern. Ich wollte es nicht mehr sehen. Meine Hand tastete nach dem Prinzen, der tief in einer der Taschen meines Mantels steckte.

Der Geruch von Elend und Verzweiflung durchdrang alles. Es roch nach Kohl, Schmutz, Abfall und Tod, nach eingesperrten Menschen ohne jede Hoffnung auf Besserung.

Ich zog den Mantelkragen vor die Nase. Welche Hilfe war ich mit meinen dummen Puppenstücken? Sollte ich nicht besser in einer der Suppenküchen stehen und etwas Nützliches tun? Ich versuchte, mich wie mit Scheuklappen weiterzubewegen, aber selbst blind hätten sich die Geräusche und der Gestank nicht ausblenden lassen: das Flehen der Bettler und das Stöhnen derer, die zu schwach waren, sich noch aufrecht zu halten – der Sterbenden; und dazu die verzweifelte Stimme eines Mannes, der seine letzten Besitztümer zu verkaufen versuchte: die Schätze eines Lebens für ein Stück Brot.

Ich näherte mich der ulica Śliska, ganz nahe der Adresse, die auf meiner Einladung stand, als eine kleine Gestalt meine Aufmerksamkeit auf sich zog: In schmutzigen Lumpen bewegte sie sich von Tür zu Tür wie ein nervöser Hund, der nach etwas Essbarem sucht. Ich näherte mich ihr von der Seite, aber noch bevor ich ihr ins Gesicht sehen oder etwas sagen konnte, schallte mir ein Fauchen und Knurren entgegen, das tatsächlich eher zu einem Hund gepasst hätte. Ein Schrei ertönte, und kleine Arme schlugen abwehrend in meine Richtung.

»Geh weg, lass mich in Ruhe!« Es war ein noch sehr kleines, vielleicht fünfjähriges Mädchen, das mich mit der Entschlossenheit eines Wolfes aus großen, glasigen Augen anstarrte.

»Schon gut, schon gut, hab keine Angst«, versuchte ich, die Kleine zu beruhigen. Einen Moment lang stand ich bewegungslos da und griff dann tief in die linke Tasche. Sehr langsam, um die verwilderte Kleine nicht zu verschrecken, so dass sie wieder zu schreien begann oder mich vielleicht sogar biss, zog ich die Prinzessin hervor.

»Oh«, sagte das Mädchen zaghaft, stand da und hob die Hand vor den Mund.

»Hallo, kleines Mädchen, wie heißt du?«, sagte Prinzessin Sahara sanft.

»Hannah.«

»Und was tust du hier so ganz allein, Hannah?«

»Oh, ich sehe nur so herum.«

»Aber wonach siehst du denn, mein Schatz? Suchst du etwas?«

Hannah zögerte und schien nach ihrer ersten, spontanen Reaktion argwöhnisch. »Nach nichts.«

»Soll ich dir helfen? Ich habe scharfe Augen. Ich kann in Häuser hineinsehen und in die Herzen der Menschen.«

»Oh, ich weiß nicht. Vielleicht.«

»Vielleicht kann ich noch jemanden finden, der uns suchen hilft.« Mit meiner rechten Hand zog ich den Affen hervor, und im Gesicht des Mädchens veränderte sich etwas: Der Anflug von einem Lächeln wurde sichtbar.

Der Affe sprang Hannah auf den Arm. »Ich will dir helfen. Wo sollen wir suchen? Und was suchen wir überhaupt?«

»Meinen Bruder, ich habe ihn verloren.« Jetzt rollten ihr die Worte wie Murmeln aus dem Mund.

»Wie sieht er denn aus?«

»Wie ich, aber größer.«

»Wie viel größer?«

Sie reckte die Hand, so hoch es ging, über den Kopf. »So groß.«

»Und wie heißt er?«

»Janusz. Wie der Mann, bei dem ich jetzt wohne.«

»Wann hast du deinen Bruder zuletzt gesehen?«, fragte ich und ging in die Hocke, um auf eine Höhe mit ihr zu kommen.

»Ich weiß nicht. Vor einer Weile.«

»Und deine Mama und dein Papa?«

Schweigen. Weiter kam der Affe mit seinen Fragen nicht. Das Gesicht des Mädchens verdunkelte sich, als wäre eine Gewitterfront aufgezogen. Ich konnte sehen, wie sie sich tief in sich zurückzog, und ließ die Prinzessin nach ihrer kleinen Hand greifen.

»Hannah, möchtest du mit mir kommen und dir ein Puppenspiel ansehen? Hinterher können wir zusammen nach deinem Bruder suchen.« Das Mädchen antwortete nicht, folgte mir jedoch, und ich hatte einen Plan.

»Gewöhnlich hilft mir eine Freundin, sie heißt Elli. Aber sie konnte heute nicht mitkommen. Ich könnte wirklich etwas Hilfe brauchen mit den Puppen. Hättest du vielleicht Lust?« Wieder sah ich in die großen Augen. Sie nickte leicht. Ich gab Hannah den Affen und die Prinzessin, und sie steckte sich die beiden vorsichtig in die Lumpen.

Ich fand die Adresse, ulica Sienna 9, und klingelte. Ein Kopf tauchte in einem Fenster über uns auf.

»Wir kommen wegen des Puppenspiels.« Die Tür öffnete sich mit einem Klick, und wir schlüpften hinein. Ein Mann mit einem Lächeln hell wie die Sonne an einem unbeschwerten Sommertag begrüßte uns. Sein Anblick versetzte mir einen Stich, und ich musste an *Tatuś* denken. Der Mann führte uns in ein schwach erleuchtetes Wohnzimmer, in dem bereits einige Stühle aufgereiht standen, alle in eine Richtung sehend, bereit für unser Spiel.

Ich kam mir etwas komisch vor ohne unsere kleine Puppenbühne, hängte den Mantel über zwei Stühle und sagte Hannah, sie solle sich dahinter mit der Prinzessin und dem Affen verstecken.

Der Raum füllte sich langsam, und der frohgelaunte Vater, der uns die Einladung geschickt hatte, setzte sich neben seinen Sohn, das Geburtstagskind. Der Junge wurde neun Jahre alt, und er saß aufrecht und erwartungsvoll da.

Ich sagte unser Spiel an, duckte mich hinter den Mantel und flüsterte Hannah zu, sie solle anfangen. Sie hob die Prinzessin über den Rand des Mantels und ließ sie herumhüpfen, als steckte ihr eine Feder im Leib. Bald schon kam der Affe dazu, und die beiden spielten Verstecken, begleitet von einem lustigen Gebrabbel. Hannah hatte ganz eindeutig Talent.

Mit einem lauten, scheppernden Schlag, einem meiner liebsten Geräuscheffekte – einem Topfdeckel, den ich auf den Boden fallen ließ –, hob ich den Schurken in die Höhe und entführte die Prinzessin, worauf Hannah den Affen kreischend auf und ab laufen ließ.

Es wurde ein turbulentes Spiel: Gerade noch sah es aus, als würden der Prinz, der Doktor und der Narr gewinnen, und schon hatte der Schurke wieder die Oberhand. Aber am Ende befreite der Narr die Prinzessin, und das Publikum applaudierte begeistert.

Hannah strahlte, als sie sich mit mir verbeugte, und das umso mehr, als mir der Mann ein kleines Tütchen Zucker und ein Glas Erdbeermarmelade gab.

Wir gingen hinaus, und als uns niemand sah, rollte ich vorsichtig das Zellophan vom Marmeladeglas. Ein lange vergessener Geruch begrüßte uns: süß und vollmundig, ein ganzer glücklicher Sommer steckte in dem Glas.

»Komm, Hannah, probier mal!«

Plötzlich war sie wieder das schüchterne Mädchen, das mir zu Anfang gegenübergestanden hatte.

»Los doch, Hannah, du hast es dir verdient. Du hast mir sehr geholfen. Wir haben sie zusammen bekommen.« Ich lächelte sie an und hielt ihr das Glas vor die Nase.

Sie steckte einen Finger ins Glas und ließ ihn einen Moment lang darin. Sie schien nicht ganz sicher, ob sie der köstlichen, klebrigen Masse trauen konnte. War das ein Trick? Vielleicht war es gar keine Marmelade?

Dann krümmte sie den Finger und steckte ihn sich schnell in den Mund. Sie konnte die Freude nicht verbergen: Es war genau das, was es zu sein versprach.

Das Licht wurde langsam weniger, bis zur Ausgangssperre war es nicht mehr lang.

»Komm, ich bringe dich nach Hause.«

»Aber mein Bruder. Du hast es versprochen.«

»Wir können unterwegs nach ihm sehen.«

Ich nahm ihre kleine Hand in meine. Sie wog fast nichts, war leicht und mager wie ein Vogelflügel. Schnell führte Hannah mich durch ein Labyrinth aus kleinen Gassen, bis wir in eine breitere Straße und zu einem großen, dreistöckigen Gebäude kamen, einem gutwilligen, weiß gestrichenen Ungetüm mit zu vielen Augen, als dass man sie hätte zählen können, und einem großen Maul als Eingang. Hannah blieb stehen.

»Hier wohnst du?«

Sie nickte.

»Ja, und noch viele andere Kinder.« Stolz klang in ihrer Stimme. Sie ließ meine Hand los, trat an die Tür und läutete. Tief im Haus hörten wir es klingeln, schnelle Schritte näherten sich der Tür, und sie flog auf.

»Hannah! Wo warst du? Wir dachten schon, wir hätten dich verloren.«

Eine Frau mit einer runden Goldrandbrille, deren gerötetes, schmales Gesicht sich deutlich von ihrer gestärkten weißen Schwesterntracht abhob, nahm Hannah hoch und trug sie über die Schwelle. Ihre Freude darüber, Hannah zu sehen, ließ mich lächeln, und sie drückte sie wie einen verloren geglaubten Schatz an sich.

Erst da bemerkte sich mich.

»Und wer bist du, junger Mann?«

»Er ist ein Puppenspieler.« Hannah hüpfte aufgeregt auf und ab, und ihre dunklen Locken wippten im Takt dazu. »Ich habe mit ihm gespielt. Er heißt Mika.«

»Was ist das hier?«, fragte ich.

»Ein Waisenhaus, mein Junge, und Hannah ist eine von unseren Jüngeren. Möchtest du hereinkommen? Wo du unseren kleinen Engel hergebracht hast, schulden wir dir wenigstens eine Tasse Tee.«

Die Frau hieß Margaret, sie war die Oberin des Waisenhauses, und bald schon waren wir von Kindern jeden Alters umringt, die an meinem Mantel zupften.

»Zeig uns die Puppen! Wir wollen sie sehen, bitte!«, riefen sie.

Inmitten der staunenden, schreienden Kinder ließ ich mir

eine kleine, improvisierte Zaubervorführung einfallen, hatten die Puppen doch längst ein paar tolle Tricks gelernt. Aus dem Irrgarten der Taschen wuchs eine Papierblume, und schon hüpfte ein kleines Kaninchen hervor, zusammen mit der winzigen Geige.

Umgeben von diesem Meer kreischender, nach den Puppen greifender Kinder fühlte ich mich zum ersten Mal seit langer Zeit glücklich. Hannah gluckste und lachte, und als der Affe hinter dem Krokodil herjagte, stieß sie ihre Nachbarn an und rief: »Das ist mein Affe, mit dem habe ich gespielt!«

Nachdem ich meine kleine Vorführung beendet hatte, wollten die Kinder die Puppen halten, und so gab ich sie ihnen, eine nach der anderen. Der Trubel, der darauf ausbrach, war ungeheuer: Auf lauter kleinen Händen steckend, hüpften, lachten und schrien die Puppen, jagten sich, schlugen und umarmten sich, steckten die Köpfe zusammen und suchten sich neue Gefährten.

Ich verließ vorsichtig das Zentrum des wilden Durcheinanders und sah einen älteren Mann mit einem ordentlich gestutzten weißen Bart und einer goldenen Brille, der an der Wand lehnte und lächelte. Er trat vor und reichte mir die Hand.

»Hallo, mein Junge, und danke für die wundervolle Vorführung. Die Kinder hier haben so wenig, und du hast ihnen geholfen, ihre Sorgen für eine Weile zu vergessen. Ich kann dir nicht genug dafür danken. Wie heißt du?« Er hatte eine tiefe Stimme, warm wie ein Cello, und sein Lächeln strahlte über das ganze Gesicht.

»Ich bin Mika. Ja, Kinder lieben meine Puppen. Und wer sind Sie?«

»Ich heiße Janusz. Janusz Korczak. Schön, dich kennenzulernen, Mika. Ich kümmere mich jetzt schon seit ein paar Jahren um die Kinder, aber seit das Waisenhaus ins Ghetto gewechselt ist, wächst es und wächst es. Gerade in den letzten Monaten sind wir immer mehr geworden. Wir haben kaum noch Platz, wie könnte ich jedoch ein Kind abweisen, das an unsere Tür klopft? Dabei haben wir nicht genug Essen, um all diese kleinen Mäuler zu füttern.«

Das Lächeln verschwand von seinem Gesicht, und ich konnte sehen, wie erschöpft er aussah. Er schüttelte den Kopf.

»Komm, ich zeige dir alles, Mika, damit du siehst, was wir hier tun.«

Während die Kinder weiter mit den Puppen spielten, führte mich Janusz durch das große Haus. Alles wirkte so reinlich und ordentlich, es roch sogar sauber, trotzdem sank meine Stimmung mit jedem neuen Stockwerk: so viele Kinder und so wenige Dinge zum Spielen. Die Räume waren voller einfacher, dicht beieinanderstehender Betten, die Bilder an den Wänden das Einzige, was etwas Farbe ins triste Einerlei brachte. Vereinzelt lag Holzspielzeug auf dem Boden, Mobiliar gab es kaum, nur in der Mitte jedes Zimmers einen kleinen Holzofen. Janusz zeigte mir den Klassenraum seiner kleinen Schule mit etwa fünfzig eng aneinandergedrängten hölzernen Tischen.

»Ja, wir behelfen uns mit allem, was wir bekommen können. Die Kinder sind glücklich, nur dass sie ständig Hunger haben und es mit jedem Tag schwieriger wird. Wir sind jetzt über zweihundert.«

Er nahm die Brille ab und rieb sich die Augen. Er wirkte müde und mitgenommen.

»Weißt du, Mika, sie wollen immer noch lernen, wie du sicher auch. Sie sind so neugierig auf das Leben, dass sie alles in sich aufsaugen wie kleine Schwämme. Die Deutschen haben uns alles genommen, aber wir werden nicht aufhören, zu unterrichten und, so gut es geht, eine Familie zu sein.«

Meine Kehle schnürte sich zusammen, Tränen drohten mir

in die Augen zu steigen. Ich bewunderte diesen Mann. Ja, er wurde später berühmt, Janusz Korczak, aber ich konnte in diesem Moment schon sehen, was für ein besonderer Mensch er war. Langsam gingen wir zurück in die Eingangshalle.

Ich sah die Kinder schon von weitem auf der breiten Treppe mit den Puppen spielen. Wie schrecklich dünn und blass sie doch alle waren, auch wenn sie und die Puppen sich gegenseitig Leben einhauchten und einander Freude und etwas Farbe schenkten. Als ich die Puppen wieder einsammelte, verschwanden Spaß und Farbe Stück für Stück, bis ich den Eindruck hatte, ein altes, verblichenes Foto anzusehen. Ich musste gehen.

»Ich komme bald wieder, das verspreche ich.« Ich umarmte Hannah, die sich an meinen Mantel klammerte wie an eine Boje auf hoher See. »Ich verspreche es, Hannah.« Vorsichtig machte ich mich von ihr los, trat hinaus in den Abend und eilte zurück zu unserer Wohnung. Bis zu Beginn der Ausgangssperre würde ich es nicht mehr schaffen. Was, wenn ich erwischt wurde? Ich hüllte mich eng in meinen Mantel und tat so, als machte er mich unsichtbar. Ich begegnete an diesem Abend aber glücklicherweise keinem Polizisten oder Soldaten.

Ich wollte Elli unbedingt erzählen, was ich erlebt hatte, doch als ich hereinkam, sah sie nicht einmal von ihrem Buch auf. So saß ich dann am Ende mit meiner Mutter in unserem Zimmer, trank eine Tasse dünnen Tee und erzählte ihr von Janusz und seinem Waisenhaus, der Oberin Margaret und dem noch überfüllteren Teil des Ghettos.

Sie hörte zu, seufzte zwischendurch und rieb sich die Augen.

»Ich bin stolz auf dich, mein Junge. Du hast die Kinder für eine Weile glücklich gemacht.« Sie sah weg, und ich hörte ein unterdrücktes Schluchzen. »Dein Vater wäre auch so stolz gewesen.«

»Stolz worauf?« Eine riesige Welle hilflosen Zorns stieg in

mir auf. »Weil ich ein paar Tricks mit Puppen aus Papiermaschee vorgeführt habe, während Tausende von Menschen hungern? Worauf soll ich da stolz sein?«

Ich stürmte hinaus und versteckte mich in einer Ecke der Werkstatt. Mutters Lob machte alles nur noch schlimmer. Mit den Extrarationen, die uns die Puppen verschafften, hatten wir gerade genug zu essen, um am Leben zu bleiben. Trotzdem waren wir ständig hungrig. Aber wenn ich an all die Menschen dachte, die ich an diesem Tag gesehen hatte, auf der Straße und im Waisenhaus: Was konnte ich mit meinen dummen Puppen für sie schon ausrichten? Und Elli? Was war mit Elli los? War ihr mittlerweile alles egal? Ich warf meinen Mantel in die Ecke und vergrub das Gesicht in der Armbeuge. Ich vermisste meinen Großvater, und ja, meinen Vater. Mir fehlte jemand, der mir diese neue Verantwortung abnahm, die schwer wie Blei auf den Schultern und meiner Brust lag. Ich brauchte jemanden, der alles in die Hand nahm oder mir wenigstens sagte, was ich tun sollte.

Ich legte mich auf den Boden und starrte in die Luft, hielt die Augen offen und versuchte, die Tränen zurückzuhalten. Da plötzlich sah ich etwas Farbiges aufblitzen, dort, wo der Mantel wie ein erlegtes Stück Wild auf dem Boden lag. Der Prinz. Langsam richtete ich mich auf und fuhr mit der Hand unter den Stoff.

»Du willst also aufgeben?« Die feine, silbrige Stimme des Prinzen überraschte mich.

»Es hat doch sowieso keinen Sinn, oder? Ihr Puppen könnt den Kindern nichts zu essen beschaffen oder uns hier herausholen. Ihr könnt uns höchstens das Elend für eine Weile vergessen lassen.«

»Du weißt, dass das nicht stimmt. Was du tust, ist von großem Wert. Hast du sie nicht lachen sehen?«

»Ja, das stimmt, aber was nützt Lachen schon? Davon wirst du nicht satt, oder? Vielleicht sollten wir kämpfen, uns Gewehre besorgen und sie alle erschießen: die Soldaten und die korrupte Polizei. Sonst verhungern wir langsam, während sie uns dabei zusehen. Sie müssen nicht mal mehr was tun. Du weißt, was sie mit Großvater gemacht haben. Und ich sorge dafür, dass wir das alles für eine Weile vergessen? Vielleicht ist das am Ende gar nicht gut, und ich sollte alle dazu aufrufen, zu den Waffen zu greifen und etwas zu unternehmen?«

»Ich habe nie gesagt, dass du das nicht tun sollst.«

»Was?« Hatte ich richtig gehört?

»Ich habe nie gesagt, dass du die Leute nicht zum Kämpfen auffordern sollst.« Damit verbeugte sich der Prinz und verstummte.

Ich war völlig perplex. Wo war das jetzt hergekommen? Hinter vorgehaltener Hand hatte ich von Männern gehört, Kämpfern, die sich in den Wäldern versteckten, Eisenbahnverbindungen sprengten und Soldaten und Informanten erschossen. Von Männern, die ihr Leben riskierten: Papiere fälschten, Leute aus dem Ghetto schmuggelten und sie auf der arischen Seite versteckten, direkt in der Höhle des Löwen. Zudem gab es Gerüchte, dass einige im Ghetto Waffen für einen größeren Kampf sammelten.

Ich saß da, sah den Prinzen mit seinem unschuldigen kleinen Lächeln an und schleppte mich schließlich zurück ins Schlafzimmer. Lange lag ich da, starrte an die Decke und war viel zu aufgeregt und verängstigt, um einzuschlafen. Mama war bei Cara und Elli in der Küche, und als sie ins Bett kam, tat ich so, als schliefe ich.

»Schlaf gut, mein Prinz.« Ihre Hand strich mir übers Gesicht, leicht wie eine Feder, ohne dass sie auch nur eine Ahnung davon gehabt hätte, in was für ein Wespennest ihr Prinz da gerade in Gedanken gestochen hatte. Ich hätte gerne die Arme um sie geschlungen und ihr alles erzählt, doch ich rührte mich nicht.

In dieser Nacht formten sich Bilder vor meinen Augen, die wie Wolken über einen stürmischen Himmel zogen. Ich stand da und feuerte aus einem Versteck: Ich zielte genau, und Polizisten und Soldaten fielen wie Schießbudenfiguren auf einer Kirmes. Um mich herum wurde applaudiert, die Anfeuerungsrufe prasselten auf mich ein. Aber als ich mich verbeugte, tauchten überall Tierschnauzen, Klauen und schwarzes Fell auf: Die Soldaten waren zu riesigen Ratten geworden, deren Ohren unter den Stahlhelmen hervorragten. Sie kamen die Treppe heraufgerannt, traten unsere Tür ein, zerrten mich nach draußen und zerrissen meinen Mantel mit ihren Klauen. Dann schlugen sie mich übel zusammen und ließen mich auf dem Pflaster des Ghettos sterben.

Die ganze Nacht bewegte ich mich zwischen diesen beiden Möglichkeiten hin und her, war der Held und das Opfer und wachte immer wieder kurz auf. Als das erste Morgenlicht das Zimmer mit seinem Grau erfüllte, war ich völlig erschöpft, fühlte mich aber auch irgendwie verwandelt. Ich sah zu meiner Mutter. Der Schlaf bot ihr vorübergehend Schutz vor Sorgen und Ängsten. Ihr Gesicht wirkte so zart und so jung. Sie bedeutete mir so viel, und doch hatte ich ihr in all diesen Monaten kaum Beachtung geschenkt, obwohl sie es doch war, die alles zusammenhielt. Sie schaffte es, jeden Tag einen Topf Suppe auf den Tisch zu stellen, und hielt unsere Kleider so sauber, wie es nur ging. Sie bewahrte meine Seele davor zu gefrieren wie winters die Seen im Krasinski-Park, wo wir vor noch gar nicht so langer Zeit Schlittschuh gelaufen waren.

Mutter war eine sanftmütige Frau, aber auch sehr mutig.

Nach Vaters Tod hatte sie trotz ihres gebrochenen Herzens den Kopf hoch gehalten und sich nicht beklagt. Und sie hatte ihr Leben riskiert, um Großvater seinen letzten Wunsch zu erfüllen, dass ich seinen Mantel bekam. Ich zog den Prinzen aus der Manteltasche und legte die bunte Puppe mit dem Stückchen Fell neben sie, damit sie sie beim Aufwachen gleich sah.

Später fand ich den Prinzen wieder in meiner Tasche, mit einer Notiz: »Danke, mein Schatz. Du wirst immer meine Freude sein, mein Prinz.«

Nach dieser rastlosen Nacht mit ihren Träumen und Visionen begriff ich, wie viel Energie mir die Puppen gaben, wie wichtig sie mir waren und wie viele Momente des Glücks sie mir bescherten – kleine Goldstücke im finsteren Chaos des Ghettos. Von diesem Tag an ging ich nicht mehr ohne meinen Mantel und die Puppen aus dem Haus, und langsam wuchs ein geheimer Plan in mir wie ein Samenkorn, das im Dunkeln aufgeht, ein junger Trieb, der weiß, dass er eines Tages zur Sonne durchbrechen wird, um zu seiner wahren Größe heranzuwachsen.

Ich bekam immer mehr Einladungen, und dann, etwa neun Monate nach meinem letzten Ausflug mit Großvater in die ulica Leszno, wurde eine Nachricht unter unserer Tür durchgeschoben, eine Nachricht von genau dem Puppentheater, in dem ich mein erstes Puppenspiel gesehen hatte. Ich lief in die Küche.

»Elli, sie wollen, dass wir in dem kleinen Puppentheater spielen. Ich kann es nicht glauben. Es ist so schön dort. Bitte, bitte, mach mit!« Einen Moment lang vergaß ich meine gewohnte Schüchternheit Elli gegenüber. Ich nahm sie bei den Händen und zog sie aus ihrem verdammten Sessel. Sie sah mich an, ihre Augen waren so schön. Ich umarmte sie.

»Augenblick, Mika! Von was für einem Theater redest du da?«

Ich holte tief Luft und erzählte ihr, wie ich mit Großvater an meinem Geburtstag in die ulica Leszno gegangen war, von dem Café, dem kleinen Theater und den Puppen.

»Also gut, ich komme mit. Ich kann schließlich nicht ewig in diesem Sessel sitzen bleiben. Du hast ja recht.« Sie lächelte. Zum ersten Mal seit Pauls Tod sah ich sie lächeln. »Fangen wir gleich an.«

So ging es mit Elli: Wenn sie sich einmal für etwas entschieden hatte, war sie Feuer und Flamme, und ihre Begeisterung steckte die Leute um sie herum an.

Den Nachmittag verbrachten wir in unserer Werkstatt. Elli nahm die Prinzessin, steckte die Hand unter das Kleid und nahm die kleine Krone vom Kopf der Puppe. Sie griff nach einem Pinsel und schwenkte ihn wie ein Schwert.

»Warum spielen wir nicht die Geschichte von Ali Baba und den vierzig Räubern?«

Ich nahm an, die stammte aus ihrem dicken Buch. »Erzähl sie mir, ich kenne sie nicht.«

»Nun, es ist die Geschichte von Ali Baba, der von einer Frau, ganz allein von einer Frau aus den Händen von vierzig blutdürstigen Räubern gerettet wird. Nicht auf einmal, sondern immer wieder, bis die Räuber am Ende alle tot sind. Eine kleine, weit unterlegene Gruppe gewinnt gegen eine ganze Armee von Räubern. Ich glaube, eine solche Geschichte könnte uns guttun, oder?«

Sie schwenkte den Pinsel wie in einer Schlacht, und ich musste zugeben, es klang wie eine tolle Idee. Wir bastelten keine vierzig Papiermascheeräuber, sondern nur ein paar, von denen einige Uniformen mit dem verhassten Hakenkreuz trugen. Das war ein Risiko, aber was war schon keines mehr?

An dem Abend in dem kleinen Theater spielte ich für Großvater. Wie ich mir wünschte, ihn im Publikum zu sehen, als wir nach vorn traten, um uns zu verbeugen! Mein einziger Trost war Elli an meiner Seite, die fortan wieder mit zum Theater gehörte. Alle lachten und klatschten, als die Räuber hingemetzelt dalagen. Das Stück war ein großer Erfolg.

Ich besuchte das Waisenhaus, sooft es ging, und spielte den Kindern im Krankenzimmer etwas vor, spielte für ein Geburtstagskind oder gab eine Nachmittagsvorstellung auf der großen marmornen Treppe. Die kleine Hannah half mir mit den Puppen, brachte unerwartete Wendungen in die Geschichten und probierte neue, komische Stimmen aus. Sie anzusehen, ganz gleich, wie schrecklich die Bilder auf dem Weg zum Waisenhaus gewesen waren, wärmte mir das Herz. Sie war wie eine kleine Schwester für mich.

Ich lernte auch Janusz besser kennen, der trotz der schrecklichen Zeiten immer etwas Aufregendes zu erzählen wusste. Er liebte Musik und spielte oft Platten auf seinem alten Grammophon, dessen Klänge das ganze Haus erfüllten.

Eines Tages nahm er mich beiseite. »Mika, du musst mehr Musik hören. Sie haben uns hier an diesem fürchterlichen Ort eingesperrt, aber sieh uns an: Wir haben immer noch Symphonieorchester im Ghetto, die herrliche Musik spielen, dazu Chöre, Theater und sogar ein Kabarett.« Ich erzählte Janusz von meinem Nachmittag mit Großvater in der ulica Leszno und dem Puppentheater, das uns so verzaubert hatte.

»Jaja, ich habe von dem kleinen Theater gehört. Weißt du, Mika, all diese Musiker, Schauspieler und Sänger rühren uns immer noch an, selbst in diesen schrecklichen Zeiten. Was sie tun, ist so wichtig wie Brot und Feuerholz, und ich muss oft an die Worte des großen Dichters Leopold Staff denken: ›Nötiger als Brot ist Poesie in Zeiten, da sie gar nicht gebraucht wird …‹

Ich weiß, es ist schwer, daran zu denken, wenn wir alle ständig hungrig sind, doch wir dürfen die Kraft der Musik und deiner Puppen nicht vergessen.«

»Ja, aber Musik und Puppen lassen sich nicht essen. Was für einen Nutzen haben sie am Ende?«

Er sah mich mit seinen durchdringenden Augen an und legte seine warme Hand auf meine Schulter. »Mein Junge, wenn es Menschen wie dich nicht gäbe, hätten die Deutschen bereits gewonnen und uns an den Stellen geschlagen, auf die es ankommt.« Er deutete auf seine Brust und sein Herz. »Sie hätten unsere Herzen mit Zahlen versehen, unseren Geist getötet und uns die Seele genommen. Deine Puppen tragen einen Funken und ein Licht in sich, das uns warm hält. Das ist wertvoll, Mika. Mehr können wir im Moment nicht tun.«

»Aber, Janusz«, und obwohl uns keiner hören konnte, senkte ich die Stimme, »es gibt Leute da draußen, die ihr Leben riskieren und kämpfen, nicht mit Puppen, sondern mit Gewehren. Die ändern wirklich etwas.«

Er zog mich zu sich heran und legte mir einen Finger auf den Mund. Seine Miene verdunkelte sich.

»Ja, mein Junge, und ich will nicht, dass du einer von ihnen wirst. Ich brauche dich hier. Jeden Tag verschwinden Menschen. Sie holen sie und spucken sie als blutige Masse wieder aus, nachdem die Gestapo sie verhört hat. Ich will nicht, dass dir so etwas widerfährt. Und hier …« Er ging zu einem kleinen Schreibtisch und öffnete eine der Schubladen. »Ich möchte, dass du morgen Nachmittag in dieses Konzert gehst. Ein lieber Freund hat mir zwei Karten gegeben, aber ich kann die Kinder nicht allein lassen. Nicht jetzt.«

Er gab mir die Karten und legte mir erneut die Hand auf die Schulter. Die Karten waren sauber gedruckt, auf dünnem rosa Karton.

»Sie spielen Mozart. Ich weiß nicht, wie es dir gefallen wird, aber meiner Meinung nach gibt es nichts, was so bewegend und mitreißend ist wie diese Musik. Sie ist größer als das alles hier«, sagte er und beschrieb mit dem Arm einen Halbkreis um sich herum.

»Nein, ja… Ich würde gerne hingehen. Vielen Dank. Meinen Sie wirklich?« Die Größe seines Geschenks schüchterte mich ein.

»Absolut, und warum nimmst du nicht deine reizende Freundin mit?« Er zwinkerte mir zu.

Ich hatte ihm von Elli erzählt, und ja, es würde herrlich werden. Ich stand auf, zog meinen Mantel an und lief zum Ausgang. Die Kinder zu verlassen fühlte sich wie gewohnt so an, als versuchte ich, durchs Rote Meer zu waten.

Dabei hatte ich keine Ahnung, als ich die Karten in eine der Taschen steckte, eine kleine unten im Saum, die wichtigen Papieren vorbehalten war, dass an diesem Nachmittag alles für immer anders werden würde.

Es war der 14. Oktober 1941, und ich sollte nie in das Konzert kommen.

Kapitel sechs

Es geschah in der ulica Ciepła. Tief in Gedanken, wie ich Elli am besten überraschen könnte, bog ich um die Ecke und blieb wie angewurzelt stehen. Zwei polnische Polizisten und ein Wehrmachtssoldat zeigten auf eine ältere Frau mit einem großen Binsenkorb am Arm. »*Stehen bleiben! Halt!*« Die Frau erstarrte.

»Was haben Sie da in Ihrem Korb, Frau?«, schnarrte einer der Polizisten auf Polnisch.

Der Korb schien schwer zu sein, und die Frau trug einen dunklen Mantel, der wie ein Zelt um ihren mageren Körper hing. Panik flackerte in ihrem Gesicht auf, sie wirkte wie ein in die Enge getriebenes verängstigtes Tier, das nach einem Fluchtweg sucht. Da plötzlich hörte ich die vernünftige, beruhigende Stimme des Doktors.

»Aber, meine Herren, der Nachmittag geht bereits zur Neige, und diese gute Frau will doch sicher nur vor Beginn der Ausgangssperre nach Hause, um etwas zum Abendessen zu kochen.«

Alle, die Polizisten, der Soldat, die Frau und auch ich, fuhren zusammen wie von einem merkwürdigen Geschoss getroffen. Alle Augen richteten sich auf den Doktor und auf mich.

Tags zuvor hatte ich aus Draht eine hübsche kleine Brille gemacht und sie dem Doktor auf die Puppennase gesetzt. Damit sah er besonders vertrauenerweckend aus, und ich hatte ihn stolz Elli vorgeführt. Aber jetzt war er hier und unterhielt sich höflich, als wäre es das Natürlichste auf der Welt, mit genau den Leuten, die meinen Großvater umgebracht hatten.

»Was soll das?«, brüllte der Soldat, doch der Doktor wirkte in keiner Weise eingeschüchtert. Er hatte meinen Großvater nicht zu Boden stürzen gesehen und blieb bei seinem sachlichen Ton.

»Darf ich mich Ihnen vorstellen, mein Name ist Doktor Schauderwick, und ich kann mit meinen Mitteln so gut wie alles heilen. Möchten Sie vielleicht auch in meine Tasche sehen?« Es wurde still, und ich schwöre, ich konnte hören, wie mein Herz einen Schlag aussetzte, und noch einen. Im Gesicht des Soldaten rumorte es. Wie der Himmel im April schien es nicht zu wissen, ob es sich verfinstern sollte oder nicht. Seine Augen waren blaugrau, groß vor Staunen, und unter seinem Stahlhelm schaute eine dünne dunkelblonde Strähne hervor. Er hatte weiche Züge, Mund und Nase waren klein und die Haut milchig blass. Aber die lief jetzt alarmierend rot an. Würde er mir auf der Stelle den Garaus machen? Meine nächtlichen Visionen, wie ich von Soldatenratten verschlungen wurde, stiegen vor mir auf. Schweiß sammelte sich zwischen meinen Schulterblättern, und ein Schwindel erfasste mich wie auf dem Karussell auf dem Krasinski-Platz: Wenn ich darauf fuhr, war mir hinterher noch stundenlang schlecht. Ich befürchtete, jeden Augenblick die Besinnung zu verlieren.

Ein merkwürdiges Geräusch riss mich aus meiner Erstarrung, und als ich genau hinsah, hatte sich das Gesicht des Soldaten zu einer Grimasse verzogen. Eine Art abgehacktes Husten kam über seine Lippen. Der Soldat lachte.

Aus den Augenwinkeln sah ich, wie die alte Frau die Gelegenheit nutzte und sich in die Gegenrichtung entfernte, den Korb an die Brust gedrückt. Der Doktor und ich verbeugten uns. Mir zitterten die Knie, und ich fühlte mich schwach und allein.

»Junge, komm her! *Wie heißt du?*« Die beiden polnischen Polizisten starrten den Soldaten genauso an wie ich.

»Mika«, sagte ich. Meine Stimme kam mir fremd vor. Zu hoch und zu schrill.

»Na, das nenne ich eine Überraschung. Hast du noch mehr von denen im Ärmel?« Er deutete auf Doktor Schauderwick, der immer noch auf meiner Hand steckte. »Mehr Puppen? Ja. Ein paar.«

»Nun, dann kommst du besser mit mir. Ich will das ganze Ensemble sehen.«

»Aber …«

Er schnitt mir das Wort ab und machte einen Schritt auf mich zu.

»Kein Aber! *Komm,* folge mir!« Er fasste meinen Arm und zog mich am Mantel hinter sich her.

Lieber Gott! Das Herz schlug mir bis zum Hals, und der Schweiß floss mir in Strömen den Rücken hinunter, trotz der Kälte des späten Nachmittags. Was kam jetzt? War das ein böser Trick, ein böser Witz? Würde das mein letzter Gang durch die Straßen sein? Seine Hand hielt meinen Mantel fest gepackt und zog mich wie eine Puppe die ulica Nowolipie entlang.

Wir kamen ans Nalewki-Tor, dessen stacheldrahtbewehrte Flügel von schwer bewaffneten Soldaten bewacht wurden. Hierher kam ich niemals, dazu hatte ich viel zu viele üble Geschichten gehört, von Soldaten, die darauf warteten, dass Ghettokinder, die durch Löcher in der Mauer zum Betteln auf die »arische« Seite gekrochen waren, zurückkamen, um sie wie Spatzen zu erschießen. Sie lachten, schlugen sich bei jedem Treffer auf die Schultern und ließen die Kinder einfach liegen, tot oder schwer verletzt, bis sie keine Lust mehr hatten.

Im Schutz der Nacht kamen dann die Angehörigen und holten die Ärmsten nach Hause, wobei auch sie ihr Leben riskierten, denn wer sich nach Beginn der Ausgangssperre auf der Straße erwischen ließ, wurde wie ein streunender Hund erschossen.

»Der gehört zu mir.« Der Soldat zeigte auf mich. Mir war schwindelig, meine Knie drohten mir den Dienst zu versagen. Wir gingen durchs Tor, als wäre es völlig normal.

Und dann waren wir auf der »arischen« Seite, und der deutsche Soldat war mir so nahe, dass ich ihn riechen konnte.

Ich erinnerte mich an alles. Das hier waren die Straßen meiner Kindheit. Nur ein paar Ecken weiter war ich aufgewachsen, und es war noch nicht mal ein Jahr her, dass wir ins Ghetto gesperrt worden waren, wenn es sich auch wie ein ganzes Leben anfühlte. Die Straßen waren so ruhig und so sauber. Wo waren all die Menschen? Aber natürlich war es überall so gewesen, vor der Hölle des Ghettos. Bevor wir uns wie Sumpfbewohner durch das zähe Gewirr von drängelnden, schiebenden Menschen, Rikschas, Karren und Pferden kämpfen mussten, in dem einer über den anderen fiel und alles tat, um nicht auf die Sterbenden oder bereits Toten zu treten.

Diese andere Welt gab es also noch, diese Welt, die ich fast schon vergessen und die ganz sicher uns vergessen hatte. Wie konnte das sein? Menschen gingen gemütlich spazieren und trugen hübsche, saubere Kleider, deren Existenz ich längst aus dem Gedächtnis verloren hatte. Und was war mit Bolek und Hendryk, meinen alten Schulkameraden? Saßen sie immer noch in ihrem Klassenzimmer, gelangweilt und gähnend, und spielten sie nachmittags noch dieselben alten Spiele? Sie lebten ihr Leben weiter wie gehabt, während wir gerade so überlebten. Ob sie je an mich dachten? Meine Brust schmerzte, ich konnte kaum atmen.

Von überall drangen Farben auf mich ein: Hier wurde noch

an hübsch dekorierten Ständen alles erdenkliche Gemüse verkauft. Und die vielen Blumen! Ich wünschte mir, ich könnte einen Strauß mitnehmen, für Mutter, und einen speziellen für Elli. Ich hätte Purpur, Orange und Lila längst vergessen, wären nicht die ›Puppen‹ gewesen und hätte sich nicht dann und wann in Mutters Blumenkästen auch einmal eine Blüte geöffnet.

Die vorherrschende Farbe im Ghetto war Grau, und das in allen Schattierungen: Aschgrau, Regengrau, Mausgrau, Knochengrau, das war unsere Auswahl. Leuchtende Farben waren ein Fest für die Augen, aber nicht mehr für uns, nicht für uns Juden. Mehr noch als die Sauberkeit vermisste ich im Ghetto diese Farben, und dass sie so nahe von uns jenseits der Mauer existierten, tat mir in der Seele weh.

Ah, und dort war die Bäckerei, wo Großvater und ich oft unser Brot gekauft hatten: weiche, große Laibe, perfekt geformte weiße Brötchen voller Rosinen und Zimtstrudel. Ich hätte schwören können, das frisch gebackene Brot zu riechen, aber als ich genauer hinsah, stellte ich fest, dass die Bäckerei leer stand und mit großen, rauen Brettern vernagelt war. Wie wir hatte der Besitzer seinen Laden verlassen und ins Elend des Ghettos ziehen müssen. Lebte er noch? Rettete ihn sein Beruf vor dem ständig nagenden Hunger? Ich hatte ihn im Ghetto nie gesehen.

Wie in einem vernebelten Traum trottete ich dahin, setzte gleich einer meiner Puppen einen Fuß vor den anderen, geführt von jemandem, den ich nicht kannte. Ich musste jeden Moment aufwachen, wie ein Taucher aus tiefem Wasser aufsteigen, um einen langen, ernüchternden Atemzug zu tun. Ich hörte mein Herz noch immer schlagen und spürte plötzlich, dass Großvater neben mir ging. Ich spürte ihn so deutlich wie den Mantel, der mich umschloss. Ich heftete den Blick auf die

Erde, und da war es: das klare Gefühl von Großvaters wärmender Nähe. Ich saugte es in mich auf wie den ersten Sonnenschein nach einem langen, dunklen Winter. Die Bürgersteige sahen so anders aus, keine Bettler, kein Schmutz, keine verdrehten, toten Körper, nur alte Pflastersteine, die seit endlosen Jahren von den über sie laufenden Füßen poliert wurden.

Aber die Schuhe. Mein Magen verkrampfte sich. Statt der braunen, weichen Lederschuhe meines Großvater mit ihren Knicken und Falten liefen ein Paar kniehohe Stiefel neben mir her, blank poliert und schwarz wie eine mondlose Nacht.

»Komm schon, Junge!«, holte mich die scharfe Stimme des Soldaten aus meiner Träumerei. Großvater verschwand. Mir war kälter, und ich fühlte mich noch einsamer als an dem Tag, da er erschossen wurde.

Der Soldat führte mich um eine Ecke und zu einem großen Gebäude. Ich erinnerte mich, dass es einmal eine Jungenschule gewesen war. Als wir jedoch näher kamen, sah ich die verhasste deutsche Hakenkreuzfahne, eine schwarze Swastika auf rotweißem Grund, so selbstverständlich oben auf dem Dach flattern, als hinge sie dort schon seit vielen Jahren. Es ging direkt in die Höhle des Löwen.

Der Soldat drückte mir seine Pistole in den Rücken, nur ganz leicht, aber es genügte, um mich daran zu erinnern, dass er mich in seiner Gewalt hatte.

»Geh einfach weiter und sei ruhig!« Ich musste vor ihm die Außentreppe hochsteigen. Wir betraten das Gebäude. *»Heil Hitler!«*, bellte der Soldat und streckte den Arm zum Führergruß vor.

»Heil Hitler!«, kam es weniger leidenschaftlich von einem großen hölzernen Empfangstisch.

»Sturmführer Barke«, sprach der Soldat den Mann hinter dem Tisch an, »dieser junge Mann hier hat Talent. Er ist ein

Puppenspieler. Sie wissen, dass wir für unser Kabarett immer neue Attraktionen brauchen. Ich könnte ihn zur Vorstellung heute Abend mitbringen, und vorher kann er die hart arbeitenden Soldaten etwas unterhalten. Wie wäre es mit einer kleinen Nachmittagsvorstellung?«

Sturmführer Barke musterte mich von Kopf bis Fuß, als wäre ich ein schäbiges Zirkuspferd. Die schwarze Mütze, an der ein silberner Totenschädel und die SS-Runen prangten, saß ihm in einem komischen Winkel auf dem Kopf, und an seiner Jacke sah ich das Parteiabzeichen. Zur Abwechslung saß hier mal ein Deutscher mit grünen statt mit blauen Augen. Er lächelte nicht.

»Tun Sie, was Sie für richtig halten, aber auf Ihre Verantwortung. Behalten Sie ihn genau im Auge und beanspruchen Sie nicht noch mehr von meiner Zeit.«

Sturmführer Barke entließ den Soldaten mit einem scharfen Hitlergruß.

»Sehr gut, ich danke Ihnen. *Heil Hitler!*« Damit legte der Soldat wieder eine Hand auf meine Schulter, schob mich zurück aus dem Haus und hielt mich auf Armlänge von sich weg, bis wir erneut auf der Straße standen. Wenigstens drückte er mir seine Pistole nicht mehr in den Rücken.

Ich hatte, während wir in dem Gebäude waren, kaum zu atmen gewagt, fühlte mich schwindlig und schnappte nach Luft. Aber das, was da gerade vor sich ging, war erst der Anfang.

Kapitel sieben

Nachdem er mich Sturmführer Barke vorgeführt hatte und wir wieder auf der Straße waren, blieb der Soldat stehen. Er musterte mich eingehend und nahm sich alle Zeit dazu.

»Ich heiße Max. Max Meierhauser. Und jetzt komm und *keine Faxen!*«

Seinen Vornamen zu erfahren nahm mir nichts von meiner Angst, im Gegenteil: Redet man nicht auch besonders nett zu einem Hund, bevor man ihm ein Netz über den Kopf stülpt? Der Soldat führte mich um die nächste Ecke zu einem großen Ziegelbau, den sie zu einer Truppenunterkunft gemacht hatten.

»Da sind wir, Junge.« Er öffnete eine Tür und schob mich mit einem leichten Schubser hindurch.

Der Lärm und der Gestank warfen mich beinahe wieder zurück: Das musste die Höhle des Teufels sein. Durch dicke Rauchschwaden konnte ich etwa hundert Soldaten erkennen, die Ratten meiner finsteren Phantasien. Hier saßen sie beieinander, an langen Tischen, die schweren Helme hatten sie abgelegt und ihre Uniformjacken achtlos über die Stühle geworfen. Etliche spielten, hatten die Hände voll Spielkarten und knallten sie eine nach der anderen brüllend und lachend auf den Tisch. Die Luft war schweiß- und rauchgesättigt, hundert Mäuler sogen Zigarettenqualm ein und stießen ihn wieder aus, Stummel flogen auf den Boden oder hingen wie vergessen im Mundwinkel der Raucher.

Die Soldaten schrien und fluchten, sie versuchten, sich nicht nur im Spiel gegenseitig zu übertreffen, sondern auch, was die Lautstärke anging. Schwitzend hoben sie ihre Biergläser. Jede Menge Bier! Viele schütteten sich die dunkelgelbe Flüssigkeit unter dem Gejohle ihrer Kumpane mit einem einzigen Zug in den Rachen und brüllten gleich nach mehr.

»*Komm her, Kleine, mehr Bier!*«, rief einer, und schon kam eine dralle Brünette gelaufen und füllte sein Glas aus einem großen Krug neu. Als sie es auf den Tisch stellte, kniff ihr der Soldat in den Hintern. Insgesamt waren vier Kellnerinnen damit beschäftigt, die Männer zu bedienen. Sie trugen dicke Schminke auf den Wangen und um die Augen und waren knapper bekleidet, als ich es je bei einer Frau gesehen hatte. Ihre knallroten Lippen versetzten mich in Staunen, es war ein grell leuchtendes Apfelrot. Grölendes Lachen ertönte von überall her.

Sie erschießen und mich von ihnen einsperren lassen? Meine Gedanken rasten. Jetzt hast du die Chance, es ihnen heimzuzahlen. Aber natürlich war ich der, der in der Falle saß. Ich konnte nur versuchen, einen klaren Kopf zu bewahren, was schon eine ziemliche Aufgabe war angesichts der kalten, klebrigen Angst, die mich erfüllte. Da bemerkte uns einer der Soldaten.

»Aber, aber, wen hast du denn da aufgegabelt, Max? Ist der Kleine nicht ein bisschen blass um die Nase?«

Ein stämmiger, rotgesichtiger Soldat kam auf uns zu und kniff mir, bevor ich mich wegdrehen konnte, mit seinen dicken Wurstfingern in die Nase. Er stank nach Bier und wankte leicht.

»Jetzt nicht mehr, ha!, jetzt glüht er wie'n Rotkohl! Da ist ja noch Hoffnung, Junge.« Er schlug sich lachend auf die Schenkel.

»Lass ihn in Ruhe!« Max' Stimme klang überraschend scharf. »Und du pass auf.« Damit beugte er sich zu meinem Ohr hinab und flüsterte. »Das ist deine Chance, Junge. Bring sie zum Lachen, und ich sorge dafür, dass du heil wieder nach Hause kommst. Wenn du uns langweilst, weißt du, was dir blüht. Wenn du uns gefällst, gibt's was zu essen und heute Abend noch ein größeres Publikum.«

So spielte ich an diesem Nachmittag für den Feind und um mein Leben. Max führte mich vor die grölende Menge, und ich versuchte, mir die Kälte aus den Armen und Beinen zu schütteln. Fühlten sich die Puppen so, wenn ich sie aus dem Mantel zog? Ich bat um zwei Stühle, breitete den Mantel darüber und duckte mich hinter meine provisorische Bühne. Und da war er wieder, mein Großvater, ich spürte ihn, warm und süß wie Honig. War es, weil mich der Mantel von der rauchenden, trinkenden und schreienden Menge trennte oder weil er immer noch Großvaters beruhigenden Geruch an sich trug? Spielten mir meine Gefühle einen Streich? Ich sehnte mich so sehr nach meinem Großvater und dass er mich hier herausholte und weit wegbrachte.

Ich strich über das seidige Futter des Mantels, als könnte ich so die Zeit zurückdrehen, tastete mich durch die Taschen, die er so sorgfältig genäht hatte. Ich wünschte, in einer von ihnen verschwinden zu können, mit einem Zaubertrick, der die Soldaten vor Staunen die Mäuler aufsperren ließ.

Max holte mich mit seiner tiefen Stimme zurück in die Wirklichkeit, aus der es kein Entkommen gab.

»Ruhe im Saal! Ruhe! Und nun zu Ihrer Unterhaltung: Mika, der Puppenspieler aus dem Ghetto.«

Langsam wurde es ruhiger. Die Taschen des Mantels waren mit meinem gesamten Puppenensemble gefüllt, aber ich wusste nicht, wie ich anfangen sollte. Ich fuhr mit der Hand in eine der

Taschen und holte die erste Puppe hervor, auf die ich stieß: die Prinzessin.

Ich schob die Hand hinein, hob die kleine Person über den Rand des Mantels und ließ sie dort hin und her laufen. Oh, sie sah ja wie ein gewöhnliches Mädchen aus, hatte sie doch die Krone nicht auf. Die Prinzessin hielt inne, als wäre es ihr selbst gerade aufgefallen. Sie seufzte und warf die winzigen Arme in die Höhe. Mit meiner höchsten Stimme ließ ich sie weinen und den Kopf in ihrem Schoß vergraben. Das war zweifellos gewagt, denn diese Soldaten wollten sicher Spannung, Aufregung und Tricks, keine heulende Prinzessin. Aber dort, hinter meinem Mantel gefangen, wurde mir klarer als je zuvor: Die Puppen bestimmten das Spiel, nicht ich. Ich folgte ihnen, nicht sie mir.

Nachdem der Anfang gemacht war, entschieden die Puppen, wie es weitergehen sollte, und das sah im Augenblick gar nicht gut aus. Ich hielt den Atem an: Wussten die Puppen überhaupt, was hier auf dem Spiel stand?

Da plötzlich erschien mit großer Geste der Narr auf der Bühne, voller Übermut und stolz in bunte Stofffetzen gekleidet, mit einem spitzen grünen Filzhut, an dem eine winzige Glocke hing. Der Narr vollführte ein paar wilde Sprünge und Purzelbäume und verbeugte sich so selbstsicher wie frech vor der Prinzessin.

»Aber hallo, hübsches Mädchen, was ist denn mit dir?« Oh, sieh, mit einer schnellen Bewegung zog er ein riesiges Taschentuch hinter dem Ohr des Mädchens hervor und putzte ihr die Nase. »Jaja, putz dir dein hübsches Näschen.« Der Narr machte es ihr lautstark vor, und die ersten Lacher kamen aus dem Publikum.

Hannah hätte den Trick des Narren bestimmt gemocht. Er war ihre Lieblingspuppe, vielleicht wegen seiner bunten Kleider und verrückten Bewegungen, vielleicht auch, weil er vor nichts und niemandem zitterte. Ich brauchte ihn mehr als je zuvor.

»Und nun sag, warum laufen dir die Augen derart über, meine Liebe?«

»Oh, ich habe meine Krone und den Schlüssel zu meiner Schatzkiste verloren. Ich bin eine Prinzessin, aber niemand will es mir glauben.«

»Wo hast du den Schlüssel denn zuletzt gesehen?«

»Ich trage ihn immer um den Hals, aber heute Morgen war er nicht mehr da.« Selbst hinter dem Mantel konnte ich spüren, wie die Aufmerksamkeit der Soldaten nachließ.

»Ah, das muss das Werk des bösen Zauberers Hagadaz sein. Lass mich mal sehen, gewöhnlich vergisst er irgendwas.«

Damit bückte sich der Narr und schnüffelte wie ein Hund mit laut schnaufenden Geräuschen über den Rand des Mantels und über das Mädchen. Ich konnte ein paar Lacher hören.

»Ah, dachte ich's mir doch.« Der Narr zog eine Feder aus ihrem Haar.

»Er hat sich in einen Adler verwandelt und muss deinen Schlüssel auf den höchsten Berg mitgenommen haben. Aber verzweifle nicht, wir können Hagadaz herrufen, indem wir mit der Feder wedeln.«

Und schon schwenkte der Narr die Feder durch die Luft, und hui!, wie aus dem Nichts tauchte der Zauberer auf und breitete seinen schwarzen Mantel über die Bühne. Seine donnernde Stimme überraschte mich selbst.

»Du kleiner Wurm, wie kannst du es wagen, mich zu rufen?«

Es war das erste Mal, dass ich Hagadaz überhaupt mitspielen ließ. Lange hatte ich an ihm gearbeitet und den schwarzen Umhang erst tags zuvor fertiggenäht. Eine Woche nachdem ich Zeuge einer weiteren willkürlichen Gewalttat geworden war, bei der ein Soldat einem alten Juden den Bart abgehackt und den armen Mann angespuckt hatte, war mir klargeworden, dass ich eine Puppe in meiner Truppe brauchte, die zwar furchterregend aussah, die ich aber dennoch immer besiegen konnte. Und so hatte ich Hagadaz geschaffen mit allem, was ich an den Ratten hasste: stechend blauen Augen, blondem Haar, einem teigigen Gesicht und einem Stahlhelm, wie ihn die deutschen Besatzer trugen.

Mit Hagadaz' Erscheinen gewann ich die Aufmerksamkeit der Soldaten zurück.

»Nun, werter Hagadaz, die Prinzessin braucht etwas zurück, von dem wir glauben, dass du es aus Versehen mitgenommen hast.« Der Narr zögerte keine Sekunde, dem schrecklichen Kerl zu antworten. »Es ist nur ein kleiner Schlüssel. Nichts, wofür du eine Verwendung haben würdest.«

Hagadaz' tiefe, bedrohliche Stimme überraschte mich ein weiteres Mal. »Und warum sollte ich ihn ihr geben?«

»Weil du vor langer Zeit einmal eine Prinzessin wie diese geliebt hast, oder? Aber sie wollte einen anderen, und seitdem verbringst du dein Leben damit, rachedurstig alles zu verwüsten und den Leuten zu nehmen, was sie haben. Das muss dich doch müde machen. Lass mich dich von dieser Last befreien.«

»Ruhe, Wurm, oder ich breche dir das Genick.« Hagadaz schwang seinen Umhang wie ein Torero sein Tuch vor einem Stier.

Der Narr schien nicht sonderlich beeindruckt. »Ich fordere dich zu einem Spiel heraus, Hagadaz. Wenn du verlierst, musst du der Prinzessin ihren Schlüssel zurückgeben.«

Erst sagte er nichts, doch dann brach der Zauberer in ein hässliches Lachen aus. »Aber sicher, warum nicht, es wird mir Spaß machen, dich mit Haut und Haaren zu verschlingen und Knochen für Knochen wieder auszuspucken, um eine hübsche Kette daraus zu machen. Fangen wir an!«

Da der Narr die Sache vorgeschlagen hatte, musste er sich eine Aufgabe einfallen lassen, und er wählte eine einfache Frage aus der Mathematik. Großvater hatte mir ein paar sehr komplizierte Gleichungen erklärt, und Algebra war mir schon immer leichtgefallen.

So forderte der Narr den Zauberer also mit einem Algebraspiel heraus. Ich hatte immer ein kleines Stück Schiefer und ein Stück Kreide in der Tasche, und der Narr fing an, eine lange Gleichung aufzuschreiben.

»Da, mein lieber Hagadaz. Wenn du das lösen kannst, gehört der Schlüssel dir, und du darfst mich verspeisen.« Bald schon wurde klar, dass Hagadaz keine Ahnung von Algebra hatte, und er machte sich zu einem größeren Narren, als es sein Herausforderer je hätte sein können. Er stampfte und schnaufte, knurrte und wirbelte herum, doch am Ende gewann der Narr. Mit einem Schrei sprang Hagadaz in die Höhe, vollführte einen Salto und stürzte hinter die Bühne, wo er verschwand.

Der Narr vollführte daraufhin einen kleinen Zaubertrick für die Prinzessin und hielt ihr stolz den Schlüssel hin: den goldenen Schlüssel meines Großvaters, den ich sicher in einer kleinen Tasche etwa auf Höhe des Herzens aufbewahrte. Das Stück endete mit einem Freudentanz der Prinzessin und des reich belohnten Narren.

Ich hatte mich völlig in das Spiel versenkt, wurde mir aber gleich wieder meiner unsicheren Lage bewusst. Kalter Schweiß bildete sich auf meiner Stirn. Es gab Applaus, keinen donnernden Applaus, aber immerhin. Ich krabbelte hinter meiner provisorischen Bühne hervor, verbeugte mich, nahm den Mantel von den Stühlen und hüllte mich in ihn.

Max näherte sich mir aus der ununterscheidbaren Masse der Soldaten und schlug mir kräftig auf die Schulter.

»Nicht schlecht, Junge, aber ich hoffe, den Offizieren später heizt du etwas mehr ein, mit ein bisschen mehr ›Kasperl, hau drauf!‹. Das ist es, was wir lieben.« Ich erinnerte mich vage daran, dass mir Großvater einmal vom deutschen Puppentheater und dem Kasperl, einem Burschen mit langer Nase und spitzem Hut, erzählt hatte.

»Aber ich muss nach Hause …«, sagte ich.

»Keine Widerworte, Junge, *verstanden?*« Max' Gesicht wurde finster.

»Ja.«

Max gab mir ein Stück Brot und ein Glas Bier. »Hier, *Milchbubi,* davon kriegst du Haare auf der Brust. In einem Zug austrinken, los!« Er lachte und schlug mir heftig auf den Rücken.

»Na, mach schon!«

Ich wollte kein Bier trinken, aber eine Gruppe aufgekratzter Soldaten umringte mich wie einen Zirkusbären, der ein paar tollpatschige Tricks vorführen sollte. Ich hob das Glas an die Lippen und trank es in einem Zug aus. Das Bier schmeckte bitter, und mein Magen war nahe daran zu revoltieren. Max machte einer der Frauen ein Zeichen, mir nachzufüllen.

»Und noch eins, *mein Junge!*«

Ich keuchte, doch mir blieb keine Wahl. Nach dem zweiten Glas begann sich mein Kopf zu drehen. Ich hatte erst einmal an einem Bier genippt, Großvater hatte mich eines Abends von seinem Glas probieren lassen, und der Alkohol, so hungrig und so voller Angst ich war, stieg mir jetzt gleich zu Kopf. Ich hatte das Gefühl zu schweben, halb losgelöst von meinem Körper, und schon drehte sich der Raum wie ein Karussell. Brüllendes Gelächter umgab mich, während die Gesichter der Soldaten zu einer undeutlichen Masse verschwammen. Ich hielt mich noch einen Moment lang aufrecht und sackte schließlich schwer auf einen Stuhl.

»Oh, da musst du aber noch ganz schön üben, bis ein richtiger Biertrinker aus dir wird! *Komm,* die Offiziere warten.«

Max zog mich vom Stuhl und in den angrenzenden Raum. Vielleicht war der Alkohol ja meine Rettung, denn der Rest des Abends verging in einem einzigen großen Nebel. Ich erinnere mich, dass sie mir noch mehr Bier eintrichterten, mein Hemd war nass und stank, Zigarettenrauch waberte um mich herum, und ich sehe noch die fünf Offiziere vor mir, die direkt vor meiner provisorischen Bühne saßen und laut über meine derben, unbeholfenen Witze lachten.

Mein biergetränktes Puppenspiel glich sicher eher einer wilden Schlacht als einer richtigen Geschichte. Ich weiß nur noch, dass das Krokodil nach allen schnappte, der Narr wie aufgedreht hin und her rannte, Purzelbäume schlug und Hagadaz hoch in die Luft katapultierte, der darauf wie ein toter Vogel hinter die Bühne knallte. All das wurde von meinen Geräuscheffekten und dem betrunkenen Lachen der Offiziere begleitet. Am Ende muss ich ausreichend unterhaltend gewesen sein, denn ich bekam begeisterten Applaus.

Als ich endlich hinter meinem Mantel hervorkam, flehte ich Max an, mir die Toilette zu zeigen und mich nach Hause zu lassen. Mir war schlecht und schwindelig, ich hatte keinen Funken Kraft mehr in mir, und das letzte bisschen Unschuld, das mir seit dem Einmarsch der Deutschen und unserer Verbannung ins Ghetto noch geblieben sein mochte, war nun auch zerstoben.

Sie wollten, dass ich in einer Woche wiederkam, als kleine Zerstreuung nach ihrer harten Arbeit im Ghetto. Das selbstsichere Gehabe und Lachen der Soldaten und Offiziere drehte mir den Magen um. Ich hatte gesehen, wie sie Frauen Pistolen und Gewehre in den Bauch rammten, alte Männer anspuckten und Menschen einfach so erschossen, ohne jeden Grund, wie Großvater. Und hier lachten diese Ungeheuer völlig unbeschwert und ließen sich von mir unterhalten.

Ja, ich hatte um mein Leben gespielt, aber hatte ich dabei nicht mein Volk verraten? Ich empfand nichts als Abscheu für mich und die Puppen, die damit genauso beschmutzt und beschädigt waren wie ich. Was würde Großvater von mir denken? Und von seinen Puppen? Ich ertrug es nicht, mir das vorzustellen. Scham ergriff mich wie eine Armee Ameisen.

An jenem ersten Abend zog mich Max, bevor er mich zurück ins Ghetto brachte, vor der Truppenunterkunft nahe an sich heran. Er starrte mir ins Gesicht, und sein nach Bier und Rauch stinkender Atem ließ meinen Magen erneut rebellieren.

»Sage niemandem, wo du gewesen bist, verstanden? Ich hole dich nächste Woche um die gleiche Zeit an der Wache ab. Warte auf mich, und ich bringe dich her, klar?« Ich konnte mich nicht rühren. Ich hatte alle Kraft und allen Mut verbraucht. Ich war nur noch eine Hülle, ein ausgenommener Fisch, schmutzig, leer, ausgelaugt. Gleich würde ich wie eine leblose Puppe zusammenbrechen.

»*Verstanden?*« Seine scharfe Stimme holte mich in die Wirklichkeit zurück, und wie eine Marionette, die an ihren Fäden gehalten wird, stand ich starr und steif da.

»Ja, ja, verstanden. Nächste Woche. Am Tor.«

»Guter Junge.« Mit diesen Worten griff er in seine Uniform, holte ein Roggenbrot hervor und drückte es mir in die Hand. »*Komm jetzt!* Ich bringe dich zurück.«

Wir sprachen nicht, und ich hielt den Blick auf die gepflasterten Straßen der für mich verlorenen Stadt Warschau gerichtet. Auf der »arischen« Seite spiegelten die Pflastersteine noch das Mondlicht wider, während sie im Ghetto vor Schmutz und Elend starrten.

Wir erreichten das Tor, und Max wechselte ein paar Worte mit den Wachen.

»*Na, komm schon, Junge, los!*« Die Wachen öffneten das Tor und deuteten mit den Gewehren ins Ghetto. Ich ging hinein, ohne mich umzusehen, und holte tief Luft. Wie konnte sich die Rückkehr in ein Gefängnis wie eine Befreiung anfühlen? An diesem Abend war es so.

Wir hatten fast Mitternacht, es waren Stunden nach Beginn der Ausgangssperre. Wenn mich jetzt einer draußen erwischte, würde er mich wie einen räudigen Hund erschießen. Ich rannte nach Hause. Aber mehr noch, als ich Angst hatte, getötet zu werden, sorgte ich mich um Mutter. Sie musste völlig verzweifelt sein. Und wie recht ich damit hatte: Kaum dass ich die Wohnung betrat, bekam ich ihre Fäuste zu spüren. Draußen vor unserem Zimmer und für alle hörbar. Sie musste den ganzen Abend im kalten Korridor auf mich gewartet haben. Ich hatte sie noch nie so verzweifelt erlebt. Wie ein wildes Tier ging sie auf mich los und schluchzte und schluchzte. Mir taten die Schläge gut, sie befreiten mich von einem Teil des Selbsthasses, den ich verspürte. Aber schon wurden sie schwächer, und Mutter zog mich an sich.

»Ich dachte schon, ich hätte dich verloren, Mika. Tu mir so etwas nie wieder an, hörst du? Du riechst schrecklich, nach Bier und Zigaretten. Wo warst du? Ich sitze hier und komme um vor Sorge, und du betrinkst dich?«

»Es tut mir so leid, Mama, bitte frage mich nicht! Es geht mir gut. Hier ist ein Brot.«

Sie betrachtete das Brot mit einer Mischung aus Abscheu und Gier. Es war gutes Brot, das war leicht zu sehen, keiner von den weichen, verwässerten Laiben, die man normalerweise im Ghetto bekam. Mutter begriff gleich, dass ich dieses Brot nicht einfach nur mit meinen üblichen Puppenspielen verdient haben konnte.

»Wo warst du, Mika? Bitte sage es mir! Ich bin deine Mutter.« Ihr Blick durchbohrte mich, aber ihre Stimme war weicher geworden. Ich antwortete nicht.

Sie legte das Brot auf den kleinen Tisch im Korridor. Dort lag es wie ein stummer, wissender Zeuge. Dann ging sie in das einzige Zimmer, das ihr ein wenig Privatheit erlaubte, das Schlafzimmer. Aber auch das musste sie sich mit mir teilen.

Ich verbrachte die Nacht in der kleinen Werkstatt, breitete den Mantel in der Ecke aus und machte es mir so gemütlich wie möglich. Bis auf die Knochen frierend, hockte ich da und konnte nicht schlafen, während die Ereignisse der letzten Stunden immer wieder wie in einer endlosen Schleife vor meinen Augen vorbeizogen. Gegen Morgen muss ich dann doch eingeschlafen sein, die Alpträume waren schlimmer als je zuvor. Die Ratten waren überall. Ich wachte hungrig auf, aß aber den ganzen Tag nichts, und erst gegen Ende der Woche, als wir nichts anderes mehr hatten, schnitt Mutter das Brot an.

Sollte ich wirklich zurück zu diesen Bestien gehen, wie es mir der Soldat befohlen hatte? Aber was sonst konnte ich tun? So viele Leute im Ghetto hatten meine kleinen Vorführungen schon gesehen, selbst wenn ich mich versteckte, würden mich die Soldaten finden. Umbringen würden sie mich, an Ort und Stelle, oder ins Pawiak sperren und Mutter, Elli und Cara womöglich gleich mit. Das durfte ich nicht riskieren.

Elli gegenüber hielt mein Geheimnis nicht lange. Schon am Morgen nach meiner erzwungenen Vorstellung rückte sie mir zu Leibe.

»Was ist mit dir, Mika, du siehst schrecklich aus«, sagte sie.

»Nichts, mir geht's gut.« Ich konnte es selbst hören: Ich klang alles andere als überzeugend.

»Du bist ein lausiger Lügner. Sieh dich an, so blass und mit solch dunklen Ringen unter den Augen! Du bist ein Bild des Elends, und ja, du riechst. Du wirkst anders, verändert. Bitte, sag mir, was ist!«

»Wach auf und sieh dich um, Mädchen: Wir alle verändern uns. Alles ist anders.« Die Worte kamen wie Pfeile aus meinem Mund. Die Schärfe überraschte mich, aber ich wollte ihr weh tun und sie aus dem Weg bekommen.

Elli ließ sich jedoch nicht so einfach abwimmeln, sondern schien mich genau zu durchschauen.

»Komm schon, Mika, ich bin deine Freundin. Vertraust du mir nicht? Was ist los?«

»Das hat nichts mit Vertrauen zu tun, Elli, lass mich in Ruhe! Ich muss einfach für mich sein.« Jetzt hatte ich sie verletzt.

»Also gut, aber komm bloß nicht wieder an und frage mich, ob ich mit dir und deinen blöden Puppen spielen will!« Damit stürmte sie hinaus, und ich stand wie ein begossener Pudel da.

Elli war mir so viel wert. Wie oft fand ich mich in ihren Anblick versunken und sehnte mich danach, das Band von ihrem Pferdeschwanz zu lösen und ihr Haar durch die Finger gleiten zu lassen. Ich fragte mich, wie sich ein richtiger Kuss von ihr anfühlen würde. Wie er wohl schmecken würde. Jetzt hatte es sogar mit unseren gemeinsamen Abenteuern in der Werkstatt ein Ende.

An jenem Morgen begriff ich, dass Elli das einzige Mädchen war, das ich je gewollt hatte. Ich sehnte mich mit meinem ganzen verzweifelten fünfzehnjährigen Ich nach ihr, in dieser überfüllten Wohnung, in all meiner Düsternis. Im Elend des Ghettos. Ich hatte mich noch nie so einsam gefühlt und ihre Gesellschaft und ihren Trost so sehr gebraucht wie in diesem Moment. Plötzlich hörte ich ein lautes, hässliches Lachen in meinem Kopf, und eine schneidende Stimme sagte: »Gut gemacht, Junge, die Schlampe bist du los.«

Das war aus mir geworden, ein Naziunterhalter und Feigling, der Ratten sah und Stimmen hörte. Ich griff nach meinem Mantel, verließ das Haus und lief den ganzen Tag ziellos durch die Straßen.

Elli und ich wechselten ein paar Tage lang kein Wort. Dann, eines Abends, fand sie mich allein in der Küche. Ich saß stumm am Tisch und starrte in eine Tasse mit dünnem, kaltem Tee. Sie zog sich einen Stuhl heran, setzte sich mir gegenüber, beugte sich vor, und bevor ich Luft holen konnte, umfasste sie mein Gesicht mit beiden Händen. Wie zart ihre Hände waren, wie schmal, wie warm und wie weich. In diesem Augenblick hätte ich mein Leben, mein ganzes Ich in ihre Hände gelegt, und als würde ihre Berührung den Eispanzer zum Schmelzen bringen, der mich einschloss, brach alles aus mir heraus.

»Es tut mir so leid, Elli. Ich musste für sie spielen. Sie haben mich nach draußen gebracht, und ich musste vor ihnen auftreten. Er hat gesagt, ich darf niemandem etwas sagen.«

Es war das erste Mal, dass sie mich weinen sah. Sie zog ihre Hände nicht zurück.

»Ganz langsam. Wer sind ›sie‹, und wer ist ›er‹?«

»Die Soldaten, die deutschen Offiziere und Max.« Ich schien mir selbst von fern zuzuhören.

»Wer ist Max?« Ich konnte kaum glauben, wie sanft und lieb sie war. Sie sah mich an, ohne Angst. Mit diesen wunderschönen Augen.

»Er hat mich auf der Straße gesehen, ein deutscher Soldat. Ich konnte nicht anders. Sie hatten sich eine alte Frau vorgenommen, und der Doktor ging dazwischen.«

»Der Doktor?«

»Ja, die Doktorpuppe. Ich habe nicht lange nachgedacht, und das Schlimmste war, dem Soldaten gefiel es. Er hat mich mit nach draußen genommen, zu einer Truppenunterkunft in unserem alten Viertel. Wenn du wüsstest, wie es da aussieht. Alles ist ganz normal. Die Straßen sind so sauber und leer, als würden sie jeden Tag poliert.«

Elli legte mir einen Arm um die Schultern. Ihre Umarmung war wie eine Brücke zwischen meinem einsamen Geheimnis und ihrer tröstlichen Gegenwart.

»Zweimal musste ich für sie spielen, und ich muss wieder hin. Elli, da sind so viele von denen, sogar SS-Offiziere, und sie haben mich gezwungen, Bier zu trinken.«

Eine Weile saß sie einfach nur da und versuchte, alles zu begreifen, und ich sog ihre Wärme und Güte in mich auf. Ich bin überzeugt, dort, an jenem Abend, habe ich angefangen, mich ernsthaft in sie zu verlieben.

»Das klingt ja schrecklich. Du bist so tapfer, Mika. Sei nicht so hart mit dir selbst! Die Geschichte erinnert mich an das, was du mir über deinen Großvater erzählt hast, als er für die junge Frau eingetreten ist. Nur hatte er nicht so viel Glück wie du. Du lebst noch.«

Ich wusste nicht, was ich sagen sollte. Konnte ich mich mit Großvater vergleichen? Ihre lieben Worte ließen meine Tränen versiegen.

»Kommst du wieder in die Werkstatt mit mir? Du hältst mich also nicht für einen Verräter?«

»Rede keinen Unsinn! Was hättest du sonst tun können. Und ja, wir sollten uns ein neues Stück ausdenken. Übrigens möchte ich dir etwas zeigen. Komm mit!«

Und dann, in der Düsternis der kleinen Werkstatt, zeigte mir Elli, wie sie aus Dingen, die sie in der Wohnung und auf der Straße gefunden hatte, aus ein paar Stücken Holz, einem Flaschenverschluss, etwas Draht und Stoff, zwei einfache Puppen geschaffen hatte, die mich freudig begrüßten.

Die nächste Woche näherte sich, und Angst und Sorge ergriffen immer stärker von mir Besitz. Ich hasste die Soldaten und Offiziere mit einer Entschiedenheit, die mir bis dahin unbekannt gewesen war. Sie zu unterhalten erfüllte mich mit Abscheu vor mir selbst. Was für ein neues Stück konnte ich für sie erfinden? Sollte ich Geschichten aus dem Ghetto einbauen und an ihr Mitgefühl appellieren? Ich musste laut lachen, als ich mich bei diesem Gedanken erwischte. Welches Mitgefühl? Was ich erlebt hatte, seit man uns ins Ghetto getrieben hatte, machte es mir unmöglich, das Wort »deutsch« mit Herz und Mitgefühl zu verbinden.

Ihr täglicher Terror umgab uns überall, und ihre willkürliche Brutalität konnte uns jederzeit das Leben kosten, einfach so, aus heiterem Himmel, wie eine verirrte Kugel. Du gingst die ulica Leszno entlang oder eine andere Straße, und schon warst du tot.

Die täglichen Erniedrigungen: Soldaten, die unseren alten Männern und Rabbis mit stumpfen Scheren die Bärte abschnitten und die Zuschauer zwangen, sie anzufeuern, Soldaten, die unsere Rabbis traten und ihnen ins Gesicht spuckten und sich vor Lachen kaum zu halten wussten.

In der Woche zuvor hatte ich miterlebt, wie ein paar Deutsche mit ihren Gewehren Leute dazu gezwungen hatten, barfuß über das Pflaster zu tanzen, bis sie erschöpft und gedemütigt zusammenbrachen, eine Mutter mit einem Baby, ein paar Männer und zwei alte Frauen. Am Ende wandten sie sich ab, erschossen vorher aber noch den Geiger, der die Musik hatte liefern müssen.

Ein Erlebnis wollte mich über Tage nicht wieder loslassen. Ich war die Straße gleich um die Ecke von unserer Wohnung hinuntergelaufen, als auf dem gegenüberliegenden Bürgersteig ein etwa vierzehnjähriger Junge in meine Richtung kam. Er hielt den Kopf gesenkt, um keine Aufmerksamkeit auf sich zu lenken, und trug eindeutig etwas unter seinem Mantel. Es war nicht leicht zu erkennen, aber jemandem wie mir, der ein Auge für Mäntel hatte und wusste, was sie verbergen konnten, fiel es auf. Zwei Soldaten kamen dem Jungen entgegen. Der größere hielt ihn auf, wie ein böser Schatten überragte er ihn. Die Soldaten waren darauf trainiert, alles, was verdächtig war, zu entdecken.

»*Stehen bleiben! Was hast du da unter dem Mantel?*«, bellte der Soldat.

Bleich wie der Mond hob der Junge den Blick. Sehr langsam machte er die Knöpfe auf, einen nach dem anderen, bis der Soldat vortrat, den Mantel packte und aufriss. Drei der verbliebenen Knöpfe spritzten auf die Straße.

Und da waren sie, zwei hübsche runde Brotlaibe. Der Soldat packte das Brot, warf es auf die Erde und trampelte mit seinen schweren Stiefeln darauf herum.

»*Aufheben!*«, schrie er dann.

»Bitte. Das Brot ist für meine Mutter. Sie ist krank«, bettelte der Junge mit dünner, leiser Stimme. Langsam hob er ein paar zusammenhängende Stücke von den eben noch perfekten Brotlaiben auf.

»Mund auf!«

Der Junge zögerte.

»Mach deinen verdammten Mund auf!« Der Junge zitterte, gehorchte aber.

Der Soldat entriss dem Jungen die Brotstücke und stopfte sie ihm mit Gewalt in den Mund, eins nach dem anderen.

»Da, friss das!« Der Junge hustete und wand sich, sein Gesicht lief dunkelrot an. Ich konnte sehen, dass er kaum noch Luft bekam. Was, wenn der Soldat nicht aufhörte? Aber der Kerl fing an zu lachen, warf dem Jungen die letzten Reste ins

Gesicht und ging mit seinem Kameraden weiter. Der Junge stand eine Weile reglos da, versuchte, noch ein paar Brocken zu retten, und eilte davon. Ich wünschte mir, ich wäre dazwischengegangen, aber die Puppen und ich waren still geblieben. Vielleicht wären wir dieses Mal nicht so glücklich davongekommen.

Das waren noch nicht mal die schlimmsten Vorfälle. Ich hörte von einem anderen Jungen, den sie gleich erschossen hatten, nachdem sie ihn mit einem ins Ghetto geschmuggelten Brot erwischt hatten. So viele Schmuggler, oft kleine Kinder, die noch keine sechs Jahre alt waren, zwängten sich Tag für Tag durch Spalten und Löcher in der Mauer des Ghettos. Ohne ihren Mut hätten die Menschen im Ghetto nicht überlebt, aber so viele von ihnen wurden getötet.

Der gefürchtete Tag kam, und Max holte mich am Tor ab. Ich hatte die Hände tief in den Taschen vergraben und ballte sie zu Fäusten, als ich ihn kommen sah. Vielleicht war er einer von denen, die Großvater erschossen hatten? Die Ratten sahen für mich in ihren Uniformen alle gleich aus. Wie viel Blut hatte er an den Händen?

»So, Junge, ich hoffe, du hat dir was Neues ausgedacht?« Er sah auf mich herab, ich konnte seine Miene nicht deuten.

»Ja.« Ich hatte beschlossen, nie mehr als das unbedingt Notwendige zu sagen. Was wollte dieser Kerl von mir? Genügte es nicht, uns unsere Stadt zu nehmen und uns ins Ghetto zu sperren? Nein, ich war für eine Spezialbehandlung ausgesondert worden. Was würde das Nächste sein, was er von mir wollte? Ich sandte ihm einen Blick, der ihn getötet hätte, wenn das möglich gewesen wäre, aber Max fiel es nicht auf. Er war an diesem Tag auch nicht besonders gesprächig, und wir redeten erst, als wir die Unterkunft erreichten.

Es ging wie beim letzten Mal mit einem kleineren Stück für die Soldaten los, und als die Offiziere und SS-Leute drankamen, gab es eine längere turbulente Hau-drauf-Geschichte. Nachdem sie sich anschließend auch diesmal wieder einen Spaß daraus gemacht hatten, mir ein paar Biere einzutrichtern, brachte mich Max zurück ins Ghetto. »Du bist gut. Lustig. Hier, das ist für dich.« Wie in der letzten Woche gab er mir ein Brot. Ein dünnes Lächeln umspielte seine Lippen.

»Wie alt bist du, Junge?«

»Dreizehn«, log ich. Was ging ihn das an?

»Ich habe auch einen Sohn, Karl. Er ist zwölf.« Warum erzählte er mir das? Es war mir egal. Steif ging ich durch das Tor und drehte mich nicht noch einmal um.

Es war der Beginn einer sich lang hinziehenden, schrecklichen Abfolge immer gleicher Nachmittage und Abende. Ich stahl mich jedes Mal mit der Entschuldigung aus der Wohnung, irgendwo im Ghetto ein Puppenspiel zeigen zu müssen, traf Max an der Wache und wechselte auf die »arische Seite«. Mutter fragte nie wieder, woher ich das Brot hatte, sondern nahm es und wickelte es in eine Zeitung, damit es länger frisch blieb.

Wochen und Monate vergingen, und noch ein hässliche Sache geschah, die mich manchmal heute noch heimsucht. Wie eine Schlange stiehlt sich die Erinnerung daran in meine Träume. Es war unter den Deutschen immer beliebter geworden, in ihrer Freizeit durchs Ghetto zu spazieren und Aufnahmen für ihre privaten Fotoalben zu machen, als wären es Schnappschüsse von Ausflügen in ferne Länder. Ich hatte sie gelegentlich dabei beobachtet, wie sie Läden, unsere einzige Straßenbahn und den traurigen Markt fotografierten. Aber mit einem Mal kamen ganze Filmteams ins Ghetto und inszenierten Bilder vom glorreichen Leben der Juden, die Teil einer schmutzigen Propagandaoffensive waren, um die Welt an der Nase herumzuführen.

Mit vorgehaltenen Gewehren zwangen sie die Leute dazu, sich an Tische mit teuren Kristallgläsern und wassergefüllten Karaffen zu setzen und so zu tun, als genössen sie das Essen, das ihnen von den Deutschen serviert wurde. Aber niemand bekam mehr als einen Bissen, und sobald die Filmerei beendet war, verschwand das Essen wieder.

In unserer Nachbarschaft machten sie einen schmutzigen Raum zu einem vorgeblichen Klassenzimmer. Die Mistkerle hatten jede Art von Schule im Ghetto verboten, aber für diesen Film steckten sie eine Gruppe Kinder in anständige Kleider und sagten: »Tut so, als wäre das da vorn euer Lehrer. Schaut klug und eifrig drein. *Macht schon!* Dann kriegt ihr Brot.«

Sie füllten eine Krankenhausstation mit gut aussehenden Patienten, hängten Bilder an die Wände und zeigten Schwestern, die sich mit einem Überfluss an Medikamenten und Verbandsmaterial um die Kranken kümmerten, während das Ghetto tatsächlich von Typhus heimgesucht wurde und Tausende hungernd und mangels Medikamenten starben. So gaukelten die Ratten dem Schweizer Roten Kreuz vor, dass die Juden in ihrem Ghetto bestens versorgt waren. Und man glaubte ihnen.

Eines Tages suchte ich auf dem Markt nach etwas Gemüse, als ich an einer Gruppe Kinder vorbeikam, die vor einer Suppenküche anstanden. Sie waren spindeldürr und in schmutzige Lumpen gekleidet. Statt einer Hose hatte sich einer der Jungen mit einem Stück Schnur ein paar Stofffetzen um die nackten Beinen gebunden. Die Kinder schoben sich Schritt um Schritt weiter vor, starrten vor sich hin und wechselten kein Wort. Ich stellte mich zu der Gruppe, holte den Narren aus der Tasche und streckte den Arm aus. Die Puppe baumelte vor dem Jungen neben mir herunter.

»Ach, hallo, wie heißt denn du?« Der Junge drehte sich um und starrte mich an, als hätte ich ihn geschlagen. Ich lächelte. Dann kam der Affe heraus, der sich nicht scheute, über die Kinder zu springen, und während sich die Schlange weiter voranbewegte, sammelte sich schnell eine Gruppe um mich und folgte meinem improvisierten Stück. Endlich lächelte auch der erste Junge und ließ eine klaffende Lücke erkennen, wo seine Schneidezähne hätten sein sollen. In dem Moment sah ich sie kommen: drei Männer in Anzügen und mit Hüten. Sie trugen eine große Kamera und ein Stativ und wurden von einem Soldaten begleitet.

»*He, du!*« Ich versuchte, sie zu überhören, aber ich wusste, dass sie mich meinten.

»*Komm her!*« Einen Augenblick lang debattierten sie über etwas.

»Beschaffen wir diesem Jungen ein richtiges Publikum. Los doch!« Ich wusste, das war ein Befehl, keine Bitte.

»Nun mach schon!« Sie führten mich durch ein paar kleine Straßen, bis ich mich in der ulica Leszno wiederfand.

»Hier.« Sie zeigten auf das kleine Theater, in dem ich mit Großvater mein erstes Puppenspiel gesehen hatte.

»*Jetzt zeig uns mal was!*« An diesem Nachmittag zwangen sie mich, für die Kamera ein verlogenes Puppenspiel aufzuführen, und statt der ausgemergelten Kinder mit ihren großen glasigen Augen und vom Hunger geschwollenen Bäuchen platzierten sie ein ansehnlicheres Publikum vor der Bühne.

»*Lachen! Hier in die Kamera!*« Der Kameramann befahl mir, hinter der Bühne hervorzukommen und ins Objektiv zu grinsen, um der Welt zu beweisen, wie wunderbar wir uns hinter den Mauern des Ghettos unterhielten. Wie ein geprügelter

Hund trottete ich schließlich nach Hause. Das waren die Tage von Mika, dem Puppenspieler des Ghettos, wobei niemand außer Elli von meinem Doppelleben wusste. Mika unterhielt Kinder, aber er fütterte auch das Ungeheuer, das sie alle verschlingen würde. Ich konnte kaum noch schlafen und sah mich morgens voller Abscheu im Spiegel an.

Langsam jedoch nahmen meine nächtlichen Visionen, in denen ich die Ratten bekämpfte, deutlichere Formen an, und es sollte nicht mehr lange dauern, bis die Dinge eine Wende nahmen.

Kapitel acht

Es war Elli, die spätabends, als alle längst schliefen, mit der Idee kam. Ich ging seit Monaten zu den Soldaten, spielte aber auch mit Elli zusammen, und wir hatten gerade ein neues Stück fertiggestellt. Elli saß auf ihrem kleinen Stuhl und hielt das Krokodil vor sich hin. Sie sah mich stumm an. Das Licht war nur schwach, aber ihre Augen waren voller Feuer, und da war auch noch etwas anderes. Als sie endlich zu reden anfing, klang ihre Stimme um ein paar Noten tiefer als gewöhnlich, und sie flüsterte, obwohl uns doch niemand hören konnte. Mir wurde unbehaglich.

»Mika, ich habe mir etwas überlegt. Bitte hör zu und sage nichts, bevor ich fertig bin!«

Wollte sie vorschlagen, dass ich mich den Löwen zum Fraß vorwerfen ließ?

»Du genießt den Schutz eines deutschen Soldaten, sie kennen dich an der Wache, und sie wissen, dass du ein ganzes Puppenensemble im Mantel mit dir herumträgst. Sie trauen dir, und es ist nichts Verdächtiges an dir: Du bist ein kleiner, harmloser Judenjunge, der sie nach ihrer Arbeit unterhält.« Sie beugte sich näher zu mir. »Denk mal nach! Das könntest du doch ausnutzen. Etwas von der anderen Seite hereinschmuggeln oder von hier hinaus. Unter deinem fabelhaften Mantel. Weißt du, wie viele Leute jeden Tag ihr Leben riskieren, um Medikamente und Essen ins Ghetto zu schmuggeln? Sogar Kinder.« Sie sprach jetzt sehr schnell.

»Aber, Elli, ich bin ja jedes Mal schon froh, es heil wieder nach Hause zu schaffen. Hast du eine Vorstellung davon, wie brutal die sind? Willst du, dass sie mich umbringen?«

»Natürlich nicht, aber vielleicht können wir die Sache zu unserem Vorteil nutzen. So wie jetzt kann es nicht weitergehen, Mika.«

»Da gibt es kein ›wir‹, Elli. Ich bin in diesem Fall allein mit den Puppen und den verdammten Soldaten, ganz allein. Da gibt es niemanden, der mir beistehen könnte.« Mein Herz hämmerte, als stünden die Soldaten um mich herum. Sie hatte ja keine Ahnung, was das bedeutete.

»Ich wünschte, ich könnte statt deiner gehen. Wir verhungern hier sowieso. Eine schnelle Kugel oder ein langsam sich hinziehender Tod, was ist der Unterschied? Wir kommen hier alle um, es ist nur eine Frage der Zeit.«

Elli stand auf und lief wie ein eingesperrter Panther in dem winzigen Raum auf und ab.

»Wenn ich könnte, würde ich mich auf der anderen Seite verstecken, bis dieser verfluchte Krieg vorbei ist. Und so viele Kinder wie nur möglich mit mir nehmen.«

Sie setzte sich wieder und fasste meine Hände. Ihre waren heiß und verschwitzt.

»Vor ein paar Tagen, als du weg warst, bin ich zum Kinderkrankenhaus gegangen. Ich wollte mich nützlich machen, ich werde verrückt hier im Haus. Es war schrecklich, Mika. Sie haben nichts mehr: kein Essen, kaum Medikamente oder Verbandsstoff, selbst an Wäsche für die Betten mangelt es. Ich habe Kinder auf Zeitungen liegen sehen, und eine der Schwestern sagte mir, dass sie jetzt auch Zeitungen in die Bezüge stopfen. Die Kleinen sehen so elend aus, mit glasigen, tief in den Höhlen liegenden Augen und Ringen drumherum, als hätte sie einer mit Kohle geschwärzt. Wie sie mich aus ihren Betten heraus angestarrt haben! So mager waren sie! Was, wenn du ein paar Medikamente von der anderen Seite hereinschmuggeln könntest? Oder ein Kind nach draußen? Ich habe gehört, dass Leute das machen. Draußen gibt es zu essen. Die Kinder könnten versteckt werden.«

Eine Gänsehaut überzog meine Arme und dann meinen ganzen Körper. Ich erschauderte. Ich war kein Held, und doch musste ich zugeben, dass der Gedanke auch mich erregte. Elli rührte an etwas in mir, das mir einen Teil meiner Selbstachtung zurückzugeben vermochte. Konnte mich ihre Idee von meiner Scham befreien? War es möglich, die verfahrene Situation auf diese Weise in eine Chance zu verwandeln?

Wie es auch sein mochte, mein heftig schlagendes Herz erinnerte mich daran, dass ich außer mir war vor Angst. Wir alle hatten von jungen Leuten gehört, die ins Pawiak-Gefängnis gebracht und Tage später tot oder verstümmelt in einer dunklen Gasse aufgefunden worden waren. Jung zu sein bedeutete keinen Schutz vor der Gestapo oder ganz allgemein vor den Nazis.

»Du bist verrückt, Elli, wie soll ich das anstellen? Max ist immer neben mir. Er holt mich ab und bringt mich zurück. Alles, was ich habe, ist dieser verdammte Mantel.«

»Ja, genau, dein Mantel. Sie wissen, dass er voller Puppen ist, und werden dich nicht durchsuchen, und wenn, dürfen sie eben nur Puppen finden. Du weißt schon, wie bei einem Zauberer. Es ist alles eine Frage von Ablenkung und genauer Zeitabstimmung.« Ablenkung und Zeitabstimmung? Elli hatte Nerven. Aber sie hatte auch recht.

»Es ist zu gefährlich, Elli, wirklich. Ich will nichts mehr davon hören.« Etwas in mir wollte nicht weiter darüber nachdenken, und so versuchte ich, das Gespräch abzubrechen.

»Komm wenigstens mit ins Kinderkrankenhaus!« Ich hätte

wissen müssen, dass Elli nicht so leicht aufgeben würde. »Du musst das mit eigenen Augen sehen«, sagte sie.

»Ich kenne das Waisenhaus, vielen Dank. Ich sehe mehr Elend, als ich jeden Tag vertragen kann. Reicht das nicht?«

»Nein, Mika. Wir müssen für sie spielen. Es ist anders dort, und sie sterben jeden Tag, viele von ihnen. Dabei sind es doch Kinder, manchmal liegen sie zu dritt in einem Bett.«

Ich wusste nicht weiter. Elli hatte gewonnen, und ich gab nach.

Und so ging ich Monate nach meiner ersten Vorstellung auf der »arischen« Seite mit Elli zum jüdischen Kinderkrankenhaus in der ulica Sienna. Wie das Waisenhaus war das Gebäude drei Stockwerke hoch und hatte ein großes Treppenhaus, das zu den verschiedenen Stationen führte. Die Schwestern bewegten sich wie Ameisen über die Flure, als könnten sie mit ihrer Geschäftigkeit alle Not und allen Mangel ausgleichen. Sie in ihren makellos weißen Trachten zu sehen erlaubte es uns, für einen kurzen Moment zu vergessen, dass dieses Krankenhaus mitten im Ghetto stand, bis uns der Gestank erreichte: Keine Schwesterntracht konnte den Geruch von Krankheit und Tod überdecken, von offenen Wunden und körperlichen Ausscheidungen.

Die Oberin, eine große Frau mit strengem Gesicht und tiefer Stimme, die das graue Haar zu einem festen Knoten gebunden trug, befahl die Schwestern hin und her und notierte gerade etwas mit einem Bleistiftstummel auf einem Klemmbrett. Elli trat auf sie zu.

»Schwester Oberin, vielleicht erinnern Sie sich an mich, ich war letzte Woche schon einmal hier. Ich habe meinen Freund Mika mitgebracht, er ist der Puppenspieler, von dem ich Ihnen erzählt habe. Wir sind gekommen, um für die Kinder zu spielen.« Elli klang sehr erwachsen und höchst offiziell.

Die Oberin sah mich an, und ein leichtes Lächeln überzog ihr Gesicht. »Willkommen, junger Mann!«

»Wir würden gern bei den Kindern anfangen, denen es am schlechtesten geht«, fuhr Elli fort.

Wieder huschte ein Lächeln über das blasse Gesicht der Oberin. »Sie sind alle ziemlich krank. Wir wissen nie, wer die Nacht überleben wird. Aber einige der Kleinen erstaunen uns und halten durch. Ich würde vorschlagen, ihr fangt auf der Tuberkulosestation an, im dritten Stock rechts. Die meisten Kinder dort sind schon sehr lange im Krankenhaus.« Damit wandte sie sich an eine Schwester, die hinter ihr gewartet hatte. Die Stimme der Oberin klang rau, und trotz des warmherzigen Lächelns machte mir ihre Autorität Angst.

Wir gingen die marmornen Stufen hinauf. Mit jedem Stockwerk fühlte ich mich niedergeschlagener: Wie viel mehr Krankheit, Armut und Leiden ertrug ich noch? Ich hatte ja keine Ahnung, wie uns diese Kinder überraschen würden.

Die Tuberkulosestation war kaum mehr als ein großer Raum im dritten Stock mit etwa zwanzig eng aneinandergedrängten Betten. Ein kleiner Holzofen stand verloren in der Mitte des Raumes und gab kaum Wärme ab. Von den Wänden blätterte der Putz und bildete kleine Häufchen auf dem Boden, aber wie um zu versichern, dass es trotz allem noch Farbe und Leben gab, hingen überall Bilder und Zeichnungen, mit Buntstiften gemalte einfache Bilder von Gärten, Häusern und Schmetterlingen, Tieren und Menschen, die sich bei den Händen hielten, und auf einer sehr schönen, realistischen Bleistiftzeichnung beugte sich eine Schwester über ein Kind. Ein Bild zog meine Aufmerksamkeit ganz besonders auf sich. Es war dunkel, dicht bemalt, mit nervösen, kreuz und quer gesetzten Strichen. Es zeigte eine Straße im Ghetto voller gesichtsloser, ununterscheidbarer Gestalten, schwarz, grau, Gespenstern gleich.

Nur eine Person stach heraus, eine Frau mit freundlichen Zügen, die ein hübsches buntes Kleid trug.

Im Bett darunter lag ein Junge, etwa so alt wie ich, allerdings wird er nur die Hälfte gewogen haben. Seine Wangen waren eingefallen, aber er lächelte, als ich zu ihm ging. Er stellte sich als Kalim vor.

Wie die meisten Kinder auf dieser Station hatte Kalim ein Brennen in den Augen, das nicht allein auf das wild in seinem Körper wütende Fieber zurückzuführen war, sondern auch auf etwas tief in ihm, das schmerzvoll am Leben hing, obwohl er doch wusste, dass er sich nicht mehr erholen würde.

»Hallo, Kalim, ich heiße Mika, und das ist Elli. Wir sind Puppenspieler. Hast du das gemalt?«

Kalim nickte.

»Das ist toll. Wer ist das darauf?«

»Oh, das ist meine Mutter«, sagte Kalim, und es kam etwas mehr Leben in ihn. »Eines Tages werde ich sie wiedersehen. Vielleicht kennt ihr sie? Sie hat braunes Haar und braune Augen, und sie trägt oft dieses schöne geblümte Kleid. Sie war schon eine Weile nicht mehr hier. Deshalb frage ich alle Besucher nach ihr. Wir wohnen in der ulica Leszno, direkt gegenüber von dem Café. Sie heißt Stefania. Stefania Goldstein.«

Wir kannten seine Mutter nicht. Das Ghetto verschmolz uns alle zu einer grauen Masse, einem trüben Fluss, der sich unablässig durch die Straßen wälzte, jeden Tag weiter anwuchs und Kalims Mutter mit sich gerissen zu haben schien. Vielleicht war sie auch in ihrer Wohnung verhungert und lag tot im Bett. Oder sie war verrückt geworden, was immer öfter vorkam. Vor ein paar Tagen erst war eine unserer Nachbarinnen schreiend aus dem Haus gerannt, völlig nackt. Gott sei Dank war gerade kein Soldat in der Nähe gewesen, so dass ihre Tochter sie wieder nach drinnen hatte ziehen können.

Ich fühlte mich erbärmlich, als ich dort zwischen den Krankenbetten der Kinder stand, aber die, die aufstehen konnten, umringten uns gleich. Alle riefen nach den Puppen, und so erfanden wir wieder einmal ein kleines Stück nach dem anderen. Wie im Waisenhaus wollten die Kinder unbedingt mitspielen, wollten die Puppen auf ihren eigenen Händen sehen und ihre eigenen Geschichten erzählen. Es war ein ungeheuer lebendiges, lautes Publikum.

Wir gingen regelmäßig ins Krankenhaus und spielten auch auf den anderen Stationen, der allgemeinen und der für innere Krankheiten, die den Großteil des ersten Stocks einnahm, kamen aber immer wieder zurück auf die Tuberkulosestation. Es war ein besonderer Ort, die Kinder dort kannten sich gut, und es herrschte ein echtes Gefühl von Kameradschaft und gegenseitiger Hilfe. Es war ihr letztes Zuhause: Niemand kam hier wieder hinaus.

Eines Nachmittags erzählte uns Kalim, dass er früher Geige gespielt habe, aber sie hätten sein Instrument gegen zwei Laibe Brot eingetauscht, als er noch mit seiner Mutter und seinem Bruder in der ulica Leszno wohnte. Da erinnerte ich mich an die kleine Geige, die seit Großvaters Tod in den Tiefen des Mantels schlummerte. Als ich sie hervorzog, hellte sich Kalims Gesicht auf, und innerhalb von Minuten füllte sich der Raum mit süßen, lustigen Melodien. Dieser Junge, der von einer Krankheit gezeichnet war, für die es keine Heilung gab, spielte so gefühlvoll und mit solcher Leidenschaft auf der winzigen Violine, dass alle um ihn herum wie verzaubert waren. Ich stimmte auf der kleinen Flöte mit ein, andere sangen und schlugen den Takt mit. Elli und ein paar Kinder tanzten sogar, und einen Nachmittag lang waren wir eine bunte Musikgruppe.

Bevor wir gingen, rief mich Kalim zu sich ans Bett.

»Das war toll, Kalim! Du spielst so gut.« Ich lächelte ihn an.

Kalim ging auf mein Lob nicht ein, sondern sah mir ins Gesicht. »Woher weiß ich, dass es nach dem Tod noch etwas gibt?«

Seine Frage traf mich völlig unvorbereitet. »Ich denke, wir wissen es nicht sicher, aber wir glauben daran. Wir hoffen. Wir beten. Wenn ich auch nicht sehr viel bete, wie ich zugeben muss.«

»Ich habe Angst, Mika.«

»Ich weiß.« Was konnte ich ihm sagen?

»Du und Elli, ihr seid wie seltene Engel, die uns hier besuchen. Sonst sehen wir nur die Schwestern. Ich fühle mich immer so viel besser, wenn ihr hier seid.«

»Was das mit den Engeln angeht, bin ich nicht so sicher, aber was du sagst, erinnert mich an einen Vers aus dem Talmud: *Jeder Grashalm hat seinen Engel, der sich über ihn beugt und flüstert: Wachse, wachse!* Wir alle brauchen einander, Kalim, wir alle brauchen Hoffnung. Wir kommen gerne zu euch her.«

»An diesen erbärmlichen Ort?«

Er versuchte, sich aufzurichten, gab es aber wieder auf. Ich konnte die Erschöpfung in seinem Gesicht sehen.

»Ja, weil ihr alle so tapfer seid. Ich höre nie, dass sich einer beklagt. Und wenn ich hier liegen müsste, würde ich mich freuen, wenn jemand zu Besuch käme und mich unterhielte.«

Kalim blickte mich an. Ich sah das Fieber in seinen Augen, seine Wangen waren feuerrot.

»Ich wünschte, ich könnte erwachsen werden und eine große Bratsche spielen.« Er streckte die linke Hand aus, klemmte sich ein vorgestelltes Instrument unter das Kinn und zog einen unsichtbaren Bogen über die Saiten.

Einen Moment lang schien er in die Musik versunken, die nur er hören konnte.

»Ja, und wie gerne würde ich dich spielen hören. Ich denke, du solltest ein wenig ausruhen, Kalim, nach diesem langen Nachmittag. Wir kommen bald wieder.«

»Mit der Geige?«

»Natürlich.«

Kalim lächelte. Seine Augen waren wie zwei dunkle Monde in seinem blassen, rotglühenden Gesicht. Seine Hand lag heiß und trocken in meiner. Elli winkte mir aus der gegenüberliegenden Ecke zu. Sie saß mit ein paar Mädchen auf einem Bett und ließ den Affen auf der Schulter der Prinzessin reiten.

In der folgenden Woche kamen wir erst am späten Nachmittag. Wir betraten die Station, ich ließ den Blick über die Betten schweifen und erstarrte: Kalim war auf die Größe eines Sechsjährigen zusammengeschrumpft. Ich brauchte einen Augenblick, um das Trugbild zu verstehen. In Kalims Bett lag ein anderer Junge, und auch das Bild an der Wand darüber war verschwunden. Ich griff nach Ellis Hand.

»Wo ist Kalim?«

In diesem Moment kam eine Schwester herein und schob uns hinaus auf den Korridor. »Kalim ist nicht mehr bei uns. Er ist gestorben, in der Nacht, nachdem ihr zuletzt hier wart. Sein Herz hat im Schlaf zu schlagen aufgehört. Vor dem Einschlafen hatte er mich noch gebeten, euch sein Bild zu geben, falls er nicht wieder aufwachen würde. Ich habe noch gesagt: ›Rede keinen Unsinn!‹ Aber manchmal ist es seltsam, da wissen die Kinder, wenn ihre Zeit gekommen ist.«

Alle vermissten Kalim sehr, und an jenem Nachmittag war unser Spiel leer und ohne große Begeisterung. Jeder neue Todesfall fachte das Feuer in mir weiter an, den Wunsch, etwas zu unternehmen, und doch ließ mich die Vorstellung, eines der Kinder unter den Augen der Deutschen in meinem Mantel zu haben, immer noch erschaudern, und ich schreckte vor ihr zurück.

Kapitel neun

Der grausame Alltag ging weiter. Jede Woche musste ich mir neue Stücke für die Offiziere und Soldaten einfallen lassen, um sie ihnen freitags vorführen zu können. Die Ratten fanden ein besonderes Vergnügen darin, unseren Sabbatabend für ihre fragwürdigen Vergnügungen zu benutzen und mich und andere Juden zu ihren Komplizen zu machen. Sie sorgten für immer mehr Kabarettnummern und Frauen, die grell geschminkt und mit einem gezwungenen Lächeln die Beine vor den Herren Offizieren in die Luft warfen und dabei so viel Fleisch zeigten, dass kaum mehr etwas der Phantasie überlassen blieb. Das brachte mich durcheinander. Ich hasste es, dort zu sein, und doch ließ mich mein Körper manchmal im Stich. Es machte mich so verlegen, aber ich konnte meine Augen kaum von dem lösen, was ich da zu sehen bekam.

Das Bier, das sie mir aufnötigten, machte mich immer noch krank, und wenn ich nach Hause kam, stank mein Mantel nach Rauch, Schweiß und Alkohol, aber Mutter ließ mich in Ruhe und fragte nicht mehr, wo ich gewesen war. Stumm wickelte sie das Brot ein und legte es weg. Wir aßen es immer erst, wenn wir nichts anderes mehr hatten. Am Morgen danach machte mir Mutter immer einen etwas stärkeren Tee, manchmal sogar mit ein bisschen Zucker.

Bisweilen hatte ich das Gefühl, durch dichten Nebel zu stolpern, war verwirrt und wie taub, und wäre Elli nicht gewesen, hätte ich alle Orientierung verloren. Sie half mir, wenn ich neue Puppen brauchte und mir keine groben Witze und Tricks mehr einfallen wollten, und sie versuchte, mich selbst noch in dieser unheilvollen Situation zum Lachen zu bringen.

Während die Ratten jede Woche neue Tricks und Puppen erwarteten, war Max mir gegenüber lockerer geworden und manchmal sogar freundlich. Er schrie mich nicht mehr an, sondern klopfte mir hinterher auf die Schulter und sagte durchaus herzlich: »*Gut gemacht, Junge!*« Einmal, als mir ein paar seiner Kameraden ein drittes Bier einflößen wollten, stieß er sie zurück und brachte mich hinaus in den Hof, damit ich frische Luft schnappen konnte.

»Wie ich sehe, magst du kein Bier. Keine Angst!«, sagte er mit einem Lächeln und legte mir die Hand auf die Schulter. Obwohl ich ihn immer noch hasste, empfand ich doch auch eine gewisse Dankbarkeit. Als mich Max später zur Wache brachte, gab er mir zusätzlich zu dem Brot noch ein Stück Käse. Wir hatten schon so lange keinen Käse mehr gegessen, dass ich mich kaum noch an den Geschmack erinnern konnte.

»Bist du hungrig, Junge?«

Was für eine dumme Frage. Selbst die Polen auf der »arischen« Seite konnten von dem, was sie auf ihre Lebensmittelkarten bekamen, nicht leben: Was die Deutschen uns Juden zugestanden, hätte nicht mal eine Katze richtig satt gemacht. Uns verhungern zu lassen, gehörte von Beginn an zu ihrem Plan. Ich antwortete Max nicht.

»Hör zu. Du sagst mir, was du brauchst, und ich sehe, was ich tun kann.«

Was ich brauchte? Mal nachdenken: Freiheit, anständiges Essen, Medikamente … Machte es ihm Spaß zu sehen, wie ich mich wand? Konnte ich einer Ratte trauen?

»Medikamente.« Das Wort purzelte mir aus dem Mund, bevor ich es hinunterschlucken konnte. »Ganz gleich welche. Wir haben nichts im Ghetto.« Ich hielt inne. Ich wollte nicht noch mehr sagen. Mein Magen verkrampfte sich, wenn ich an die erbärmlichen Verhältnisse im Kinderkrankenhaus dachte. Max nickte, sagte jedoch nichts. »Bis nächste Woche«, murmelte er und ging zurück zu seiner Unterkunft, während ich durchs Tor trat.

In der Woche darauf schien Max angespannt, und er sagte kaum ein Wort, weder den Abend über noch auf dem Rückweg zur Wache. Dort drückte er mir das versprochene Brot in die Hand und ging. Heute gab es keinen Käse, und doch fühlte ich mich irgendwie erleichtert. Aber Tage später, als Elli und ich in der Werkstatt ein neues Stück einübten, klopfte es an der Tür, und Mama kam herein.

»Mika, das hier habe ich in dem Brot gefunden.« Sie hielt ein braunes Glasfläschchen mit kleinen weißen Pillen in die Luft. »Was geht hier vor? Woher hast du das Brot?«

Ich riss ihr das Fläschchen aus der Hand.

»Bitte frage mich nicht, Mama! Ich kann es dir nicht sagen.« Ich schloss die Tür.

»Hat der Soldat die Pillen im Brot versteckt?«, fragte Elli. »Ja. Es könnte eine Falle sein.«

»Das könnte es, aber sie sehen echt aus. Da steht, es ist Aspirin.« Elli untersuchte das Fläschchen und schüttelte die Pillen in ihre Hand. »Bringen wir sie ins Krankenhaus.«

Wir besuchten das Krankenhaus immer noch einmal in der Woche, und die Pillen waren dort willkommen, wenn sie auch nicht mehr als einen Tropfen auf den heißen Stein darstellten. Die Schwester Oberin bestätigte, dass sie echt waren, und stellte keine Fragen.

Als wir in der Woche darauf wieder ins Krankenhaus wollten, hatte Elli schreckliche Schmerzen im linken Bein, und ich ging allein. Ich verbrachte den Nachmittag auf der Tuberkulosestation, und als ich wieder nach unten kam, trat die Oberin zu mir und zog an meinem Mantel.

»Komm einen Moment mit, Mika, ich möchte dich etwas fragen.«

Sie sah mich freundlich an, aber ich erschrak. Sie führte mich in ihr Büro.

»Setz dich, mein Lieber! Wir sind sehr froh, dass du zu uns kommst. Ich höre wundervolle Dinge von den Kindern, deine Puppen tun ihnen so gut, und letzte Woche hat Elli mir etwas anvertraut. Bitte werde nicht böse, und lass mich erst ausreden, ich weiß, es darf niemand erfahren, und ich verspreche, es bleibt unter uns dreien. Das schwöre ich bei meinem Leben.«

Ich rutschte auf meinem Stuhl hin und her und steckte die Hände in die Taschen. Jede Faser meines Körpers war in Alarmbereitschaft.

»Mika, ich muss dich um einen großen Gefallen bitten. Wir haben ein kleines Mädchen bekommen. Es ist gerade zwei Jahre alt und winzig. Sie haben es uns mit einer Nachricht vor die Tür gelegt, die lautet: ›Bitte vergeben Sie uns, aber wir können nicht noch ein Kind ernähren. Bitte kümmern Sie sich um die Kleine, sie heißt Esther.‹« Ich wusste, um was die Oberin mich bitten würde, und wollte es nicht hören.

»Mit der Kleinen ist alles in Ordnung, Mika, aber sie ist so mager, und ich fürchte, sie wird hier nicht überleben. Ich habe Verbindungen zur anderen Seite, und ich frage dich, ob du sie bei einem deiner ›Ausflüge‹ nicht mitnehmen kannst? Bringe sie in Sicherheit! Elli hat mir gesagt, dass dich die Soldaten und Offiziere mittlerweile gut kennen und keinen Verdacht hegen. Und du trägst immer diesen riesigen Mantel. Esther ist winzig. Wir können es arrangieren, dass drüben jemand auf dich wartet, dem du sie übergeben kannst. So kann sie gerettet werden, Mika.«

Ich saß völlig steif und wie taub da, sprachlos nicht nur wegen Ellis Verrat, sondern auch wegen dem, was die Oberin von mir verlangte. Wie konnte sie das? Wie sollte ich, immer noch ein heranwachsender Junge, einen Menschen unter meinem Mantel verbergen? Das war ein absolut lächerlicher Vorschlag.

»Wir können ihr etwas geben, damit sie schläft«, fuhr die Schwester Oberin fort, »und vielleicht kannst du dich für einen Moment an die frische Luft stehlen.«

Es stimmte, manchmal konnte ich nach draußen hinter die Truppenunterkunft, um Luft zu schnappen oder mich zu übergeben, wenn sie zu viel Bier in mich hineingezwungen hatten. Die Ratten waren das mittlerweile gewohnt und ließen mich meist allein hinaus. Aber nicht immer. Manchmal sahen sie nach mir. Die Oberin verlangte einfach zu viel: ein lebendes, atmendes Wesen unter meinem Mantel zu verstecken, ein kleines Mädchen, während ich mit einem deutschen Soldaten in die Höhle des Löwen marschierte?

»Es tut mir leid, Schwester Oberin, aber das kann ich nicht.« Meine Kehle fühlte sich an, als würde sie sich jeden Moment verschließen. Meine Stimme klang heiser und fern. »Ich kann nicht.« Ich war zornig, weil sie mich um so etwas bat, und wütend auf Elli.

Das Lächeln der Oberin verschwand langsam, und ihr Gesicht wurde wieder zu der freundlichen, reservierten Maske, die ich kannte.

»Gut, aber ich möchte trotzdem, dass du mit mir kommst und dir das Mädchen ansiehst.« Sie nahm meinen Arm und führte mich durch das große Treppenhaus hinauf in den ersten Stock. Kleinlaut ließ ich es mit mir geschehen. Elli und ich waren nie in diesen Räumen gewesen. Sie waren noch voller als die Tuberkulosestation, voll mit sehr kleinen Kindern, die mitunter zu zweit und zu dritt in einem Bett lagen. Ich musste würgen, so sehr stank es nach Durchfall und Erbrochenem. Das Stöhnen und Weinen war kaum auszuhalten. Die Oberin ließ den Blick über das Meer aus Betten schweifen und führte mich zu einem kleinen Bett in der Ecke.

Das Mädchen sah mich mit großen grünen Augen an. Es trug ein dünnes Nachthemd, und seine rötlichen Locken sahen aus, als wären sie seit Wochen nicht gekämmt worden. Ganz ruhig saß die Kleine in ihrem viel zu großen Bett und hielt eine nackte, blonde Puppe in den Händen. Sie war wirklich winzig.

»Das ist Esther«, sagte die Oberin mit sachlicher Stimme.

»Hallo, Esther, es freut mich, dich kennenzulernen. Wie geht es dir? Ich heiße Mika.« Ich wusste nicht, was ich zu diesem zerbrechlichen kleinen Wesen sagen sollte. Das Mädchen antwortete nicht. Etwas in seinem Blick rührte mich an und zermürbte mich. Ich war sicher, Esther wusste, was vorging, und dann wurde auch mir klar: Ja, es war gefährlich, aber dieses Mädchen würde sterben, wenn ich es nicht hinausschmuggelte.

»Ich werde darüber nachdenken.« Ich sah die Oberin an.

»Danke, Mika.« Ihr Lächeln kehrte zurück, als wüsste sie, dass ich mich bereits entschieden hatte. Das Mädchen hielt mir ihre arg mitgenommene Puppe hin. Ich griff in eine Tasche und holte die Prinzessin heraus. Esthers Gesicht wurde zu einem einzigen, großen Lächeln.

Abends saß ich mit Elli in der Werkstatt, und wir planten die Flucht des Mädchens, als ginge es um ein kompliziertes neues Stück für die Puppen. Zuvor aber hatte sich Elli eine lange Schimpfkanonade anhören müssen über Geheimnisse, Verrat, Vertrauen und Freundschaft. Sie hatte mir ruhig zugehört, bis der Dampf aus mir heraus war.

»Also gut, überlegen wir.« Ich gab mir Mühe, mich wieder als der Anführer zu fühlen. »Die Zeitplanung ist das Wichtigste. Ich muss das Mädchen vor meinem ersten Auftritt übergeben, bevor der Mantel zu meiner Bühne wird.« Ich hielt die Prinzessin in der einen Hand und den Zauberer in der anderen. Hagadaz übernahm meine Rolle, da sein Umhang meinem Mantel am nächsten kam.

»Ja, oder du bringst einen Koffer mit Requisiten und eine selbstgebaute kleine Bühne als Überraschung mit. Dann kannst du den Mantel anbehalten und auf die günstigste Gelegenheit warten, allein nach draußen zu kommen«, schlug Elli vor. Gott, war sie schlau. Trotzdem, richtig überzeugt war ich noch nicht.

»Aber ich weiß nicht, wann ich mich hinausstehlen kann. Ich meine, die Person, die das Mädchen übernehmen soll, müsste die ganze Zeit hinter der Unterkunft warten und sich versteckt halten. Weißt du, wie gefährlich das ist? Das wird nicht funktionieren, Elli.«

Ich sah alles genau vor mir: die völlige Dunkelheit hinter dem Gebäude, den schmalen Durchgang zur Straße vorn … Aber die Gegend wimmelte nur so von Soldaten, bei Tag und Nacht. Schon der Gedanke daran ließ mein Herz schneller schlagen.

»Was, wenn sie mich erwischen? Wahrscheinlich erschießen sie mich auf der Stelle oder stecken mich ins Pawiak. Und was geschieht mit dem kleinen Mädchen?«

»So darfst du nicht denken, Mika.« Elli versuchte, mich zu beruhigen, aber ich hatte ihr noch nicht verziehen, dass sie mich in diese Situation gebracht hatte. Ich war kein Held.

Plötzlich erinnerte ich mich an den Prinzen und seine leidenschaftliche Rede, mit der er mich einst so überrascht hatte. Ich griff in die linke innere Tasche des Mantels und holte ihn heraus. Er redete gleich los: »Also was jetzt? Endlich kannst du mal was Wichtiges tun, nicht nur reden und uns Puppen herumhüpfen lassen. Komm, Mika, das ist deine Chance. Ergreife sie, oder schäme dich bis in alle Ewigkeit.«

Elli saß stumm da. Sie staunte und freute sich über das Eingreifen des Prinzen. Ich musste zugeben, dass ich dem, was er sagte, kaum etwas entgegensetzen konnte.

Wir planten den Coup für die folgende Woche. Es hatte keinen Sinn, länger zu warten, und ich wollte die Sache hinter mich bringen. Ich würde einen Koffer mitnehmen, um von meinem Mantel abzulenken, und ihn mit ein paar hübschen Requisiten und einer bemalten Kulisse füllen, als Überraschung für die Soldaten. Und falls ich nervös wurde, konnte ich es auf die neue Bühne und die ungewohnten Requisiten schieben. Wir informierten die Oberin und hatten dann reichlich in der Werkstatt zu tun: mit Papiermaschee, Farben und dem endlosen Durchspielen verschiedener Möglichkeiten.

Dann kam der Tag. Kurz bevor ich mit meinem gepackten Koffer aufbrechen wollte, zog mich Elli noch einmal in die Werkstatt.

»Ich bin so stolz auf dich, Mika. Bitte sei vorsichtig, ich würde es nicht ertragen, wenn dir etwas zustößt. Aber ich weiß tief in meinem Herzen, dass alles gut gehen wird.« Mit diesen Worten nahm sie mein Gesicht in die Hände und küsste mich mitten auf den Mund. Ich atmete tief ein. Mein erster Kuss! Er schmeckte so süß und war doch so schnell vorbei. Er war zweifellos die beste Medizin gegen die eisige Angst, die mich die ganze Nacht über wach gehalten hatte. Unterwegs zum Krankenhaus durchlebte ich den kurzen Moment des Kusses immer wieder und vermochte so alle Befürchtungen in Bezug auf das kleine Mädchen, das ich bald schon unter meinem Mantel tragen würde, in Zaum zu halten.

Kapitel zehn

»Komm schnell! Dort hinein!«

Die Schwester Oberin schob mich in ihr kleines Zimmer. Ihr Gesicht war gerötet, und sie bewegte sich schneller als sonst und stellte einen Teller mit einer dicken Scheibe Brot und einem Stück Käse vor mich hin, eine Art Henkersmahlzeit. Ihr Lächeln vermochte nicht die Spannung zu verdecken, die in ihrer Stimme zu hören war.

»Ich dachte, du solltest gut essen, bevor du gehst, damit dir der Alkohol nicht zu sehr in den Kopf steigt und du dich verplapperst.«

Sie klopfte mir mütterlich auf die Schulter. Ihre Erklärung beruhigte mich ein wenig. Esther lag tief schlafend auf einer Bahre in der Ecke des Zimmers, ihr verfilztes Haar ragte wie das Fell eines Tieres unter dem über sie gebreiteten Laken hervor.

»Weiß sie, was wir vorhaben?«, fragte ich.

»Es ist schwer, das einem Mädchen von gerade mal zwei Jahren zu erklären. Aber ich habe ihr gestern gesagt, dass sie heute lang schlafen würde und beim Aufwachen seien liebe Leute da, die sich um sie kümmern würden. Sie hat mich einfach nur angesehen, Mika, wie sie dich angesehen hat, und genickt. Ich glaube, sie versteht alles.« Ich erinnerte mich gut an mein erstes Zusammentreffen mit Esther. »Ich habe ihr ein Beruhigungsmittel gegeben, aber so einfach ist das nicht: Das Mittel muss so lange wie möglich wirken für den Fall, dass etwas schiefgeht, und doch darf es nicht zu viel sein. Ihr kleiner Körper würde das nicht vertragen.«

Während ich aß, nahm die Oberin eine Art Geschirr vom Schrank, das sie offenbar selbst zusammengenäht hatte. Esther konnte darin eng an meine Taille gedrückt liegen, den Kopf seitlich an meine Brust gelehnt.

»Du musst sie so schnell wie möglich übergeben, weil sie Schwierigkeiten haben könnte, unter dem Mantel genug Luft zu bekommen.«

War sogar möglich, dass ich das kleine Mädchen erstickte? Angst durchfuhr mich, und mein Herz begann heftig zu schlagen. Ja, manchmal gaben mir die Soldaten noch vor der Aufführung einen Krug Bier. Der würde als Entschuldigung herhalten müssen, dass ich hinausging.

Ich aß das Brot und den Käse. Ich wusste, dass mir beides guttat, aber ich schmeckte nichts. Als hätte die Angst meine Geschmacksnerven betäubt.

»Komm, wir müssen uns fertigmachen.« Die Schwester band mir das Geschirr um den Leib, und wir legten die sanft atmende Esther hinein. Sie wog so wenig, war leicht und weich wie ein kleiner Welpe. Langsam knöpfte ich den Mantel zu. Vielleicht wirkte ich ein wenig breiter, aber nicht so, als trüge ich eine so wertvolle Fracht darunter. Der Mantel war so groß, dass es wirklich funktionieren konnte.

Ich ging im Büro der Oberin umher und übte, mich mit meiner Last natürlich zu bewegen. Ich redete, bückte und drehte mich ohne Probleme. Ich musste nur dafür sorgen, dass sie genug Luft bekam.

»Danke, Mika, du bist ein mutiger junger Mann. Ich wusste, dass ich auf dich zählen kann. Und jetzt geh, es wird spät.« Sie drückte mich etwas steif an sich, aber ich wusste, sie meinte es herzlich.

Wie gewohnt sollte ich Max am Tor treffen. Ich war ein paar Minuten zu früh, und die Wache sah argwöhnisch zu mir herüber. Ein Junge, der mit einem Koffer und einem zu großen Mantel am Tor auftauchte, das erregte Verdacht. Ich hätte mich nie getraut, allein herzukommen, aber da war schon Max.

»Was ist in dem Koffer, Junge?«

»Eine Überraschung. Ich habe eine Bühne gebaut und ein paar Requisiten mitgebracht.«

Max lächelte. »Das ist gut, denn wir haben heute einen besonderen Gast, direkt aus Deutschland. Ein hoher Offizier wird uns mit seiner Gegenwart beehren.« Ich verstand nicht ganz, was er sagte, aber doch genug, um zu begreifen, dass eine Art Ehrengast da sein würde, eine wichtige Persönlichkeit. Instinktiv wollte ich davonlaufen, nach Hause. Das Ganze war ein Wahnsinn. Ein wichtiger Gast, das hieß, dass heute noch mehr Soldaten da sein würden, mehr SS, mehr Polizei.

»Keine Angst«, sagte Max, »du wirst es gut machen.« Er schlug mir auf die Schulter. Wenn er wüsste!

Esther atmete langsam und gleichmäßig, ihr Köpfchen lehnte warm an meiner Brust, nahe bei meinem Herzen. Vielleicht fühlte es sich so an, ein Vater zu sein? Wärme erfüllte mich wie süßer Tee. Nein, es gab kein Zurück mehr, ich hatte Esther unter meinem Mantel, und auf der anderen Seite wartete jemand, der sein Leben riskierte, um das Mädchen von mir zu übernehmen.

Trotzdem, mein Magen zog sich zusammen, und ich hielt in meiner Tasche den Prinzen gepackt. Die weiche Fellborte seines Umhangs strich mir über das Handgelenk. Er hatte mich angefeuert, und das mit gutem Grund. Ich musste meinen Beitrag leisten und durfte nicht einfach nur zusehen und abwarten, was sie noch alles an Schrecklichem für uns planten.

Ich versuchte, aufrechter zu gehen, gleichmäßig zu atmen

und selbstsicher zu erscheinen. Sie sollten denken, dass ich eine ganz besondere Vorstellung für diesen Herrn Offizier geben werde.

Wir wechselten auf die andere Seite, und Max redete über belanglose Sachen. Es ist wichtig, ihn bei Laune zu halten, dachte ich, doch das war ungeheuer anstrengend und ließ meinen Schädel brummen.

»Montag hatte mein Sohn Geburtstag. Er ist etwa in deinem Alter. Er heißt Karl. Er will einmal Ingenieur werden.« Ich wollte nichts von den Plänen seines Sohnes wissen. Pläne machen, das war eine Vorstellung aus einer verlorenen Welt. Wir konnten nur darauf hoffen, das Ghetto und diesen verdammten Krieg zu überleben. Gab es eine Zukunft für uns? Weder Max noch ich konnten ahnen, dass die Alliierten schon ein paar Wochen später seine Heimatstadt Nürnberg bombardieren würden und Karl andere Dinge als der Wunsch, Ingenieur zu werden, beschäftigen würden.

Wir erreichten die Unterkunft. Wie gewohnt war der Saal voll mit Soldaten, und der Gestank von Schweiß, Bier und Rauch und das Grölen trafen mich wieder wie eine Wand. Durch die dichten Schwaden konnte ich sehen, dass sie für den heutigen Abend extra eine Bühne aufgebaut hatten. Was, wenn ich Esther bei meiner Vorstellung noch bei mir trug und die Soldaten sie entdeckten? Aber ich hatte ja meine eigene kleine Bühne dabei, hinter der ich mich verstecken konnte. Zudem steckten die Puppen alle in den Außentaschen des Mantels, so dass ich ihn nicht zu öffnen brauchte.

»Ah, das ist ja unser kleines Maskottchen wieder. Du hast einen Narren an dem Jungen gefressen, was, Max?« Unter den höhnischen Kommentaren seiner Kameraden schob mich Max in einen kleinen Raum auf der anderen Seite des Saales.

»Jetzt, wo du ein richtiger Künstler bist, brauchst du einen Raum, um dich vorzubereiten. Ruhe dich etwas aus. Jemand wird dich holen, wenn du an der Reihe bist. Viel Glück!« Er trat noch eine Weile von einem Bein aufs andere, als wollte er etwas sagen, ging dann aber.

Was sollte ich tun, so allein in einem Raum, ohne dass mich jemand zwang, Bier zu trinken? Vielleicht konnte ich mich zum Hinterausgang stehlen und, wenn jemand kam, sagen, dass mir vor Nervosität ganz schlecht sei, was nicht weit von der Wahrheit entfernt war.

Ich öffnete die Tür und spähte hinaus. Die Toilette war hinten, und niemand sah zu mir her. Ein paar Soldaten holten immer noch mehr Stühle. Der Besuch heute zog mehr Leute an als gewöhnlich.

Schnell lief ich zum Hinterausgang hinüber und schaffte es schwer atmend nach draußen. Als ich versuchte, etwas in den Schatten hinten im Hof zu erkennen, ging die Tür hinter mir auf.

»Magst du ein Zigarette?«, fragte ein Soldat, der jünger als Max war. »Ich habe dich letzte Woche gesehen. Du bist lustig. Ich mag deine Puppen. Als Junge hatte ich selbst welche.« Was war das nur mit den Deutschen und den Puppen? Sprachen sie die sentimentale Seite der Männer an? Großvater hatte mir vom deutschen Kasperletheater erzählt und von ihrer Puppenspieltradition. »Ich glaube, du bist bald dran. Du solltest dich bereitmachen.« Mir blieb keine Wahl, auch wenn es mir eine Riesenangst machte, den Soldaten mit der kleinen Esther, die im Moment noch ruhig unter meinem Mantel atmete, so nahe zu kommen. Meine wertvolle, süße Last.

Ich schlüpfte zurück in meine kleine Garderobe, öffnete den Koffer und dachte für einen Moment tatsächlich an mein Stück.

Plötzlich brach draußen Applaus los. Ich konnte nicht anders und warf einen Blick hinaus. Die Soldaten und Offiziere waren alle aufgestanden und klatschten heftig, als ein Mann in schwarzer, eng geschnittener Uniform hereinkam. Er trug eine Kappe mit dem Totenschädel und ging mit großen, steifen Schritten, während aus den Lautsprechern Marschmusik dröhnte. Alle standen und reckten den rechten Arm zum Hitlergruß in die Höhe, gefolgt von einem dreifachen *»Heil Hitler!«*.

Der Offizier war nicht besonders groß und wahrscheinlich über dreißig. Sein Gesicht hatte nichts Besonderes, und auch sein Blick war nicht unbedingt durchdringend, und doch strahlte dieser Mann etwas aus, das mich erschauern ließ. Ich schloss die Tür meines kleinen Zimmers und zitterte, als erwartete ich meine Hinrichtung.

Nach einer gefühlten Ewigkeit klopfte es an der Tür. »Puppenspieler, du kommst als Nächster. In fünf Minuten.«

Ich nahm den Koffer, trat vor die Tür und verfolgte die letzten Minuten des Auftritts vor mir: Ein Mann mit Zylinder und einem eleganten Anzug sang Operettenmelodien. Nach einem mäßigen Applaus trat der Conferencier des Abends vor und kündigte mich an.

»Und jetzt, *meine Herren, unser Liebling,* der junge Puppenspieler aus dem Ghetto.« Ich zuckte zusammen, zwang jedoch ein breites Lächeln auf mein Gesicht.

Ein paar Leute klatschten, als ich meine neue Bühne direkt vor den Offizieren aufbaute und dahinter verschwand.

Ich spielte die gewohnten Hau-drauf-Stücke und kam gerade richtig in Fahrt, als sich Esther rührte. Mein Herz drohte mir aus der Brust zu springen. Was, wenn sie aufwachte und losbrüllte? Ich ließ mein Spiel wilder und wilder werden, und je lauter die Puppen schrien und sich schlugen, umso heftiger lachten die Soldaten. Langsam spürte ich, wie sich Esthers kleiner Körper wieder beruhigte und zurück in seinen Beruhigungsmittelschlaf fiel.

Mein Spiel war ein Erfolg: Ich kroch hinter meiner Bühne hervor und verbeugte mich. Der Applaus war riesig. Max kam heran, schob mich in Richtung der ersten Reihe, winkte einer der drallen Kellnerinnen und drückte mir einen Krug Bier in die Hand.

»Hier, mein Junge, fein gemacht. Und jetzt ruh dich aus! Trink!« Für gewöhnlich war es nicht Max, der mir das Bier aufdrängte, aber jetzt verschaffte er mir ungewollt eine Entschuldigung. Ich trank das Bier zur Hälfte aus und hielt mir kaum eine Minute später schon den Bauch, beugte mich vor und tat so, als müsse ich mich übergeben. Ich lief nach hinten, und die Soldaten brachen in grölendes Lachen aus. Sie waren den Anblick gewohnt. Niemand folgte mir.

Schnell jetzt. Draußen ließ ich den Blick über die gegenüberliegende Mauer gleiten, und da war er: ein kaum erkennbarer Schatten, fast unmerklich dunkler als die ihn umgebende Schwärze. Ich pfiff leise die Melodie unseres verabredeten Signals. Die Antwort kam sofort, und ich lief auf den Schatten zu, der immer mehr die Kontur einer menschlichen Gestalt annahm, einer schlanken Frau in einem langen Mantel. Mit zitternden Händen knöpfte ich Großvaters Mantel auf, und Esthers wildes Haar und ihr winziger Körper kamen zum Vorschein. Ich band sie los und hatte bereits ihre Beine aus dem Geschirr, als sich die Hintertür öffnete und eine bekannte Stimme durch die Nacht schnitt.

»Alles in Ordnung, Junge? Du warst gut heute Abend.« Es war Max.

»Ja, es geht. Ich muss nur noch mal. Mir ist etwas schlecht, aber keine Angst, ich bin gleich zurück.«

Eine Sekunde lang dachte ich, das Bewusstsein verlieren zu

müssen, die Spannung war kaum auszuhalten. Ich versuchte, meine Stimme ruhig zu halten, dabei zitterte ich am ganzen Leib. Esther bewegte sich, und ich musste sie mit einer Hand halten. Im Moment war die Frau noch hinter mir versteckt, doch wenn Max näher kam, war es das Ende für uns drei. Aber Max murmelte noch etwas und ging wieder hinein.

An den Rest des Abends erinnere ich mich nur in Bruchstücken. Als ich sie der Frau übergab, öffnete die kleine Esther kurz die Augen und sah mich verschlafen an. Wo sie eben noch mit ihrer Wärme und ihrem regelmäßigen Atem an meinem Körper und meiner Brust gelegen hatte, war plötzlich nichts mehr als eine kalte, erschöpfte Leere. Behutsam strich ich ihr übers Haar und sagte ihr stumm auf Wiedersehen.

»Danke.« Die Stimme der Frau klang heiser. Wie einem die Angst doch die Stimme nahm … Langsam wandte ich mich ab und ging zurück, doch da erinnerte ich mich an etwas und lief noch einmal zu der Frau, die bereits dabei war, in den Schatten zu verschwinden. Ich zog eine der Puppen hervor, eines von den Zwillingsmädchen mit einem Kleid aus der alten Schürze meiner Mutter und gab sie der Frau.

»Die ist für Esther, wenn sie aufwacht.«

»Gut, aber jetzt geh!«

Morgen würde Esther nicht mehr Esther heißen. Esther war ein jüdischer Name.

Ich lief zurück, öffnete die Hintertür und betrat die andere Welt. Die Atmosphäre war angeheizt, es war fürchterlich rauchig und laut, und mir war schwindelig. Der Conferencier sagte gerade eine neue Musiknummer an. Ich wünschte mir so sehr, zu Hause zu sein, doch einer der Soldaten aus Max' Gruppe, der stämmige mit dem roten Gesicht, kam auf mich zu, schlug mir auf den Rücken und drückte mir einen frischen Krug Bier in die Hand.

»Hier, Junge, austrinken!« Und zum ersten Mal war ich froh über die Fähigkeit des Bieres, mich in einen Nebel aus Nichts zu stürzen.

Ich kam erst sehr spät nach Hause. Wie gesagt erinnere ich mich nicht mehr an viel, außer dass der Koffer so schwer war, als wäre er bis an den Rand mit Steinen gefüllt. Hatte sich ein Kind darin versteckt, ohne dass ich es gemerkt hatte? Während ich neben Max zurückging, konnte ich nicht aufhören, an Esther zu denken, an die Frau mit der heiseren Stimme, die ihr Leben für das Mädchen riskiert hatte, und an all die anderen Kinder, die nur auf diese Weise zu retten waren. Die Größe der Aufgabe nahm mir den Atem. Wie sollten wir das nur schaffen? Max sah, wie ich mich mit dem Koffer abmühte.

»Komm, gib ihn mir, ich trage ihn.«

»Nein.« Meine Stimme klang scharf. Der Griff des Koffers schnitt mir in die Hand, seine Seite schlug mir gegen die Beine. Wir Juden mochten ja kaum noch etwas zu sagen haben, das war aber längst noch kein Grund, der zufälligen Freundlichkeit eines Deutschen zu trauen. Auch wenn er uns schon mal Medizin verschafft hatte. Auch wenn er einen Jungen namens Karl hatte. Er konnte mich immer noch einfach so erschießen, wenn er wollte.

»Wie du willst«, sagte Max tonlos. So gut wie alles in meinem Koffer war aus Papiermaschee, und doch fühlte er sich an, als trüge ich alle Schmerzen des Ghettos darin.

Elli wartete im Flur auf mich. Ich brachte nur mehr ein schwaches Lächeln zustande, bevor mir meine Beine den Dienst versagten, doch sie packte und umarmte mich mit aller Kraft.

»Ich wusste, du würdest es schaffen. Du bist ein Held!« Fest drückte sie mich an sich. Sie hatte Angst um mich gehabt.

Wärme erfüllte mich, und irgendwie fand ich in dieser Umarmung tief in der Nacht ein paar Tränen. Wir saßen bis zum Morgen im Flur, in Großvaters Mantel gehüllt und in einer Umarmung, die wir beide nicht lockern wollten.

Tagelang konnte ich nicht aufhören, an Esther zu denken. War sie in Sicherheit? Lag sie in einem sauberen Bett, in das sie von christlichen Eltern gelegt worden war? Hieß sie jetzt Ania, Domenika, Margaret?

Als ich das nächste Mal ins Kinderkrankenhaus kam, fühlte ich mich trotz des herzlichen Lächelns der Oberin, das mich doch hätte wärmen sollen, erbärmlich. Was zählte ein Kind, wenn Tausende andere immer noch zu zweit, zu dritt in einem Bett lagen, sich vor Schmerzen wanden und unter ihren Zeitungsdecken froren?

»Jedes Leben zählt, Mika«, versuchte Elli, mich zu trösten. »Was du tust, ist wichtig. Ich würde es auch gern tun.« Ich wünschte ebenfalls, mit ihr tauschen zu können. Elli hatte sich einer geheimen Gruppe angeschlossen, die Papiere fälschte, so dass mehr von uns zwischen der »arischen« Seite und dem Ghetto hin und her wechseln konnten. Elli bot sich ebenfalls für solche Aktionen an, aber ihr leicht hinkender Gang hätte sie im Fall eines notwendigen schnellen Identitätswechsels verraten. Wenigstens sah man das in der Gruppe so. Elli war tagelang wütend, beschloss am Ende jedoch, weiter in der Gruppe mitzuarbeiten.

Während der nächsten Wochen suchte die Schwester Oberin sorgfältig weitere Kinder für mich aus: Sie mussten klein und dünn sein, nicht älter als drei Jahre und nicht zu schwach. Ich beneidete die Oberin nicht um ihre Aufgabe. Das zweite Kind, das ich aus dem Ghetto schmuggelte, hieß David.

»Mit seiner hellen Haut, dem dunklen Haar und den grünen Augen hat er gute Chancen auf der anderen Seite«, sagte die

Oberin. Ich hoffte es. Trotz des Beruhigungsmittels strampelte David unter meinem Mantel, und ich musste ihn vor meinem ersten Auftritt übergeben. Ich riskierte es, mich nach draußen zu schleichen. Die Luft war rein. Ich pfiff die Melodie, hörte sie jemanden beenden, trat in den Schatten, band das Geschirr los und übergab den kleinen David. Die starken Arme eines Mannes ergriffen ihn, und ich lief zurück nach drinnen und begann mein Puppenspiel.

Wieder hatte ich Glück gehabt. Aber auch nach Esther und David, nach Abigail, Jeremias, Adam, Zach, Hannah, Josua und ein paar anderen kleinen Würmern wurde das Schmuggeln nicht leichter. Am Morgen des fraglichen Tages wachte ich immer noch mit dem Gefühl auf, Steine im Magen zu haben. Tatsächlich wurde es mit jedem Mal schwerer. Bis jetzt hatte ich das Glück auf meiner Seite gehabt, aber wann war es damit vorbei?

Einmal, obwohl ich gar kein Kind bei mir hatte, fürchtete ich besonders, für die Ratten spielen zu müssen. Mir war den ganzen Tag schon übel gewesen. Eine der Rüben, die wir gegessen hatten, war schimmlig gewesen, und Mutter nahm an, dass sie mir auf den Magen geschlagen war. Die Ratten hatten es sich angewöhnt, mich jedes Mal betrunken zu machen und mir in dem Zustand ein weiteres Stück abzuverlangen. Kaum dass ich hinter meiner kleinen Bühne hervorkam, zwang mir auch an diesem Abend einer der Soldaten einen Krug in die Hand.

»*Los doch, schnell, runter damit!*«, knurrte er.

»Ich kann heute nicht, bitte«, flehte ich.

Der Soldat schlug mir ins Gesicht, und ich verlor für einen Moment das Gleichgewicht.

»*Lass ihn in Ruhe, Mann!*«, hörte ich Max wie durch einen Nebel rufen. »Komm, gib mir das Glas!« Ich verstand ihn nicht gleich, aber Max nahm mir das Glas aus der Hand und schob mich durch die Menge nach hinten.

»Ah, der Judenfreund! Willst du dir den Kleinen ins Bett holen?«, fragte ein rotgesichtiger Soldat höhnisch. Max reagierte nicht. Er brachte mich in den kleinen Abstellraum, in dem ich für gewöhnlich auf meine Auftritte wartete.

»Warte hier, bis ich dich rufe.« Warum tat er das? Ich traute ihm nicht, war ihm aber dennoch dankbar.

Nur Ellis sanftes Zureden und ihre Umarmung vertrieben nach einem solchen Abend mein Zittern. Aber wie merkwürdig und tragisch es doch war, dass meine erste Liebe mit solchen Schrecken verbunden war, mit Angst um mein Leben, um unser aller Leben.

Und doch gab es diese erste Liebe, dort, in diesem gottverlassenen Ghetto. Nachts riss mich immer wieder derselbe Traum aus meinem unruhigen Schlaf: Ich stand im schwarzen Schatten der Mauer und wollte gerade ein winziges Kind übergeben, als eine dunkle, eisige Hand von oben niederfuhr, mir meine wertvolle Last entriss und mit einem hohen Kreischen in der Finsternis verschwand. Alles, was ich hörte, waren die Schreie des Kindes und ein diabolisches Lachen, das mir das Blut in den Adern gerinnen ließ. Ich wachte auf und sehnte mich nach Elli.

So ging mein Doppelleben weiter. Max redete mit jedem Mal mehr und erzählte mir von seinem Sohn und seiner Heimatstadt, doch ich verschmähte den Köder und hörte kaum richtig zu. Was interessierte mich sein Leben?

Den Rest der Woche über war ich mit den Puppen im Waisenhaus, im Krankenhaus, bei den Schlangen vor den Suppenküchen oder an Straßenecken. Elli, die Puppen und die Kinder sorgten dafür, dass ich von meiner Verzweiflung nicht übermannt wurde, und dafür war ich dankbar. Monate vergingen in diesem zerbrechlichen Gleichgewicht. Dann, mitten im Sommer, schlug das Unheil, das unsere Tage überschattete, mit voller Kraft zu.

Kapitel elf

Das letzte Mal, dass Max mich in die Truppenunterkunft holte, war im Juli 1942. Am Ende dieses Abends war ich völlig am Boden und fühlte mich gedemütigt wie nie zuvor, obwohl ich doch gedacht hatte, dass es nicht mehr schlimmer kommen konnte. Ich hatte gerade meine Vorstellung vor dem betrunkenen Publikum beendet, als mich ein fetter Offizier mit teigiger Haut von hinten packte. Er grub seine Wurstfinger in mich und drehte mich zu sich um. Sein Körper war riesig, die Uniform ließ ihn nur noch grotesker erscheinen, und es sah aus, als hielte allein der Ledergürtel seinen Leib zusammen. Ich musste würgen, so übel stank der Kerl aus dem Mund.

»*Setz dich zu mir, Junge!*« Seine Stimme klang rau und scharf und ließ keinen Zweifel daran, dass es sich um einen Befehl und keine Bitte handelte, die ich ablehnen konnte. Der Kerl nahm die Mütze ab und legte sie sich auf den Schoß, die SS-Runen und der silberne Schädel schimmerten unheimlich im düsteren Licht. Ich zog meinen Mantel so eng um mich, wie ich konnte, und setzte mich neben dieses Exemplar aus Hitlers Elite. An diesem Abend hatte ich kein Kind dabei, was angesichts dessen, was nun folgen sollte, ein riesiges Glück war.

Er drückte mir ein Bier in die Hand. »*Hier, Bursche, trink!*« Ich schluckte die Flüssigkeit, voller Abscheu vor der ekelhaften Masse Mensch neben mir.

»*Genieße es, mein Junge*«, flüsterte der Kerl und beugte sich über mich. Der ranzige Geruch von Schweiß, Tabak und Bier ließ mich würgen. »Wenn du dich bewegst, schneide ich dir die Kehle durch«, zischte er mir ins Ohr. Wie gelähmt saß ich da, als befände ich mich in der Gewalt einer Spinne und ich könnte ihrem tödlichen Biss nur dadurch entkommen, nicht mehr zu atmen. Innerlich schrie ich. Er legte seine Hand auf meinen Schenkel und schob sie mir langsam in den Schritt, während direkt vor uns auf der Bühne die nächste Nummer begann: eine Frau, die aufreizende Kabarettlieder zum Besten gab. Im Zuschauerraum war es dunkel, und niemand schien etwas zu bemerken. Mir war schlecht bis ins Mark, und ich wollte nur weg, weg von diesem Kerl, diesem Ort, nach Hause ins Bett, wollte meine Mutter neben mir atmen hören oder sicher in Ellis Armen liegen.

Die Zeit geriet ins Stocken und blieb ganz stehen. Als er seine Hand endlich zurückzog, fühlte ich mich schmutzig und schämte mich fürchterlich. Später, in unserer Wohnung, schob ich die im Flur wartende Elli wortlos zur Seite, sosehr ich mich auch nach ihr gesehnt hatte. Ich wollte nicht weinen, wollte nicht, dass sie es erfuhr. Niemals.

Max war an diesem Abend freundlicher als sonst gewesen. Auf dem Weg zurück zum Tor fiel mir auf, wie komisch er vor sich hin starrte. War das Trauer, Verlegenheit oder gar Schmerz? Kurz bevor wir ins Blickfeld der Wachen kamen, blieb er stehen, gab mir ein größeres Roggenbrot als gewöhnlich, ein Stück Käse und sogar ein Glas Erdbeermarmelade und sah mich mit einem seltsamen Ausdruck an, sah mich richtig an. Was war nur mit ihm?

»Mika, ich möchte eine von deinen Puppen. Wenn ich nach Hause komme, möchte ich sie meinem Jungen schenken und ihm von dir erzählen, er ist etwas jünger als du. Gib mir den Prinzen, und du bekommst noch einen Laib Brot.« Ausnahmsweise einmal hörte sich das, was Max sagte, eher wie eine Bitte an. Seine Stimme klang sanfter als sonst, doch das ließ mich kalt. Sein Junge konnte sterben, wenn es nach mir ging. Meinen Prinzen wollte er haben? Nein, der Prinz gehörte zu mir und meiner Mutter, zu unserer Familie, zu Elli und meinem Puppenensemble. Der Prinz gab mir den Mut, den ich brauchte. Ich würde ihn niemals hergeben.

»Eine andere Puppe, aber nicht den Prinzen«, bat ich ihn. Max' Miene veränderte sich, ein Schatten schien über sie zu streichen. Eine die Nerven zermürbende Pause folgte. »Dann gib mir den Doktor! Mit ihm hat schließlich alles angefangen.« Seine Stimme nahm wieder den gewohnten Befehlston an. Den Doktor also. Ich zog ihn aus der Tasche, seine Brille war leicht eingedrückt. Ich nahm sie und bog sie schön rund zurecht. Wir standen direkt bei der Wache, als ich Max den Doktor gab.

Ein seltsames Gefühl von Abschied regte sich in meinem Inneren. Warum?

»Danke.« Max nahm die Puppe und steckte sie in seine Jacke. Der Doktor verschwand ohne ein Wort.

»Pass auf dich auf, Junge. Ich komme nicht mehr. *Viel Glück!*« Damit drehte sich Max abrupt um und ging davon. Ich war fassungslos und erschüttert. Ging mein Martyrium so plötzlich zu Ende, wie es begonnen hatte? Und wenn ja, was wurde jetzt aus den Kindern?

Kapitel zwölf

Ich begriff es am nächsten Tag. Der Abend, an dem Max den Prinzen von mir hatte haben wollen, war der Abend vor dem Beginn der Deportationen.

Als ich am Morgen des 22. Juli 1942 aufwachte, brummte mir der Schädel. Ich hatte das Gefühl, die Deutschen rückten ein weiteres Mal mit ihren Panzern in die Stadt ein, nur dass sie diesmal direkt über meinen Kopf rollten. Ich setzte mich auf und schüttelte mich. Der Anblick meiner ausgestreckten Beine unter der Decke erinnerte mich an den Alptraum des gestrigen Abends: die fleischige Hand des Offiziers, die wie eine Spinne mein Bein hinaufgekrochen war. Ich kniff die Augen zusammen und atmete mehrmals tief durch. Jemand hatte mir einmal erklärt, wenn du einem gefährlichen Tier gegenüberstehst, zeige niemals Angst und halte deinen Atem unter Kontrolle. Das tat ich, und während ich dabei noch in mich hineinlauschte, begriff ich, was mich aufgeweckt hatte: Durch die Straßen draußen hallten die gefürchteten Schreie der Ratten. *»Raus, raus! Alle Juden raus! Schnell, schnell, macht schon!«* Die Befehle wurden immer wieder von lautem Krachen unterbrochen. Da traten schwere Stiefel Türen ein.

Ich saß bewegungslos da, von eiskalter Angst erfüllt, und warf einen Blick zu Mutter hinüber.

Ihre Augen waren weit offen, doch sie sah mich nicht an. »Sie holen uns, Mika.« Mamas Kinn zitterte, ihre Stimme klang heiser, und mir wurde in diesem schrecklichen Moment klar, dass ich keiner der Ratten in meiner Schlafanzughose gegenübertreten und ganz sicher nicht im Bett sterben wollte. Wir hatten von alten, kranken Leuten gehört, Männern und Frauen, Müttern mit Babys, die zu schwach gewesen waren, um aufzustehen, und in der kärglichen Wärme ihrer Betten erschossen worden waren. »Steh auf, Mama! Schnell! Lieg nicht einfach so da! Lass uns alle zusammenstehen!«

Ich sprang wie von einer Tarantel gestochen hoch. Mutter nicht, aber sie streckte die Beine aus dem Bett.

Wir versammelten uns in der Küche: Elli und Cara, die Zwillinge, ihre Eltern mit dem Baby, Mutter und ich. Als wüsste es, was jetzt kam, schrie sich das Baby die Seele aus dem Leib und war nicht zu beruhigen. Die Zwillinge saßen in der Ecke, stumm und blass, als wäre aller Übermut aus den kleinen Körpern geprügelt worden.

Ich schob meinen Stuhl zu Elli. Obwohl wir kaum ein Wort sprachen, tröstete mich ihre Nähe. Dort gehörte ich hin, dort neben sie.

Mutter kochte Tee für alle. Wie bei einem letzten, geheiligten Ritual goss sie den stärksten Tee auf, den wir seit unserer Ankunft im Ghetto getrunken hatten, und gab sämtliche noch verbliebenen Teeblätter in die Kanne. Sie ließ ihn ziehen, bis er eine satte braune Färbung hatte, holte ganz hinten aus einer Schublade ein kleines Säckchen, öffnete es und ließ die wertvollen weißen Kristalle in die Kanne rieseln. Zuletzt rührte sie um.

»Trinken wir unseren letzten Tee mit Zucker und erinnern uns an die Süße des Lebens.«

Ich war so stolz auf Mama. Eben noch hatte sie steif vor Angst neben mir gelegen, und jetzt teilte sie unseren letzten Schatz mit allen. Wir tranken den dampfenden Tee ohne ein

Wort, die Hände um die heißen Tassen gelegt, und warteten auf die gefürchteten Geräusche: das Quietschen der Reifen, die Stiefel, das Schlagen an der Tür.

Plötzlich fühlte ich, wie sich etwas in meiner Tasche bewegte, nur ganz leicht, aber dennoch deutlich. Ich griff hinein. Es war der Prinz, der sich da regte. Mit einer flinken Bewegung war er aus der Tasche und auf meiner Hand.

»Menschen der ulica Gęsia, verzweifelt nicht! Ich bin euer Prinz, und ich sage euch: Habt Mut!«

Alle starrten mit großen Augen die Puppe an.

»Lasst euch nicht täuschen, das muss jetzt nicht das Ende sein. Uns bezwingt niemand!«

Damit verschwand der Prinz wieder. Niemand sagte etwas, aber ich konnte ein kleines Lächeln auf Ellis Gesicht erkennen, und dieses Lächeln reichte, mir das Herz zu wärmen.

Unsere kleine Gemeinschaft blieb an diesem Tag verschont. Die Lastwagen fuhren vorbei, und nachmittags wurde es wieder ruhig. Aber trotz der ermutigenden Worte des Prinzen lebten wir von diesem Tag an in ständiger Angst. Während der nächsten Tage und Wochen fielen die Deutschen wie Heuschrecken ins Ghetto ein, bei Tag und bei Nacht verbreiteten sie Angst und Schrecken.

Es war seltsam, doch die Angst hatte einen Geschmack: Wie Blut schmeckte sie, scharf, nach Eisen und bitter. Was immer ich von nun an aß, schmeckte nach Angst.

Ich machte mir Sorgen um die Kinder, aber Mutter wollte mich nicht mehr aus der Wohnung lassen, und Elli durfte schon seit einiger Zeit nicht mehr hinaus. Eines Nachmittags saß ich allein mit Mutter in unserem Zimmer. Sie stand auf, trat zu mir, fasste mich bei den Schultern und sah mich an.

»Wir müssen zusammenbleiben, koste es, was es wolle, Mika. Du bist alles, was ich habe. Wir verstecken uns, bis alles vorbei ist.« Ich spürte ihre Angst und ihre starke Liebe. Ich konnte kaum atmen, machte mich los und trat ein Stück zurück.

»Wie soll das gehen? Dazu sind wir zu viele.«

Und was war mit den Kindern im Krankenhaus und im Waisenhaus? Wie sollte Janusz seine zweihundert Kinder verstecken? Was mich anging, so saßen wir alle im selben sinkenden, stinkenden Boot, in derselben verrotteten Arche. Welchen Unterschied würde es machen, wenn wir versuchten, uns zu verstecken?

Als ich meine Mutter wieder ansah, war es, als sei eine Flamme verloschen, und ich begriff mit einem schmerzenden Stich, dass sie nur an mich und sich gedacht hatte. »Es tut mir leid, Mama, aber wir sind neun. Das ist jetzt unsere Familie. Wie sollen wir uns verstecken ohne einen Dachboden, ohne falsche Wände? Und dazu noch mit einem Baby, das uns jeden Moment verraten kann? Willst du es etwa umbringen?«

»Ich weiß, Schatz.« Der geschlagene Ausdruck auf ihrem Gesicht traf mich tief. »Es tut mir leid.«

Uns blieb nichts, als uns ruhig zu verhalten und zu warten. Und auf die Lastwagen zu lauschen. Etwas anderes gab es nicht. Hinauszugehen war zu gefährlich. Sie konnten dich anhalten und erschießen, wenn sie dich auf der Straße sahen. Oft genug hörten wir Schüsse und Schreie, auch ganz in der Nähe. Unsere Nachbarn berichteten: Niemand war sicher, Leute wurden auf der Stelle erschossen, weil sie eine Frage gestellt, einen Moment zu lange gezögert hatten oder zu langsam oder zu schnell auf die Lastwagen geklettert waren. Einige wurden erschossen, weil sie zu alt waren, zu jung oder weil sie einen Bart hatten.

Eines frühen Morgens klopfte unsere Nachbarin Johane an unsere Tür. »Sie holen alle ab. Wenn sie euch finden, erschießen sie euch.« Die Worte kamen wie Kugeln über ihre Lippen. »Sie haben Plakate aufgehängt. Wenn wir freiwillig kommen, geben sie uns drei Laibe Brot und Marmelade. Sie sagen, sie siedeln uns im Osten an und geben uns Arbeit. Ich denke, wir sollten gehen.«

Wir hatten gehört, dass sie die Leute entweder auf der Stelle erschossen oder zum »Umschlagplatz« schafften, einem schmutzigen, mit Stacheldraht umzäunten Platz im Nordwesten des Ghettos, von dem aus die Züge in den Osten abgingen. Züge mit Viehwaggons. Was steckte dahinter? So wie manche Leute herannahendes schlechtes Wetter in den Knochen spüren, sagte mir mein Instinkt, dass alles nur noch schlimmer werden würde, schlimmer als alles, was wir bisher erlebt hatten.

»Wir bleiben.« Es war das erste Mal, dass ich für die ganze Familie sprach. Ich hielt den Prinzen in der Tasche fest, und meine Stimme klang entschlossen und klar.

Wir blieben. Viele andere ignorierten die bösen Vorahnungen, klammerten sich an die Hoffnung auf einen anderen, besseren Ort und ließen sich von dem Versprechen, Brot und Marmelade zu bekommen, zum »Umschlagplatz« locken. So viel war unser Leben noch wert: drei Laibe Brot und ein Glas Erdbeermarmelade.

Wir blieben in der Wohnung. Alle neun. Wir fühlten uns wie gefangene Tiere. Eine Woche hielten wir es so aus. Elli und ich verbrachten die meiste Zeit in unserer Werkstatt. Die Puppen und Elli bewahrten mich vor der völligen Verzweiflung. Alles fühlte sich schal und falsch an. Und wir waren so hungrig. Wir teilten uns den letzten Rest Brot, und die Suppen wurden dünner und dünner. Als ich eines Nachts nassgeschwitzt und zitternd aufwachte, wusste ich, was ich brauchte: die Kinderblicke, die den Puppen folgten. Wann immer ich die strahlenden Augen der Kinder sah, entzündete sich auch in mir etwas und erwachte zu neuem Leben.

Ich wusste, Mutter würde mir nicht erlauben zu gehen, und Elli fragte ich erst gar nicht, ob sie mitkommen wollte, war Tante Cara doch noch strenger als meine Mutter. Sehr früh am nächsten Morgen stahl ich mich hinaus, um zum Waisenhaus zu gehen. Mutter schlief noch und sah wie so oft in ihrem Schlaf friedvoll und entspannt aus. Die tiefe Furche zwischen ihren Brauen wirkte weniger hart, und sie atmete stetig und ruhig. Ich schrieb eine schnelle Notiz:

Bin im Waisenhaus, zum Abendessen zurück. Bitte sorge dich nicht und sei nicht böse! Ich liebe dich.

Mika, dein Prinz

Ich rollte die Nachricht zusammen und gab sie dem Prinzen in den Arm, so dass es aussah, als überbrächte er ein wichtiges Dokument. Dann schlich ich mich hinaus, schloss die Wohnungstür hinter mir und trat hinaus auf die Straße.

Die frühe Morgenbrise trug den Gesang einer Amsel zu mir. Ich konnte mich kaum mehr an Vögel erinnern, so selten hörten wir einen. Warum sollten sie uns auch besuchen, gab es im ganzen Ghetto doch gerade mal drei Bäume und nirgends ein Stück Gras. Manchmal sah ich einen Schwarm Tauben, aber sie flogen auf dem Weg zu unserem Friedhof oder zum Krasinski-Park über uns hinweg. Der Morgen war ruhig, es gab kein brutales Geschrei, keine quietschenden Reifen und keine marschierenden Stiefel. Alles, was ich hören konnte, war der eindringliche Gesang dieser Amsel.

Es waren fünfzehn Minuten bis zum Waisenhaus, und ich beeilte mich. Der Himmel über mir färbte sich langsam hellblau, und einen Moment lang war ich froh, die Düsternis und erdrückende Enge unserer Wohnung hinter mir gelassen zu haben. Hoffnung regte sich in mir, als öffnete das Lied der Amsel eine Tür in meinem Herzen. Aber meine Hoffnung war so flüchtig wie die Vogelmelodie. An der Ecke zur ulica Leszno stolperte ich über einen umgeworfenen Kinderwagen. Ich rieb mir den Fuß, schaute auf und schnappte nach Luft. Die lange, breite Straße, die einmal ein Ort der Unterhaltung gewesen war, lag voll mit Schutt und überall verstreuten Gegenständen: einzelnen Schuhen, Mänteln, Taschen, Spielzeug und Brillen. All diese Dinge erzählten stumme Geschichten davon, wie sie ihren Besitzern entrissen, von Stiefeln weggetreten und zurückgelassen worden waren. Und dann die Toten. Verdreht lagen sie da, wo man sie zusammengeschossen hatte. Überall waren Federn, weiße Federn aus Kissen und Decken, die wie Sommerschnee die Straße bedeckten.

Alles hatte sich in diesen letzten paar Wochen verändert, und ich konnte die Straße kaum mehr als die erkennen, durch die ich einst an meinem Geburtstag mit Großvater gegangen war. Angst erfasste mich, als rechnete ich damit, dass mich jeden Moment die Klauen eines Adlers beim Kragen packten. Was war mit Hannah und den anderen Kindern? Was, wenn sie weggebracht worden waren? Ich rannte und stolperte an der nächsten Ecke über einen alten Mann. Er war in Lumpen gewickelt, lehnte an der Wand, und sein Kopf hing leblos nach vorn. Ich beugte mich zu ihm, er atmete nicht mehr. Meine Augen blieben an etwas Kleinem hängen, das er auf dem Schoß liegen hatte, einer hölzernen Flöte, und gleich daneben lag eine weiße Feder. Plötzlich erinnerte ich mich: An dem Tag, als Großvater mit mir ins Puppentheater gegangen war, hatte ich den Mann auf dieser Flöte spielen hören. Er hatte damals schon erschöpft und zerlumpt ausgesehen, doch seine fröhlichen Melodien hatten mich angerührt und aufgemuntert.

Ich sah noch die Straßenkinder vor mir, die zu seiner Musik getanzt hatten. Ausgelassen waren sie herumgehüpft, hatten Pirouetten gedreht, sich gegenseitig auf den Rücken geschlagen und für eine kurze Weile ihren nagenden Hunger vergessen. Jetzt war nirgends mehr ein Kind zu sehen, es herrschte eine gespenstische Stille. Wie war der alte Mann gestorben? Keine Wunde deutete auf die Ursache seines Todes hin. Ich hoffte, er war friedlich eingeschlafen, und nahm die kleine Flöte. Sie war leicht wie ein hohler Vogelknochen.

»Ich nehme sie mit, alter Mann. Dort, wo du jetzt bist, brauchst du sie nicht mehr. Ich hoffe, du hast nichts dagegen.« Ein Windstoß wehte die weiße Feder von seinem Schoß und hob sie kreisend in die Luft. Ich nahm das als ein gutes Zeichen, blies ein paar dünne Töne, steckte die Flöte in eine der tiefen Taschen meines Mantels und lief weiter. Die kleine Flöte sollte ein wichtiger Begleiter für mich werden. Ich lief, so schnell ich konnte. Ich wollte weg von all den Toten und der brutalen Zerstörung. Ich brauchte die Kinder vielleicht mehr, als sie meine Puppen brauchten. Als ich das Waisenhaus endlich erblickte, tat mein Herz einen Sprung. Ich klingelte. Meine Erleichterung muss mir anzusehen gewesen sein, als Margaret die schwere Tür vorsichtig einen Spalt öffnete und heraussah. »Oh, Mika, was machst du denn hier? Du solltest nicht da draußen sein, es ist so gefährlich.«

»Ist es nicht überall gefährlich? Sie erschießen die Menschen auf der Straße und in ihrer Wohnung, selbst noch in ihrem Bett. Bitte, lassen Sie mich hinein! Ich habe euch alle so vermisst. Sorgen habe ich mir gemacht. Wie geht es den Kleinen?«

Die Oberin zog mich ins Haus. Vorher schaute sie sich aber noch schnell um, um sich zu versichern, dass uns keiner sah. Margaret wirkte erschöpft, sie war blasser als gewöhnlich und hatte dunkle Ringe unter den Augen, die ihr das Aussehen einer Eule gaben. Sie hatte Gewicht verloren, doch ihr Lächeln strahlte immer noch so schön wie eh und je.

»Es geht ihnen den Umständen entsprechend gut. Und sie haben auch dich vermisst und fragen ständig nach dir. Trotzdem, du hättest nicht herkommen sollen.«

Aber dann brachte sie mir eine dampfende Tasse Tee und verkündete meine Ankunft im ganzen Haus. Bald schon war es wieder so wie immer: Die Kinder umringten mich, und Hannah half mit den Puppen. Zum ersten Mal seit jenem schicksalhaften Tag, an dem der Doktor die Stimme erhoben hatte, verlor ich mich wieder einmal völlig in meinem Spiel. Die strahlenden Augen der Kinder waren die Medizin, die ich gebraucht hatte. Janusz lächelte ebenfalls, doch seine Miene war sorgenumwölkt. Er schien um Jahre gealtert, seit ich ihn vor ein paar Wochen zum letzten Mal gesehen hatte.

»Ich habe nichts mehr, was ich ihnen geben kann, Mika«, sagte er, nachdem er mich in eine Ecke gezogen hatte. »Ich kann dir gar nicht genug danken.«

Hannah wich nicht von meiner Seite, und später am Vormittag nahm sie meine Hand. Ich kann ihre kleinen Finger noch spüren.

»Ich denke immer an dich, Mika. Du bist mein bester Freund.« Sie holte tief Luft. »Kann ich dich heiraten, wenn ich groß bin?« Sie kam gleich damit heraus. Es war keine Zeit mehr für Scheu und Förmlichkeiten, sie hatte ihren Wunsch schon lange genug zurückgehalten. Es war der erste und einzige Heiratsantrag, den ich in meinem Leben bekommen habe. Und dumm, wie ich war, wusste ich nicht, was ich sagen sollte. Ich beugte mich zu ihr hinunter und drückte ihre kleine Hand.

»Aber wir sind doch Freunde, Hannah. Ich werde immer dein Freund sein.«

»Aber ich will dich heiraten«, sagte sie.

»Ich kann dich nicht heiraten, Hannah, du bist noch ein kleines Mädchen, und ich bin viel zu alt für dich. Aber habe keine Angst: Ich weiß, dass du eines Tages einen netten Mann finden wirst.«

Ihre Augen waren voller Tränen, aber sie hielt sie zurück, ballte ihre kleinen Fäuste und biss die Zähne zusammen. Ich sah, wie viel Mühe es sie kostete, und begriff, dass ich ihr das Herz gebrochen hatte. Sie wandte sich ab, und bevor ich später ging, gab sie mir ein Bild. Es war eine einfache Zeichnung von zwei Menschen, die sich unter einer fröhlichen Sonne bei den Händen hielten. Ein Junge und ein Mädchen. Er war groß, sie klein. Er trug eine Hose, sie einen orangefarbenen Rock. Beide hatten ein breites Lächeln auf dem Gesicht, und zwischen ihnen flatterte ein Schmetterling. Unten stand geschrieben: »Für meinen Freund Mika, von Hannah. Komm bald wieder!«

An diesem Tag im Waisenhaus war ich einfach nur glücklich, die Kinder wiederzusehen, und selbst die Puppen waren wie erlöst: frei, sie selbst zu sein. Die Stücke waren albern, lustig und leicht, und ich ließ den Narren sogar die kleine Geige spielen, was ich den Deutschen immer vorenthalten hatte.

Erst nachmittags wurde mir plötzlich wieder bewusst, dass ich mich von zu Hause davongestohlen hatte, und mein Magen zog sich zusammen. Ich versprach allen, bald wiederzukommen, und verabschiedete mich.

Ich rannte zurück. Wen immer ich auf der Straße sah, der huschte dahin wie ein scheues Wildtier, ohne einen Blick für die anderen, dicht im Schatten der Häuser. Alle waren voller Angst und Argwohn, niemand wusste, wem noch zu trauen war.

Als ich in die ulica Gęsia bog, blieb ich wie angewurzelt stehen. Einer der gefürchteten grünen deutschen Lastwagen stand direkt vor unserem Nachbarhaus, bereit, seine tägliche Ladung zum »Umschlagplatz« zu fahren. Die Straße war voller Soldaten und SS-Leute, ich hörte gebrüllte Befehle und das Splittern von Türen. In meinen Ohren dröhnte es, und mein Herz schlug so heftig, dass ich dachte, es müsse gleich bersten. Wie erstarrt stand ich da und sah zu.

Schon wandte sich das Gebrüll mit der gleichen unausweichlichen Brutalität, die wir seit Wochen in den Straßen gehört hatten, unserem Haus zu.

»Raus, raus, schnell, macht schon, alle Juden raus!«

Das pochende Blut in meinen Ohren war wie das Echo der Schläge gegen die Türen. Ich stand da und starrte auf die Szenerie, mit zitternden Beinen. Ein hilfloser Junge ohne eine Waffe und eine Möglichkeit, etwas zu unternehmen.

Ich sah nach oben. Soldaten bewegten sich durch unsere Wohnung. Meine Augen folgten den Eindringlingen aus dem Schlafzimmer in die Küche. Einer öffnete das Fenster, packte den geliebten Blumenkasten meiner Mutter mit beiden Händen und schmetterte ihn mit aller Kraft auf die Straße hinab, wo er krachend aufs Pflaster schlug. Erde, Blumen, Blätter und Wurzelwerk flogen bis auf die andere Straßenseite.

Es war wie ein Schlag in den Magen. Warum auch die Blumen? Mutters schöner kleiner Garten. Ein anderer Soldat trat die Erde und die Pflanzen vom Balkon, und das mit solch einer Gewalt, als müsste er alles bis über die Ghettomauern befördern. Sein schweißnasses Gesicht grinste befriedigt. Es war die hässliche Freude der Zerstörung.

Zu sehen, wie unsere kleinen Inseln des Triumphes über das Böse zerstört wurden, ließ eine Übelkeit in mir aufsteigen, die mich mit dem überwältigenden Wunsch nach Rache erfüllte: Ich wollte sie umbringen, die Ratten, alle, ein für alle Mal. Aber trotz meiner Wut stand ich nur unbeweglich da und atmete schwer wie ein vor den Pflug gespanntes Pferd.

Ich hörte unsere Haustür auffliegen, und das vertraute Knarzen riss mich aus meiner Lähmung. Da sah ich sie, einer nach dem anderen wurden sie aus dem Haus geführt: erst die Eltern mit den Zwillingen zwischen sich, wie dünn sie doch im Sommerlicht aussahen, das Baby an die Brust seiner Mutter gedrückt, dann Cara und zuletzt Mutter. Mutter war fürchterlich blass, und wenn sie auch versuchte, sich nicht zu offensichtlich umzusehen, wusste ich doch, dass sie die Straße nach mir absuchte. Alle trugen Mäntel, trotz der Sommerhitze, und jeder den einen erlaubten Koffer, ganz wie von den Deutschen befohlen. Nachbarn von beiden Seiten der Straße stießen zu ihnen, zu Tode erschreckt und verängstigt drängten sie sich zusammen.

Ich hatte das Gefühl, Mutter zu den Zwillingen sprechen zu hören, aber wo war Elli? War sie mir zum Waisenhaus gefolgt, oder versteckte sie sich irgendwo? Im Bruchteil einer Sekunde entschloss ich mich zurückzubleiben, obwohl alles in mir danach schrie, zu Mutter zu laufen und bei ihr zu sein, wohin auch immer sie uns bringen würden. Aber wenn Elli nicht dabei war, musste ich sie finden.

»Na macht schon, schneller! Und rauf!« Die brutale Stimme des Soldaten holte mich zurück in die Wirklichkeit. Sie verluden die Gruppe mit vorgehaltenen Gewehren auf den Lastwagen. Eng zusammengedrängt standen Mutter und die anderen auf der offenen Ladefläche und hielten sich aneinander und den eisernen Seitenverstrebungen fest. Der Lastwagen setzte sich mit einem Ruck in Bewegung und brachte seine Menschenfracht zum »Umschlagplatz«. Was dort geschah, hatte ich paar Tage nach Beginn der Deportationen aus dem zweiten Stock des Krankenhauses verfolgt. Das schmutzige, mit Stacheldraht umzäunte Areal stand bis an den Rand voller verzweifelter, hilfloser Menschen. Später, als die Züge abgefahren waren, lag der Platz verlassen da, nur hier und da waren einige

ehedem geliebte Dinge zurückgeblieben, wie Treibgut nach einer großen Flut: ein kleiner Koffer, ein einzelner Schuh, eine Ledertasche, Papier, Kleider. Unsere Nachbarin hatte mir gesagt, dass sie während dieser schrecklichen Wochen jeden Tag siebentausend von uns deportierten. Siebentausend Seelen wurden tagtäglich aus dem Ghetto gespült.

Durch den Schleier meiner Tränen versuchte sich etwas, in mein Bewusstsein zu drängen. Wenn meine Augen ihn auch gleich erkannten, brauchte mein Verstand doch eine Weile, um zu begreifen, wen ich da vor mir hatte. Es war Max, der Soldat. Er sprang von einem der Lastwagen, die in diesem Moment vor den Häusern auf der anderen Seite vorgefahren waren. Ohne nachzudenken, trat ich aus dem Schatten der Mauer und ging auf den Wagen zu.

»Max!« Meine Stimme war heiser und schwach, und bevor ich ihn erreichen konnte, trat mir ein anderer Soldat in den Weg und richtete sein Gewehr auf mich.

»*Halt, Jude, stehen bleiben!*«, schrie er.

Ich sah das verdutzte Gesicht von Max, als erinnerte ich ihn an etwas, ohne dass er mich tatsächlich erkannte. Dann aber veränderte sich etwas in seinem Ausdruck.

»Warte, schieß nicht! Das ist der Puppenspieler, erinnerst du dich nicht?«

Mir wurde bewusst, dass ich diesen Soldaten von den Abenden mit den Offizieren kannte. Instinktiv steckte ich eine Hand in die Tasche.

»Die Hände hoch!«, schrie mich jetzt ein schlaksiger, dünner Soldat mit harten Zügen an.

Ich hob die Arme, der Prinz hing schlaff in meiner rechten Hand. Diesmal war nicht er es, der sprach, sondern ich.

»Max, sie haben meine Mutter, meine Tante und meine Freunde mitgenommen. Bitte lasst sie frei! Sie können alle arbeiten.« Meine Stimme gewann an Kraft. Ich sah Traurigkeit in Max' Augen, doch seine Stimme war hart wie Stahl.

»So ist es jetzt, Junge, ich kann da nichts tun. Wir haben neue Befehle, und Befehle sind Befehle. Sei froh, wenn wir dich gehen lassen. *Mach, dass du wegkommst! Los!*« Er gab mir die Möglichkeit zu entkommen, aber das war alles.

Meine Welt brach zusammen. Direkt vor meinen Augen zerfiel sie zu Staub. Ich konnte mich nicht bewegen und starrte nur immer weiter diesen Soldaten an, dessen Vorliebe für Puppentheater der Grund für mein ganzes verdammtes Doppelleben gewesen war. Plötzlich, es war wie das Flattern eines Schmetterlingsflügels, zwinkerte er mir zu. Vielleicht hatte ich es mir auch nur eingebildet, aber als er auf dem Weg zum nächsten Haus an mir vorbeiging, flüsterte er: »Ich werde sehen, was ich tun kann. Komm heute Abend um zehn zur Wache. Wie heißt deine Mutter?«

»Halina Hernsteyn.«

Er ging an mir vorbei, als würde er mich nicht kennen. War das jetzt eine letzte Falle, oder wollte er uns wirklich helfen? Ich wich zurück, immer noch am ganzen Leib zitternd. Max ging so brutal vor wie die anderen Ratten, trat Türen ein und zerrte Menschen auf die Straße, und doch hatte er auch schon Risiken auf sich genommen, uns ein Fläschchen Aspirin zugespielt und mich vor den anderen Soldaten in Schutz genommen. Aber selbst wenn er uns helfen wollte, wie sollte das möglich sein? Er war Wehrmachtssoldat, Teil der Tötungsmaschine und darauf vereidigt, allen Befehlen zu folgen. Vielleicht fühlte auch er sich in der Falle? Ich schüttelte mich. Wie konnte ich das auch nur denken? Ich hasste sie alle. Was das Treffen mit Max anging, konnte ich nur abwarten und sehen, was er sagte. Aber wo sollte ich mich bis dahin verstecken? Es gab keinen sicheren Ort mehr, und ich musste um zehn an der Wache sein, trotz des Ausgangsverbots.

Ich lief Richtung »Umschlagplatz« und hielt mich in den Schatten der Mauern. Überall stieß ich auf die Untaten der Ratten: Erschossene, blutende Menschen lagen in den Gossen, selbst Kinder, allein oder mit wem immer sie ihre letzten Momente verbracht hatten. Zurückgelassen, wie sie zusammengebrochen waren. Und ich sah so viel Zerstörung. Warum mussten die Ratten alles kaputtmachen und solch eine Spur der Verwüstung hinter sich zurücklassen? Reichte es nicht, uns aus unseren Häusern zu zerren?

Als ich noch in die Schule gegangen war, hatte ich ganz andere Dinge über die Deutschen gelernt, hatte ihre Musik und ihre Dichter bewundert und von ihren Philosophen und Künstlern gehört. Wer konnte heute noch glauben, dass die Deutschen ein zivilisiertes Volk waren? Wer konnte diese grässlichen Straßen sehen und glauben, dass sie uns Juden an einen Ort im Osten brachten, an dem wir ein neues Zuhause finden würden?

Endlich erreichte ich den »Umschlagplatz«, duckte mich und suchte eine geschützte Stelle, von der aus ich auf das Areal spähen konnte. Ich hielt nach Mama und den anderen Ausschau, aber es herrschte solch ein Chaos.

Einige Leute drängten sich zusammen, andere rannten verzweifelt umher, riefen nach ihren Familien oder hockten allein bei ihrem Koffer, murmelnd, lesend, betend. Es schien nirgends Wasser zu geben, geschweige denn Essen oder auch nur etwas, worauf man sitzen konnte. Es war nichts als ein nacktes, gottverlassenes, eingezäuntes Stück Erde. Eine Art Niemandsland, das nichts Gutes verheißen konnte.

Ich erschauderte. Nach einer Weile ertrug ich es nicht mehr, ich musste weg, musste rennen. Ich wusste nicht, wohin mich meine Beine trugen, doch dann erkannte ich die Gegend. Natürlich, ich lief zum Waisenhaus, zu den Kindern.

Ich klopfte an die Tür. Margaret machte auf, die Augen schreckensweit.

»Was machst du hier schon wieder, Mika? Um Himmels willen.« Sie zog mich hinein und drückte mich fest an sich. Ich nahm die Sauberkeit ihrer Tracht war, die Wärme und das Weiche ihrer Brüste, und für ein paar Sekunden fühlte ich mich sicher.

»Was ist, Mika?« Margaret klang außer Atem.

»Sie haben meine Mutter abgeholt, meine Tante und die Zwillinge mit ihren Eltern. Und das Baby. Ich weiß nicht, was ich tun soll!«

Plötzlich brannten mir Tränen in den Augen, doch ich wollte nicht weinen. Nicht hier und auch sonst wo nicht. Wenn ich erst einmal anfing, würde ich nicht wieder aufhören können.

»O Gott!« Ich sah, wie alle Farbe aus Margarets Gesicht wich. Ich holte tief Luft.

»Ist Elli hier? Ich kann sie nicht finden.«

»Nein, aber sie war hier. Du hast sie knapp verpasst, sie hat nach dir gefragt. Sie sagte, sie wollte zurück in eure Wohnung in der ulica Gęsia.« Margarets Blick war liebevoll, und sie beruhigte sich bereits wieder. In einem der Räume, die von der Eingangshalle abgingen, konnte ich die Kinder um Janusz versammelt sehen. Er erzählte ihnen eine Geschichte, und sie lauschten ihm gebannt. Ich sah Hannahs kleinen Lockenkopf, und es schmerzte mich, an ihren unschuldigen Heiratsantrag zu denken.

»Danke, Margaret. Ich muss wieder los.«

»Pass auf dich auf, Mika.« Bevor mich die Kinder sehen konnten, schlüpfte ich zurück auf die Straße.

Ich rannte den ganzen Weg, und die stechenden Schmerzen in meiner Lunge lenkten mich von der Angst und dem schwarzen Loch ab, das mich vom Magen aus zu verschlingen drohte. Unsere Straße lag verlassen da, eingehüllt in eine gespenstische Stille. Bevor ich ins Haus ging, sammelte ich ein paar von Mutters verstreut daliegenden Blumen ein, mit Wurzeln und Knollen. Ihr geliebter Garten war völlig zerstört, aber in diesen Blumen lebte ihre Liebe. Genau wie meine in den Puppen.

Die Haustür war weit offen, und ich schlich die Treppe zu unserer Wohnung hinauf, deren Tür ebenfalls offen stand. Ich fand Elli in der Werkstatt über eine neue Puppe gebeugt, ein kleines Mädchen mit Haaren wie Hannah und einem Kleid, das sie aus einem Taschentuch ihrer Mutter genäht hatte. Sie sah nicht auf.

»Alle sind weg.« Ihre Stimme war tonlos.

»Ja, aber Max findet sie vielleicht.« Ich versuchte, überzeugend zu klingen, doch meine Worte waren ohne Kraft. Ihr scharfes Lachen stellte mir die Haare im Nacken auf. So hatte ich sie noch nie erlebt.

»Mika, wach auf! Glaubst du diesen Schweinen? Du redest, als wäre dieser verdammte Soldat anders. Sie sind alle gleich!«

»Er hat uns das Aspirin verschafft, erinnerst du dich? Selbst wenn er uns hätte helfen wollen, was hätte er tun können angesichts all der anderen Soldaten?«

Elli antwortete nicht, und mir sank das Herz. Ich brauchte eine Hoffnung, an die ich mich klammern konnte wie an ein Seil, aber dieses Seil war glatt, zerfasert und bot kaum einen Halt.

Ich ließ Elli in der Werkstatt zurück und ging ins Schlafzimmer. Dort, auf dem Nachttisch, saß der Prinz, als würde er auf mich warten. Da endlich musste ich weinen.

Kapitel dreizehn

Wieder setzte ich mein erbärmliches Leben aufs Spiel, indem ich nach Beginn der Ausgangssperre draußen auf der Straße war, ganz zu schweigen davon, dass ich mich in der Nähe der Wache herumtrieb. Aber ich bewegte mich schnell, eng an die Mauern gedrückt, und wich den Suchscheinwerfern der Wachtürme aus. Ich zwang mich zur Ruhe und kauerte mich in eine dunkle Ecke. Ich wartete. Nach einer Weile spürte ich meinen rechten Fuß nicht mehr, er war eingeschlafen.

»Du findest deine Mutter und deine Tante unter dieser Adresse im ersten Stock rechts.« Ich hatte Max nicht kommen gehört, trotz seiner schweren Stiefel war er geräuschlos hinter mir herangekommen. Er stank nach Zigaretten, Schweiß, Bier und noch etwas, das ich nicht identifizieren konnte. War es der Geruch von Angst? Trauer? Hass? Er zog ein kleines Stück Papier hervor und drückte es mir fest in die Hand.

»Erzähle nie jemandem davon!« Seine Stimme klang heiser. Hatte er Angst?

»Was ist mit den anderen, den Zwillingen, ihren Eltern und dem Baby?«, fragte ich.

»Hörst du nie auf? Vergiss sie! *Verstanden?* Die Züge sind weg. Ich kann nichts mehr tun. Und bleibt in dieser Wohnung! Die Straßen dort sind bereits geräumt. Dort seid ihr sicher.« Seine gewohnte Ungeduld und Schärfe kamen zurück.

Eine Weile standen wir in unangenehmes Schweigen gehüllt da. Mir fehlten die Worte. Ich vergrub die Hände in den Taschen und fühlte den Umhang des Prinzen, die fellbesetzte Borte und das Papiermascheegesicht in meiner heißen Hand. Langsam zog ich die Puppe hervor, um die Max mich am letzten Abend vor den Deportationen gebeten hatte. Für seinen Sohn, hatte er gesagt. Nach all diesen Schrecken, was machte es da noch? Wie sollten mir die Puppen noch helfen? Als wollte er meine Gedanken bestätigen, hing der Prinz stumm und schlaff in meiner Hand. Ich hatte schon so viel verloren. Wenn ich wenigstens Mutter und Elli behalten konnte … Ich streckte dem Soldaten meine geliebte Puppe hin. Max sah mich überrascht an.

»Hier, Sie können ihn haben«, sagte ich.

»Bist du sicher, Junge?« Einen Moment lang wurde seine Stimme weich.

Ich nickte.

Langsam nahm er den Prinzen mit beiden Händen und steckte ihn in seine Uniformjacke. Ein schwaches Lächeln huschte über sein Gesicht. Mit einem Mal wirkte er alt und sehr müde.

»Danke, Mika.« Es war das einzige Mal, dass er mich bei meinem Namen nannte. »Ich kann dir nicht helfen.« Er betrachtete mich mit einem Ausdruck, den ich nicht deuten konnte. War das Trauer? Oder Angst? Er legte mir die Hand auf die Schulter, zog sie aber gleich wieder zurück.

»Geh jetzt! Viel Glück!«

Ich drehte mich um und verließ den Soldaten mitsamt meinem Prinzen. Meine Lieblingspuppe steckte tief in seiner deutschen Uniformtasche. Mein heiß geliebter Prinz, der meiner Mutter Trost gespendet und mich angefeuert hatte, Widerstand zu leisten und zu kämpfen. Was dachte ich mir bloß? Hatte ich das Gefühl, Max etwas zu schulden?

Ein Gefühl des Verlustes erfüllte mich, tief und unmittelbar, als sei mir ein Stück aus der Brust gerissen worden. Ich hielt inne und wollte meinem Prinzen hinterherlaufen, doch als ich mich umdrehte, war Max bereits verschwunden. Ich hatte nicht einfach nur eine Puppe verloren, sondern ein lebendiges Wesen, und ich musste daran denken, wie ich der unbekannten Frau hinter der Truppenunterkunft die kleine Esther übergeben hatte.

»Viel Glück, mein Prinz«, flüsterte ich in die Nachtluft. »Vergiss mich nicht!«

Was redete ich mir da ein? Es war nur eine Puppe. Ich schüttelte mich und lief zurück zu unserer Wohnung.

Es war unheimlich ruhig in unserem Haus, die Wohnungen standen leer. Ich gab mir Mühe, nicht an die Viehwaggons zu denken, mit denen unsere Nachbarn weggebracht wurden. Nicht an ihre letzten Stunden auf dem »Umschlagplatz«. Leise rief ich nach Elli und fand sie wieder in der Werkstatt, in der gleichen Stellung wie vorher, als hätte sie sich nicht bewegt. Ich brachte es nicht übers Herz, ihr von dem Prinzen zu erzählen, sondern zeigte ihr nur das Stück Papier, auf das Max die Adresse geschrieben hatte: »*Ulica Orla 52*«.

»Woher willst du wissen, dass es keine Falle ist?«

»Ich weiß es nicht, Elli, aber mein Gefühl sagt mir, dass er uns nicht zum Narren hält. Und was bleibt uns übrig?«

Elli antwortete nicht, sondern stand langsam auf und holte ihren Koffer aus der Küche. Meiner lag links unter dem Bett versteckt. Den leeren Raum daneben zu sehen, wo der Koffer meiner Mutter gelegen hatte, versetzte mir einen Stich. Schnell packten wir ein, was wir für nützlich oder unbedingt wichtig hielten: die restlichen Puppen, die nicht in meinem Mantel wohnten, Stoff, Nadeln, Schere und Klebstoff, Strümpfe, Kleidung, Messer, eine Emailletasse und für jeden eine Decke. Das

Letzte, was Elli in ihren Koffer packte, waren die Geschichten aus »Tausendundeiner Nacht«. Ich konnte das Fotoalbum nicht finden, Mutter musste es mitgenommen haben. Am Ende suchten wir noch nach Essbarem, und ich fand einen Laib Brot, ganz hinten im Küchenschrank und in Zeitungen gewickelt: Es war eines von den Broten, die Max mir am letzten Abend gegeben hatte. Es war hart wie Stein. Wir schlossen die Tür und machten uns auf den Weg in die ulica Orla. Wir hatten nicht vor zurückzukommen.

Wir erreichten das Viertel. Die Häuser lagen verlassen da wie ausgenommene Fische. Nirgends war ein Licht zu sehen, nur der fast volle Mond leuchtete. Wir sahen uns immer wieder um und duckten uns in die Schatten, doch niemand folgte uns. Mit den Straßen hier waren die Deutschen wirklich fertig. Nirgends war eine Menschenseele zu sehen.

Endlich bogen wir in die ulica Orla und fanden die richtige Nummer. Aber in dem Haus schien niemand zu sein. Ich drückte Ellis Hand.

»Sollen wir versuchen zu klingeln?«, flüsterte ich. Ich sah, wie Elli den Kopf schüttelte und ihr Pferdeschwanz hin und her wippte. Wir suchten nach kleinen Steinen.

»Welche Wohnung ist es?« Ellis Stimme überraschte mich. Sie war so nahe an meinem Ohr. Mir wurde bewusst, wie lieb sie mir geworden war.

»Er hat gesagt, im ersten Stock rechts.« Ich deutete vage nach oben. Nicht mal ein matter Schimmer drang aus den pechschwarzen Fenstern. Elli warf den ersten Stein. Sie traf nicht und versuchte es noch einmal. Laut klackte der Stein gegen die Scheibe. Nichts. Ich warf meinen kleinsten Stein. Immer noch keine Antwort. Wir wechselten uns ab und warfen noch drei-, viermal.

»Psst! Ich glaube, ich habe etwas gehört.«

»Au!« Ich musste Ellis Hand zu fest gedrückt haben. Es war immer noch kein Licht zu sehen, aber ich hätte schwören können, dass sich das Fenster etwas geöffnet hatte.

»Mama, bist du da? Wir sind's, Elli und ich.« Mein Flüstern klang hart und zu laut, ich war so angespannt. Nach einer Weile öffnete sich das Fenster noch ein Stückchen weiter, und ich konnte Mutters Gestalt erkennen.

»Mika, bist du das wirklich?« Angst lag in Mutters zitternder Stimme.

Jetzt redete Elli. »Ja, wir sind's. Lasst uns hinein, schnell.« Das Fenster schloss sich. Wir hörten, wie sich von innen leise Schritte der Tür näherten. Mutter machte auf. Sie sah mich eine Sekunde lang an, als wäre ich ein Geist, und warf dann wie eine Ertrinkende die Arme um mich.

»Kommt hoch, Cara ist auch hier.« Sie fasste mich und Elli bei der Hand und zog uns nach oben.

Mutter öffnete die Wohnungstür, und ich konnte Cara ganz hinten an einem Tisch sitzen sehen, auf dem eine kleine Kerze brannte. Tante Cara stand nicht auf, um Elli zu begrüßen. Sie streckte ihr nur die Arme entgegen, ohne ein Wort, und Elli drückte sie fest an sich. Später saßen wir zusammen am Tisch und unterhielten uns leise. Das heißt, Mutter, Elli und ich redeten, Cara blieb stumm. Sie hatte in letzter Zeit schon nicht mehr viel gesagt, jetzt schien sie das Reden ganz aufgegeben zu haben.

»Sie haben uns zum ›Umschlagplatz‹ gebracht, an diesen schrecklichen, gottverlassenen Ort.« Mutter redete leise und sah mich und Elli an, während Cara uns den Rücken zugewandt hatte. »Es gab keinen Tropfen Wasser, und die Sonne brannte erbarmungslos auf uns herunter. Zu Hunderten standen wir dicht aneinandergedrängt da, und nach einer Weile gerieten die Leute in Panik. Sie haben uns einfach so dastehen lassen, und niemand sagte, was geschehen würde. Wir haben nach euch beiden Ausschau gehalten, als sie uns auf den Lastwagen geladen haben, und später auch auf dem ›Umschlagplatz‹. Ich war ganz verrückt vor Sorge und habe euch so vermisst, andererseits dachte ich, wenn sie euch nicht bekommen haben, seid ihr vielleicht in Sicherheit. Dann plötzlich sah ich einen Soldaten durch die Leute kommen. Er war groß und hatte es eilig. Es schien klar, dass er nach jemandem suchte. Als er näher kam, hörte ich ihn ›Halina Hernsteyn‹ sagen, und ich antwortete wie aus einem Reflex heraus: ›Ja, das bin ich.‹ Er befahl mir: ›Kommen Sie!‹, und wollte mich wegbringen, aber ich packte Cara. ›Ich gehe nicht ohne meine Schwester. Und da sind Zwillingsmädchen und ihre Eltern. Wir können alle arbeiten.‹ – ›Nein, nur Sie und Ihre Schwester.‹ Es gab nichts zu verhandeln, Mika. Es ging alles so schnell. Ich packte Caras Arm, und wir folgten dem Soldaten durch die Menge. Ich sehe immer noch die Gesichter der Zwillinge vor mir und die ihrer Eltern. Ihre Mutter sagte: ›Geht, wir kommen zurecht. Tut, was er sagt!‹ Gott, was geschieht mit ihnen?« Mutter verstummte für eine Weile.

»Cara und ich, wir haben uns aneinandergeklammert. Die Leute starrten uns an, einige mitleidig, andere voller Hass. Eine Frau zischte: ›Verräter!‹ Der Soldat führte uns durch eine Tür im Stacheldrahtzaun zu einem nahen Haus und sagte, wir sollten in einem winzigen Raum warten, bis er zurückkommt. Er schloss uns ein. Wir waren noch nahe genug, um das Chaos auf dem ›Umschlagplatz‹ zu hören, das Schreien der Leute, die einander suchten. Vielleicht zwei Stunden später kam der Zug. Polizei und Soldaten brüllten: ›*Rauf, na macht schon!*‹ Die Leute jammerten. Keiner wollte in die Viehwaggons. Wir konnten nichts sehen, und ich hielt mir die Ohren zu, aber in meiner Vorstellung sah ich, wie die Leute in die Waggons gestoßen und wie Tiere darin eingesperrt wurden. Wir saßen immer noch in dem winzigen Raum, hörten ein lautes Pfeifen und das Quietschen des anfahrenden Zuges, der langsam schneller wurde. Und dann wurde alles ganz still, so still.«

Meine Mutter schob sich eine Strähne aus der Stirn.

»Als der Soldat uns am Abend endlich holte, konnten wir einen Blick auf den leeren Platz werfen. Es war unheimlich, als ob die Geister der Leute noch da wären und nach ihren Angehörigen und ihren Habseligkeiten suchten. Aber es war niemand mehr da, Mika. Alle waren weg. Der Soldat brachte uns bis zum Anbruch der Nacht in ein anderes Haus, dann hierher. Mika, sie haben die Zwillinge und ihre Eltern weggeschafft, und das Baby. Alle.«

Mutter ließ den Kopf auf die Brust sinken. Ich hatte das Gefühl zu ertrinken. Max war ein einfacher Wehrmachtssoldat, kein Mitglied der SS, aber er war Teil des tödlichen Kommandos, das durch die Straßen zog und uns zum »Umschlagplatz« schaffte. Trotzdem hat er das Risiko auf sich genommen und meine Mutter und meine Tante gerettet, und auch mich hat er gehen lassen. Warum? Sah er etwas von seinem Sohn in mir? Gab es da einen Funken Menschlichkeit in ihm, der darauf brannte, sich in einer letzten Geste zu zeigen?

In jenen schrecklichen Tagen war nichts mehr voraussagbar, alle Logik war außer Kraft gesetzt, es galt allein die grausame Herrschaft des Schicksals. Wie sollten wir den einen Soldaten erkennen, der sich an sein Menschsein erinnerte, und den, der jedem Befehl gehorchte und tötete? Ich hatte miterlebt, wie sich die Ratten von einem Augenblick auf den anderen änderten: Während ihre Propaganda auf grell leuchtenden Plakaten verkündete, dass wir Ungeziefer seien, hörten sie unseren Künstlern zu, ließen sich abends von unseren Musikern und Kabarettisten unterhalten – und erschossen uns tags darauf, ohne auch nur mit der Wimper zu zucken. Aber waren wir denn nicht alle Menschen mit einem pumpenden Herzen, zwei Lungenflügeln und warmem, rotem Blut?

In jener ersten Nacht bestand meine Mutter darauf, die Fenster noch sorgfältiger mit mehreren Schichten Zeitung zu verdunkeln, und wir aßen ein karges Mahl: eine dünne Suppe, die sie auf dem kleinen Herd aus ein paar Rüben hatte kochen können, dazu gab es eine halbe Scheibe Brot für jeden. Da wir nicht wussten, wie lange wir hier festsitzen würden, mussten wir mit dem Essen vorsichtig sein.

Ich versuchte, nicht an die Leute zu denken, die in dieser Wohnung gelebt hatten, von deren Tellern wir aßen und in deren Betten wir schliefen. Der Anblick der Kinderbücher und des Spielzeugs auf dem Boden in einem der Zimmer ließ mich erschaudern.

Ich musste Mutter versprechen, sie, solange dieser Krieg andauerte, nicht mehr zu verlassen, und in dieser ersten Nacht, noch trunken vor Erleichterung, sie wiedergefunden zu haben, sagte ich nur zu gerne ja.

Wir lebten wie Maulwürfe in der Dämmerwelt dieser Wohnung. Oft bin ich mitten in der Nacht aufgewacht, habe gezittert und geglaubt, die Anwesenheit einer Person am Fußende des Bettes zu spüren. Wenn es Geister gab, war die Wohnung voll von ihnen. Und obwohl ich immer ein paar Puppen mit ins Bett nahm, vermisste ich den Prinzen. Ich hatte ihn weggegeben. Ich hatte ihn verraten. Würde Max eine Schachtel finden, den Prinzen in Papier wickeln und mit einem Brief an seinen Sohn in Deutschland schicken? *Alles Liebe aus Warschau…* Der Gedanke ließ mich schlucken.

Es gab wenig zu tun, und die Tage zogen sich endlos hin. Cara saß fast den ganzen Tag am Tisch und starrte auf ihre Hände, und selbst Elli konnte sie nicht dazu bewegen, etwas zu sagen. Einmal am Tag legte Mama ein kleines Messer vor ihre Schwester hin und bat sie, Kartoffeln oder Rüben klein zu schneiden. Elli hatte einen alten Ohrensessel in Beschlag genommen und versenkte sich wieder fast den ganzen Tag in ihre Geschichten aus »Tausendundeiner Nacht«, und nur, wenn ich ihr keine Ruhe ließ, las sie mir zwischendurch einmal ein Kapitel vor. Ich durchsuchte die anderen Wohnungen im Haus nach Essbarem und wurde immer besser darin, verborgene Schätze zu finden. Einmal entdeckte ich hinten in einem Backofen eine kleine, bis an den Rand mit wertvollem Zucker gefüllte Schüssel, ein anderes Mal unter einem Kissen ein ganzes Rübenlager. Meist jedoch stieß ich auf nicht mehr als ein paar Krümel. Manchmal bauten Elli und ich aus unseren Koffern eine Bühne und erfanden ein kleines Stück für Mama und Cara. Dann konnte ein Lächeln über Caras Gesicht huschen. Es war zwar flüchtig wie ein vorbeifliegender Vogel, doch es gab uns das Gefühl, dass sich unser Spiel lohnte.

Nach etwa einer Woche hielt ich es nicht mehr aus. Ich konnte nicht länger so dasitzen, mit dem Fuß auf den Boden pochen und mir die Fingernägel blutig beißen. Die gedämpfte Stille drohte mich zu ersticken, ich sehnte mich mit jeder Faser meines Körpers nach Luft und danach, die Kinder im Waisenhaus wiederzusehen. Ich wollte herausfinden, was im Ghetto vor sich ging, und was war mit den Kindern im Krankenhaus? Wenn die Deutschen alle loswerden wollten, die schwach waren und nicht arbeiten konnten, hatten die Kinder doch sicher keine Chance?

Elli versuchte, mich zu überreden, noch etwas länger zu warten und mit ihr ein paar neue Stücke zu erfinden, doch in dieser ständigen Flüsterei gediehen keine Gedanken und keine Ideen. Die Puppen steckten schlaff auf unseren Händen, und was sie sagten, klang gekünstelt und war ohne jeden Witz.

Ich ging frühmorgens, zehn Tage nachdem wir uns wiedergefunden hatten. Ich sagte niemandem etwas, nicht mal Elli, zog nur meinen Mantel an und schlüpfte hinaus auf die Straße. Ich wollte zum Krankenhaus rennen, kam aber nicht weit.

Als ich die ulica Orla verließ, kam eine deutsche Patrouille um die Ecke gerast. Es gab nichts, wohinter ich mich hätte verstecken können. Ich saß in der Falle. Der Wagen blieb mit quietschenden Reifen ein paar Meter vor mir stehen.

»*Stehen bleiben, Jude!* Was hast du unter deinem Mantel?« Die Frage kam scharf und rau. Ein großer Soldat sprang aus dem Lastwagen und brachte sein Gewehr in Anschlag.

»Nichts.« Meine Stimme klang viel zu schrill. Der Soldat trat direkt vor mich hin und hob mein Kinn mit dem Zeigefinger an.

»*Na, sieh mal an, wen wir hier haben!* Den Puppenspieler!«, sagte er und grinste. »Erkennt ihr ihn? Das ist unser *Milchbubi,* ich kenne sein Gesicht. Zeig mir, was du in den Taschen hast.« Er lachte, aber es war klar, dass er mich auf der Stelle erschießen konnte, wenn er wollte. Ich holte das Krokodil hervor, und Hagadaz, den Zauberer.

»Was für ein toller Zufall! Wir brauchen etwas Unterhaltung. Rauf auf den Lastwagen, Junge, du bist heute unser Maskottchen. Das wird sie ruhig halten.«

Meine Knie knickten ein, als sie mich auf den Lastwagen zogen. Sie lachten.

»Was ist denn los mit dir, mein Junge. Brauchst du ein Bier?«

Ich konnte mich an den Soldaten nicht erinnern, er aber sich eindeutig an mich. Ich sah mich nach Max um, doch er war nicht dabei.

An diesem Tag verlor ich einen weiteren Teil meiner Seele. Von meinem Aussichtsplatz hinten auf dem Lastwagen verfolgte ich, was die Räumungsaktion der Deutschen wirklich bedeutete, von Beginn bis Ende. Die Stiefel traten brutal Tür um Tür ein, das »*Raus, raus, schnell!*« klang bereits vertraut. Die Straßen füllten sich mit Angst und Schrecken, und am Ende kamen die Flammenwerfer, die ihr tödliches Feuer in die Häuser spuckten, nachdem die Bewohner auf die Lastwagen verladen worden waren. An diesem Tag wurde mir endgültig klar, dass niemand erwartete, je einen dieser Juden nach Warschau zurückkehren zu sehen.

Der Lastwagen füllte sich nach und nach, mit Frauen, die ihre Kinder an sich drückten, alten Leuten und auch arbeitsfähigen Männern. Alle trugen trotz der Hitze Mäntel und drückten die Koffer mit ihren Habseligkeiten an sich. Genau wie meine Mutter es getan hatte, als sie vor zwei Wochen auf einen dieser Lastwagen gestoßen wurde.

Plötzlich drehte sich der Soldat, der mich aufgeladen hatte, zu mir um und sah mich an.

»*Komm, spiel was Schönes, Milchbubi.* Hol deine Puppen heraus und spiel ihnen was vor!« Er grinste, und eine große Lücke tat sich zwischen seinen gelben Schneidezähnen auf. Alle sahen mich an. Stumm verfluchte ich die Puppen und meinen Leichtsinn, unser Versteck zu verlassen. Die verhassten Offiziere und Soldaten zu unterhalten war eine Sache, aber was um alles in der Welt sollte ich für diese völlig verschreckten Menschen spielen, die zum »Umschlagplatz« gebracht wurden und jetzt wussten, dass ich auch schon für die Deutschen gespielt hatte? Wie sonst konnte ich mit den Ratten auf so vertrautem Fuß stehen? Ich wurde rot und wäre am liebsten im Boden versunken.

Plötzlich fühlte ich, wie mich jemand am Mantel zupfte. Ein kleines Mädchen mit dunklen Locken und einem kleinen roten Koffer, in den höchstens ein paar Spielsachen passten, sah zu mir auf.

»Zeig mir bitte deine Puppen.« Die Kleine musste etwa in Hannahs Alter sein und stand auch so aufrecht und eifrig da wie sie. Der Vater, der sie bei der Hand hielt, nickte mir zu. Da kam ich nicht mehr heraus.

Während der Lastwagen also durch die leeren Straßen Richtung »Umschlagplatz« fuhr, zog ich eine Puppe nach der anderen aus den Taschen meines alten Mantels. Ich alberte herum, erfand kleine Witze, und wenn ich mit einer Puppe fertig war, gab ich sie jemandem. Die erste Puppe, den Affen, bekam das kleine Mädchen, die anderen erhielten ein älterer Junge und ein paar Erwachsene, und bald schon spielten acht Leute mit. Es gab viel dummes Geplänkel, sogar Lachen, während die Puppen wild um sich schlugen und sich umarmten. Dann, mit einem plötzlichen Ruck, blieb der Lastwagen stehen. Wir hatten den »Umschlagplatz« erreicht.

»*Raus jetzt! Schnell, schnell!*« Der Soldat zeigte auf mich: »Du nicht. Du bleibst.«

Die Soldaten legten eine Rampe an die Ladefläche, und die Leute wurden mit viel Gebrüll und Beleidigungen vom Wagen getrieben. Der Vater des Mädchens zog sich die Puppe von der Hand.

»Danke.« Er gab sie mir. Die anderen folgten seinem Beispiel, und ich nahm die Puppen wie in Trance zurück. Leblos sanken sie auf meinen Schoß, während ich zusah, wie die Leute vom Lastwagen getrieben wurden. Ich vermochte mich nicht zu rühren, war selbst eine Puppe, ein hilfloser Zeuge, ohne Rückgrat.

»Sara, gib dem Jungen seine Puppe zurück.« Die Stimme des Vaters ließ mich aufschrecken.

Sara! Wie die kleine Sara, eine der Zwillingsschwestern. Gott, was war aus den beiden geworden? Das Mädchen streckte den Affen in meine Richtung. Sämtliche Mitspieler gaben mir die Puppen zurück, während sie alles verloren, und ich saß da wie ein stummer Idiot.

»Behalte ihn. Bitte.« Ich schob die Hand des Mädchens mit dem Affen zurück. Schenke ihr wenigstens die verdammte Puppe. Das Mädchen lächelte. Sie schob die Hand wieder unter den Affen und ließ die Puppe ihren Koffer tragen. Ein mit Stacheldraht bewehrtes, grob zusammengezimmertes Tor führte auf den »Umschlagplatz«. Wie konnten sie immer noch mehr Menschen auf dieses längst überfüllte Stück Niemandsland treiben? Schon Augenblicke später konnte ich das Mädchen nicht mehr sehen. Die Lastwagenladung Menschen, die mir gerade zugesehen und mit mir gespielt hatte, war verschluckt worden. Der Lastwagen fuhr davon.

Viermal noch musste ich die grausame Räumung der Wohnungen und das Abladen am »Umschlagplatz« miterleben, bis die Soldaten endlich aufhörten und zu ihrer Unterkunft auf der »arischen« Seite fuhren.

Sie setzten mich bei der Wache ab und sagten, ich solle am nächsten Morgen wiederkommen. Ich wusste, dass ich das nicht tun würde.

Als ich in unser Versteck zurückkam, waren alle in einer schrecklichen Verfassung, besonders Mutter. Elli drückte mich nur an sich, und das mit einer Kraft, die ich ihr nicht zugetraut hätte. Dann umarmte mich Mama, weiß wie ein Gespenst, und in dieser langen Nacht erzählte ich ihr endlich von meinem Doppelleben: wozu mich die Soldaten gezwungen hatten und wie ich die Kinder unter meinem Mantel aus dem Ghetto geschmuggelt hatte. Was machte das jetzt noch? Sie weinte, streichelte mir die Hand und sagte: »Mein mutiger Junge.« Wieder und wieder sagte sie das, bis ich sie bat, damit aufzuhören.

Wir hielten uns in der kleinen, verdunkelten Wohnung versteckt, aber es war hart. Wir hatten so wenig zu essen. Ich schlich mich hinaus, wann immer ich konnte, um nach Essbarem zu suchen und aus der stickigen Enge der Wohnung hinauszukommen. Dabei hielt ich mich an mein Versprechen, mich nicht zu weit von unserem Versteck zu entfernen.

Ich teilte mir ein Zimmer mit Mutter, Elli schlief mit Cara im anderen Raum. Wie sehr hätte ich mir gewünscht, zu ihr ins Bett kriechen zu können, sie zu halten und zu küssen und neben ihrem warmen Körper zu liegen. Wir fühlten uns beide unruhig, und es war Hochsommer, wir aber lebten in einer Höhle wie Winterschlaf haltende Bären.

Manchmal, wenn wir unseren Müttern entkamen, küssten wir uns, und nach und nach las mir Elli den Großteil der Geschichten in ihrem Buch vor, unterbrochen nur von gelegentlichen Küssen und unbeholfener Fummelei. Aber dann, eines Tages Anfang August, hielt ich es nicht länger aus, nicht zu wissen, was mit den Kindern war. Während ein Tag mit dem anderen zu einem trüben Einerlei verschmolz, das so aussah wie die wässrig-graue Suppe, die uns als Letztes noch zu essen blieb, versuchte ich, den Fortgang der Zeit mit einem kleinen Kalender zu verfolgen. Es war der 7. August, ein sehr sonniger Tag. Ich hinterließ eine kurze Nachricht für Mutter und Elli und lief die Treppe hinunter. Als ich die Tür öffnete und mich die bereits warme Morgensonne begrüßte, wusste ich, dass es ein sehr heißer Tag werden würde. Ich lief die ulica Orla, dann die ulica Karmelicka hinunter, alle Sinne in Alarmbereitschaft.

Ich wusste es, sobald ich um die Ecke bog. Ich wusste es, ohne näher hinkommen zu müssen. Tief in meinem Inneren wusste ich es. Vielleicht hatte ich es sogar schon vor meinem Aufbrechen gewusst: Das große weiße Gebäude, das die Kinder so lange wie ein wohltätiges Wesen beherbergt hatte, stand verlassen und leer da, mit Brettern vernagelt, als wollten sie ihm den Mund verbieten. Ich starrte den verbarrikadierten Eingang an, als hielte er eine Antwort für mich bereit. Ich rannte hin und versuchte, die Bretter herunterzureißen, durch die Tür zu kommen. Ich wusste, es war vergebens. Die Splitter drangen tief in meine Hände, aber das war nichts gegen den Schmerz tief in mir.

Sie waren verschwunden, meine Kleinen. Ich kam zu spät.

Kapitel vierzehn

Vielleicht war das jetzt das Ende. Wenn es mit ihnen vorbei war, musste es auch mit mir vorbei sein. Jetzt endlich musste sich die Erde auftun und mich und das ganze verdammte Ghetto verschlingen. Die Leute sagen, wenn etwas so Schlimmes passiert, verlierst du einen Teil deiner Seele. Ich weiß sicher, dass ein Teil von mir für immer vor Janusz' Waisenhaus sitzen wird und dieser sonnige Augustmorgen kein Ende nimmt. Für immer wird dieser Teil von mir versuchen, ins Innere des Gebäudes zu gelangen, um nach Hannah, Margaret, Janusz und den Kindern zu suchen. Mit blutenden Händen.

Wie ich später erfuhr, war das gesamte Waisenhaus am 5. August geräumt worden: Janusz, Margaret, die anderen Schwestern und zweihundert Kinder waren deportiert worden. Janusz hätte sich retten können, dem Judenrat war es in letzter Minute gelungen, die nötigen Papiere für ihn zu bekommen. Aber er weigerte sich, die Kinder am »Umschlagplatz« allein zu lassen, und blieb bei ihnen. Die Leute wunderten sich darüber, ich nicht, denn es waren seine Kinder, sein Leben.

Wer immer den langen Zug Kinder gesehen hatte, erinnerte sich später, wie sie in ordentlichen Zweierreihen, in ihren besten Kleidern, zum »Umschlagplatz« gegangen waren und ein Lied nach dem anderen gesungen hatten, angeführt von Margaret, Janusz und einem Jungen, der Geige spielte. Die Leute berichteten, dass alle ruhig, ohne Getue und Widerstand, in die Viehwaggons geklettert seien. Janusz hatte ihnen morgens erzählt, sie würden einen Ausflug aufs Land machen. Aber ich glaube, es war so: Natürlich hatten die Kinder Angst, alle hatten Angst, wie hätte es anders sein sollen? Aber sie liebten Janusz so sehr wie er sie, und deshalb beschlossen sie, das Wir-machen-einen-Ausflug-Spiel mitzuspielen. Janusz und seine Kinder sind über die Jahre berühmt geworden, Janusz gilt als Held, aber wer weiß, wer die Kinder waren, wer kennt ihre Namen, wer weiß, woher sie kamen? Und wer erinnert sich noch an Hannah, die süßeste, feurigste und entschlossenste Fünfjährige, die ich in meinem Leben kennengelernt habe.

Die Erde tat sich nicht auf, um mich zu verschlingen.

Das Ende kam am 15. August, einem weiteren heißen Tag mit strahlend blauem Himmel. Ich hatte mir solche Mühe gegeben, geduldig zu sein, mich mit den Puppen und Elli abzulenken, aber ich musste einfach in Erfahrung bringen, was um uns herum geschah. Auf einem meiner kurzen Streifzüge durch die Nachbarschaft hatte ich einen Jungen etwa in meinem Alter getroffen, der mir sagte, das Kinderkrankenhaus gebe es allen Widrigkeiten zum Trotz noch. Elli, die sich um die Kinder sorgte und wie ich die Langeweile, die Angst und den Hunger kaum mehr ertrug, beschloss, mit mir zu kommen.

»Aber wir beeilen uns, in einer Stunde sind wir wieder hier.« Ich stimmte ihr zu, war ich doch froh, sie bei mir zu haben. Wir nahmen nichts mit, nur den Mantel mit den Puppen, und hinterließen eine kurze Nachricht. Als wir das Krankenhaus schließlich erreichten und die schwere Tür aufdrückten, sahen wir gleich, dass die Schwestern nichts mehr hatten, was sie den Kindern geben konnten, höchstens ein liebes Wort. Seit unserem letzten Besuch waren Wochen vergangen, und das Krankenhaus in solch einem Zustand zu sehen war vernichtend. Wie ein einsamer Leuchtturm trotzte es der tosenden Brandung, war immer noch eine Art Zuflucht, doch es gab keine Medikamente mehr, kein Verbandszeug und kaum noch etwas zu essen.

Auf der Tuberkulosestation lagen nur noch fünf Kinder, die sich an uns erinnerten, und alle Betten waren dreifach belegt. Die Kinder waren so mager, dass ich mir nicht vorstellen konnte, was sie am Leben erhielt. Dennoch schenkten sie uns ein Lächeln, als die Puppen ihre Tricks zum Besten gaben, und einige wollten trotz ihres Zustands selbst mit den Puppen spielen. Ich blickte zu Elli hinüber, die ich seit Wochen nicht lächeln gesehen hatte. Aber jetzt: Wie wunderbar sie die Puppen zum Leben erweckte, mit den Kindern spielte und gelegentlich sogar ein Kichern über ihre Lippen kam. Ich fühlte mich wie beschwingt, vielleicht war es auch nur der Hunger, aber Elli hier bei mir zu haben, war das größte Geschenk in diesen finsteren Zeiten.

Wir blieben viel länger als geplant. Wie konnten wir einige Kinder besuchen und die anderen nicht? Und so war es bereits Nachmittag, als wir uns auf den gefährlichen Rückweg machten. Alles war so still. Das ehedem so überfüllte, geschäftige Ghetto war zu einer Geisterstadt geworden. Wir huschten in einem wilden Zickzack durch die verlassenen Straßen, und als wir in die ulica Orla kamen, sahen wir es gleich: Einige der Häuser schwelten noch, das Feuer war noch nicht lange verloschen. Die Eingangstür zu unserem Haus klaffte auf wie ein zahnloser Mund.

Wir rannten nach oben. Die Wohnungstür stand auf, von Mutter und Cara keine Spur. Die Wohnung wirkte unberührt, nur die Zeitungen waren von den Fenstern gerissen worden und lagen auf dem Boden verstreut. Die zwei alten Koffer waren weg und auch die Mäntel der beiden. Es gab keine Nachbarn, die uns hätten erzählen können, was passiert war, nur die leeren Räume und den Küchentisch, der für Wochen der unsere gewesen war. Mamas Schal hing über einem Stuhl, dunkelrot wie eine frische Wunde. Ich ging hin und hatte das Gefühl, durch tiefes Wasser zu waten, ich nahm ihn und hielt ihn in der Hand. Ich erinnere mich noch an das Schweigen zwischen Elli und mir, als wir uns dort in der kleinen Wohnung ansahen. Es lag eine unheimliche, aufgeladene Spannung in der Luft, wie vor einem schweren Gewitter, das jeden Moment losbrechen musste. Und dann prasselten ihre Fäuste wie Hagel auf mich nieder, der Sturm brach los. Gott, hatte sie Kraft!

»Warum bin ich mit dir gekommen, warum? Warum haben wir sie allein gelassen? Vielleicht hätten wir uns rechtzeitig verstecken können. Alle zusammen«, schrie sie.

Ich stand stocksteif da und ließ sie auf mich einprügeln, meine Arme hingen an mir herunter, als gehörten sie mir nicht. Ich fühlte mich so taub, dass ich kaum etwas spürte. Es lag ein seltsamer Trost darin, wie Elli auf jedes »Warum?« einen Schlag folgen ließ, und schon kam das nächste »Warum?«, der nächste Schlag. Ich hätte ewig so dort stehen können, doch irgendwann verloren Ellis Schläge an Kraft, und ihr Schluchzen weckte meine eigene Verzweiflung. Am Ende lagen wir uns weinend in den Armen und hielten uns aneinander fest. Zwei Schiffbrüchige. Als wir schließlich wieder zu uns kamen, müde und erschlagen, liefen wir zum »Umschlagplatz«, der aber völlig verlassen dalag.

Ich kann mich an die nächsten paar Wochen kaum erinnern. Wir versteckten uns in einer anderen Wohnung. Nachts suchten wir wie streunende Hunde nach Essbarem, das in den ausgeweideten Häusern zurückgeblieben sein mochte. Sonst kauerten wir uns zusammen und hielten einander fest wie das eigene Leben. Ich ertrug es nicht, von unseren Müttern zu reden, aber Elli hörte nicht damit auf.

»Sie sind weg, Mika, tot, ich spüre es. Wie können die Ratten nur damit fertigwerden?« Sie setzte sich auf, aus ihren Augen sprühte Feuer. »Gottverdammt, weiß die Welt nicht, was mit uns geschieht? Und die Leute auf der anderen Seite? Sie können ins Ghetto sehen und müssen mitbekommen haben, wie sie uns deportiert haben.« Ich sagte nichts. Mein Herz war zu Eis erstarrt wie die Seen im tiefen Winter. Nachts träumte ich nur von Mama: Ich sah sie am Herd stehen, in der Suppe rühren und hörte, wie sie eine Melodie summte. Wenn ich näher trat, lächelte sie mich an. »Ah, mein Prinz!« Aber wenn ich noch näher kam, veränderte sich ihr Gesicht, und ihre geliebten Züge verwischten. Erst ihr summender Mund, dann die Nase und die sanften, braunen Augen, und schließlich war ihr Gesicht nichts als eine weiße, leergewischte Fläche. Da schreckte ich schreiend hoch und wusste nicht, wo ich war. Erst wenn Elli mir über die verschwitzte Stirn strich, kam ich vollends zu mir. Ich konnte nicht aufhören, an Mama zu denken. Was kam nach den Viehwaggons? Wohin hatten sie Mama und Tante Cara gebracht?

Am 21. September, an Jom Kippur, hörten die Deportationen so plötzlich auf, wie sie begonnen hatten. Viele waren wir nicht mehr. Wie alles, was die Deutschen anfingen, war auch diese »Aktion« mit tödlicher Effizienz durchgeführt worden. Und was für ein genialer Plan es gewesen war: Pferche alle Juden in einem kleinen Gebiet zusammen und lasse sie so lange vor sich hin köcheln, bis die Schwachen von Fleckfieber, Typhus, Hunger und Kälte dahingerafft worden sind. Lasse den Judenrat die Gesetze bekanntmachen. Lasse die Juden ihre eigenen Armbinden nähen, schaffe sie aus dem Blickfeld, aus den Gedanken und lasse sie in der Öffentlichkeit außerhalb des Ghettos langsam in Vergessenheit geraten. Und dann mache sie für die grassierenden Krankheiten verantwortlich, marschiere ins Ghetto ein und »siedle« sie »um«, nicht in den Osten, sondern ins Land der Toten. Und vertraue in aller Ruhe darauf, dass sie keinem wichtig genug sein werden, um dazwischenzugehen.

Wie die Deportationen unter den Augen der katholischen Polen, die einmal unsere Nachbarn gewesen waren, so einfach vonstattengehen konnten, begreife ich bis heute nicht. Sie konnten von ihren Häusern aus ins Ghetto sehen. Sie haben die Straßen gesäumt, als uns die Deutschen 1940 ins Ghetto trieben, haben zugesehen, wie sie uns im elenden Sommer 1942 zum »Umschlagplatz« brachten ... Hunderttausende: Kinder, Männer, Frauen, ganze Familien, siebentausend pro Tag, wochenlang. Glaubten sie wirklich, wir würden ein neues Zuhause bekommen, nachdem sie gesehen hatten, wie wir behandelt wurden? Oder war es der Schrecken, der sie lähmte, der Schrecken, den die Deutschen wie ihr tödliches Gas verbreiteten?

Alles war anders. Ganz so, als hätte uns alle Lebenskraft verlassen, schleppten Elli und ich uns ziellos durch die Tage, und doch schien die Sonne immer weiter. Wie aus Hohn blieb das Wetter unverändert, ungetrübt ... Wie konnte hier und da im Ghetto noch Gras wachsen, obwohl alle Kinder weg waren? Es gedieh jetzt sogar besser als früher, ungestört von den vielen darüber hinweglaufenden Füßen. Wie konnte der Himmel so strahlend blau sein, wo sie doch Hannah weggebracht hatten, und das ohne den Trost meines Versprechens, ohne mein Jawort in ihrem kleinen Herzen? Wie konnten Blumen die Köpfe aus der Erde strecken, obwohl meine Mutter weg und ihre Blumenkästen zerstört waren?

Und über allem diese gleichgültige, schreckliche Sonne: Wie konnte sie es wagen, vom Himmel zu brennen, meine Haut zu bräunen und mir die Knochen zu wärmen, nachdem man meine Mutter in einen Viehwaggon verfrachtet hat? In der Sommerhitze hatten sie die Menschen weggeschafft. Warum waren sie im Sommer gekommen? Da waren die Tage länger, da konnten sie effektiver arbeiten, und Effizienz war alles für die Deutschen. Wo bist du, Mama? Was ist mit deinen Kleidern geschehen, mit deinem Lächeln?

Ich hatte die Sonne immer geliebt, aber in diesem Sommer widerte mich ihr strahlender Glanz an. Wie kannst du auf uns herabsehen, als wäre nichts geschehen? Tagaus, tagein beschimpfte ich die Sonne. In diesem Sommer hätte sich die Sonne verfinstern müssen, stattdessen brannten ihre Strahlen mit unbarmherziger Kraft aufs Ghetto.

Eines Tages wurde es mir zu viel, und ich forderte die Sonne zu einem Duell heraus. Ich wollte sie dazu zwingen, zu verschwinden. Ich war bereit, meine Augen für ihre Verfinsterung zu opfern. Ich saß allein in einer Ecke des Hofes hinter unserem Versteck und wandte mein Gesicht nach und nach direkt in die Sonne. Ich war bereit. Wenn es bedeutete, dass ich erblindete, ich wollte es hinnehmen. Ich holte tief Luft und starrte sie an. Aber ich hatte meine Reflexe nicht mit einberechnet, die es mir unmöglich machten, die Augen offen zu halten. Ich saß mit tränenden, rot geschwollenen Augen im hellen Licht des Nachmittags und schwitzte. Nur ein Schatten, ein dunkler Fleck am Rand meines Blickfelds, blieb mir für eine Weile erhalten.

Es war genau eine Woche nachdem sie Mama und Cara geholt hatten.

Kapitel fünfzehn

Tödliches Schweigen hing über dem Ghetto, und ein neuer Abschnitt dieser grausamen Zeit begann. Nach den zwei Monate andauernden Deportationen lebten hier nur mehr sechzigtausend Juden. Als sie uns im Oktober 1940 ins Ghetto getrieben hatten, waren wir vierhunderttausend gewesen. Waren die Straßen früher überfüllt gewesen, voller Lärm und Gestank, lag heute die Stille einer Leichenhalle über ihnen.

Eines Tages hingen überall Plakate mit dem Befehl, sich bei den Deutschen zu melden.

Elli und ich debattierten eine Weile darüber, aber es fand sich kaum noch etwas zu essen, und wir hatten fürchterlichen Hunger, also meldeten wir uns. Und so wurden wir zum ersten Mal seit einem Jahr getrennt. Männer und Jungen schliefen in großen Gemeinschaftsunterkünften in der Nähe der Mauer, nahe bei den deutschen Fabriken auf der »arischen« Seite, in denen wir arbeiten mussten.

Jeden Morgen versammelten wir uns bei der Wache und wurden durchs Tor zu verschiedenen Baustellen und den wenigen verbliebenen Fabriken gebracht. Jemand verdiente viel Geld mit unseren müden Knochen und todunglücklichen Seelen. Der Großteil der Arbeit war schwer, aber wenigstens bekamen wir etwas zu essen, und täglich auf die andere Seite zu kommen eröffnete neue Möglichkeiten, Dinge ins Ghetto zu schmuggeln.

Elli wurde wie viele andere Frauen Tag für Tag in die Fabriken von Többens und Schultz in der ulica Nowolipie geschickt, wo sie zwölf Stunden lang deutsche Uniformen zu reinigen und zu reparieren hatte, die von der russischen Front zurückgeschickt wurden.

»Viele Uniformen sehen wie Siebe aus, so durchlöchert und zerrissen sind sie, und voller Blut«, erzählte mir Elli eines Abends mit einem Lächeln. Das waren erfreuliche Neuigkeiten. An der russischen Front ging es eindeutig nicht so, wie es sich die Deutschen vorstellten, und unsere Frauen reparierten die Uniformen so schlecht wie nur möglich.

Elli und ich sahen uns in jenen Tagen nicht oft, nur manchmal abends schlich ich mich zur Frauenunterkunft, die gleich bei unserer lag, oder sie kam zu uns. Es waren kurze, gestohlene Momente, die wir für uns fanden. Wir sprachen nicht über unsere Mütter, und der Trost, den wir in unseren Umarmungen fanden, war wie ein Tropfen, der umgehend in der Hitze verdampft.

Wie konnten wir so weitermachen, allen Lebens beraubt, leer und ohne Hoffnung? Meine Nächte waren eine einzige Abfolge von Alpträumen, in denen das Gesicht meiner Mutter vor meinen Augen verwischte, ich Züge zu erreichen versuchte, mit brennenden Lungen durch die Straßen des Ghettos rannte und schrie, ohne dass ein Laut meinen Mund verließ. Und in den düsteren Fabriken dehnten sich die Tage ins Endlose, ohne Sinn, ohne Hoffnung.

Aber ich kam irgendwie durch, hielt den Kopf geduckt und widmete mich der abstumpfenden Aufgabe, raue Bürsten zu produzieren, mit denen die Deutschen ihr Reich sauber hielten. Nach einiger Zeit studierte ich die Jungen und Männer um mich herum und sah viele, die wie ich waren und von einem heftigen Wunsch nach Rache angetrieben wurden. Eines

Tages beugte sich Hendryk, ein junger Mann aus Krakau, zu mir.

»Mika, geh aufs Klo!«, flüsterte er. »Schau in die Ecke beim Fenster! In einer Spalte dort steckt ein Stück Papier. Lies, was darauf steht, und stecke es wieder zurück!«

Ich tat, was er sagte. Er musste sich keine zu großen Sorgen machen, was das Verstecken von Dingen in unseren zugigen Toiletten anging. Die Ratten würden dort nie nach etwas suchen. Ich zog den fest zusammengefalteten Zettel aus der schmalen Spalte und strich ihn glatt.

Ein Ruf zu den Waffen! Brüder und Schwestern! Lasst uns nicht wie die Schafe zur Schlachtbank gehen. Es ist besser, frei im Kampf zu sterben, als der Gnade unserer Mörder ausgeliefert zu sein. Erhebt Euch! Kämpft bis zum letzten Atemzug!

Es war der Nachdruck eines Manifests des Dichters Abba Kovner, das er im Dezember 1941 geschrieben hatte, als wir alle noch schliefen und uns falsche Hoffnungen machten. Vor den Deportationen. Ich erschauderte, doch der Aufruf traf tief in mein Herz.

Und so wurde ich Mitglied einer Widerstandsgruppe, die sich in den verheerenden Wochen nach den Deportationen bildete, der Jüdischen Kampforganisation, kurz ŻOB. Was für ein erstaunlicher Zusammenschluss junger Leute das war, die meisten von uns waren zwischen dreizehn und zweiundzwanzig, und alle brannten auf Rache, was uns fest zusammenschweißte. Wir trafen uns heimlich abends in unserer Unterkunft. Wir mussten uns für den letzten Kampf organisieren, und uns blieb keine Zeit, die Toten zu betrauern, wir hatten nichts mehr zu verlieren.

Dann, eines Abends, wurde alles anders, als ein Kurier des polnischen Widerstandes in unsere Unterkunft kam. Völlig mitgenommen, zitternd und blass wie ein Geist stand er vor uns und zwang sich zu sprechen.

Wir drängten uns um ihn und hielten den Atem an. Er war in einem der Viehwaggons gewesen und hatte es geschafft zu entkommen, bevor sie Treblinka erreichten. Wie es ihm gelungen war, sagte er nicht. Vielleicht hatte er sich durch ein Fenster gequetscht oder ein Loch in den Boden des Waggons brechen können? Er war den Schienen bis zum Lager gefolgt, hatte sich tagelang in einem nahen Wäldchen versteckt gehalten und die Züge beobachtet. Sie waren übervoll und trafen täglich in Treblinka ein, spuckten ihre menschliche Fracht aus und ratterten schon Stunden später zurück nach Warschau. Der schreckliche Gestank des dicken schwarzen Rauches, der über dem Wäldchen hing, ließ den Mann würgen, und er begriff endlich, warum keiner der Züge Vorräte mitbrachte: Tote müssen nicht essen. Es gab keine Neuansiedlung … nur Vernichtung.

Halb verhungert und verrückt vor Schmerz hatte er es zurück nach Warschau geschafft, entschlossen, uns auch die letzten Illusionen über das Schicksal der Juden zu nehmen, die einige noch hegen mochten. Die Neuigkeit verbreitete sich wie ein Lauffeuer. Vernichtung. Von Beginn an war das ihr Plan gewesen: uns wie Ungeziefer zu vernichten. Einige von uns hatten es instinktiv gewusst, aber der Bericht dieses Augenzeugen machte es zur Gewissheit. Jetzt konnten wir uns nichts mehr vormachen. Wir mussten etwas tun.

Was geschah mit diesem gebrochenen Mann, dem es gelungen war, der Hölle zu entfliehen? Mit dem Gewicht dieses Wissens auf den Schultern …?

Kurz darauf wurde eine Geheimaktion geplant, die das Ziel hatte, eine nach den Berichten des Mannes gezeichnete Karte von Treblinka zu den Alliierten zu schmuggeln, versteckt in einem Schuh. Wunderbarerweise gelangte die Karte tatsächlich nach England, aber als die Alliierten endlich in Treblinka ankamen, war nichts mehr von der Vernichtungsmaschine übrig: Die Deutschen hatten alle Spuren mit der gleichen Sorgfalt verwischt, mit der sie das Lager geführt hatten. Die Gaskammern waren gesprengt und die Toten ausgegraben und zu Asche verbrannt worden. Der Wald hatte bereits wieder die Herrschaft übernommen. Aber das erfuhr ich viel später.

Bis tief in die Nächte saßen wir zusammen und planten. Ich fand einen Freund in der Fabrik, der Andre hieß. Er war groß, ein paar Jahre älter als ich und ein talentierter Geiger, der im Warschauer Symphonieorchester gespielt hatte. Genau wie ich brannte er auf Rache. Andre hatte seine ganze Familie bei den Deportationen verloren: seine Eltern, zwei Schwestern und seinen Großvater. Aber nicht er, sondern ein älterer Mann namens Alexei war der Erste, der von Waffen redete. Alexei war früher Geschichtslehrer gewesen, und wenn seine Augen und Worte auch voller Feuer waren, hatte er doch eine weiche, stetige Stimme. Niemand aus seiner Familie hatte die letzten Monate überlebt.

»Genossen, wir müssen handeln, und zwar jetzt. Wir sind es uns und denen schuldig, die uns weggenommen und deren Körper zu Asche verbrannt worden sind. Wir wollten es nicht glauben, aber wir können den Blick nicht von der schrecklichen Wahrheit abwenden, die uns offen ins Gesicht starrt. Die Zeit des Verdrängens ist vorbei.« Obwohl er eher unscheinbar und leicht zu übersehen war, zog Alexeis ruhige, entschlossene Stimme die Leute in ihren Bann. Er nahm einen der wenigen Stühle in der Unterkunft, stieg hinauf und hob den Arm.

»Genossen, die Zeit ist gekommen, uns zu erheben, den Spieß umzudrehen und die Deutschen einen nach dem anderen umzulegen. Wir lassen uns nicht mehr wie Schafe zur Schlachtbank führen. Wir werden uns erheben, zu den Waffen greifen und unsere Mütter, Kinder, Schwestern, Brüder, Freunde und Geliebten rächen!«

Wir reagierten auf seine Rede mit lautem Applaus. Sein Feuer drang bis an die finsteren Orte vor, die, wie wir gedacht hatten, nie wieder zum Leben erwachen würden. Elli stand an diesem Abend neben mir und drückte meine Hand. Wir waren zu allem entschlossen, hatten aber kaum irgendwelche Waffen.

»Einige Leute auf der anderen Seite wachen endlich auf und sind bereit, unseren Kampf zu unterstützen. Ihr denkt, dass es schwierig war, bis heute zu überleben? Vergesst, was bis heute war. Ab jetzt brauchen wir alle Kraft und allen Mut, um so viele Waffen wie nur möglich hereinzuschmuggeln und uns vorzubereiten: Damit wir uns wie eine lodernde Flamme erheben können, wie ein kugelspeiender Drache. Genau so werden wir kämpfen und die Dreckskerle überraschen.«

Alle hörten ihm gebannt zu. Alexei holte tief Luft.

»Sie haben uns unser Eigentum und unsere Häuser genommen, haben uns ins Ghetto gepfercht, und wir haben uns nicht gewehrt. Jetzt, da wir nur mehr unsere Ignoranz verlieren können, werden wir uns erheben. Facht die Feuer an und bereitet euch auf den Kampf vor! Wer stellt sich dieser Herausforderung?«

Eine Hand nach der anderen hob sich. Alle wollten mitmachen: Männer, Jungen, Frauen, Mädchen, auch Elli war dabei. Alle in unserer Unterkunft. War es nicht die einzige Möglichkeit? Auf keine andere Weise konnten wir unsere Würde wiederfinden, und so führte jeder von uns nach diesem Treffen ein geheimes, zweites Leben, womit ich mich bereits bestens auskannte. Endlich spürte ich wieder ein Ziel in mir.

Am nächsten Tag gestand ich Andre, dass ich für die Soldaten gespielt hatte, und erzählte ihm auch von den Kindern: denen, die ich hinausgeschmuggelt hatte, und den Kranken und Waisen, die umgekommen waren. Sehr unterschiedliche Gefühle huschten über sein Gesicht, es war wie ein Wetterleuchten. Am Ende klopfte er mir auf die Schulter.

»Du bist ein mutiger Kerl, Mika. Ich glaube, die Puppen und der Mantel werden sich noch als nützlich erweisen.« Und tatsächlich dauerte es nicht lange, bis er an mich herantrat.

»Mika, ich habe einen Auftrag für dich. Du bist genau der Richtige dafür.«

Wie sich herausstellte, sollte ich einige gefährliche Waffen unter meinem alten Mantel ins Ghetto schmuggeln. Einmal versteckte ich die Einzelteile einer Maschinenpistole, ein anderes Mal ein Gewehr und drei Granaten. Was der Mantel meines Großvaters nicht alles erlebte: Erst hatte er Kindern Zuflucht geboten, deren Herzen schnell wie die junger Hasen schlugen, und jetzt versteckte ich den kalten Stahl von Waffen darunter, und was immer ich unter ihm trug, die Puppen waren meine Zeugen, Vertrauten und Genossen bei diesem Spiel um Leben und Tod.

Eines Abends stellte Andre mich Mordechaj vor, unserem Anführer, einem jungen Mann von siebenundzwanzig Jahren mit glühenden dunklen Augen, dichtem schwarzen Haar und einem wunderbar breiten Lächeln. »Ich habe von deinen Abenteuern auf beiden Seiten der Mauer gehört, mein Freund«, sagte er und sah mich eindringlich an. Ich trat von einem Bein aufs andere. »Könntest du unsere Moral nicht ein bisschen mit deinen Puppen aufbessern? Wir hätten es weiß Gott nötig.« Ich musste an den Prinzen und seine feurige Rede denken. So viel war seitdem geschehen. »Es gibt immer noch Männer und Frauen«, fuhr er fort, »die Alexeis Rede nicht so begeistert wie die anderen begrüßt haben. Vielleicht scheuen sie davor zurück zu kämpfen, aber wir brauchen jede Hand. Ob uns deine Puppen da weiterhelfen könnten?«

»Ich weiß es nicht, aber ich werde es versuchen.« Seine Bitte berührte einen wunden Punkt in mir, machte mich jedoch auch stolz. Wenn Mordechaj dachte, mein Puppenspiel könnte etwas bewirken, wollte ich es versuchen. Und so bastelte ich Puppen von alltäglich aussehenden Leuten wie uns, dazu Soldaten, Offiziere und Polizisten. Ich wollte nicht mit ihnen erwischt werden, und so versteckte ich sie in den innersten Taschen des Mantels. Nach und nach entstand so eine völlig neue Art von Puppen, die meine alte Truppe um einiges vergrößerten.

Eines Abends nach einem weiteren zermürbenden Arbeitstag auf der »arischen« Seite schlich ich mich zurück in unsere alte Wohnung, um ein paar Materialien aus der Werkstatt zu holen. Sicher, während der strengen Ausgangssperre riskierten alle, die auf der Straße aufgegriffen wurden, erschossen zu werden, aber ich hatte keinen Kleber mehr und brauchte Papiermaschee, Lack und Stoff. Mehr als alles sah ich mich jetzt als Puppenspieler, einen schmuggelnden Puppenspieler-Kämpfer im Widerstand, und ich brauchte zusätzliche Materialien. Als ich in die Wohnung in der ulica Gęsia kam, versetzte mir der Anblick unserer alten Küche einen Stich: Der Tisch war dick mit Staub bedeckt, die Teekanne schien unberührt, und die Stühle standen in einem Winkel, als könnte Mama jeden Moment hereinkommen, sich setzen und uns allen Tee einschenken. Ihr Suppentopf stand noch auf dem Herd. Ich raffte in der Werkstatt ein paar Dinge zusammen und lief hinaus. Ich wusste, ich würde nie wieder hierher zurückkehren.

Es wurde immer nervenaufreibender: Die Deutschen hatten mich nicht vergessen und verlangten immer wieder, dass ich für die Offiziere und Soldaten spielte, im gewohnten Haudrauf-Stil des Kasperletheaters. Dann wieder feuerte ich meine Kameraden mit ganz anderen Stücken an. Ich erschoss Rattensoldaten aus dem Hinterhalt, sprengte sie in die Luft und schlug sie zu Brei. Manchmal vermischte ich meine neuen mit den alten Puppen, und dann brach die Hölle los: Das Krokodil jagte die Soldaten, und der Narr schlug auf den Offizier ein, bis er nicht mehr konnte. Ich fabrizierte sogar eine Hitler-Puppe, die jedes Mal im Maul des Krokodils endete.

Nach einer meiner Vorführungen nahm mich Andre beiseite. »Hör zu, Mika, deine Stücke sind eine ganz wunderbare Unterhaltung für uns, aber sie könnten auch ein perfektes Instrument sein, um unsere Operationen zu planen.«

Ich begriff nicht, was er meinte, doch Andre schien Feuer und Flamme.

»Ich bin sicher, es funktioniert, Mika. Es wird uns dabei helfen, uns vorzustellen, wie wir gegen die Deutschen ankämpfen können. Komm, hol deine Puppen heraus!«

Und so schufen wir statt der Phantasiekulissen eine Miniaturausgabe des Ghettos mit Straßennamen, einer Papiermascheemauer und den zentralen Orientierungspunkten. Wir konstruierten komplette Szenarien, ließen die Puppen in unserem kleinen Ghetto leben und übten die besten Möglichkeiten für Angriff und Verteidigung ein: Wie kam man am sichersten von A nach B? Was war zu tun, wenn wir von den Ratten in die Enge getrieben wurden, und wo würde ein Hinterhalt am wirksamsten sein? Alle, selbst Mordechaj, wollten mitmachen.

Jeden Tag riskierten wir unser Leben, schmuggelten Waffen, Munition und Essen. Manche der Kameraden erzählten mir, wenn sie allein seien und die Angst sie zu überwältigen drohe, dächten sie an die Leichtigkeit und die feurigen Reden der Puppen. Wir spielten alle möglichen Szenarien durch, um uns auf alle Eventualitäten vorzubereiten. Manchmal endete alles in Gelächter, und es muss nicht extra gesagt werden, dass wir mit unseren Puppen immer gewannen.

Im Übrigen hatte ich wie alle anderen Nachtarbeit zu verrichten: In einer großen gemeinsamen Aktion gruben wir überall im Ghetto unter Wohnblocks, Läden, Synagogen und Straßen Bunker.

Ende Dezember 1942 hatten alle im Ghetto zwei Adressen, eine offizielle und eine im Untergrund. Nach und nach schufen wir eine komplette geheime Stadt, eine Stadt der Maulwürfe. Es waren einfache Bunker, aber mit schlau versteckten Eingängen, Luftschächten, kleinen Öfen zum Heizen und Kochen und so viel Essensvorräten, wie wir zu stehlen und abzuzweigen vermochten. Wir hatten sogar eine geheime Funkstation und eine Druckerpresse in einem der Bunker, um immer noch mehr Leute für den Kampf zu mobilisieren, dazu eine unterirdische Werkstatt, in der wir einfache automatische Waffen produzierten.

Am Nachmittag des 9. Januar stießen Soldaten die Türen der Bürstenfabrik auf, in der ich arbeitete, und fingen an herumzuschnüffeln. Ich schenkte ihnen keine zu große Beachtung, schließlich waren wir es gewohnt, Tag und Nacht durchsucht zu werden. Aber das jetzt war etwas anderes.

»Mika Hernsteyn? Gibt es hier einen Jungen namens Mika Hernsteyn? Den Puppenspieler? Tritt vor, wenn du hier bist.«

Ich begann zu zittern, als ich meinen Namen hörte. Waren sie mir endlich auf die Schliche gekommen und wollten meinen Mantel durchsuchen? Meine Hände waren feucht, als ich auf die Soldaten zutrat. Was blieb mir übrig? Früher oder später hätte man mich sowieso erkannt, und tatsächlich, einer der

Soldaten war genau jener, der mich damals am ersten Abend, als ich mit Max hatte mitkommen müssen, in die Backe gekniffen hatte. Sein Gesicht verzog sich zu einem breiten Grinsen, als er mich sah. Ich wurde rot und hoffte, meine Kameraden würden später verstehen, was hier vorging: Nicht alle wussten von meinem Doppelleben.

»Komm, du hast heute einen Spezialauftrag.« Der Soldat packte meinen Arm und führte mich aus der Fabrik. Ein »Spezialauftrag« war bei den Deutschen nie eine gute Sache, und der heute war keine Ausnahme. Der Chef der SS und Gestapo war in Warschau, um den Fortschritt der Deutschen mit uns Juden in Augenschein zu nehmen und dem Führer persönlich zu berichten, und so musste ich an diesem Nachmittag vor Himmler spielen, dem Sohn des Teufels und mächtigsten Mann nach Hitler.

Viel später erfuhr ich, dass Himmler an genau diesem grauen Januartag befahl, das Ghetto bis zum 15. Februar von allen Juden zu säubern. Das war unser Todesurteil. Aber erst genoss der »Architekt des Holocaust«, wie er später genannt wurde, noch ein Puppenspiel.

Er saß in der ersten Reihe und sah ganz gewöhnlich aus: ein magerer, hässlicher Mann mit einem dunklen Schnauzbart und einer runden Goldrandbrille. So nah saß dieses Ungeheuer vor mir. Seine schwarze Uniform trug die SS-Runen, und der silberne Totenkopf prangte auf der Schirmmütze in seinem Schoß. Der Tod war in diesen Zeiten kein düsterer Sensenmann mit schwarzem Umhang, nein, er trug eine elegante, für die Elite des Reiches geschneiderte Uniform. Ich höre noch sein dünnes Lachen über eines meiner gewohnten Hau-drauf-Stücke. Ich hätte ihn erschießen können. Der Narr hätte herumalbern, tief in der Schatzkiste graben und eine glänzende Pistole herausholen können. Peng! Vom Narren erschossen. Es wäre so einfach gewesen. Eine einmalige Chance. Aber nein, ich spielte mein dummes Stück zu Ende und brachte danach tagelang kein Wort heraus. Aber bald schon sollte ich aus dem mir selbst auferlegten Schweigen herausgerissen werden.

Kapitel sechzehn

Am Morgen des 18. Januar 1943 war Warschau von festem weißem Frost überzogen, der unter einem stahlblauen Himmel glitzerte. Nichts sah nach einer Warnung aus. Die Ratten begannen früh am Morgen, direkt nach Sonnenaufgang. Das Erste, was wir hörten, waren ihre gefürchteten Lastwagen, dann schwärmten Soldaten ins Ghetto wie eine riesige Wolke Heuschrecken.

Aber dieses Mal waren wir vorbereitet. Wir hatten geschworen, wenn die Ratten mit einer zweiten Deportationswelle begannen, wollten wir mit voller Kraft zurückschlagen. Die »Übermenschen«, wie sie sich nannten, hatten zu lange im Glauben gelebt, sie könnten uns einfach so auslöschen und Warschau »judenrein« machen. Nein. Wir standen zusammen und hatten ein einziges Ziel: So viele von ihnen zu töten, wie wir konnten. Eine Kugel für eine Ratte, eine Granate für mehrere von ihnen. Diesmal wollten wir Blut an unseren Händen haben.

Mordechaj rief uns in der ulica Miła 18 zusammen und ging mit uns die Strategie noch einmal durch: Erst würden wir die Barrikaden, die wir in den letzten Wochen gebaut hatten, in Brand setzen und uns anschließend in der Gegend der ulica Gęsia und ulica Miła verteilen und in den Hinterhalt legen, um sie mit gut gezielten Schüssen zu töten. Elli, mir und einer Handvoll anderer vertraute er Hunderte von Benzinbomben an, die wir heimlich gebaut hatten. Wir verteilten sie an unsere Kampfgenossen, die schnell in die Häuser und Straßen ausschwärmten, in denen der Kampf stattfinden sollte.

»Viel Glück, Mika!« Elli drückte mir die Hand und sah mir in die Augen. Ihre Hand war so trocken und heiß, als müsste sie gleich Feuer fangen. »Schicken wir sie zur Hölle!« Sie hatte sich die wilden Locken mit einem Schal zurückgebunden und wusste sich vor Kampfbereitschaft kaum zu zügeln. »Hier.«

Die Flasche lag glatt und kalt in meiner Hand, und der scharfe Benzingeruch stieg mir in die Nase. Ich zog den roten Schal meiner Mutter, den ich immer bei mir hatte, aus der Manteltasche. Heute würde ich ihn wie eine stolze Flagge tragen.

»Für unsere Mütter. Für Großvater und Peter. Die Zwillinge. Heute rächen wir sie.«

Elli lächelte mir zu, wir waren bereit. Zusammen mit drei Scharfschützen, Andrej, Thomas und Adam, verschanzten wir uns im zweiten Stock eines Wohnblocks an der Ecke Lubiecka und Miła. Wir hockten uns unter die Fenster, angespannt wie Tiger, die auf ihre Beute warteten. Endlich hörten wir eine Gruppe SS-Männer die ulica Lubiecka heraufmarschieren, begleitet von einem Panzer. Das war unser Moment. Wir ließen sie bis unter unser Fenster kommen, dann feuerten die Scharfschützen ihre Pistolen ab, fast klang es wie einziger Schuss. Die ersten SS-Männer brachen zusammen.

»Verreckt, ihr Ratten!«, schrie Elli, holte weit aus und ließ eine Benzinbombe auf die SS-Leute niederkrachen. Ihre wilde Wut traf die Deutschen unvorbereitet. Da stand sie, meine Elli, meine Liebe, wie eine Amazonenkriegerin. Sie war Warschaus stolzes Symbol des Widerstandes und schwang kein Schwert, sondern eine Benzinbombe. Ich hatte sie noch nie so erlebt und nie mehr geliebt als in diesem Moment.

Wir ließen unsere selbstgemachten Sprengkörper auf den

Panzer und die Männer niederregnen. Sie explodierten und tauchten ihre Umgebung in Flammen. Die Ratten wurden zu Fackeln, die wild taumelnd umhersprangen, ihre Schreie vermischten sich mit den Schüssen, die das Glas der Fenster um uns herum zerfetzten. Wir wichen nicht zurück, sondern wechselten nur unsere Position und setzten unseren Angriff aus einem anderen Fenster fort. Jetzt antworteten die Deutschen mit Maschinengewehrfeuer.

»Verdammt, sie haben mich erwischt«, stöhnte Andrej und hielt sich den linken Arm, das Gesicht schmerzverzerrt.

»Komm hier herüber!«, schrie ich und zog ihn aus der Schusslinie. Wir wechselten das Stockwerk.

»Gott, tut das weh«, ächzte Andrej. »Aber ich habe noch meine rechte Hand und meine Augen zum Zielen.« Minuten später lauerte er wieder am Fenster und schoss weiter.

Drei Tage lang waren wir schießende, Feuer speiende Helden, eine wilde, wütende Gruppe, die ihre Kugeln gezielt einzusetzen wusste. Dann zogen sich die deutschen Truppen plötzlich zurück. Zum allerersten Mal waren die Ratten auf Widerstand gestoßen: Wir hatten ihre Maschinerie aufgehalten und weitere Deportationen verhindert, wenigstens für diesen kurzen Moment der Geschichte. Wir waren außer uns, und keiner wusste es so gut in Worte zu fassen wie unser »Ghettodichter« Władysław Szlengel:

Wie blutigrote Purpurblumen
Der Niska, Mita, von Muranów,
Blüht Feuer aus den Läufen auf
In unserem Frühling: Gegenangriff!
Der Wein des Kampfes uns berauscht!

Wenn wir schon sterben mussten, wollten wir kämpfend sterben, so viele Deutsche mit uns nehmen wie nur möglich und unsere Schwestern, Eltern, Freunde und Geliebten rächen. Stolz und ehrenvoll wollten wir sterben wie die neun Genossen, die ihr Leben während dieser drei Tage verloren.

Am Abend trafen wir uns im Hauptbunker in der Miła 18, ausgelassen und hochgestimmt, und wer immer eine wertvolle Flasche Wodka hatte, teilte sie glücklich mit den anderen. Manche führten Pistolen und Gewehre vor, die sie den Ratten bei Überraschungsangriffen abgenommen hatten, und Andrej holte einen alten Plattenspieler unter seinem Feldbett hervor. In dieser siegestrunkenen Nacht riskierten wir es sogar, Musik zu machen. Von Walzern bis zu Jazz. Es war das erste und letzte Mal, dass ich mit Elli tanzte.

Nach unserem kurzen Sieg verschärften die Deutschen die Kontrollen an der Wache. Auf dem Weg zur Arbeit mussten wir uns täglich einer Leibesvisitation unterziehen. Oft mussten wir mit dem Gesicht zur Mauer alles ablegen und ausziehen. Nackt und barfuß standen wir in der entsetzlichen Kälte, den Himmel grau und schwer über uns. Trotzdem riskierten viele auch weiter ihr Leben und schmuggelten Waffen und Lebensmittel ins Ghetto. Ihr Mut erlaubte es uns während der nächsten Wochen, immer noch mehr Waffen ins Ghetto zu schaffen, in Kartoffelsäcken versteckt, in Brotlaibe gebacken und sogar in einer geheimen Tasche unter einem Sarg versteckt. Ich verließ mich auch weiterhin auf meinen Mantel. In jenen Wochen spürte ich Großvaters Geist besonders nahe bei mir, als flüsterte der Stoff seines Mantels jedes Mal, wenn ich mich der Wache näherte: »Nur Mut!« Ich wurde nie ertappt. Langsam wuchs die Unterstützung durch Nichtjuden und von Seiten des polnischen Widerstands, und wir hatten bei weitem nicht genug Waffen.

In jenen bitteren Tagen nährte uns der Gedanke zu kämpfen besser, als es jede dünne Suppe gekonnt hätte. Unser Hunger nach Dynamit war größer als der nach Kartoffeln. Wenigstens klagte niemand mehr darüber, wie hungrig wir waren. Wir verwandelten das nagende Ziehen in unseren Mägen in erbitterte Wut, und die losgelöste Benommenheit, die damit einherging, schenkte uns Mut und eine seltene Art Euphorie, wenn wir bis in die letzten Einzelheiten besprachen, wie wir die Ratten umbringen wollten. Zudem hatten wir die Hilfe der Puppen, die nie essen oder schlafen mussten und uns weiter Mut machten. In manchen Nächten eilten Elli und ich durch die leeren Straßen des Ghettos und kleisterten Plakate mit unserem »Ruf zu den Waffen« an die Mauern, um auch die zu mobilisieren, die bisher noch nicht bereit gewesen waren zu kämpfen.

Dann, drei Monate später, am 19. April 1943, einen Tag vor dem Pessach-Fest und Hitlers Geburtstag, begann der richtige Kampf. Wir hörten, wie sie sich den Ghettomauern näherten: eine unheimliche ferne Menge, die lauter und lauter wurde, bis es war, als wäre das Ghetto von Donnergrollen umgeben. Wie mit einer einzigen schrecklichen Stimme sangen sie ihre Marschlieder, und der Boden erzitterte unter ihren Schritten. Das bedrohliche Marschiergeräusch und der Gesang stellten mir die Haare im Nacken auf. Himmler schickte zweitausend SS-Leute, Wehrmachtssoldaten und Polizisten ins Ghetto, um uns alle mit einer letzten großen Anstrengung zusammenzutreiben und Warschau für Hitlers Geburtstag »judenrein« zu machen. Und wieder, obwohl wir uns doch bereits einmal zur Wehr gesetzt hatten, rechneten sie nicht mit unserer Entschlossenheit und unserem Mut. Wir waren mittlerweile siebenhundert Kämpfer, zumeist junge Männer, aber auch viele Frauen und sogar einige Kinder. Wir waren eine halb verhungerte, wütende, zu allem entschlossene Armee, die mit den einfachsten Waffen ausgestattet war: Pistolen, kleinen Handfeuerwaffen und Granaten, ein paar automatischen Waffen und Gewehren. Wir hatten nur ein Maschinengewehr ins Ghetto schmuggeln können, verfügten aber über reichlich Sprengstoff und Benzinbomben, die nur darauf warteten, ihre Ziele zu treffen.

Unser Aufstand wurde zum Vorbild für viele andere. Er wurde in der ganzen Welt bekannt und entzündete auch andernorts Widerstand. Wir waren der Funke, der bald schon auf andere Ghettos übersprang, die Menschen die Köpfe heben, sich wehren und kämpfen ließ. Niemals zuvor hatten Juden den Deutschen oder anderen Unterdrückern in solch einer Weise widerstanden. Wir kämpften mit allem, was wir hatten, und trafen den Stolz des Riesen, der ein weiteres Mal nicht mit einem solchen Widerstand gerechnet hatte. Wir lieferten ihm einen verzweifelten Kampf, David gegen Goliath. Wie tief hatte mich diese uralte Geschichte als Kind berührt, jetzt gab sie uns Hoffnung in dieser ungleichen Schlacht. Aber unsere Waffen waren nicht Davids tödlicher Kiesel, sie kratzten kaum an des Riesen Rüstung. Und als er sich schließlich wütend erhob, war das der Anfang unseres Endes.

Wie soll ich jene Tage beschreiben? Den Schlafmangel, der unsere Haut brennen ließ, die ständige Angst, den unerträglichen Durst, die Hitze und den Rauch in den Bunkern, den Lärm und das Chaos, die todbringenden Scharfschützen überall? Wir lebten von einem Moment auf den anderen, wehrten uns mit unseren Benzinbomben, Pistolen und Granaten, und jeder Schuss zählte.

Dieses Mal hatte ich eine Pistole bekommen und saß im ersten Stock des Hauses in der ulica Miła 17, direkt bei unserem Hauptquartier, zusammen mit zwei anderen Schützen und Elli. Ich erinnere mich noch an die erste Ratte, die ich von dort oben erwischte, einen jungen, großen Soldaten. Ich sah, wie er sein Gewehr im Anschlag hielt und sich nach links und rechts umsah, um einem möglichen Hinterhalt zu entgehen. Nach oben sah er nicht. Meine Kugel traf ihn mitten in die Brust, er wankte, ging noch ein paar Schritte und fiel um wie ein Baum, ohne dass ihm klargeworden sein dürfte, was ihn da getroffen hatte.

»Ja!«, schrie ich. Ich konnte nicht anders. Bisher hatte ich nur in meinen Träumen, die zumeist Alpträume waren, auf die Ratten geschossen. All der Schrecken und das Leid, das wir hatten ertragen müssen, mündeten in diesen Triumphschrei.

Am nächsten Nachmittag trug Mordechaj zwei Jungen auf, aufs Dach des Hauses in der ulica Muranowska 17 zu klettern und zwei Flaggen zu hissen: die rot-weiße polnische Flagge und das blau-weiße Banner der ŻOB. Meine Aufgabe bestand darin, nach Scharfschützen Ausschau zu halten, die den beiden gefährlich werden konnten. Die Jungen stiegen aufs Dach und hielten sich mit nur einer Hand fest, um nicht abzurutschen, in der anderen trugen sie die Flaggen. Jacek, der die Flaggen festmachte, war beweglich und schnell wie ein Wiesel, und als die beiden zurückkletterten, hagelte es bereits von allen Seiten Kugeln. Es war pures Glück, dass sie nicht getroffen wurden. Aber was für einen Auftrieb gab es uns, unsere Flaggen dort oben über dem Chaos wehen zu sehen! Die Ratten waren so wütend, dass sie mit aller Wucht auf das Haus losstürmten, doch sie brauchten Tage, um die Flaggen wieder herunterzuholen. Die Kuriere, meist die jüngsten und schnellsten unserer Jungen und Mädchen, sammelten Munition, Waffen und Uniformen ein, wo immer wir die Ratten hatten überwältigen können. Ich erinnere mich an einen Jungen, der auf die Straße hinauslief, wo zwei SS-Männer erschossen worden waren, und die Pistolen der beiden, ein Gewehr, Munition und einen Stahlhelm zurückbrachte. Die Waffen lieferte er ab, den Helm behielt er. Abends im Bunker kratzte er das Hakenkreuz herunter, malte einen weißen Davidstern darauf und marschierte breit grinsend damit durch den Bunker. Ich konnte nicht anders und musste ebenfalls grinsen.

Diese kleinen Triumphe gaben uns Kraft, und wir erzählten uns wieder und wieder von ihnen, wenn wir nachts in der ulica Miła 18 zusammenkamen. Wie die Flaggen hoch oben über dem Ghetto befanden auch wir uns auf einem Höhenflug, aber in der zweiten Woche dann fingen die Deutschen an, Haus für Haus niederzubrennen, Straße für Straße. Das Ghetto verwandelte sich in ein Inferno. Systematisch traten sie die Türen ein und entzündeten ihre Flammenwerfer. Sie wollten uns ausräuchern wie Füchse in ihrem Bau. Erst brachten sie ihre Schäferhunde, die uns aufspüren sollten, dann das Giftgas: Sie suchten nach Höhlen, bohrten Löcher in den Boden, und wo sie Bunker vermuteten, steckten sie die Schläuche hinein. Wenn sie das Gas aufdrehten, war alles verloren. Wir hielten lange ohne Essen aus und ertrugen die Hitze, aber der Rauch und das Giftgas töteten uns wie Parasiten.

Im ganzen Ghetto konnten wir das zynische *»Kommt, kommt, kommt!«* der SS-Männer hören, die in Erobererpose mit in die Hüften gestemmten Händen dastanden und darauf warteten, dass wir aufgaben. Viele von uns sprangen aus den Häusern, um dem sicheren Feuertod zu entgehen, andere krochen aus den Bunkern, ausgeräuchert, an die frische Luft gezwungen, nur um draußen den Tod zu finden. Wer nicht gleich erschossen wurde, wurde die ulica Zamenhof hinunter zum »Umschlagplatz« gebracht.

Wir kämpften entschlossen und tapfer. Mittlerweile waren wir fast so viele Frauen wie Männer. Es waren tapfere, zähe Frauen wie Elli, und sie bereiteten den Ratten eine besondere

Überraschung: Wenn sie aus den Bunkern kamen, in Mäntel und Mützen gehüllt, holten sie mit einer letzten trotzigen Geste Granaten aus ihren Taschen und warfen sie den Soldaten ins Gesicht. Andere versteckten eine Pistole in ihrer Unterwäsche, um damit einen letzten tödlichen Schuss abgeben zu können. Diese Heldinnen wehrten sich bis zum letzten Atemzug: Wenn ich sterben muss, dann auch ihr. Eine Weile erledigten unsere Frauen eine ziemliche Anzahl Deutscher, aber dann zwangen die Ratten alle Kämpfer, sich nackt auszuziehen, bevor sie aus den Bunkern kriechen durften.

Manchmal blies der Wind aus einer bestimmten Richtung, und in der Nähe der Mauer hörten wir die klimpernden Melodien des Karussells auf dem Krasinski-Platz auf der »arischen« Seite, das die lachenden polnischen Kinder im Kreis herumtrug, während wir unseren letzten Kampf kämpften. Kannten die Leute, die ihre Kinder auf die bunten Pferde und Elefanten setzten, keine Scham? Hatten sie kein Mitgefühl und kein Gewissen? Wie konnte sich das Karussell weiterdrehen, wenn für uns alles vorbei war? Diese Gleichgültigkeit war die schlimmste Beleidigung. Ich sah das alte Karussell vor mir, sah meine lächelnde Mutter, wie sie mir auf einem der Pferde zuwinkte. Einem Braunen. Vor einer Million Jahren.

Das Ghetto brannte, angefacht von starken Winden, wochenlang. Die Menschen sprangen aus den Häusern, verbrannten oder ergaben sich und wurden in kleinen Gruppen zum »Umschlagplatz« gebracht. Wenn die Hölle ein Inferno war, befanden wir uns mitten in ihr.

Dann befahl Stroop, der verantwortliche Befehlshaber für die »Ghettoaktion«, seinen Truppen, sämtliche Häuser systematisch dem Erdboden gleichzumachen, und bald blieb nichts als ein Meer schwelender Trümmer, wo einst stolze dreistöckige Häuser, Läden und Theater gestanden hatten. Wo wir all die Zeit gekämpft und uns gewehrt hatten. Ein Trümmermeer, so weit das Auge reichte. Immerhin hatte unser verbissener Widerstand den Deutschen große Verluste zugefügt und sie in riesige Verlegenheit gebracht. Etliche von uns harrten in den Bunkern aus, doch dort konnte niemand überleben: Die Deutschen kappten die Wasserleitungen, und unsere Leute verdursteten, erstickten, verbrannten, erlagen dem Giftgas oder wurden erschossen. Vom endgültigen Ende kann ich jedoch nicht berichten. Ich blieb nicht dort.

Viele beschlossen, bis zum Letzten zu kämpfen, und trugen eine Zyankalikapsel mit sich oder eine letzte Patrone für sich selbst. War ich nicht mutig genug? Ich wollte nicht sterben wie ein in die Enge getriebenes Tier. Oder waren es die Puppen, die dazwischengingen? Ich schwöre, dass ich eines Nachts den Narren in meiner Tasche flüstern hörte: »Deine Aufgabe ist noch nicht beendet. Noch nicht. Du darfst hier nicht sterben. Du musst die Geschichte erzählen.«

War das eine Stimme in meinem Kopf? War der Narr die Stimme des Schreckens?

Kapitel siebzehn

Wir waren todmüde und erschöpft, und es war schwer, auch nur einen Moment für sich zu sein, da wir im Hauptbunker in der ulica Miła 18 untergebracht waren. Mehr als zweihundert von uns saßen dort zusammengedrängt, und es war so heiß. Die Temperatur stieg mit jedem Tag ein wenig mehr, bis sie unerträglich wurde. Wir hatten kein Wasser mehr, um uns zu waschen, und jeder wertvolle Tropfen wurde zum Stillen unseres brennenden Durstes gebraucht. Unsere Lungen leisteten Schwerstarbeit, um aus der abgestandenen Luft noch etwas Sauerstoff zu gewinnen, und viele konnten nicht aufhören zu husten. Wie in einem Ameisenhaufen herrschte ständig ein hektisches Hin und Her, aber wir dämpften unsere Stimmen, so gut es ging. Tagsüber lauschten die Ratten noch auf jedes Geräusch und Lebenszeichen, nur nachts kamen sie kaum mehr. Hatten sie Angst vor dem Geist, den sie heraufbeschworen hatten? Die Trauer um meine Mutter hatte ich so tief wie nur möglich in mir vergraben, und ich mühte mich verzweifelt, nicht ständig an sie zu denken. Trotzdem wachte ich nachts manchmal mit nassen Wangen auf.

Der Bunker war voller junger Leute, und die Hormone regten sich trotz der schrecklichen Situation. Eines Abends, völlig unversehens, sagte mir Elli, dass sie mich wolle. Sie war immer schon so gewesen: direkt und ohne Scheu. Sie kam von hinten, fasste mich bei den Hüften und drehte mich um. Dann sah sie mir in die Augen und kam ohne Umschweife damit heraus, nachdrücklich flüsternd: dass sie mich spüren wolle, nicht als Kamerad oder Freund, sondern so wie sich eine Frau einen Geliebten wünscht.

»Ich will nicht einfach so sterben, Mika. Ohne es erlebt zu haben. Wir müssen schnell erwachsen werden, uns bleibt nicht viel Zeit.« Sie nahm meine Hand, und ihr Griff war fest, die Haut heiß. Ich schnappte nach Luft. Aufregung, Angst und eine stechende Traurigkeit durchfuhren mich. Wurden wir nicht viel zu schnell erwachsen, wog nicht jeder Tag, den wir überlebten, schwerer als ein Monat? Manchmal fühlte ich mich alt wie mein Großvater, als könnten meine Augen und meine Ohren nichts mehr aufnehmen. Dann wieder hatte ich das Gefühl, aus meiner Haut zu platzen. Meist jedoch kam ich mir wie aus der Zeit gefallen vor, während wir im Zwielicht unserer verzweifelten Untergrundwelt festsaßen. Verspürte ich ein Verlangen nach Elli? Natürlich, und auf andere Weise als zu Anfang, als sie bei uns eingezogen war. Ich hatte einen Großteil meiner Unschuld verloren, und mein Herz wog so schwer. Es war sonderbar, mir Ellis nackten Körper vorzustellen und wie wir, umgeben von Angst und Gefahren, die uns jede Minute das Leben kosten konnten, die unbekannten Geheimnisse unserer Sexualität erkunden würden. Aber vielleicht war es auch genau dieses Wissen darum, dass unser Leben jede Minute sein Ende finden konnte, das den Wunsch in uns weckte, körperlich eins miteinander zu werden, um so das Leben und das Licht triumphieren zu lassen und uns über das Grauen des Ghettos zu erheben. Viele verschwanden für solche Intimitäten hinter ein paar provisorischen Sichtblenden, die aus alten Laken und Tüchern zusammengenäht waren. Elli bedeutete mir sehr, sehr viel, und in gewisser Weise bewegte sich alles seit langem auf diese Situation zu. So oft schon hatte ich mir Elli in dieser speziellen Situation vorgestellt. Elli war das letzte Stück Wärme und Leben in meinem Herzen, und als wir die erste Verlegenheit überwunden hatten, schob sie sich meine Hand unter die Bluse. Ihr Herz schlug so schnell wie das eines gejagten Hasen. Und dann liebten wir uns auf dem schmalen Feldbett zum ersten und letzten Mal, unbeholfen und ganz leise, um niemanden zu stören oder gar entdeckt zu werden und das Grinsen unserer Kameraden ertragen zu müssen.

Elli lag in meinen Armen und schmiegte sich an meine Wange. Ihr Atem ging warm und weich. Unversehens setzte sie sich auf.

»Lass uns nach oben gehen, Mika. Ich möchte die Sterne mit dir sehen. Wenn wir schon hier unten sterben sollen, will ich wenigstens noch ein letztes Mal die Sterne sehen.« Sie sah mich mit ihren großen braunen Augen an, in denen keine Angst zu erkennen war.

Es war gefährlich. Der Bunker hatte vier gut getarnte Ausgänge, und es konnte sein, dass die Deutschen, wenn es um diese Zeit auch nicht sehr wahrscheinlich war, draußen mit ihren Hunden herumschnüffelten und auf mögliche Geräusche lauschten. Wir baten Mordechaj um Erlaubnis, der uns gleich mit einem Auftrag versah: Bewaffnet euch mit Pistolen, nehmt den entlegensten Ausgang und stellt Erkundungen an. Gemäß einer kleinen Karte befand sich gleich gegenüber dem Ausgang ein weiterer Bunker, und wir sollten herausfinden, ob dort noch jemand lebte. Als wir an die Oberfläche kamen, vergaßen wir unsere Aufgabe jedoch fast, weil wir in der mondlosen Nacht ein paar Sternzeichen ausmachen konnten: den Großen Bären, Kassiopeia und den Großen Hund mit dem doppelten Sirius. Elli atmete tief ein.

»Das ist so schön!«

Ich schlug meinen Mantel fest um sie. Er umschloss uns wie ein Zelt, wie eine Umarmung meines Großvaters.

Plötzlich sah ich einen Schatten direkt gegenüber von uns. Da stieg jemand über die Trümmer. Ich konnte keine Uniform erkennen, nur eine kleine, unruhige Gestalt. Ich pfiff das Erkennungszeichen, das alle Kämpfer kannten. Der Schatten erwiderte meinen Pfiff sofort. Wir hatten unseren Auftrag erfüllt.

Als wir zurück nach unten kamen, herrschte große Aufregung. Einer der Kämpfer, der drei Tage weg gewesen war, um einen Fluchtweg durch die Kanalisation zu erkunden, war zurückgekommen. Wir traten zu den Leuten, die ihn umringten.

»Ich habe einen Gang gefunden, der uns aus Warschau hinausbringen könnte. Mit ein bisschen Glück könnten wir es schaffen, zwar nur bis in die Außenbezirke, aber trotzdem ...«, sagte er.

Mein Herz tat einen Sprung. Ich sah Elli an, aber sie schien nicht an einer Flucht interessiert. Ich fasste sie bei der Schulter und zog sie zur Seite.

»Wir könnten es schaffen, Elli. Hier unten werden wir sterben, aber das wäre doch eine Möglichkeit für uns.« Ich hielt es in dieser stickigen Falle nicht länger aus. Ich wollte hinaus, mit Elli. Aber sie schüttelte den Kopf.

»Wir können ehrenhaft kämpfen und sterben«, sagte sie. »Die Welt da oben ist längst untergegangen. Was gibt es da noch für uns?« Sie klang müde wie eine alte Frau. Ich sah sie an und begriff, dass sie sich bereits entschieden hatte zu bleiben. Sie lächelte und nahm meine Hand. »Aber du, Mika. Du mit deinen Puppen. Ich kann mir vorstellen, dass es für dich dort oben noch ein Leben gibt. Wenn du es hinausschaffst, musst du allen mit deinen Puppen erzählen, was sie mit uns gemacht haben. Tu es für unsere Mütter, für unsere Familien!«

»Bitte, Elli, rede nicht so. Komm mit mir.« Der Kloß in meinem Hals wurde immer größer. »Bitte ... und wenn nicht, versprich mir wenigstens, dass du mich suchen wirst, wenn alles vorbei ist. Bitte, Elli.« Ich stand weinend und mit hängenden Armen da. Mir war egal, was die anderen dachten.

Uns blieb nur eine Stunde, um uns zu entscheiden, ob wir gehen oder bleiben wollten. Eine bessere Gelegenheit als die mondlose Nacht würde sich nicht bieten. Elli legte einen Arm um mich.

»Ich glaube nicht, dass ich hier herauskomme, Mika. Aber wenn ich es schaffe, verspreche ich, nach dir zu suchen. Ich werde so lange herumfragen, bis ich dich gefunden habe. Wenn ich überlebe… Wenn dieser Krieg ein Ende findet und ich noch da bin. Ich werde dich finden. Bitte geh jetzt.«

Langsam zog ich Prinzessin Sahara aus meinem Mantel und gab sie ihr.

»Du bist eine Kämpferin, Elli. Gott weiß, dass du das bist, aber für mich bist du auch eine Prinzessin. Meine beste Freundin, mein Kamerad, meine Liebe. Bitte pass auf dich auf!« Die Trauer in ihrem Gesicht verschlug mir die Stimme. Dann blitzte es in ihren Augen auf, und sie griff nach der Prinzessin und steckte sie sich unter die Bluse.

»Sie ist eine Kriegerprinzessin, Mika.« Ellis Stimme klang heiser, aber fest. »Danke.« Sie küsste mich ein letztes Mal, wie sie es vor einer Ewigkeit in unserer Küche getan hatte: Ihre Hände waren rissig, rau, aber so warm, als sie sanft mein Gesicht damit umfasste.

Eine halbe Stunde später brachen wir auf. Wir waren etwa zwanzig, die durch den Muranowski-Tunnel gingen. Ich rollte meinen Mantel mit seinem wertvollen Inhalt zu einem dicken Bündel zusammen und band ihn mir auf den Rücken. Wie ein großer Buckel saß er da.

Ich verlor alles Zeitgefühl, als sich unsere kleine Gruppe durch die endlose, pechschwarze Finsternis bewegte, auf allen vieren kriechend, sich durch Stacheldraht zwängend und bis zur Brust durch Abwässer watend. Wir arbeiteten uns durch dieses stinkende Labyrinth mit nichts als ein paar Fackeln und einer flüchtig gezeichneten Karte vom Abwassersystem Warschaus und taten alles, um zusammenzubleiben. Vierundzwanzig Stunden waren wir unterwegs, vertrieben die Wasserratten mit Stöcken und versuchten, nichts von dem giftigen Wasser zu schlucken. Wie in Trance trottete ich voran.

Nach endlosen Stunden tauchte ein fernes, schwaches Licht auf. Wie Schiffbrüchige strebten wir darauf zu, verzweifelt und ohne zu wissen, ob wir dort hinten unseren Tod oder die Flamme der Freiheit finden würden. Mein Herz schlug heftig, und die Erschöpfung machte die Knochen bleischwer. Mir war längst alles egal. Dann wurde es heller, und wir erlebten ein Wunder: Es waren keine Kugeln, die uns an diesem warmen Frühlingstag des Jahres 1943 empfingen, sondern blasse Sonnenstrahlen, die durch die dicht stehenden Bäume eines Waldes drangen. Und dazu … gab es die beste Suppe, die ich im Leben gegessen hatte, mit Kartoffeln und Möhren, und sie schimmerte wie flüssiges Gold. Wir waren auf einen Trupp des polnischen Widerstandes gestoßen, etwa siebzig zerlumpte Kämpfer, Männer und Frauen, die sich im Wald von Wyszków, direkt außerhalb von Warschau, versteckt hielten. Sie waren bewaffnet, klopften uns kameradschaftlich auf die wunden, müden Schultern und wollten wissen, wie es im Ghetto aussah. Fürs Erste waren wir sicher, aber in meiner Brust schlug ein gebrochenes Herz.

Kapitel achtzehn

Viele Stunden waren vergangen. Daniel saß im Wohnzimmer von Mikas Wohnung, und während er dieser langen Geschichte gelauscht hatte, waren das Licht draußen und die Geräusche von der Straße weniger geworden. Der alte Karton, in dem einmal der alte Mantel gelegen hatte, stand zwischen ihnen.

Mika lehnte sich in seinen Sessel zurück. Seine Arme hingen wie tote Äste links und rechts über die Lehnen. Er war völlig erschöpft und sah seinen Enkel an, der ihn kein einziges Mal unterbrochen hatte. Ein wahrer Zeuge, dachte Mika, zitterte und zog den alten Mantel fester um sich. So saßen sie eine Weile schweigend da.

»Was ist mit Elli geschehen, Grandpa?«, fragte Daniel mit leiser Stimme.

»Ich weiß es nicht, Danny. Seit unserem Aufbruch damals habe ich nichts mehr von ihr gehört. Unsere letzte Nacht ist meine letzte Erinnerung an sie. Ich spüre ihn noch, ihren hasenschnellen Herzschlag, ihren süßen Atem an meiner Wange, und sehe sie lächeln, nachdem sie mir ihren Antrag gemacht hat. Das Einzige, was ich weiß, ist: Am 8. Mai haben die Deutschen das Hauptquartier in der ulica Miła entdeckt. Wer immer da noch ausharrte, hat ihnen zweifellos eine tapfere letzte Schlacht geliefert. Und Elli? Ich werde nie erfahren, wie sie gestorben ist. Ist sie am Rauch erstickt, mit Giftgas oder im Kampf getötet worden? Oder hat sie sich wie so viele Kämpfer das Leben genommen, als es keinen Ausweg mehr gab? All diese bewundernswerten jungen Leute: Mordechaj, unser mutiger Anführer, Elli … sie alle sind umgekommen. Sie war so stark und so verdammt stur.« Mika sah aus dem Fenster zum dunklen, tintenblauen Himmel hinauf.

»Wir haben das Ghetto aus dem fernen Wald brennen sehen. Ein unheimliches Orange flackerte über Warschau, und dann, am 16. Mai, war alles vorbei. Ein riesiger Feuerball stieg über der großen Synagoge in der ulica Tłomackie auf und besiegelte das Ende des ganzen Ghettos. Wir konnten das tiefe Grollen der Explosion noch in unserem Versteck hören. Später erfuhr ich, dass Stroop seinen Bericht an Himmler tags darauf mit den Worten überschrieb: ›Es gibt keinen jüdischen Wohnbezirk in Warschau mehr.‹ Wen immer sie gefangen genommen hatten, wurde erschossen oder ins Lager geschickt.

Tagelang hing dichter schwarzer Rauch über der Stadt. Die erstickende Schwärze zeigte allen, welche Hölle die Deutschen entfesselt hatten. Ganz Warschau wurde von der Wolke eingehüllt, sie blieb nicht über dem Ghetto, sondern verrußte auch die zum Trocknen aufgehängte Wäsche auf der »arischen« Seite. Ein Kurier berichtete uns, der Ruß falle wie schwarzer Schnee auf die Stadt, auf Straßen, Parks und das Karussell am Krasinski-Platz. Wie aus Trauer über uns.

Du könntest sagen, dass unser Aufstand ein schrecklicher Misserfolg war. Ich habe Elli und die meisten meiner Kameraden durch ihn verloren: Mordechaj, Alexei, Marek. Und doch glaube ich, dass das brennende Ghetto eine Fackel war, die an vielen Orten in Polen den Widerstand gegen die Deutschen entfacht hat. Im August 1944 kam es zum Warschauer Aufstand, einem letzten Versuch, die Deutschen ein für alle Mal loszuwerden.«

»Bist du da zurück in die Stadt gegangen?«, wollte Daniel wissen.

»Ja, mit einer kleinen Gruppe Kämpfer, die zwischen dem Versteck im Wald von Wyszków und Geheimaktionen in Warschau operierten, habe ich mich dem Aufstand angeschlossen. Aber ein Teil von mir war mit Elli in den Trümmern des Ghettos gestorben. Die heftigen Straßenkämpfe des Aufstands kamen für uns Juden zu spät. Warum hatten sich die Warschauer nicht eher erhoben, als die meisten von uns noch lebten?

Die Erinnerung an jene Tage gleicht einem großen Nebel. Ich hastete von hier nach dort, schlief kaum, fühlte mich leer und wurde nur von Großvaters Mantel und der wilden Entschlossenheit zusammengehalten, die Deutschen bis zum bitteren Ende zu bekämpfen. Manchmal zog ich abends im Wald, wenn wir nach einer erfolgreichen Mission um ein kleines Feuer saßen, einige meiner Puppen heraus, um meine Kameraden aufzumuntern. Sie liebten meine kleinen Stücke, aber nach einer Weile ertrug ich die fröhlichen Stimmen der Puppen nicht mehr, die mich so sehr an Elli, Hannah, Janusz und die Kinder erinnerten, und so stopfte ich sie in die tiefsten Taschen meines Mantels.

Im Oktober 1944 dann war es vorbei: Nach dreiundsechzigtägigem erbittertem Kampf kapitulierte das aufständische Warschau. Die Deutschen hatten uns ein weiteres Mal geschlagen, und wer immer sich noch in unserer geschundenen Stadt versteckte, wurde gnadenlos hingeschlachtet, sobald sie ihn entdeckten. Wir blieben im Wald von Wyszków, während die Deutschen auch noch die letzten Reste der Stadt niederbrannten. Die Rote Armee unter Stalins Kommando wartete wochenlang am anderen Ufer der Weichsel ab, bis sie schließlich am 18. Januar 1945, genau zwei Jahre nach unserem ersten Aufstand, zusammen mit der Ersten Polnischen Armee in die Ruinenstadt vordrang. Damit war unser langer Kampf endlich vorüber.

Ich feierte an jenem Tag mit einer kleinen Gruppe Kämpfer. Der Wodka floss in Strömen, aber wenn mir der Alkohol auch Muskeln und Knochen wärmte, mein Herz erreichte er nicht. Ich empfand keine Freude. Unser Warschau, dieses ehedem stolze Zentrum jüdischer Kultur, war zerstört, ein Niemandsland schwelender Ruinen, so weit das Auge reichte. Das Ghetto war nur mehr ein riesiges Trümmerfeld, die Altstadt, der Markt und die schönen Synagogen, alles war niedergebrannt. Wie es mir gelungen ist, den Mantel und die Puppen durch diese Zeit zu retten, kann ich nicht sagen. Ich denke, der Mantel wurde eine Art Rüstung für mich, und auch ein Zuhause. Er war alles, was ich von meinem früheren Leben noch besaß, die letzte Verbindung zu meiner Familie. Ich hatte alle verloren.«

»Nach dem Krieg verbrachte ich Monate in einem Durchgangslager, bevor mir ein winziges Zimmer am Stadtrand von Warschau zugewiesen wurde. Der Mantel mit seinen Kostbarkeiten lag in einem Koffer unter dem Bett. So schäbig er war, so voller Schmutz, Brand- und Blutflecken, stellte er doch auch den einzigen Zeugen meiner Leiden dar. Ich wollte ihn wegwerfen, aber etwas hielt mich zurück.

Ich blieb länger als ein Jahr in diesem Zimmer. Nicht, dass die Zeit noch eine Bedeutung für mich gehabt hätte, es schien sie nicht mehr zu geben, wie Mama, Elli und all die anderen, ja, und auch mich. Ich rasierte mich nicht mehr, wusch mich kaum und lag tagelang im Bett, starrte an die Decke und zählte die Astlöcher in den Balken. Wenn Abi nicht gewesen wäre, einer aus dem Ghetto, der mit mir durch die Kanalisation entkommen war, läge ich wahrscheinlich heute noch dort. Er erzählte mir Geschichten über Amerika, zeigte mir Fotos und sagte, dort könnten wir ein neues Leben anfangen. Ich brachte keine Begeisterung dafür auf. Wo war Amerika in den letzten

Monaten des Krieges gewesen? Und überhaupt, ich kannte auf dem riesigen Kontinent nicht eine Menschenseele. Aber Abi gab nicht auf. Er bewarb sich um einen Berechtigungsschein und brachte auch mich dazu, einen Antrag zu unterschreiben. Es dauerte jedoch noch zwei weitere Jahre mit Überredungsversuchen und endlosen Anträgen, bis ich schließlich 1948, drei Jahre nach Ende des Krieges, nach Amerika aufbrach.

»Nach zwei Wochen unter Deck, seekrank und schwach, landeten wir auf Ellis Island. ›Ellis Island‹, was für eine grausame Ironie! Ich war mit Abi hier, nicht mit Elli, und als ich die Freiheitsstatue sah, den Arm zu einer Geste der Befreiung und des Widerstands erhoben, musste ich weinen. Meine Elli und all die anderen waren verloren, nur ich stand hier, atmete und war auf dem Weg in ein neues Leben.

Stundenlang standen wir in einer riesigen weiß gekachelten Halle an. Ich weiß noch, dass ich den Griff meines abgewetzten Koffers so fest gepackt hielt, dass die Knöchel weiß leuchteten. Ich schwitzte wie ein Athlet unter meinem schweren alten Mantel und hielt den Blick auf die Uhr an der weißen Wand gerichtet, um den Beamten nicht ansehen zu müssen, der mein Schicksal entscheiden würde.

›Mikhail Hernsteyn …‹ Die dünne Stimme des Mannes und das Geräusch des auftreffenden Stempels sind alles, woran ich mich erinnere. Ich lehnte an der kühlen Wand und hielt meine Papiere in der Hand. ›*Approved*‹ stand in breiten Lettern darauf, ich durfte auf unbegrenzte Zeit in den Vereinigten Staaten bleiben. Ich starrte auf den amerikanischen Adler des Siegels, und mir wurde bewusst, dass ich die tödliche Vergangenheit endgültig abgeschüttelt hatte. Wir waren am Ziel. Abi umarmte mich.

Nach den Wochen auf See war New York ein einziger Angriff auf meine Sinne. Diese Geschäftigkeit, diese Energie, der Lärm und der Gestank. Einige Viertel erinnerten mich mit ihrem Schmutz und ihrer Verkommenheit an das Ghetto. Die ersten Wochen hängte ich mich an Abi. Wir kamen bei Großtanten, Onkeln und Cousins von ihm unter, schliefen auf dem Boden und manchmal auch in einem Gästebett. Aber je mehr Verwandte Abis ich traf, desto größer wurde das Gefühl meines Verlustes. Alpträume plagten mich mit dröhnenden Stiefeln, schreienden Puppen und prasselndem Feuer. Immer brannte alles. Ich war in einer neuen Welt, dem Land der unbegrenzten Möglichkeiten, in dem Milch und Honig flossen, aber nicht ein einziger geliebter Mensch war bei mir. Vor allem Elli fehlte mir. Ich wollte in der Menge verschwinden, unbemerkt bleiben, und doch schmerzte mich die Einsamkeit wie nagender Hunger. Und glaube mir, ich versuchte, Warschau zu vergessen, musste aber lernen, dass man die Erde nicht vergessen kann, auf der man laufen gelernt hat. Wie das Blut, das durch unsere Adern fließt, wohnen die Erinnerungen tief in uns: Hieroglyphen gleich sind sie in unsere Seele geschnitzt.

Ich nahm alle möglichen Jobs an, schleppte Gemüsekisten, fegte Fabrikböden und arbeitete auch als Fleischpacker. Ich konnte nicht richtig schlafen, wanderte abends lange durch die Straßen und trank in dunklen Kneipen. Und mehr als einmal geschah in jenen ersten Monaten etwas Merkwürdiges: So wie Bernhardiner Lawinenopfer unter dem Schnee wittern, konnte ich andere Überlebende erkennen. Ich traf auf eine ganze Reihe Männer und Frauen, die mir nach einem Abend in der Kneipe schüchtern oder mit glühenden Augen eine blau auf den Arm tätowierte Nummer zeigten. Ich hatte nichts dergleichen vorzuweisen. Ich trug meine Wunden im Herzen.

Manchmal versuchte ich, über Warschau zu reden, aber selbst denen gegenüber, die mehr gesehen hatten, als ich mir überhaupt vorstellen konnte, kam ich nicht weit. Ich habe das alles bis heute niemandem erzählt, Danny.

Es hat lang gedauert, bis ich in diesem Land Tritt gefasst habe. Das war im Sommer 1953, als ich deine Großmutter Ruth kennenlernte. Sie fiel mir bei einer Tanzveranstaltung auf, zu der Abi mich mitgeschleppt hatte, und bevor ich mich versah, kam sie über die Tanzfläche auf mich zu. Einer aus der Kapelle hatte ›Damenwahl‹ gerufen, und sie sah mich mit ihrem hinreißenden Lächeln an und bat mich um den nächsten Tanz. Das veränderte alles, und wir wurden ein Paar.

Wie sich herausstellte, kam sie wie ich aus Polen. Ihre Mutter hatte sie, Tage bevor die Deutschen 1940 das Ghetto in Łódź schlossen, in den Zug gesetzt und sie einer Kette von bestochenen Kontaktleuten anvertraut, die sie in einer geradezu epischen Reise nach Westen brachten. Ruth war erst acht, als sie in New York ankam. Sie hat nie wieder jemanden von ihrer näheren Familie gesehen und wuchs bei einer entfernten Großtante in Queens auf.

Wir klammerten uns aneinander, zwei gestrandete Seelen, und heirateten zwei Jahre später. Die Tragödie unseres Lebens und unserer Verluste schwebte jedoch weiter über uns. Nur wenn wir tanzten, fühlten wir uns leicht und lebendig. Ich hatte mich damit abgefunden, mein Geld mit minderwertigen Jobs zu verdienen, aber Ruth rührte an etwas in mir, und plötzlich glaubte ich, Großvater Jakobs Stimme hören zu können, der mir sagte, ich müsse studieren. Das war der Anstoß: Mir wurde bewusst, wie sehr ich nach geistiger Anregung hungerte, ich schrieb mich in Abendkurse für Mathematik ein und entschied mich dann für die Astronomie. Großvaters Liebe waren die Zahlen gewesen, ich fühlte mich mit Sternennebeln, Galaxien und dem Studium des Universums sicher.

Jahre später, 1966, wurde völlig unerwartet deine Mutter geboren. Wie nannten sie Hannah, die Begnadete. Wir hatten uns bereits damit abgefunden, kein Kind haben zu können, nachdem wir jahrelang vergeblich versucht hatten, eines zu bekommen. Aber da war sie und erhellte unser Leben.

Bis ich deine Großmutter kennenlernte, trug ich immer wieder den alten Mantel mit den vielen Taschen. Die Puppen leisteten mir Gesellschaft, nur sie wussten, was ich verloren hatte. Ich holte sie hervor: den Affen und das Krokodil, Hagadaz und den Narren. Die Soldaten ließ ich in den Taschen, ich wollte sie nie wiedersehen. Richtig mit den Puppen zu spielen, brachte ich nicht mehr übers Herz, ich reihte sie nur nebeneinander auf oder hielt sie auf meinem Schoß. Meine traurige kleine Familie.

Erst am Tag bevor ich Ruth heiratete, packte ich den Mantel weg, zusammen mit all seinen Schätzen. Im Lauf der Jahre habe ich deiner Großmutter viel über das Ghetto erzählt, vom Aufstand und sogar von Elli. Von den Puppen habe ich nie etwas gesagt.«

Mika fuhr mit der Hand in die geräumigen Taschen des Mantels und suchte nach den kleineren, den geheimen Taschen in den Taschen. Ja, da waren sie, seine alten Freunde: das Krokodil, der Affe, der Schurke, der Narr, der Esel, das Mädchen. Als hätte sich nichts geändert … aber natürlich hatte sich alles geändert.

Eine nach der anderen holte er die alten Puppen hervor, ganz vorsichtig, als könnte ihnen das plötzliche Licht weh tun und sie zu Staub zerfallen lassen. Die leuchtenden Farben der Puppen waren verblichen und viele der kleinen Kleider zerrissen, doch er erinnerte sich an alle. Nebeneinander legte er sie auf den schmalen Couchtisch, und dann, als wachte er aus einem langen Schlaf auf, holte er tief Luft und sah seinen Enkel an.

Eine plötzliche Wärme erfüllte ihn wie reiner Sonnenschein.

Sie schmeckte nach Dankbarkeit und Liebe. Einer Liebe, die er seinem eigenen Kind gegenüber nie hatte ausdrücken können. Hannah, die süße kleine Hannah, die längst eine stolze, schöne Frau war, aber verfolgt von Geistern, die auf ihren Schultern lasteten, die Geister der kleinen Esther, von Elli, Cara, Marek… Geister, die sie spürte, aber nicht benennen konnte.

Wie oft war sie aus Alpträumen hochgeschreckt und hatte ihm mit schreckensweiten Augen von Räumen voller Kinder erzählt, die sie nicht kannte und die ihre kleinen Hände nach ihr ausstreckten… Er hatte es ihr nie erklärt, als hätte sein Schweigen ihnen Sicherheit gewähren können. Hannah, seine kleine Hannah. Aus Angst, sie zu verletzen, sie zu verlieren, hatte er sich nie getraut, sie fest an sich zu drücken. Heute wollte er nichts mehr, als sie für immer festhalten.

Jetzt griff er nach Daniel. »Komm, Danny, es ist spät. Lass uns deine Mum anrufen und dir hier ein Bett machen.«

Daniels Mund war trocken. Unzählige Fragen drohten in seinem Kopf zu explodieren, aber in seinem Bauch verspürte er eine schreckliche Leere, wie ein dunkles Loch. Er strich sanft über die Puppen und nahm sie einzeln in die Hand.

»Was denkst du, was aus dem Prinzen geworden ist, Grandpa?« Als die Worte über seine Lippen gekommen waren, zuckte er zusammen. Aber womit sollte er auch anfangen?

Mika schien die Frage nichts auszumachen.

»Das habe ich mich auch schon oft gefragt, Danny. Ich denke, wir werden es niemals herausfinden. Alles, was wir wissen, ist, dass die Prinzessin zusammen mit Elli im Ghetto gestorben ist. Der Doktor hat die Bombardierungen Nürnbergs womöglich nicht überlebt. Oder er hat sich vielleicht in einem alten Koffer versteckt, wer weiß. Aber der Prinz? Ich versuche, nicht an ihn zu denken, und was das angeht, auch nicht an den deutschen Soldaten. Diese Puppen hier sind alles, was mir geblieben ist.« Daniel streckte die Hand aus und berührte die Schulter seines Großvaters. Ein langer Moment des Schweigens dehnte sich zwischen ihnen.

»Danke, Pops. Danke, dass du mir das alles erzählt hast.« Aber ohne dass sie es geahnt hätten, war ihnen der lange verlorene Prinz und seine Geschichte näher, als sie es sich je hätten vorstellen können.

TEIL ZWEI

Die Reise des Prinzen

Kapitel neunzehn

Die meiste Zeit dachte der Soldat nicht an die Puppe, die flachgedrückt tief in seiner Uniform steckte. Es war einmal eine schöne Puppe gewesen, doch jetzt sah der Prinz, genau wie der Soldat, mitgenommen und schäbig aus. Die Farbe pellte ab, und das Haar war verfilzt. Nur wenn ihn die Erinnerung an die Stadt peinigte, die er und seine Armee in ein Trümmerfeld verwandelt hatten, fuhr der Soldat leicht über seine linke Brusttasche und zerstörte so die Illusion, dass seine verheerende Situation nichts als ein fürchterlicher Alptraum war, aus dem er jede Minute aufwachen musste. Nein, das alles war so wirklich wie die Läuse, die sich seiner Uniform, seiner Haare, seiner Ohren, ja seines gesamten Körpers bemächtigt hatten, einem schwarzen, kriechenden Fell gleich, das ihn und seine Leidensgenossen quälte und mit einem wahnsinnigen, wunden Jucken überzog. So wirklich wie die Puppe unter seiner Uniform. In kahle Viehwaggons gepfercht, ratterten sie Tag und Nacht durch ein eisiges Universum Richtung Osten, auf einer Reise, die das Ende sechs blutiger Jahre und eines verlorenen Krieges markierte.

Während er zusammengekauert neben seinen Kameraden hockte, die Beine steif bis an die Brust gezogen, flackerten Bilder wie in einem Stummfilm an ihm vorbei: von seinem ersten Tag in Warschau, als er sich den Kopf nach dem Führer verrenkt hatte und stolz an der Tribüne vorbeimarschiert war, und von sich selbst als schmuckem Wehrmachtssoldaten, der den Bau der Ghettomauer überwachte, bevor sie die Tore geöffnet hatten, um den erbärmlichen Strom Juden hineinzuleiten, der das Ghetto bis an den Rand füllte. Am klarsten erinnerte er sich jedoch an den Tag, an dem er den Jungen mit seinen Puppen getroffen hatte, an jenes schicksalhafte Zusammentreffen und die zahllosen Aufführungen in der Unterkunft, die darauf folgten. An Mika, den mageren, blassen Mika und seine Puppen.

Das war lange vor dem Sommer 1942 gewesen, vor den schrecklichen Deportationen und seiner verzweifelten Suche nach der Mutter des Jungen auf dem »Umschlagplatz« … vor den endlosen Feuersbrünsten im Ghetto, den Flammenwerfern, dem Giftgas. Die Bilder der letzten Tage des Ghettos vermischten sich mit denen des Aufstands in der Stadt und wie seine Armee die Polen Warschaus ein letztes Mal geschlagen und unterdrückt hatte. Wofür? So viele Tote und Ruinen, es war ein sinnloses Hinschlachten gewesen.

Es hatte leicht geschneit, als die russischen Panzer mit ihren knisternden Lautsprechern und stolzen roten Flaggen in die Stadt gerollt waren, die zu einer Geisterstadt geworden war. Er hatte sich mit dem Rest der Soldaten in den Ruinen versteckt, und Max musste an den Moment denken, als sie herausgekommen waren, die Arme in der uralten Geste der Kapitulation über den Kopf erhoben. Er hatte gedacht, damit wäre alles vorbei. Auf die weiße Hölle Sibiriens war er nicht vorbereitet gewesen. Und die ganze Zeit trug er die Puppe unter seiner Uniform, direkt über dem Herzen, den Prinzen, den er einem Jungen und seiner Mutter gestohlen hatte und einer Stadt, die es nicht mehr gab.

Max bewegte sich kaum noch, als wollte er seine letzte Kraft für das aufsparen, was ihn auf dieser zermürbenden Reise noch erwarten mochte. Alles Zeitgefühl war ihm entglitten. Wie lange war es her, dass sie in einer grausamen Umkehrung ihrer eigenen Taten wie Vieh in die Waggons gestoßen worden waren? Seitdem waren eher Wochen als Tage vergangen, da war Max sich sicher. Durch die winzige Öffnung oben im Dach fiel nur wenig Licht in den Waggon.

Die Männer husteten und stöhnten, aber kaum einer sagte etwas. Die beißende Kälte hatte sie verstummen lassen. Es gab weder Decken, noch hatten sie sonst etwas mitnehmen können. Anfangs hatte ein kleiner Ofen denen, die direkt daneben kauerten, etwas Wärme gespendet, aber schon nach ein paar Tagen gab es kein Holz mehr. So hockten sie zitternd nebeneinander, in ihre verdreckten Uniformen und Mäntel gehüllt. Von vielen sah man nur die glasigen, rot geränderten Augen. Die kleinen Wölkchen, die aus ihren Nasenlöchern drangen, zeugten davon, dass sie noch atmeten. Einige jammerten leise, andere brachen plötzlich in Fluchen aus, heiser und angestrengt.

»Die lassen uns hier verrecken. Kein Essen, keine Decken. Wir gehen alle vor die Hunde«, murmelte ein älterer Soldat neben Max.

Die Eisschicht auf den hölzernen Seitenwänden des Waggons wurde mit jedem Tag dicker und funkelte wie feiner Zucker.

Max saß in der Düsternis an die eisige Wand gelehnt und fiel immer wieder in fiebrigen Schlaf, das monotone Rattern der Räder in den Ohren. Mit endlosen Umdrehungen trugen sie ihn Richtung Osten, immer weiter weg von allem, was er kannte. Sie hatten Gerüchte über Sibirien gehört, von der schrecklichen Kälte dort und der harten Arbeit in Bergwerken und Wäldern. Sein Rücken schmerzte, im Moment allerdings noch von der fehlenden Bewegung und der Kälte der vereisten Bretter hinter ihm. Er wühlte in seiner Manteltasche, seine steifen Finger waren ohne Gefühl. Ah, der kleine Silberlöffel! All die Jahre hatte er ihn in der Tasche mit sich getragen, der Griff war mit ziselierten Rosen geschmückt. Es war der Löffel aus ihrer Zuckerdose daheim. Seine Frau hatte ihn ihm zugesteckt, als er von Nürnberg nach Polen aufbrach. Stand die Porzellandose noch auf dem Küchenbüfett? Zwischen Tassen und Tellern mit ihrem hübschen Muster? Nicht zu wissen, was mit seiner Familie war, quälte Max noch ärger als der Hunger. Er nahm den Löffel und kratzte am Eis der Seitenwand.

»Was machst du da?«, krächzte der Mann neben ihm.

Ja, was mache ich da?, dachte Max und betrachtete seinen Löffel. Er hatte nur ein paar Rillen im Eis hinterlassen. Lächerlich, doch er sagte: »Hast du nie gehört, dass Gefangene ganze Tunnels mit Löffeln gegraben haben?«

»Na, dann viel Glück.« Der zynische Ton seines Kameraden schmerzte, aber Max kratzte weiter am Eis, aus Langeweile und um die kleine Flamme des Trotzes in sich am Leben zu halten. Tatsächlich war es ein paar Tage später etwas angenehmer, an der Wand zu lehnen, an einer eisfreien Fläche von der Größe seines Oberkörpers.

Neben dem Prinzen verbarg Max ein Foto von Erna und Karl in seiner Uniform. Karl war damals fünf Jahre alt gewesen, und sie hatten einen kurzen Urlaub in den Alpen gemacht: Zwei glückliche, gebräunte Gesichter lächelten ihn an. Manchmal holte er das Foto hervor und betrachtete es, obwohl er in der Düsternis kaum etwas darauf erkennen konnte. Andere Soldaten hatten Briefe dabei, einer ein Kartenspiel. Wenn sie sich jedoch tatsächlich zusammensetzten, um zu spielen, taten sie es lustlos, und vom Übermut der Partien in den Truppenunterkünften war nichts mehr zu spüren.

Wann immer der Zug anhielt, manchmal erst nach Tagen, öffnete sich die schwere Tür, und die Männer stolperten oder fielen ins Freie. Steif und vom grellen Licht geblendet, stopften sie sich Schnee in den Mund, um ihren Durst zu stillen. Eine Wache kippte einen Eimer halb verrotteter Kartoffeln vor sie hin, als wären sie Schweine. Sie kämpften darum, fluchten, spuckten und versuchten, so viel wie nur möglich zu ergattern. Aber noch bevor sie fertig waren, trieben die Wachen sie zurück in die Waggons. Sie hatten nie eine Ahnung, wann es das nächste Mal etwas zu essen geben würde. Und es wurde immer noch kälter.

Viele der Soldaten überstanden es nicht. Eines Nachts warf Max einen Blick auf den Mann neben sich, der sich ihm am ersten Tag der Reise als Xaver vorgestellt hatte. Das, was von seinem Gesicht zu erkennen war, schimmerte grau und wächsern in der Düsternis. Max sah, dass kein Atem mehr aus Xavers Nase drang. Er hatte tagelang unablässig gehustet und damit allen im Waggon an den Nerven gezerrt. Er war der Erste von vielen, der starb, bevor der Zug die Weiten Sibiriens erreichte. Manche erfroren oder verhungerten, andere fielen der Ruhr zum Opfer oder hörten einfach auf zu atmen.

»Raus mit den Toten!«, befahlen die Wachen bei jedem Anhalten, und wer noch die Kraft hatte, half, die Leichen neben die Geleise zu legen: Reihen lebloser Körper. Sie nahmen die Mäntel, den Rest ließen sie ihnen.

Einmal half Max, die Toten aus dem Waggon zu tragen, und musste an das erste Mal denken, als er im Ghetto über eine der vielen nackten und ausgemergelten Leichen gestolpert war. Sein Magen verkrampfte sich.

Ein plötzlicher Ruck unterbrach die Fahrt und warf die Soldaten durcheinander.

»*Dawai, dawai!* Raus aus den Wagen!« Die scharf herausgebrüllten Befehle trieben die Soldaten aus den Waggons. Die Kälte traf sie wie eine Faust. Die Wachen waren massige, kleiderschrankbreite Kerle mit knurrenden, dickfelligen Hunden an der Seite, hinter ihnen nichts als gleißendes Weiß. Ein weißes Nichts, das sich bis in die Unendlichkeit erstreckte, Max blendete und Himmel und Erde verschluckte, als hätte es sie nie gegeben. In der Ferne zog eine Reihe winziger schwarzer Punkte durch den Schnee, Gefangene, die kurz vor ihnen angekommen sein mussten.

Sie hatten das Ende der Bahnlinie erreicht, jetzt begann der Fußmarsch ans Ende der Welt. Die Soldaten schleppten sich voran, einer hinter dem anderen schwankten sie wie schwer beladene Bäume und kämpften gegen den scharfen Wind an. Die Wachen trugen Gewehre und grausame Peitschen, die sie mit Vorliebe auf die Stolpernden oder Gestürzten niedergehen ließen. Wenn einer nicht mehr hochkam, wurden schnell ein paar Schüsse abgefeuert, begleitet vom wilden Gekläffe der Hunde. Sie schossen nie nur einmal, sondern sorgten dafür, dass die auf dem Boden liegende Gestalt mit Sicherheit nicht mehr aufstand.

»Ich kann nicht mehr«, sagte eine schwache Stimme hinter Max, der mit der Hand in seine rechte Tasche fuhr und ein Stück Schnur hervorholte, die wie eine Schlange darin zusammengerollt gewesen war. Er band sie sich um den Leib und hielt das lose Ende nach hinten.

»Hier, nimm! Halt dich fest!« Er sah sich um und gab dem Mann hinter sich die Schnur in die Hand. Der griff dankbar danach, und so verbunden kämpften sie sich weiter voran. Nach einer Weile wurde der Wind stärker, und ein plötzlicher Schneesturm machte es fast unmöglich, seinen Vordermann zu sehen.

Stunden vergingen. Der Schneefall ließ nach, und die Sonne linste durch die Wolken. Die Männer wurden langsamer, und hatten sie vorher noch auf den Boden gestarrt und Schritt um

Schritt gezählt, blickten sie jetzt auf den schwarzen Streifen vor sich: eine Reihe Bäume, schwarz wie Tinte.

Der Wald verschluckte sie, wie Jona vom Wal verschluckt worden war, mit Haut und Haar, und mit ihnen das blasse Tageslicht. Es ging durch dichtes Unterholz, und die eng stehenden Nadelbäume ragten hoch über ihnen auf. Aus den Stunden wurden Tage. Sie marschierten in einer langen Reihe, kauerten sich nachts um kleine Feuer und warteten auf einen weiteren erbarmungslosen Tag.

Eines Nachts wurden Max und die anderen Gefangenen von einem langgezogenen Heulen und Jaulen geweckt. Das unheimliche Geräusch umkreiste sie und kam näher und näher. Max sah glitzernde gelbe Augen zwischen den Bäumen.

»Das hat uns gerade noch gefehlt«, murmelte er. Die Wachen brachen in hässliches Lachen aus.

»*Volki, volki!* Wölfe, für euch!« Nach ein paar Schüssen in ihre Richtung verschwanden die Wölfe. Max konnte nicht wieder einschlafen. Am nächsten Morgen setzte der lange, erbärmliche Zug seinen endlosen Marsch fort. Während die Tage vergingen, zählte niemand mit, wie viele Männer im Wald zurückblieben, nachdem sie vor Hunger oder Erschöpfung zusammengebrochen waren.

Kapitel zwanzig

Endlich, nach einem weiteren Tagesmarsch, kamen sie im Lager an. Eine Gruppe verstreuter Baracken stand am Rand eines Waldes. Max stellte fest, dass das Lager von keiner festen Mauer umgeben war, sondern nur von einem einfachen mit Stacheldraht bewehrten Holzzaun. Vielleicht erwarteten die Russen, dass niemand versuchen würde, von diesem gottverlassenen Ort zu fliehen. Ein einzelner Wachturm erhob sich wie eine einsame Schachfigur über den Baracken. Max war im Herzen Sibiriens angekommen, tief in der grausamen, weißen Wildnis.

Als sie sich der Umzäunung näherten, sah Max vier Wachen mit Kalaschnikows, die ihnen das Tor öffneten. Auf dem Kopf trugen sie dicke Fellmützen, die aussahen wie eingerollte Katzen. Über dem Tor hing ein riesiges Porträt Stalins und begrüßte die erbärmlich aussehenden Neuankömmlinge, als sie ins Lager trotteten und sich im Hof aufstellten. So sieht also das Ende der Welt aus, dachte Max und ließ den Blick über die Behausungen inmitten dieses endlosen Ozeans aus Schnee und Wald gleiten. Die Männer wurden auf die Baracken verteilt und durften sich eine Weile auf den einfachen, harten Pritschen ausstrecken. Max schlief ein, als hätte er keinen anderen Gedanken im Kopf.

Lautes Rufen weckte ihn auf.

»*Dawai!* Alle nach draußen und ausziehen!« Ein rundgesichtiger Rotarmist in einem dicken Pelzmantel knurrte die Männer an und scheuchte sie mit ein paar scharfen Peitschenschlägen hinaus in die beißende Kälte. Sie stolperten in den Hof und nahmen in einer langen Dreierreihe Aufstellung.

»Macht schon, runter mit den Klamotten!«, schrie sie eine andere Wache in gebrochenem Deutsch an. Die Männer legten langsam eine Schicht nach der anderen ab. Als sich ihre Uniformen und Hemden wie Holzscheite auf einem großen Haufen in der Mitte des Hofes auftürmten, war es, als begriffe Max jetzt erst, dass er und seine Kameraden Sträflinge waren. Gefangene des Gulag, des Lagers 267. Gefangene des Schnees.

Nackt standen die Männer da und versuchten, ihre zitternden Körper unter Kontrolle zu halten, denn wer immer sich bewegte oder wimmerte, riskierte es, mit der Peitsche Bekanntschaft zu machen, oder schlimmer noch: eine Kugel verpasst zu bekommen. Max' Zähne schlugen wie wild aufeinander, während sein Nachbar sich in eine Krähe zu verwandeln schien, so heftig schlug er mit den Armen, bis ihn eine der Wachen anschrie und ihm den Gewehrkolben vor die Brust stieß. Eine Erinnerung drängte in Max' Gedanken: Es war ein Tag im Dezember gewesen, und er war mit Franz, einem groben, dicklichen Soldaten, einem Metzger aus einem kleinen bayerischen Ort, durch die Straßen des Ghettos patrouilliert, als ihnen ein Junge entgegenkam, der komisch vorgebeugt lief und den Mantel zusammenhielt.

»Ich wette, der versteckt da was drunter«, hatte Franz gesagt und ihm den Ellbogen in die Seite gestoßen. Und bevor Max noch etwas erwidern konnte, brüllte Franz den Jungen an: »Stehen bleiben! Und runter mit den Klamotten!«

Es war bitterkalt, der Junge zitterte wie Espenlaub und versuchte, seine Blöße zu bedecken. Die Kleider lagen neben ihm verstreut. Er hatte nichts unter dem Mantel gehabt, zog aber ein Bein nach, wie Max sah.

»Das reicht, Franz«, sagte Max. »Gehen wir weiter.« Franz lachte, schob die Kleider mit dem Fuß zu dem Jungen hin, behielt aber das Hemd und zerriss es langsam.

Die Vorzeichen hatten sich geändert. An diesem ersten Tag im Lager mussten die ehemaligen Soldaten ihre Uniformen gegen schmutzige, stinkende Lumpen eintauschen. Die Jacken boten kaum Schutz vor der schrecklichen Kälte, die Handschuhe waren dünn und abgetragen, und durch die Hosen pfiff der Wind. Als er sah, dass die Kameraden vor ihm ihre Wäsche anbehalten durften, versteckte Max den Prinzen, seinen Silberlöffel und das Foto in der Unterhose. Jeweils dreißig Leute bekamen einen Eimer lauwarmes Wasser und ein Stück Seife. Es war die erste Gelegenheit seit Wochen, sich zumindest ein wenig zu waschen. Dann wurden sie in einen kleinen, kaum geheizten Raum gebracht, wo man ihnen mit einem stumpfen Messer alle Körperhaare abrasierte und sie anschließend entlauste. So werden wir wenigstens ein paar von den Viechern los, dachte Max, der wusste, dass der Versuch sinnlos war. Läuse gediehen unter den gegebenen Bedingungen weit besser als Menschen. Die Männer verstummten und sahen sich kaum an. Dann mussten sie sich zu einer letzten demütigenden Prozedur vor einem kleinen Tisch anstellen. Ein Schreiber, durch seinen gestreiften Anzug und die Nummer darauf ebenfalls klar als Gefangener zu erkennen, ließ sie einzeln vortreten und hakte ihre Namen auf einer Liste ab.

»Max Meierhauser?« Max nickte und trat an den Tisch. »Deine Nummer.« Der Schreiber gab ihm drei Stoffstreifen mit einer vierstelligen Zahl. An diesem Abend, als er sich seine Nummer auf Jacke, Hemd und Mütze nähte, wurde aus dem 1908 in Nürnberg geborenen Max Meierhauser der Gefangene Nummer 3587. Kahlgeschoren und in ihren Lageruniformen hatten die Männer Schwierigkeiten, einander zu erkennen. An diesem Abend versteckte Max den Prinzen, den Löffel und sein wertvolles Foto unter dem ranzigen Stroh auf seiner Pritsche und fiel in einen unruhigen Schlaf.

»*Dawai,* aufstehen!« Die raue Stimme einer der bulligen Wachen schreckte sie am nächsten Morgen hoch. Max holte den Prinzen unter dem Stroh hervor und steckte ihn sich unter das Hemd.

Die Wache trieb die Gefangenen zum Appell nach draußen. Der Himmel war noch tintenschwarz und ließ das weiße Band der Milchstraße sehen.

»Gott, es ist noch mitten in der Nacht«, murmelte ein blasser Mann neben Max. Die Gefangenen standen stumm da, bemühten sich, still zu stehen, und warteten darauf, dass ihr Name aufgerufen wurde. Es war eine endlose Prozedur.

»Ich kann meine Füße nicht mehr spüren«, wimmerte Peter, ein großer Gefangener, der schon als Soldat mager und ausgemergelt gewirkt hatte.

»Halte durch, wir werden gleich drankommen«, flüsterte Max.

Etwa zehn Minuten später wurden sie in eine größere Baracke gebracht.

»Gott sei Dank, ich dachte schon, ich würde zusammenbrechen«, flüsterte Peter, als sie sich an der Frühstücksausgabe anstellten. Es gab eine Tasse grauen, klumpigen Haferschleim und eine dünne hellbraune Flüssigkeit, die Tee sein sollte.

»Ah, heißer Tee!« Peters Gesicht hellte sich auf.

»Freu dich nicht zu früh, Peter«, murmelte Max. »Für mich sieht das eher wie heißes Wasser aus. Trotzdem, heiß ist es.«

Sie hatten sich kaum gesetzt, als die donnernde Stimme der Wache erneut durch den Raum schallte. »*Dawai!* Raus, an die Arbeit!« Sie spülten den letzten Rest Haferschleim mit dem wässrigen Tee hinunter und stolperten auf den Hof hinaus. Mittlerweile hob sich die Dunkelheit etwas, und die Dämmerung malte ein schmales rosa Band an den Horizont.

Die Wachen verteilten Handschuhe und Mützen. Einige bekamen Sägen, andere Schaufeln und Spitzhacken.

Der Lagerkommandant, ein großer Russe mit einem langen Mantel und einer dicken weißen Fellmütze mit dem roten Stern der Kommunisten, wendete sich an die zitternden Zuhörer: »Wenn ihr arbeitet und euer Soll erfüllt, bekommt ihr zu essen. Erfüllt ihr es nicht, gibt es auch nichts. Wenn ihr arbeitet, überlebt ihr. Vergesst euer altes Leben, und verschwendet eure Energie nicht damit, über Flucht nachzudenken. Niemand flieht von hier. Wir sind in Sibirien. Verstanden? *Dawai.* An die Arbeit!«

In ordentlichen Dreierreihen, flankiert von bewaffneten Wachen, ging es durchs Lagertor hinaus in den dunklen Wald, aus dem sie tags zuvor gekommen waren. Und dort arbeiteten sie den ganzen Tag, bis die schwache Novembersonne längst wieder untergegangen war und sie die Hand nicht mehr vor den Augen sehen konnten. Am nächsten Tag ging es wieder in den Wald, ebenso am übernächsten. Wochen wurden zu Monaten, dann zu Jahren. Jahren unablässigen Bäumefällens. Mit stumpfen Sägen und Äxten fällten sie die riesigen dunkelgrünen Tannen und befreiten sie von Ästen und Rinde, bis das blasse Holz zum Vorschein kam. Jeweils zu viert zerrten sie wie müde Pferde die Stämme anschließend aus dem Wald zum Fluss, wo das Wasser die Stämme auf Nimmerwiedersehen davontrug.

Max und die Gefangenen des Lagers 267 wurden zu Holzfällern, Sklaven des Waldes, zehn Stunden pro Tag, sieben Tage die Woche.

Jeder Morgen begann mit dem ermüdenden Appell in der schneidenden Kälte. Es folgte das erbärmliche Frühstück mit einer Tasse wässrigem Haferschleim, einem kleinen Stück Roggenbrot und dünnem Tee. Dann ging es tief hinein in den Wald, gebeugt unter den schweren Werkzeugen auf den Schultern. Die Sollzahlen waren brutal, und wenn einer langsamer wurde, gingen alle am Abend hungrig schlafen.

Jeden Tag gab es Unfälle: Manch einer, der nicht schnell genug zur Seite springen konnte, wurde von einem der umstürzenden Bäume erschlagen. Anderen rutschten die Äxte aus der Hand und landeten im Bein. Ohne Medikamente und in der schrecklichen Kälte heilten die Wunden nicht gut und eiterten wochenlang. Etliche Gefangene brachen zusammen, und wer nicht schnell genug wieder aufstand, wurde erschossen. Meist froren die Männer in ihren dünnen Kleidern, die sie tagein, tagaus trugen. Wenn die Frühlingsregen begannen, wurden alle durchnässt, und in den kaum geheizten Baracken trocknete nichts.

Die Winter waren jedoch die härteste Zeit, wenn die Bärte mit Schneekristallen glitzerten, sich an den Nasen kleine Eiszapfen bildeten und die Tränen gefroren, kaum dass sie aus den wässrigen Augen traten. Manchmal waren die Tränen rot. Bluttränen.

Max versuchte, so sauber wie nur möglich zu bleiben. Während sich die anderen Gefangenen nicht die Mühe machten, sich öfter als das eine Mal alle zwei Wochen zu waschen, wenn sie warmes Wasser bekamen, rieb sich Max während des gesamten Winters das Gesicht mit Schnee sauber, und wenn er es ertrug, auch Arme, Brust und Beine. »Wir sehen aus und stinken wie Schweine. Genau das wollen sie aus uns machen: Schweine. Bis wir vergessen, dass wir Menschen sind. Wenn es irgendwie geht, wasche ich mich.«

Schnee war auch eine willkommene Hilfe gegen die Läuse. Ein Kamerad vergrub einmal über Nacht seine Jacke im

Schnee. Am nächsten Morgen hatten sich die Läuse alle auf der einen kleinen Stelle am Ärmel versammelt und konnten leicht abgeschüttelt werden. Den Trick übernahmen Max und die anderen nur zu gerne.

Die Gefangenen marschierten in Gruppen zu dreißig etwa eine Stunde lang bis zu der Stelle im Wald, wo die Wachen Grasbüschel in die Bäume steckten, um ihren Arbeitsbereich zu markieren. Wenn einer die Grenze auch nur um einen Zentimeter überschritt, schossen sie. Wer sich von ein paar Wildbeeren verlocken ließ oder aus Versehen ein Grasbüschel übersah, war so gut wie tot.

An einem späten Sommertag – die Wachen lagen jenseits der Grasbüschelgrenze schläfrig auf dem Boden und beobachteten die Gefangenen mit müder Aufmerksamkeit – ging Martin, einer aus Max' Brigade, das Risiko ein und trat hinter die Büschel, um ein paar der orangefarbenen Beeren zu pflücken, die bei den Gefangenen wegen ihrer Vitamine sehr beliebt waren.

»Pass auf, Martin, Achtung«, zischte Thomas, ein vorsichtiger Kerl von kaum zwanzig Jahren, und klappte, bevor er noch einmal Luft holen konnte, zusammen. Eine der Wachen hatte ihn ohne Vorwarnung in die Brust geschossen. Der Mann war wegen seiner willkürlichen Grausamkeit als »Iwan der Schreckliche« bekannt. Thomas war sofort tot. Den Rest des Tages über, nachdem sie den Getöteten ein Stück tiefer im Wald begraben hatten, sagte keiner ein Wort. Von jetzt an waren sie den Wachen gegenüber noch vorsichtiger, deren willkürliche Gewaltakte jeden das Leben kosten konnten.

Max war den Baumfällern zugeteilt worden. Er und Anton hatten eine Säge. Anton war ein ruhiger junger Mann, der davon träumte, wenn das alles erst einmal vorbei war, sein Medizinstudium fortsetzen zu können. Er war direkt aus dem vierten Semester an die Ostfront geschickt worden. Trotz einiger Schrapnellsplitter im Bein und der Schrecken, die seine jungen Augen gesehen hatten, wollte er nach wie vor Arzt werden. Seine empfindlichen Hände schmerzten, er hatte nie körperliche Arbeit leisten müssen.

»Es ist verrückt, dass wir zu viert unter Schwierigkeiten machen müssen, was ein Pferd spielend leicht könnte«, murmelte Max eines Tages, als er mit drei anderen einen schweren Stamm zum Fluss zog.

»Die Ironie ist, dass ich als Schreiner mein Leben lang mit Holz gearbeitet habe, ohne je wirklich darüber nachzudenken, woher es kam. Und jetzt mache ich den ganzen Tag nichts anderes, als diese Riesen zu fällen.«

Max dachte, dass dies immer noch besser war, als das Holz den Fluss hinunterzuflößen. Die armen Kerle, die den ganzen Tag auf den Stämmen balancieren mussten. Wenn da einer abrutschte und fiel, wurde er zerquetscht und verschwand für immer im eisigen Wasser.

Niemand wusste genau, was die Russen mit all dem Holz anstellten, oder auch nur, wer die Stämme weiter unten am Fluss entgegennahm. Eines Tages hatte Heinrich, einer der Barackenkameraden von Max, eine Idee.

»Warum schnitzen wir nicht Nachrichten in die Stämme? Niemand weiß, wo wir sind. Wir können keine Briefe schreiben. Aber vielleicht kommt so eine Nachricht durch?«

»Hört euch den Träumer an!«, höhnte Heinz, ein stämmiger Kerl aus Norddeutschland. »Wir kommen niemals wieder aus dieser Hölle! Warum vergessen wir nicht einfach, wer wir sind und dass es da draußen noch eine andere Welt gibt?«

Nicht alle stimmten ihm zu, und bald schon schnitzten einige der Gefangenen kurze Nachrichten in die Stämme. Wären sie dabei erwischt worden, hätte es ihr Ende bedeutet, doch es war Sommer, und die Wachen kontrollierten ihre Grasbüschelbereiche nur nachlässig.

Ohne richtiges Bettzeug, mit nur einer dünnen Decke für fünf und den harten Brettern, auf denen sie schliefen, zitterten die Männer Tag und Nacht. Sie lagen wie die Heringe eng beieinander, und einmal in der Stunde kommandierte einer: »Alle umdrehen!«, worauf sie sich wie ein Mann auf die andere Seite drehten. So unterteilten sich die Nächte in einstündige Abschnitte des sich Windens, Stöhnens und anschließenden Umdrehens. Max lag am Ende einer Reihe, wodurch es für ihn kälter war. Aber er zog es vor, nicht zwischen zwei anderen Männern eingeklemmt zu sein.

Manchmal holte Max tief in der Nacht den Prinzen hervor und fuhr mit den Fingern über den Umhang und das zarte Gesicht, als fände er dort Antworten auf seine Fragen, und als es eines Nachts besonders eisig war und das Bett vom Zittern und Stöhnen der Männer erschüttert wurde, begann er, mit dem Prinzen zu reden. Er lag mit dem Rücken zu seinem Nachbarn, hielt sich die Puppe vors Gesicht und schüttete dem kleinen Kerl mit heiserer Stimme sein Herz aus.

»Ich sage dir, es ist hier nicht einfach, mein Junge. Diese mörderische Arbeit und diese Kälte. Die beißt zu wie die schrecklichen Wachhunde, die knurren und bei jeder Gelegenheit nach dir schnappen. Wenn sie dich erst mal bei der Kehle haben, lassen sie nicht wieder los. Ich würde alles für ein bisschen Wärme tun, aber an diesem verdammten Ort hier wirst du niemals warm. Sibirien ist ein riesiger Eisschrank, der dir die Knochen splittern lässt.«

»Führst du Selbstgespräche, Max?«, flüsterte sein Nachbar. Max ignorierte ihn.

»Vielleicht verdienen wir es ja nach diesem Krieg. Nach Stalingrad, Warschau, Krakau und all dem Töten. Und was mag aus Mika geworden sein, kleiner Prinz? Er war so alt wie mein Junge.«

Max hatte nie mit einem seiner Kameraden über Mika gesprochen und wie er dessen Mutter und Tante vom »Umschlagplatz« geholt hatte. Auch nicht über Mikas Puppenspiele in der Unterkunft oder das Ghetto. Nur zwei Soldaten, die er aus Warschau kannte, waren hier im Lager mit ihm gelandet. Sie schliefen nicht in derselben Baracke, und Max versuchte auch nicht, Kontakt mit ihnen zu halten.

Kapitel einundzwanzig

Die Tage im Lager waren grausam und glichen einem bleiernen Fluss, in den die Lagerinsassen von einer übermächtigen, unsichtbaren Macht gezwungen wurden. Es waren endlose, gestohlene Tage, aber hatten nicht auch sie Tage, Jahre und Millionen von Leben gestohlen? Der Unterschied war nur, dass sie hier an diesem eisigen, widrigen Ort nicht mit deutscher Effizienz getötet, sondern wie in einem riesigen Überlebensexperiment sich selbst, der Kälte und den Umständen überlassen wurden.

Manchmal sprachen die Männer über ihre fatale Situation und wie es so weit hatte kommen können.

»Es geschieht uns nur recht!«, sagte Hans, einer der vier, die sich das Bett mit Max teilten, eines Abends.

»Red keinen Unsinn, Hans. Was wussten wir schon?«, antwortete Heinz, der Jüngste. »Wir haben nur unsere Pflicht getan, sonst nichts.«

»Ich habe in Warschau genug gesehen, um für den Rest meines Lebens von Alpträumen geplagt zu werden. Ich war an zu vielem beteiligt, um je wieder richtig schlafen zu können«, sagte Max.

»Aber wir haben doch nur Befehle befolgt! Wir sind nichts als einfache Wehrmachtssoldaten, vergesst das nicht. Seht euch Michael an, der war sogar in Stalingrad, hat vier Zehen und fast den Verstand verloren. Wollt ihr ihm etwa auch noch die

Schuld am Krieg und dem, was geschehen ist, geben?« Heinz wurde ganz rot vor Aufregung.

»Nein, natürlich nicht«, sagte Max.

»Sie nennen ihn einen Kriegsverbrecher, weil er dort gekämpft hat, während die wahren Schweine davongekommen sind.« Michael war der Ruhigste von ihnen, er sagte kaum ein Wort. Als Max ihm einmal den Prinzen gezeigt hatte, hatten sich seine Augen mit Tränen gefüllt.

»Gewöhnliche Soldaten waren wir. Bis uns der Mann mit dem Schnauzer verraten hat. Das Paradies hat er uns versprochen, und seht euch an, wo wir gelandet sind: in einer weißen Hölle. Als Kanonenfutter hat er uns missbraucht, dieser Herr Hitler!« Heinz wurde noch röter.

»Das stimmt«, sagte Max. »Alles schien so großartig und überzeugend. Als Zuckerstücke haben sie ihre Lügen getarnt, und wir haben sie gefressen. Aber was ist mit den Juden? Den Frauen? Denkt ihr nie an die?« Max' Stimme wurde lauter. »Das war alles falsch. Ich weiß es.« Er schlug mit der Hand auf den kleinen, hölzernen Tisch.

»Mann, so ist der Krieg eben. Da sterben Leute. Hör zu, Max, wir waren nicht in der SS oder der SA, wir waren einfache Wehrmachtssoldaten. Wir haben getan, was wir tun mussten. Und jetzt hör endlich auf!«

Im Lager waren etwa zwanzig SS-Männer und Offiziere, die in einer extra Baracke untergebracht waren, und selbst hier noch kämpfte die Elitetruppe des Führers um ihren Rang und drangsalierte die anderen Gefangenen. Die Kerle waren immer noch überzeugt, dass das Dritte Reich die beste Erfindung gewesen war, und wenn sie nur besser ausgerüstet gewesen wären, wenn der Winter nicht so hart gewesen wäre, hätten sie den Krieg fraglos gewonnen. Max sorgte dafür, dass er ihnen nicht zu nahe kam.

»Lasst uns schlafen! Es hat keinen Sinn, über all das nachzudenken, wenn wir überleben wollen. Es ist vorbei, Schluss, aus. Wenn wir nicht schlafen und uns ausruhen, sterben wir. So einfach ist das.« Heinz ließ sich aufs Bett fallen und wandte sich von den anderen ab.

Aber so einfach konnte Max nicht einschlafen, nicht in dieser und auch in keiner anderen Nacht. Wie so oft vorher schon holte er den Prinzen hervor und drückte sich die Puppe an die Brust.

Die Hoffnung wurde so knapp wie nahrhaftes Essen, und viele der Männer erkrankten und brachen zusammen. In der Schattenwelt des Lagers starben sie in Wellen wie die Fliegen zu Ende des Sommers, viele schon im ersten Jahr, die meisten 1948, als Sibirien von einem besonders harten Winter heimgesucht wurde. Die Krankenstation war überfordert, als sich Typhus, Tuberkulose und Pocken immer weiter ausbreiteten. Die Baracken stanken nach Erbrochenem und eiternden Wunden, und das ständige Husten und Stöhnen der Sterbenden hielt auch alle anderen wach. Viele brachen zusammen und starben an Erschöpfung. Die Toten konnten den ganzen Winter nicht begraben werden, sondern wurden wie Holz gestapelt, bis sich der unbarmherzige Frost etwas legte und sie verscharrt werden konnten.

Eines Abends im Mai zog Max den Prinzen hervor und hielt ihn sich nahe vors Gesicht. Die Gefangenen hatten den ganzen Tag flache Gräber in die leicht angetaute Erde graben müssen.

»Ich weiß, sie empfinden ja nichts mehr, aber diese Wachen behandeln die Toten schlechter als die Bäume, die wir aus dem Wald holen. Und um sich zu versichern, dass sie wirklich tot sind, schießen sie ihnen noch mal ins Genick. Oder schlimmer: Sie zertrümmern ihnen mit einer Spitzhacke den Schädel.

Wenn ich je von diesem gottverlassenen Ort wegkomme, was soll ich dann ihren Angehörigen erzählen? Dass sie achtlos aufgestapelt worden sind, den ganzen Winter so dagelegen haben und am Ende in einem flachen Grab verscharrt wurden? Erst Willi, dann Peter und jetzt Michael? Ich weiß nicht, wie lange ich das noch aushalte.«

Max' Stimme zitterte.

»Vielleicht fühlst du in deinem kleinen Papiermascheekörper nichts, aber weißt du, die Hoffnung setzt mir noch schlimmer zu als die Verzweiflung. Die Hoffnung ist wie eine der eiternden Wunden, die in dieser verdammten Kälte einfach nicht verheilen wollen. Ich muss mir den Gedanken aus dem Kopf schlagen, dass ich je wieder nach Hause komme. Sie werden uns niemals aus dieser Hölle entlassen. Ich bin zu einem Geist geworden, zu einem Schatten meines früheren Selbst, und es gibt nichts anderes mehr als diesen Ort hier.«

Er sank in sich zusammen. Wie immer war der Prinz stumm geblieben, und Max steckte ihn zurück unter das schmutzige Stroh.

»Was soll's, du sagst sowieso nie ein Wort, und jedes Mal, wenn ich dich anschaue, sehe ich Mikas Gesicht vor mir. Seine großen braunen Augen mit dem wilden Funkeln. Ich hätte dich ihm nie wegnehmen dürfen.«

Das Leben im Lager 267 schleppte sich dahin. Der Plan der Russen, hieß es, war, sich von den Deutschen die zerstörten Städte und Häuser wieder aufbauen zu lassen, und so verkündeten sie ihnen: »Ihr könnt gehen, wenn ihr wieder aufgebaut habt, was ihr zerstört habt.« Max wusste so gut wie die anderen Gefangenen, dass das unmöglich war.

»Verdammte Schweine. Wie können sie von uns erwarten, dass wir ohne etwas im Magen arbeiten, mit nichts als Lumpen gegen den eisigen Wind auf den Knochen?«, zischte Anton und zog und schob die Säge, die so stumpf war, dass sie sich kaum durchs Holz bewegen wollte, und wenn sie nur etwas nachließen, fror sie fest und blieb endgültig stecken.

»In unseren Lagern haben sich die Leute auch zu Tode geschuftet«, sagte Max. »Was du anderen zufügst, wird auch dir zugefügt werden, heißt es nicht so? Und über den Lagereingängen stand auch noch: ›Arbeit macht frei‹.«

»Ich hab das da nicht hingeschrieben.« Anton riss immer heftiger an der Säge. »Ich hab auch niemandem den Krieg erklärt, keine Juden in den Tod geschickt und keine Menschenseele gequält. Ich habe nur mein Gewehr getragen und Befehle ausgeführt.« Er verfiel in finsteres Schweigen. Diese Art Gespräche ermüdete alle, und hinterher hatten sie das Gefühl, sich tagelang durch tiefen Schnee gekämpft zu haben, nur um am Ende wieder genau dort zu landen, wo sie losgelaufen waren.

Eines Abends, kurz nachdem Max mit seinem Trupp nach zehn Stunden Schwerstarbeit zurück in die Baracke gekommen war, betrat einer der höheren russischen Wachleute zusammen mit drei anderen die schäbige Unterkunft und donnerte mit seinen schweren Stiefeln durch den Mittelgang.

»Alles ausziehen!«

Max erstarrte. Auch noch das letzte bisschen Farbe wich aus seinem Gesicht, und er brach trotz der Kälte in Schweiß aus. O nein, lieber Gott, bitte nicht! Ich hätte es beim Prinzen und meinem Löffel lassen sollen. Seine Gedanken rasten, aber es blieb keine Zeit, das Foto zu verstecken. Warum heute? Warum jetzt? Sie waren nie sicher vor plötzlichen Durchsuchungen, aber schlimmer als heute konnte es nicht kommen, hatte er das wertvolle Bild von Erna und Karl doch an diesem Morgen in die Tasche seiner Jacke gesteckt. Zwar hatte er einen kleinen Schlitz in die Seite der Tasche geschnitten und das Foto dort hineingeschoben, aber er wusste, wenn sie gründlich suchten, fanden sie es.

»Gefangener 3465, vortreten«, brüllte der Wachmann. Das war Willis Nummer. Willi war ein ruhiger, besonnener Mann, der wie Max aus Franken kam. Der Wachmann ging zu ihm und hielt ihm ein kleines schwarzes Buch unter die Nase. »Gehört dir das?«

Willi nickte.

»Was ist das?«

»Eine Bibel.«

Der Wachmann schlug Willi das Buch ins Gesicht, warf es dann auf den Boden und stampfte darauf herum.

Als Max den Blick hob, sah er, dass eine der anderen Wachen sein Foto in der Hand hielt. Er spürte, wie tief in seinem Herzen etwas zerbrach. In tausend Stücke zersprang.

»3587, vortreten!«

Max bewegte sich langsam.

»Gehört dir das?« Die gleiche Frage. Wieder der ältere Wachmann.

»Ja. Das sind meine Frau und mein Sohn.«

»Maul halten! Es gibt keine Frau und kein Kind in Lager 267.« Damit zerriss der Mann das Foto in winzige Stücke, die wie schmutzige Schneeflocken zu Boden fielen.

Als die Wachen wieder draußen waren, fiel Max auf die Knie und sammelte die Stücke ein, jedes einzelne von ihnen. Anton legte ihm die Hand auf die Schulter. »Es tut mir leid. Aber wenigstens musst du nicht wochenlang die Latrinen putzen oder kommst in den Kerker.«

Max antwortete nicht. Keine Strafe hätte schlimmer sein können. Tagelang sprach er kein Wort.

Mit der Zeit wurde Max weniger vorsichtig mit seiner Puppe und holte sie sogar hervor, wenn die Gefangenen tatsächlich einmal einen Tag frei hatten, was äußerst selten der Fall war.

»Ach schau, wer ist denn das?«, fragte Anton und streckte die Hand nach der Puppe aus, wobei er so tat, als kniffe er dem Prinzen in die Wange. »Da hat ja wenigstens einer rote Backen hier. Trägst du den seit Warschau mit dir herum?«

Max nickte. »Ja, es ist ein Prinz.« Der kleine Kerl verbeugte sich vor Anton, und Anton verbeugte sich ebenfalls.

»Freut mich, dich kennenzulernen, kleiner Prinz.« Sie gaben sich die Hand, und Max ließ den Prinzen vor seinen Kameraden hin und her paradieren. Er stellte ihn allen vor und schüttelte ihnen höflich die Hand. Der Prinz war gleich in seinem Element. Max ließ ihn ein paar kleine Späße machen, und als die Männer applaudierten und pfiffen, nutzte er den Erfolg des Prinzen, um eine Rede zu halten.

»Nun, meine Herrn, selbst an einem Ort wie diesem empfehle ich Ihnen den ernsthaften Versuch, sich sauber zu halten. Reiben Sie sich mit Schnee ab, lüften Sie Ihre Decken, öffnen Sie die Fenster, um frische Luft hereinzulassen. Sie wollen doch nicht wie Schurken aussehen, wenn Sie nach Hause kommen?« Erst lachten die Männer, doch dann wurde ihnen durch die letzten Worte ihre üble Situation wieder bewusst.

»Genug, Max«, knurrte Hans.

Aber dann kam Anton Max zu Hilfe. »Ich glaube, unser Prinz hier braucht Kollegen, damit wir ein paar richtige Geschichten aufführen können. Wie wäre es mit einem Kasperletheater, einer Prinzessin, einem Krokodil und einem Schurken? Und natürlich einem Kasperle und vielleicht sogar einem Teufel. Was denkt ihr?«

»Ja, und einem Sensenmann«, dröhnte Sepp mit tiefer Stimme.

Ein ganzes Puppenensemble? Das konnte interessant werden.

»Also gut, wer macht mit? Wer ist geschickt mit den Fingern?« Ein paar Männer hoben die Hand und lächelten erwartungsvoll. Max bestimmte, wer welche Puppe basteln sollte, und übernahm selbst den Sensenmann und das Krokodil. Anton wollte sich am Teufel und dem Mädchen versuchen, Peter nahm sich den Kasperle vor. Die Männer hatten keine Stoffe oder spezielle Materialien, aber sie hatten gelernt, sich zu behelfen, und so machten sie sich mit Geschick und einem guten Auge fürs Detail an die Arbeit. Max fand ein Stück Holz, lieh sich das kleine Messer, das Peter durch alle Unbilden gerettet hatte, und schnitzte die Krokodilzähne. Es war schwer, ein Stück Stoff, Nadel und Faden zu bekommen, doch am Ende hielt er ein um sich schnappendes, herumwirbelndes, alles verschlingendes Krokodil mit einem langen, gestreiften Körper in Händen. Natürlich waren alle Puppen bis auf den Sensenmann und das Mädchen in gestreifte Sträflingsstoffe gekleidet.

Eines Abends dann, zum Geburtstag seines Bettgenossen Klaus, sammelte Max die ersten fertigen Puppen – das Krokodil, den Sensenmann und das Mädchen – ein und versuchte sich mit ihnen an einem kleinen Stück. Geburtstage waren auch im Lager besondere Gelegenheiten, da es zu dem Anlass eine doppelte Ration dünne Suppe und ein extra Stück Brot gab, so dass jeder mindestens dreimal im Jahr Geburtstag feierte.

Für den Sensenmann, Herrn Tod, hatte Max eine Kartoffel geopfert, in die er tiefliegende Augen schnitt. Als Umhang schwärzte er mit Ruß ein kleines Stück Stoff, und aus einem Metallstück von seiner Tasse und einem Stock wurde eine Sense mit glänzendem Sensenblatt. Als Kleid für das Mädchen hatte jemand ein sorgfältig gehütetes besticktes Taschentuch gestiftet, und da waren sie: die ersten Puppen des Lagers 267.

Max holte den Prinzen und ließ ihn über die Decke schielen, die sie als Bühne zwischen zwei Betten gespannt hatten, und das Spiel begann. Es war kein Stück wie von Goethe oder Schiller, sondern eine wilde Jagd zwischen dem Krokodil, dem Sensenmann und dem Prinzen. Während der Prinz eher gemächlich über die Bühne schritt und von den feineren Dingen des Lebens erzählte, kam der Tod, seine Sense schwingend und gefolgt vom wild zuschnappenden gestreiften Krokodil. Die Kameraden lachten, wie er sie noch nie lachen gehört hatte. Es war ein lautes, donnerndes Lachen, das tief aus ihren Bäuchen kam, und alle wollten es selbst probieren, streckten die Hände nach den Puppen aus und griffen nach ihnen.

Der Abend verflog mit wilden Jagden und Kämpfen, Umarmungen und Schreien. Und kaum dass die Männer Geschmack an der Sache gefunden hatten, wollten sie mehr Puppen.

»Was ist mit dem Kasperle?«, rief Hans. Wo war der lustige Kerl mit der langen Nase, dem ewigen Lächeln und den roten Backen?

»Peter sollte den Kasperle machen«, antwortete Max. »Wie geht es mit dem Kasperle, Peter?«

»Tut mir leid, aber ich habe noch nicht angefangen.« Peter klang niedergeschlagen. »Es ist so schwer, ich habe immer mit meiner kleinen Tochter Kasperletheater gespielt. Sie heißt Lisa.« Schweigen machte sich breit, bevor Peter tief Luft holte. »Also gut, ich probiere es.«

Und so entstand nach und nach aus allen möglichen zusammengesuchten Dingen und Fetzen von Gefangenenuniformen eine ganze Puppentruppe mit einem Kasperle, einem Teufel, einer Großmutter, einem Polizisten und einem Tod. Der Prinz hob sich mit seinem farbigen, fürstlichen Kostüm von den gestreiften Puppen deutlich ab.

In jenen Tagen dachte Max viel an Warschau und Mikas Vorführungen für die Soldaten. Wie sich doch alles geändert hatte: Sie, die einst stolzen Soldaten, die Polen und der Welt so viel Leid und Tod gebracht hatten, waren nun nicht mehr als ein paar abgemagerte, ausgemergelte Männer, die sich um eine Handvoll Puppen balgten.

Die Zeit verging. Tag für Tag, jahrein, jahraus arbeiteten die Männer im Wald, während der kurzen Sommer, der grauen Herbstwochen und des erbarmungslosen Winters. Jeden Monat gab es gerade drei freie Tage, und mitunter nicht mal die. Was aus den Bäumen, die sie fällten, gebaut wurde, sahen sie nicht, und es kam nie eine Antwort auf die Nachrichten, die sie in die Stämme schnitzten.

Abends ließen sich die Männer von den Puppen aufmuntern, aber Max und seine Kameraden wurden immer schwächer und verzweifelter. Nach und nach raubte ihnen das Lager auch noch das letzte Gramm Fleisch und machte sie zu wandelnden Skeletten mit tiefliegenden Augen. Der fürchterliche Hunger und die nicht nachlassende Kälte förderte das Schlimmste und manchmal auch das Beste in den Männern zutage: Einige teilten ihr letztes Brot, während andere ihre Nachbarn in der Tiefe der Nacht bestahlen. Wer sich selbst immer für einen anständigen Menschen gehalten hatte, konnte unversehens zum rücksichtslosen Aasgeier werden, in den Wahnsinn getrieben von seinem sich verkrampfenden Magen. Mancher entdeckte jedoch auch eine Güte in sich, derer er sich nie für fähig gehalten hätte. Während der Hunger immer unerbittlicher zubiss, wurde Max so unberechenbar wie das Wetter während des sibirischen Frühlings.

Eines Dezembermorgens wachte er viel zu früh auf und wurde von schrecklichen Magenkrämpfen geschüttelt. Nackter, erbarmungsloser Hunger fraß sich wie ein wildes Tier durch sein Inneres. Es war noch dunkel, als er die steifen Beine über den Bettrand hob, aufstand und sich leise zwischen den Betten bewegte. Er erinnerte sich daran, Sepp, einen der Männer, die gleich beim Eingang der Baracke lagen, dabei beobachtet zu haben, wie er am Abend ein etwa handtellergroßes Stück Brot unter seinem provisorischen Kissen versteckt hatte. Max hörte Sepp regelmäßig und ruhig atmen und suchte vorsichtig in der Nähe von Sepps Kopf. Mit einer schnellen Bewegung zog er das Stück Brot heraus und schob es unter sein Hemd. Sepp regte sich, wachte aber nicht auf. Max kehrte zu seinem Bett zurück, riss das Brot in kleine Stücke und schluckte sie, ohne zu kauen.

Eine Erinnerung blitzte vor seinen Augen auf. Wie oft war er an den hungernden Kindern in den Straßen des Ghettos vorbeigegangen, die ihm ihre bleistiftdünnen Arme entgegengereckt hatten? Übelkeit übermannte ihn, und er lief hinaus und würgte und würgte, bis er das gestohlene Brot wieder aus dem Körper hatte. Eine Stunde später weckten sie wie jeden Morgen die dumpfen Hammerschläge auf Metall.

»Schweinehunde!«, schallte Sepps Stimme kurz darauf durch die Baracke. »Welcher Dreckskerl hat mir mein Brot geklaut?« Niemand antwortete, aber Max schämte sich bis auf die Knochen und teilte fortan seine mageren Rationen, wann immer er konnte.

Das Lagerleben zermürbte nicht nur die Körper. Seele und Psyche litten genauso. Es gab nur ein paar mitgeschmuggelte Bücher, die die Runde machten, und in den ersten beiden Jahren war keine Post erlaubt.

Im dritten Jahr, an einem kalten Frühlingstag des Jahres 1948, wurden die Gefangenen aufgefordert, sich an den langen Tischen der Kantine zu versammeln. Die Wachen verteilten Postkarten mit einem aufgedruckten roten Kreuz unter den Männern. Dazu bekam jeder einen kurzen Bleistiftstummel. »Schreibt! Ihr könnt jeden Monat eine Karte schreiben. Einfach, nur gute Worte, keine Beschwerden«, bellte eine der Wachen. Viele von ihnen hatten während der letzten drei Jahre lange Briefe und Geschichten in ihren Köpfen verfasst, tatsächlich aufgeschrieben hatte niemand eine Zeile.

Gute Worte? Wie meinen sie das? Wahrscheinlich verschicken sie die Karten nicht, wenn wir die Wahrheit schreiben, dachte Max. Seine Hand zitterte. Was sollte er schreiben? Wie sollte er drei lange Jahre des Sichsehnens in ein paar holprige Zeilen bringen? Am Ende las sich die Nachricht sehr einfach:

Meine liebste Erna und mein Karlchen, ich bin in Russland als Kriegsgefangener interniert. Ich bin in Sicherheit und gesund, bitte macht euch keine Sorgen. Ich hoffe, auch ihr seid in Sicherheit. Ich vermisse euch so sehr und hoffe, ich kann euch bald wieder in die Arme schließen. Ich küsse euch beide. Euer Max

In den folgenden Wochen wurden viele der Männer einsilbig und angespannt und verloren sich in Gedanken an ihre Familien. Sie hatten den Krieg verloren, und niemand wusste, was mit den Menschen in der Heimat war. Max hatte Gerüchte über die Zerstörung Nürnbergs gehört. Hatten Erna und sein Junge überlebt?

Es dauerte drei Monate. Eines Abends im Mai 1948 wurden nach dem Abendappell einzelne Namen aufgerufen: »Peter Schreiber. Heinz Bauer. Max Meierhauser.«

Max trat vor und nahm eine Postkarte entgegen. Als sie zurück in der Baracke waren, umarmte er Anton. »Sie leben, Erna und Karl, mein kleiner Junge. Das Haus ist weg, kaputt gebombt, aber sie sind in Sicherheit, in einem Dorf in der Nähe von Nürnberg.«

»Das freut mich für dich«, sagte Anton leise. Er hatte keine Post bekommen.

»Entschuldige, Anton«, sagte Max. »Wie unbedacht von mir. Aber vielleicht erhältst du auch bald eine Antwort.«

»Ja, vielleicht«, sagte Anton tonlos.

Einige der Gefangenen hatten nur eine dreizeilige Nachricht von einer Behörde bekommen, die sie über den Tod der Adressaten informierte.

So viel Schicksal und Leben in ein paar Postkartenzeilen. Vom Sommer 1948 an durften sie eine Karte pro Monat bekommen und ein Päckchen pro Jahr. Max trug seine Karten immer unter dem Hemd bei sich, nahe bei seinem Herzen.

Kapitel zweiundzwanzig

Eines frühen Morgens im Sommer 1949 zog Max die Prinzenpuppe unter dem Stroh hervor. Ein gefährlicher Glanz lag in seinen Augen, als hätte er hohes Fieber. »Es geht so nicht weiter. Ich fange langsam an, alles zu vergessen. Ich kann mich ja nicht mal mehr an Ernas und Karls Gesicht erinnern, sosehr ich es auch versuche. Ihre Züge, ihre Art zu gehen, ihre Stimmen, ihr Lächeln, alles verschwimmt in einem einzigen großen Nebel. Gott, ich verliere sie. Was soll ich nur tun?« Er starrte den Prinzen an, als könnte er eine Antwort aus ihm hervorlocken, wenn er nur lange genug wartete, doch der Prinz blieb stumm.

Es folgte eine Zeit, in der Max Nacht für Nacht mit dem Prinzen debattierte.

»Hör zu, ich glaube nicht, dass ich hier noch einen Winter überstehe. So viele von uns sind schon tot. Ich bestehe nur noch aus Haut und Knochen, und ich will nicht über Monate wie Brennholz in einem Schuppen untergebracht werden, bis ich an diesem gottverlassenen Ort in einem namenlosen Grab verscharrt werde. Was könnte schlimmer sein, als hier an diesem Ort sein zu müssen?«

»Dass sie dich auf der Stelle erschießen, wenn sie dich erwischen«, flüsterte Anton.

Schläft der eigentlich nie?, dachte Max verärgert.

»Weißt du noch, wie Otto aus Hamburg im letzten Winter zu fliehen versucht hat? Nach drei Stunden hatten sie ihn«, sagte Anton. »Dann dieser Peter Karpf, ebenfalls aus Hamburg. Beide haben sie auf dem Hof erschossen, vor unseren Augen, beim Morgenappell. Und vergiss nicht die Gruppe mit Rainer aus München, die es schon im ersten Jahr versucht hat. Fünf Tage waren sie weg, bis die Wachen sie mit ihren Hunden aufgespürt hatten. Am nächsten Tag wurden sie erschossen, erinnerst du dich? Die Mistkerle haben uns stundenlang im Hof stillstehen lassen. Wir wären beinahe erfroren. Es hat keinen Sinn, Max.«

»Und was ist mit Thomas und Stefan?«, zischte Max. Die beiden waren an einem strahlend blauen Herbsttag des vergangenen Jahres verschwunden und nie erwischt worden.

»Wer weiß. Aber dass die Hunde sie nicht gekriegt haben, heißt nicht, dass sie nicht irgendwo erfroren sind. Vielleicht sind sie auch wahnsinnig geworden, verhungert oder an Erschöpfung gestorben. Was ist mit den Wölfen? Du hast sie gesehen. Sibirien ist ein einziges großes Gefängnis.«

Es schmerzte Max, diesen jungen Mann, der einmal unbedingt Arzt werden wollte, so niedergeschlagen zu erleben. Ja, da waren Flüsse zu überwinden, man musste ganzen Armeen von Sowjetsoldaten und Staatsbediensteten aus dem Weg gehen und einen riesigen Kontinent durchqueren. Aber war das nicht alles besser, als im Lager zu sterben? Max hatte sich entschlossen. Mit einer Gruppe würde es jedoch leichter sein. Glücklicherweise änderte Anton nach drei weiteren Nächten und Tagen voller geflüsterter Debatten seine Meinung, und kurz darauf stieß auch noch Hans zu ihnen. Wie Max war er vor dem Krieg Schreiner gewesen, und wenn er auch ein Nordlicht aus der Nähe von Hamburg war, war er doch immer für einen Scherz gut, selbst noch unter den grässlichsten Umständen.

Das Lager 267 lag so fern von allem wie der Mond und wurde deshalb nicht sonderlich gut bewacht. Die Russen wussten, dass sich in den schrecklichen Wintern kaum einer trauen würde zu fliehen. Aber es gab auch andere Jahreszeiten. Der sibirische Sommer bot ein paar kurze, heiße Wochen, und die Gefangenen saugten die Wärme wie Schwämme in sich auf. Jeder sonnige Sommertag war ein wertvolles Geschenk für ihre frostgeplagten Knochen. Der Sommer brachte zudem etwas Farbe, die nach dem endlosen Schwarzweiß des Winters ein Trost für Augen und Herzen war: Braun in allen Schattierungen, moosige Grüntöne und sogar ein schönes Beerenrot. Kristallblauer Himmel wölbte sich hoch und weit bis ins Unendliche, und die scharfen Winterwinde wandelten sich zu einer sanften Brise. Allerdings wäre der Sommer eine noch größere Erleichterung gewesen, hätte er ihnen die riesigen Schwärme blutsaugender Mücken erspart, die alles Leben zu einer roten, geschwollenen Masse zerstachen.

»Verdammte Mücken, wollt ihr mir auch noch das letzte Tröpfchen Blut aussaugen?«, fluchte Max und wedelte wild mit den Armen. »Die sind schlimmer als die Kälte, diese Teufel.«

Die Arbeit im Wald wurde unerträglich. Die Gefangenen mussten alle ihnen verbliebene Willenskraft aufwenden, um sich nicht blutig zu kratzen, und die Wachen waren noch übler gelaunt als gewöhnlich.

»Lasst es uns gegen Ende des Sommers versuchen«, schlug Max vor. Anton und Hans stimmten zu, und die Männer begannen, sich vorzubereiten. Sie sparten sich etwas von ihrem trockenen Brot auf, ein paar schrumpelige Rüben, getrocknete Beeren und einen kleinen Becher Schmalz. Anton gelang es, einige Feuersteine zu beschaffen: Ohne Feuer hatten sie keine Chance.

Obwohl sie sehr vorsichtig waren, bekamen ein paar andere Gefangene Wind von ihren Plänen.

»Euch ist es hier also nicht gut genug, wie?«, spottete Sepp. Er hatte Max immer schon verdächtigt, dass er ihm das Brot gestohlen hatte.

»Lass mich in Ruhe!«, fuhr Max ihn an.

Andere aber unterstützten die drei und gaben ihnen etwas von ihren kostbaren Rationen ab, und dann, eine Woche vor dem verabredeten Tag, verstärkten die Russen plötzlich die Wachen am Tor.

»Das schaffen wir nicht«, flüsterte Hans. »Es sind zu viele.«

Anton verließ ebenfalls der Mut: »Die fassen uns, bevor wir überhaupt vom Gelände sind.«

»Ich versuche es auf jeden Fall«, murmelte Max. »Uns erwischt es hier so oder so, aber ich will einen Schritt näher an der Freiheit sterben. Etwas kann ich noch warten, aber nicht lange. Kommt ihr nun mit oder nicht?«

Es war Herbst, als sie ihr Glück endlich versuchten. Von Max' Mut angesteckt, machten Anton und Hans mit. Die drei Männer kamen überein, dass es die beste Jahreszeit sei, da die Schneeschmelze im Sommer den Boden zu sehr aufweichte und sie in den Sümpfen der Tundra versinken könnten, während der Herbst die Erde austrocknete. Im Übrigen würde sie der Herbst noch ein paar Wochen mit Schnee verschonen und sie mit vielen Beeren und Pilzen versorgen.

Am Abend vor dem verabredeten Tag wickelte Max den Prinzen in ein Stück Stoff und steckte ihn zusammen mit dem Krokodil, dem Mädchen und dem Kasperle unter sein Hemd.

»Bitte lass mir wenigstens ein paar von deinen Puppen da. Sonst sterbe ich noch vor Langeweile«, bat ihn einer seiner Bettnachbarn. Dem Mann, er hieß Martin Schneider, war im Jahr zuvor die Axt ausgerutscht und hatte sich tief in sein Bein gegraben. Die klaffende Wunde hatte in der Kälte lange nicht heilen wollen, und seitdem zog Martin das Bein nach. Tief im Herzen wünschte er sich, mit den dreien zu fliehen, wusste aber, dass er sie nur aufhalten würde.

»Pass gut auf sie auf, Martin! Vielleicht passen sie ja auch auf dich auf«, sagte Max, drückte seinen Kameraden kurz an sich und übergab ihm den Rest der Truppe: den Sensenmann, den Teufel, Großmutter und den Polizisten.

»Viel Glück!«

»Dir auch.« Die Männer umarmten sich.

Max, Anton und Hans hatten die Bewegungen der Wachen genau studiert und einen kurzen Moment ausgemacht, in dem sie unentdeckt unter dem Zaun durchschlüpfen konnten. Über Wochen hatten sie eine kleine Mulde gegraben, gerade tief genug, um ins Freie gelangen zu können.

Sie trugen sämtliche Sachen, die sie besaßen: zwei Hemden, die schäbige, wattierte Jacke, eine Mütze, Handschuhe und ihre Stiefel. Sie hatten es geschafft, drei Decken zu organisieren, hatten etwas Verpflegung, ihre Feuersteine und ihre verbeulten Blechschüsseln und Löffel.

Max trug ihren wertvollsten Besitz bei sich: eine Russlandkarte, die ihnen Heinrich, ein ehemaliger Erdkundelehrer aus München, in langen Nächten auf ein verkrumpeltes Stück Papier gezeichnet hatte. Heinrich hatte versucht, sich an jeden einzelnen Fluss zu erinnern, an jeden Gebirgszug und jede Ebene, und die drei Männer hatten sich wieder und wieder über die Karte gebeugt, als wäre sie eine magische Kristallkugel.

»Ein völlig verrücktes Vorhaben«, hatte Heinrich gesagt. »Die Karte ist mehr als dürftig, der Winter ist nah, und ihr wollt ein Land durchqueren, das groß ist wie der Ozean.«

»Alles ist besser als das hier«, hatte Max erwidert. »Ich weiß nur eines sicher: Unsere Marschrichtung geht nach Westen. Tagsüber orientieren wir uns an der Sonne und nachts an den Sternen. Wir werden essen, was wir finden, und wir kommen nicht zurück.«

Als sie sahen, wie entschlossen Max war, trugen noch einige Männer etwas zu ihrem Proviant bei: ein wenig verschrumpeltes Gemüse, ein kleines Stück getrockneter Wurst und sogar ein paar Zuckerwürfel.

Die Sonne war bereits hinter dem Wald verschwunden. Das Licht wurde weniger, und bald würde die Nacht hereinbrechen. Die drei Männer warteten auf ihre Chance.

»Jetzt, schnell!«, flüsterte Max. Sie schlüpften unter dem Zaun durch und rannten auf den Wald zu. Es war schwer, in ihm die Richtung beizubehalten, aber die eng stehenden Bäume boten den besten Schutz. Sie konnten die wild bellenden Hunde und das Rufen der Wachen hören, aber ihre Verfolger schienen ihnen nicht näher zu kommen. Die drei Männer marschierten die ganze erste Nacht ohne Pause und blieben eng beieinander, um sich nicht aus den Augen zu verlieren. Erst im Morgengrauen kauerten sie sich in eine Grube und verbargen sich unter einer dicken Schicht Äste und Laub.

Sie wurden vom Glück begleitet: Weder die Wachen noch irgendwelche Suchtrupps mit blutdürstigen Hunden spürten sie auf, obwohl man sie ihnen doch sicher hinterhergeschickt hatte.

Tag um Tag trotteten die Männer weiter und setzten einen schmerzhaften Schritt vor den anderen. Der Wald schien ohne jedes Ende. Sicher, sie hatten gewusst, dass Sibirien groß war, mit dieser völligen Grenzenlosigkeit hatten sie jedoch nicht gerechnet. Dieses Land war so weit und menschenleer wie der Mond.

Tagelang stießen sie auf keinerlei Spuren von Menschen und

ernährten sich von ihrem mageren Proviant und den Beeren und Pilzen, die sie unterwegs fanden. Max hatte ein gutes Auge für essbare Pilze.

»Die sind überall gleich, auf der ganzen Welt. Seht euch nur dieses Prachtexemplar an!«, sagte er grinsend und deutete auf einen mächtigen braunen Pilz.

Max griff in sein Hemd und holte den Prinzen heraus. Er setzte die Puppe auf den Pilz und lachte.

»Tanz ein bisschen auf dem größten Pilz Sibiriens, mein Freund!«

»Bist du sicher, dass wir den essen können?«, fragte Anton argwöhnisch. »Nach alldem will ich an keiner verdammten Pilzvergiftung sterben!«

Am Ende war der Hunger größer als alle Vorsicht, und sie aßen den Pilz roh, ohne zu sterben. Später rumorte es in ihren Bäuchen, und immer wieder verschwand einer von ihnen hinter einem Baum.

Erst nach vier Tagen glaubten sie, weit genug vom Lager entfernt zu sein, um ein Feuer machen zu können, auf dem sie ihre Pilze brieten.

Tage später schlug das Wetter plötzlich um, und der erste Schnee fiel.

»Das war nicht vorgesehen, es ist doch erst September«, knurrte Anton.

»Sieh es von der guten Seite: Damit haben wir Wasser, wohin wir auch kommen. Schmilz den Schnee, und voilá!«, sagte Hans.

Max lächelte. Deswegen war er froh, dass Hans dabei war. Hans war praktisch veranlagt und sah immer das Gute an den Dingen. Aber es schneite immer weiter und wurde von Tag zu Tag kälter. Die Männer sprachen kaum, sondern mühten sich weiterzukommen.

»Es würde mich nicht stören, in meinem ganzen Leben keinen Baum mehr zu sehen«, sagte Max.

»Das kannst du laut sagen. Andererseits versorgt uns der Wald mit Beeren und Pilzen«, sagte Hans.

»Und mit Durchfall«, fügte Anton hinzu.

Nach zehn Tagen forderte der Wald sein erstes Opfer. Hans, der in der Mitte marschierte, brach plötzlich zusammen und lag wie ein toter Vogel ausgebreitet im Schnee. Noch ein letztes Mal öffnete er die hellen blauen Augen, sah zu Max auf und lächelte.

»He, Max. Ich glaube, zu Hause würde ich den Schnee vermissen. Ich bleibe besser hier. Geh du mit Anton weiter. Viel Glück!« Damit rollte er sich zusammen und rührte sich nicht mehr.

Max und Anton bedeckten ihn mit Zweigen, doch hielten sich nicht länger auf. Drei Tage später verkündete Anton, der nicht mehr nur ruhig, sondern mittlerweile völlig verstummt war, plötzlich, er fühle sich nicht wohl und müsse sich etwas hinlegen.

»Noch nicht, Anton. Bitte, wir ruhen uns später aus. Halt noch etwas durch! Na, komm schon!«

»Nur eine Minute, Max, bitte.« Wie schon Hans ließ sich auch Anton einfach in den Schnee fallen. Max versuchte, ihn aufzurichten, aber Anton lächelte nur und schloss die Augen. Damit hatte Max beide Weggefährten verloren.

Bevor Max auch Anton mit Zweigen bedeckte, durchsuchte er dessen Taschen nach brauchbaren Dingen.

»Sieh an, er war der Ruhigste von allen, aber er hatte ein Messer in der Tasche. Tut mir leid, Anton, dass ich dich hier so zurücklassen muss. Für das Messer danke ich dir.« Max steckte es tief in seine Tasche und ging weiter, in drei Decken gehüllt und die Mütze tief ins Gesicht gezogen. Er zählte seine Schritte, um sich abzulenken, und wenn er den Faden verlor, begann er von vorn: »... einhundertdrei, einhundertvier, einhundertfünf ...« Er kam nie sehr weit.

Max fing wieder an, mit dem Prinzen zu reden, und folgte murmelnd einem endlosen Gedankenstrom.

»Ich sage dir, mein kleiner Kerl, Anton und Hans haben den einfachen Weg genommen. Ich wünschte, ich könnte mich auch hinlegen und ausruhen oder am besten gleich bis zum Frühling Winterschlaf halten, aber ich muss weiter. Warum, warum? Sage du es mir. Meine Füße bringen mich um, und ich bin so hungrig, dass ich meine eigene Hand essen könnte.«

Im Traum aß er Nürnberger Bratwürste, Sauerkraut und Apfelkuchen. Tagelang kämpfte er sich durch den Wald voran, bis sich unversehens eine gleißend weiße Fläche vor ihm auftat. Er blieb stehen und zog die Karte hervor. »Da haben wir also endlich die Tundra erreicht. Von nun an ist es leichter, Richtung Westen zu gehen. Bei Tag habe ich die Sonne und nachts die Sterne.« Aber es gab auch keinen Schutz mehr, und er konnte kilometerweit gesehen werden.

»Ich brauche Schneeschuhe, mein Freund. Wie soll ich sonst durch diese weiße Wüste kommen?« Er nahm das Messer und suchte nach geeigneten Zweigen. Etwas später hielt er zwei ovale Geflechte vor sich hin. »Sieh dir nur diese Schönheiten an!«

Er band sie sich unter die Stiefel und wanderte mit je einem langen Stock links und rechts ins Offene hinaus. Vorher hatte er sich noch ein Stück Stoff vors Gesicht gebunden und nur einen schmalen Schlitz für die Augen gelassen. »Wenn ich schneeblind werde, ist das mein Ende.«

Es gab keinen Schutz in dieser Eiswüste, und so grub er jeden Abend ein Loch in den Schnee, und wenn der zu hart gefroren war, schnitt er mit dem Messer unförmige Stücke heraus und baute sich damit einen einfachen, provisorischen Schutz. Der klare Nachthimmel und der Nordstern halfen Max, sich westwärts zu halten, spendeten aber wenig Trost, bedeuteten sternenklare Nächte doch sinkende Temperaturen.

»Bitte lass mich morgen wieder aufwachen«, betete er jeden Abend, »für Erna und Karl. Und für die Kameraden im Lager.« Wenn er sich bei Sonnenaufgang wieder hochkämpfte, musste er seine gesamte Energie aufbieten, um die halb gefrorenen Glieder erneut in Bewegung zu setzen. Wie eine Puppe bewegte er sich voran und sagte sich, dass er sein eigener Puppenspieler sei, und wenn er nicht genug Willenskraft aufbringe, würde er wie Anton und Hans zusammenbrechen.

Eines späten Nachmittags durchfuhr ihn eine Welle der Erregung.

»He, Kamerad, sieh doch, da erhebt sich was Braunes am Horizont! Vielleicht ist es ein Bauernhaus oder eine Hütte, in der ich die Nacht verbringen kann.«

Er bewegte sich schneller voran als seit Tagen. Wie sich herausstellte, war es eine hölzerne Scheune, die sich gefährlich zur Seite neigte. Die Wandbretter wiesen große Lücken auf, dennoch boten sie Schutz. Er linste durch eine der Lücken, konnte aber nichts erkennen.

»Ich muss ausruhen. Meine Füße sind geschwollen und in übelstem Zustand. Ich kann so nicht weiter. Ich bin völlig kaputt«, sagte Max laut.

Hoffnung und Angst erfüllten sein Herz. Wo eine Scheune war, musste auch ein Dorf in der Nähe sein. Essen und vielleicht eine Unterkunft. Aber er konnte nicht sicher sein. Vielleicht war ja eine Belohnung auf seinen Kopf ausgesetzt, oder es war eine von Stalins Kolchosen, in der es von Parteileuten nur so wimmelte.

»Wir versuchen, das mit dem Dorf morgen zu klären«, murmelte Max, bevor er auf einen Haufen Stroh fiel. Tief grub er sich, in seine zerrissenen Decken gewickelt, darin ein.

An diesem Abend gab sein Körper auf und zerbröselte wie das harte Schwarzbrot im Lager. Er rollte sich ein und fiel in einen tiefen Schlaf. Stumm wie ein Grab umgab ihn die Scheune, nur der Wind pfiff wie ein rastloser Geist um ihre Ecken.

Das Fieber setzte eine Stunde später ein. Max brannte wie die Sonne in den kurzen sibirischen Sommern, und trotz der beißenden Kälte lief ihm der Schweiß in kleinen Rinnsalen am Körper hinunter. Er stöhnte und warf die Arme herum, als wollte er einen Schwarm Mücken oder einen unsichtbaren Riesen vertreiben. Nach einer Stunde sanken die Arme kraftlos herunter. Dann war nichts mehr.

Kapitel dreiundzwanzig

Mit dem ersten Licht des Tages geschah ein Wunder. Max lag bewusstlos fiebernd unterm Stroh, hörte das Knarren der Scheunentür und auch die schweren Schritte und gedämpften tiefen Stimmen nicht. Starke Hände griffen nach ihm und hoben ihn hoch, trugen ihn hinaus in die eisige Morgenluft und legten ihn auf einen Schlitten. Später erinnerte er sich an das vage Gefühl, von himmlischen Wesen getragen worden zu sein, von Engeln in Pelzmänteln. Die Männer wickelten ihn in dicke Felle und fuhren ihn mit ihren Rentierschlitten über die leere Schneelandschaft.

Wenig später schon erreichten sie ein kleines Zeltdorf. Laute Rufe erschallten, der Schlitten hielt an, und die menschliche Fracht wurde in eines der Zelte gebracht und auf ein niedriges Bett aus dicken Fellen gelegt. Es war dämmerig im Zelt, das Licht aus einem Holzofen warf zuckende Schatten auf die Wände. Mehrere Frauen wickelten Max in Tücher, unterhielten sich flüsternd, strichen die Decken glatt und tupften ihm mit einem Schwamm den Schweiß von der Stirn. Nach Minuten schon hatte sich die Nachricht von seiner Ankunft im Dorf verbreitet, und das Zelt füllte sich mit neugierigen Männern, Frauen und Kindern, die den geheimnisvollen halb toten Mann sehen wollten. Kurz darauf betrat ein breiter, großer Mann mit wildem, langem schwarzen Haar und einem geflochtenen Bart das Zelt. Er trug einen spitzen Filzhut über seinem geröteten

Gesicht und einen Umhang, der aus bunten Stoffstücken zusammengesetzt und mit glitzernden Metallstücken und zahllosen Glöckchen besetzt war, die bei jeder Bewegung hell klingelten. Der Schamane war gekommen. Das Murmeln der Leute verstummte und machte einer erwartungsvollen Stille Platz. Der Schamane legte seine große Trommel zur Seite, kniete sich neben Max und ließ die Hand über den Körper des Fremden gleiten. Die Hand berührte ihn nicht, sondern schwebte über ihm, als spürte ihr Besitzer der Hitze über einem Feuer nach. Schließlich griff er unter Max' Hemd und zog ein kleines Bündel heraus. Er wickelte es auf, und ein breites Lächeln erhellte sein Gesicht, als ihm eine Puppe in den Schoß fiel: der Prinz. Er nahm ihn in beide Hände, warf ihn in die Luft, fing ihn auf und drückte ihn an seine Brust. Dann wühlte er weiter und zog schließlich mit großer Geste das Krokodil, den Kasperle und das Mädchen hervor. Vorsichtig legte er Max die Puppen auf die Brust. Eine Bewegung ging durch die Anwesenden, die einen Blick auf die kleinen Wesen erhaschen wollten. Der Schamane nahm ein Kräuterbündel aus einem ledernen Beutel und hielt es ins Feuer. Stark riechender, aromatischer Rauch füllte das Zelt.

Endlich griff der Schamane nach seiner mit Bildern von Tieren und kleinen Menschen bemalten Trommel, an der lange Streifen aus Stoff und Leder hingen. Er schlug die Trommel über der Brust von Max und den Puppen, *bumm, bumm, bumm,* schnell wie ein fliehendes Herz … Max lag steif wie ein Stück Holz da und atmete kaum. Der Gesang des Schamanen begann rhythmisch und tief wie das Brummen eines Bären. Es war keine Melodie, es war eher ein beschwörendes Wiederholen von einzelnen Worten und Tönen. Einige der Männer und Frauen näherten sich dem Schamanen und seinem Patienten und stimmten in den Gesang mit ein. Schließlich sprang der

Schamane mit einem lauten Schrei in die Höhe und fing wild an zu tanzen. Das Trommeln wurde heftiger, er stampfte mit den Füßen auf den Boden, schloss die Augen und legte den Kopf in den Nacken.

Dann brach er ab, so plötzlich, wie er angefangen hatte. Schweigen erfüllte das Zelt, gesättigt mit Erwartung. Das Gesicht des Schamanen wurde zu einer wilden Grimasse, und Finger für Finger formte sich seine Hand zu einer Faust. Er kniete sich hin und schlug mit der Faust auf Max' Herz, wieder und wieder. Und dann saugte er Max etwas aus der Brust, spuckte die unsichtbare Substanz in eine hölzerne Schatulle und schlug den Deckel zu. Ein Aufseufzen ging durch die Umstehenden. Der Schamane verteilte die Puppen auf unterschiedliche Körperteile des bewusstlos Daliegenden: den Prinzen auf das Herz, das Krokodil auf den Bauch und das Mädchen auf seine Kehle.

Da bewegte Max die Hand und fühlte nach dem Prinzen auf seiner Brust. Ein erleichtertes Raunen war zu hören, und die Leute traten noch etwas näher an Max heran. Der Schamane legte ihm die Hand auf die Stirn und lächelte, flüsterte einer der älteren Frauen einige Anweisungen zu und verließ das Zelt. Max blieb für Wochen in dem gemütlichen Zelt und erholte sich langsam. Er war bei Nomaden gelandet, die sich nach Stalins Plänen fest hatten niederlassen müssen und zu einer Kolchose gehörten, die einige Kilometer entfernt lag. Von Zeit zu Zeit schlachteten die Leute eines ihrer Rentiere, was dem Dorf tagelang zu essen gab, und ständig kamen Männer, Frauen und sogar Kinder, um Max mit nahrhaften Stücken Rentierfleisch und warmen, duftenden Tränken zu versorgen. Im Lager hatte Max problemlos seine Rippen zählen können, aber nach ein paar Wochen im Zelt legte er an Gewicht zu und kam langsam wieder zu Kräften. Eines Morgens suchte er in seinen Taschen und holte den Prinzen hervor.

»He, Junge, ich bin froh, dass du noch bei mir bist. Haben wir nicht ein Glück? Ich kann mich an kaum etwas nach meinem Zusammenbruch in der Scheune erinnern. Glaubst du, die wissen, dass ich ein Kriegsgefangener bin? Und dass ich Deutscher bin? Macht ihnen das nichts aus? Oder hat der schreckliche Krieg die Menschen hier nicht erreicht?«

Mit der Zeit versammelten sich immer mehr Kinder um Max' Bett, als wäre er eine Jahrmarktsattraktion. Kichernd saßen sie bei ihm, deuteten auf sein Gesicht und die hellen blaugrauen Augen, berührten vorsichtig sein dunkelblondes Haar und die zerrissenen Kleider. Bei einer dieser Gelegenheiten holte Max seine Puppen aus der Tasche, den Prinzen, das Mädchen, den Kasperle und das Krokodil, legte sie nebeneinander hin und spielte für seine kleinen Besucher. Die Augen der Kinder folgten den Puppen mit großer Aufmerksamkeit, und bei jeder komischen Bewegung brachen die Kleinen in Lachen aus.

»Ich fühle mich so viel besser«, gestand Max den Puppen eines Abends, nachdem die Kinder gegangen waren. »Das nahrhafte Essen hat mich ins Leben zurückgeholt, und natürlich auch dieser merkwürdige Doktor mit dem wilden Bart und dem klingelnden Umhang, den sie einen Schamanen nennen. Ich frage mich, was er von euch Puppen denkt.« Max reckte die Arme und legte sich gähnend auf das bequeme Bett aus Fellen zurück, das die Rentierleute ihm gemacht hatten. Aber langsam wurde er rastlos. »Komm, mein Prinz, diese Leute sind so gut zu uns. Ich kann hier nicht länger auf der faulen Haut liegen und in einem bequemen Zelt fett wie ein Bär werden. Ich muss zurück zu Erna und Karl. Ich habe schon genug Zeit verloren.«

Abends kam einer der Älteren zu Max, der gerade seine Karte studierte. Der Mann warf einen Blick auf das verkrumpelte Stück Papier und brach in lautes Lachen aus. Er deutete auf einen von Heinrichs Flüssen, zog einen kleinen Ast aus dem Feuer und zeichnete mit dem geschwärzten Ende zusätzliche Linien ein. Minuten später zeigte die Karte ganz andere Formen. Die dünne Schlange des Flusses war gewachsen, als hätte sie ein großes Tier verschluckt, und die Berge waren weiter nach Süden gerutscht. Der Mann deutete auf Max, sich selbst und das Zelt und setzte seinen improvisierten Stift in die Mitte der Karte.

»O nein, weiter bin ich nicht? Wie kann das sein?«, rief Max.

Der alte Mann gab ihm einen Klaps auf den Rücken. »*Sibir. Bolschoi.*« Er beschrieb mit den Armen einen großen Kreis.

»Sibirien ist groß?«, mutmaßte Max.

»*Da.*« Der Mann nickte, dann wurde seine Miene finster, und er machte eine Geste mit der Hand, als schnitte er sich die Kehle durch.

»*Sibir plohaja.*«

Was immer das bedeutete, Max wusste, dass es nichts Gutes sein konnte. Dann hellte sich die Miene seines Gegenübers wieder auf, das Lächeln kehrte zurück, und der Mann berührte Max' Brust direkt über dem Herzen.

»*Sibir krasiwaja.*«

»Sibirien ist schön?«, fragte Max. Der alte Mann nickte, und die beiden schüttelten sich die Hand.

Zum Abschied führte Max ein kleines Puppenspiel auf. Am Ende dankte er allen mit einer tiefen Verbeugung und hielt das Krokodil, Kasperl und das Mädchen in die Höhe. Mit einem Lächeln gab er die drei den Kindern, die ihm am nächsten saßen. Ihr glückliches Lächeln wärmte ihm das Herz, doch trotz der strahlenden Gesichter schmerzte es ihn auch, die Puppen zurückzulassen, waren sie doch aus der Drangsal des Lagers entstanden. Am nächsten Morgen überreichte ihm der Dorfälteste eine Paar Stiefel aus Rentierfell und eine Jacke. Es war erst Februar, und der Schnee war noch tief. Max marschierte in das endlose Weiß hinaus und sah nicht zurück.

Kapitel vierundzwanzig

Der Weg aus den Tiefen Sibiriens zurück nach Nürnberg war lang und gefährlich. Max brauchte fast drei Jahre und sehr viel Glück, um alle Hindernisse, Widrigkeiten und Drangsale zu überwinden.

Nachdem der Aufenthalt bei den Rentiernomaden den bitteren Winter verkürzt hatte, kam Max im ersten Jahr bis nach Jakutsk. Im zweiten Winter nahm ihn jedoch niemand auf, und bis auf ein paar Tage, die er in Scheunen und verlassenen Häusern verbrachte, trotzte er ohne Schutz der unbarmherzigen Kälte und trottete weiter und weiter durch die Taiga. Jede Faser seines Körpers schmerzte vom endlosen Wandern, jeder Atemzug gefror zu Eiskristallen, die sich in seinem Bart sammelten. Nachts lehnte er an Bäumen oder rollte sich in flachen Gruben zusammen und deckte sich mit Tannenzweigen zu. Wenn kein Dorf in der Nähe zu sein schien, entzündete er ein kleines Feuer, um wenigstens einen Teil seines Körpers zu wärmen und Schnee aufzutauen, damit er zu trinken hatte.

Eines späten Abends, nachdem er ausgiebig auf einem Stück getrocknetem Rentierfleisch gekaut hatte, streckte er die steifen Beine aus. Er hielt die Hände über das knisternde Feuer und spürte mit einem Mal, dass da jemand war, noch bevor er etwas hören konnte. Die Luft hatte sich verändert, der beißende Geruch von etwas Wildem, Gefährlichem wehte heran. Max hob den Blick und versuchte, die Finsternis des Waldes zu durchdringen, gleichzeitig griff er nach seinen Sachen. Das Heulen fing an, als er bereits aufgestanden war: hoch, langgezogen und sehr nahe. Drei, vier Schreie antworteten darauf tiefer im Wald. Max hielt den Atem an, und als ein Ast knackte, konnte er die Augen des Wolfes erkennen, bernsteinfarbene Schlitze, in denen sich das Licht des Feuers fing. Sein Herz raste. Der Wolf kam knurrend näher, Max sah das dichte graue Fell und die gefletschten Zähne, packte seinen Stock und schlug ihn mit aller Kraft ins Feuer. Brennende Aststücke und Glut flogen in Richtung des Tieres. Der Wolf sprang ein paar Meter zurück und bellte.

Innerhalb von Sekunden entschloss sich Max wegzulaufen. Der Schlag ins Feuer hatte ihm etwas Zeit verschafft, aber gegen ein ganzes Rudel hungriger Wölfe hätte er keine Chance. Er packte sein Bündel, lief durch den Wald und suchte panisch nach einem Baum, auf den er klettern konnte. Im bleichen Mondlicht vermochte er zwischen den Tannen die weiße Rinde einer Birke auszumachen, und er zog sich mit reiner Willenskraft von einem Ast zum nächsten, stemmte die Füße gegen den Stamm und kletterte, so hoch er konnte. Augenblicke später waren die Wölfe da und umrundeten den Baum. Heulend und fauchend sprangen sie in die Höhe und schnappten nach ihm, bissen aber nur ins Leere. Max war hoch genug gekommen und klammerte sich an den dünnen Stamm. Eine falsche Bewegung, und die Wölfe würden ihn zerreißen.

So ging es die ganze Nacht. Bei Tagesanbruch gab das Rudel auf, und einer nach dem anderen verschwand im Wald. Max wartete noch eine Stunde, bis er hinunterkletterte, aschfahl vor Erschöpfung.

Ein Woche später erreichte er den Rand der Taiga. Er hatte genug vom endlosen Wald, aber bevor er in die weite Ebene der Tundra hinauswanderte, riss er ein Stück Rinde von einer

Birke, schnitt zwei Augenschlitze hinein und band sich die Maske vors Gesicht.

»Das mag ja komisch aussehen, aber so bin ich in dieser weißen Wüste vor Schneeblindheit sicher«, sagte er laut. Am ersten Tag genoss er die Weite noch, doch dann fing seine Hüfte an zu pochen, und er begann trotz des Stocks, auf den er sich stützte, zu humpeln. Innerhalb von Tagen war die Sohle seines linken Stiefels durchgelaufen, und er spürte, wie es in den Zehen juckte und stach. Wann immer er eine Pause machte, wickelte er die Lappen von seinem linken Fuß und rieb und massierte ihn. Weiße, rote und gelbe Flecken tauchten darauf auf, und er verlor das Gefühl in den mittleren Zehen. Zwei Tage später bildeten sich Blasen auf der wächsernen Haut, und er fühlte auch die kleinen Zehen nicht mehr. Er wusste, die Blasen würden sich lila verfärben, dann schwarz. Im Lager hatte er genug Erfrierungen gesehen, einige seiner Kameraden hatten so Finger und Zehen verloren. Nachts, hinter seinem provisorischen Windschutz, stiegen ihm Tränen in die Augen, während er auf einem trockenen Stück Brot kaute. Es würde nicht schmerzhaft sein, die tauben Zehen zu verlieren, aber er fühlte sich Sibiriens erbarmungsloser Grausamkeit ausgeliefert wie nie zuvor.

Es dauerte noch bis in den späten Frühling, erst da fielen ihm die beiden schwarzen Zehen wie tote Blätter vom Fuß. Mittlerweile hatte die Kälte ihre Schärfe verloren, und der Schnee war geschmolzen.

Im dritten Jahr folgte Max den gesamten Februar hindurch dem Lauf der Wolga und genoss im März, wie der Fluss erwachte. Es war dramatisch. Bevor das Eis brach, ließ es ein tiefes Stöhnen hören und riss dann auf wie ein Stück Erdkruste, einzelne Stücke schoben sich übereinander und lösten sich vom Ufer. Der Winter ergab sich einem sprunghaften Frühling. Die schwache Erinnerung an ein Wolgalied kitzelte Max' Gedächtnis wie eine Feder und wühlte Hoffnung und Sehnsucht in ihm auf. Nach dem ersten Aufbrechen des Eises gewann der Fluss wie ein freigelassenes Raubtier an Kraft und schwoll zu einen reißenden Strom an.

Max hielt Abstand vom unberechenbaren Wasser, doch eines Nachts, kurz vor Tagesanbruch, am Märzhimmel leuchtete der volle Mond, trat der Fluss mit Macht über die Ufer. Max keuchte, schrie und schlug um sich, als ihn das eisige Wasser erfasste, und er versuchte verzweifelt, an der Oberfläche zu bleiben, während ihn die Wolga mit Büschen, Zäunen und Trümmern davonschwemmte. Max war früher einmal ein guter Schwimmer gewesen, aber als ihn der dunkle Fluss umspülte und seine schweren Kleider ihn hinunterzogen, kreisten Schreckensgedanken und eine wilde Abfolge von Bildern in seinem Kopf: sein Bündel! Er sah Ernas Lächeln an ihrem Hochzeitstag vor sich, das Baby Karl mit seinen großen blauen Augen, das brennende Ghetto, das Lager, das Zelt der Nomaden …

Etwas schlug gegen sein Bein, und der scharfe Schmerz holte ihn zurück in die Wirklichkeit. Im Dämmerlicht konnte er einen Baumstamm erkennen, der ein paar Meter entfernt dahintrieb, und mit letzter Anstrengung und ein paar verzweifelten Zügen erreichte er ihn und klammerte sich daran fest. Gemeinsam trieben sie kilometerweit den stark angeschwollenen Strom hinunter. Als der Tag anbrach, wurde Max mit dem Baum in die Nähe des Ufers getrieben, und es gelang ihm, mit einem kräftigen Stoß die Böschung zu erreichen. Er kletterte aufs Trockene, fluchte und schüttelte sich wie ein Hund, zog sich die nassen Sachen vom Leib und holte den Prinzen aus der Tasche. Der Anblick ließ ihn nach Luft schnappen: Der

Papiermascheekopf war zusammengequetscht, und trotz des Lacks war etwas von der Farbe zerlaufen. Es dauerte Tage, bis die Kleider getrocknet waren. Max tat unterdessen sein Bestes, um den kleinen Puppenkopf vorsichtig zurück in seine alte Form zu bringen.

Max zog weiter, Tag für Tag, Monat für Monat. Er hatte sich durch fast undurchdringliche Wälder und Eiswüsten gekämpft, Tundra und Taiga durchquert, die sibirischen Ebenen, war an zahllosen Seen vorbeigekommen und hatte noch mehr Flüsse überquert. Mit schierer Willenskraft hatte er seine schmerzenden Beine ein ums andere Mal angetrieben und sich auch durch die halb erfrorenen Füße nicht aufhalten lassen. Sein Körper brannte vor Schmerzen.

Er musste ständig wachsam bleiben, nach Gefahren Ausschau halten und alles aufspüren, was möglicherweise essbar war. Zwischendurch, wenn er gar nicht mehr laufen konnte, ging er das Risiko ein und bat darum, ein Stück mitgenommen zu werden. Einmal kletterte er hinten auf einen Lastwagen, nachdem er gehört hatte, dass der Fahrer nach Bratsk wollte. Er versteckte sich hinter ein paar Holzkisten unter der Plane und sprang unbemerkt ab, als der Fahrer acht Stunden später sein Ziel erreichte. In der Tasche trug er zwei wertvolle Dosen Lachs, die er aus den Kisten hatte mitgehen lassen.

Einmal stolperte er förmlich über ein Fahrrad, das an einer Birke neben einem Forstweg lehnte. Er zögerte kurz, konnte dann aber nicht widerstehen und genoss tagelang das neue Tempo, mit dem seine Reise erfolgte. Jede Art von Fahrzeug brachte ihn schneller voran, als es seine Füße konnten. Einmal versuchte er sein Glück sogar mit einem alten Esel, den er grasend mitten auf einer Wiese antraf. Erfreut über die menschliche Gesellschaft und die Handvoll Wasser, die Max ihm bot, ließ das Tier ihn auf seinem breiten Rücken sitzen, für ein paar Stunden wenigstens, bis es ihn abwarf und davongaloppierte. Ein anderes Mal, spätnachts, war Max auf den Güterzug von Nowosibirsk nach Omsk gesprungen. Er landete auf einem Wagen mit schmutzverkrustetem Gemüse und grub sich in einen Berg Kartoffeln. Was ihm zunächst wie eine gute Idee vorgekommen war, verwandelte sich schnell in einen erstickenden Alptraum, als die verdreckten Kartoffeln wie ein Erdrutsch über ihn rollen wollten. Am nächsten Morgen, noch vor Sonnenaufgang, wühlte er sich wieder aus den Kartoffeln, warf eine größere Ration vom Wagen und sprang hinterher. Während der Zug in der Ferne verschwand, sammelte er die Kartoffeln ein. Neben seinem schmerzenden, aber verlässlichen Körper waren es immer wieder ihm völlig fremde Menschen, die ihn mit ihrer Güte retteten: Dorfbewohner, die ihm Brot und Wasser, ein Glas Schmalz oder einen Schluck selbstgebrannten Wodka schenkten, ihm die richtige Richtung wiesen oder ein Bett für die Nacht überließen. Max' Instinkte wurden mit jedem Tag geschärfter, und trotz einiger heikler Begegnungen mit bewaffneten Bauern, Sowjetbeamten, Kolchoseleitern und Zugwachen blieb ihm das Glück treu.

Den ganzen Weg über behielt Max den Prinzen und die geliebten Postkarten von Erna unter seinem Hemd. Den kleinen Silberlöffel trug er in der Tasche. Fast täglich hielt er dem Prinzen lange Vorträge und setzte ihn sich abends aufs Knie, um die Route für den nächsten Tag zu besprechen. Die Puppe sah mittlerweile ziemlich mitgenommen aus, und ihre einstige Prinzenherrlichkeit war nur mehr eine ferne Erinnerung.

Endlich, im Sommer 1951, kehrte Max nach Hause zurück. Er war zwölf Jahre weg gewesen. Sobald er die tschechoslowakische Grenze hinter sich gelassen, den Fuß wieder auf deutsche Erde gesetzt und herausgefunden hatte, wie und wann er zurück nach Nürnberg kommen würde, schickte er Erna und Karl ein Telegramm. Er konnte nicht still sitzen auf seiner letzten Zugfahrt, lief den Gang auf und ab, warf verstohlene Blicke auf die Fahrgäste in den Abteilen, dann aus dem Fenster und suchte nach irgendetwas Vertrautem. Wie hat Erna die Hoffnung nicht verloren, fragte er sich, wo sie doch nicht wusste, ob ich je zurückkommen würde? All die Frauen, Mütter, Kinder … was machen sie mit ihren wunden Herzen?

Als der Zug in den Nürnberger Bahnhof einfuhr, fing Max fürchterlich an zu schwitzen. Er öffnete die oberen Knöpfe seines Hemds und fühlte nach dem Puppenkopf in seiner Manteltasche. Es war Max zur Gewohnheit geworden, seine Gefühle mit dem Prinzen zu teilen.

»O Gott, ist das Erna? Und der große Kerl daneben mein Karl?«, flüsterte er, als er eine Frau und einen Jungen sah, die sich den Hals nach dem lange verlorenen Ehemann und Vater verrenkten.

Kaum dass der Zug angehalten hatte, stolperte Max aus dem Waggon und hielt auf die beiden zu. »Erna, Karl!«, rief er und wedelte wie eine Windmühle mit den Armen. Erna sah ihn zuerst. »Max, mein Gott, bist du es wirklich?« Ihre Stimme klang schrill und hoch wie eine Glocke.

»Erna!« Max stürzte sich in die Umarmung seiner Frau. Lange standen sie eng umschlungen da. Erna roch ganz leicht nach Veilchen. Max drückte einen Kuss auf ihre ordentlich gekämmten braunen Haare, in denen sich einige graue Strähnen zeigten, und küsste sie dann auf den Mund.

»Mein Gott!« Ihr Gesicht war rot gefleckt, sie klang außer Atem und wischte sich mit dem Handrücken ein paar Tränen weg. »Ich kann nicht glauben, dass du es wirklich bist. Mein Max!« Sie schlug ihn auf die Brust, löste sich aus seiner Umarmung und zog ihren Sohn heran, der Max die Hand entgegenstreckte. Max schüttelte sie und lege dabei unbeholfen den freien Arm um den Jungen.

»Mein Karl!« Es waren seine ersten Worte an seinen Sohn, der bei ihrem bitteren Abschied noch ein aufgeweckter Achtjähriger gewesen war. Der Junge hatte sich an seinen Vater geklammert und versucht, nicht zu weinen. Max hatte ihn beruhigt, er komme ja bald wieder zurück.

»Willkommen, Vater.« Der große junge Mann stand aufrecht und etwas steif da, trat von einem Bein aufs andere, sah Max an und dann auf den Boden, als hätte er etwas verloren. Von dem schlaksigen Jungen, den Max hier in diesem Bahnhof 1939 zum letzten Mal umarmt hatte, war kaum noch etwas zu erkennen. Und doch zog Max, hier und jetzt auf Bahnsteig Nummer vier, sein Geschenk aus der Tasche.

»Ich habe dir etwas mitgebracht, Karl. Nun, besser gesagt … jemanden.« Max streckte die Hand aus und hielt Karl den Prinzen hin.

»Oh, danke, Vater. Den Doktor habe ich vor langer Zeit schon bekommen.« Karls Gesicht zeigte kaum eine Regung. Er fasste die Puppe mit zwei Fingern beim Kopf und sah sie an.

»Kommt jetzt, wir haben später genug Zeit. Unser Zug geht in fünf Minuten.« Erna schob Max und Karl zu einem anderen Bahnsteig.

»Wir wohnen jetzt also in Wolkersdorf?« Der Name hatte auf der ersten wertvollen Postkarte gestanden, die Max in Sibirien bekommen hatte.

»Ja, es ist nett dort, du wirst sehen. Ich glaube, es wird dir gefallen«, sagte Erna.

Karl sagte nichts, sondern steckte die Puppe in die Hosentasche und trottete hinter seinen Eltern her über den Bahnsteig.

Auf dem kleinen Bahnhof von Wolkersdorf hakte sich Erna bei Max und Karl unter, und die drei gingen über kopfsteingepflasterte Straßen mit hübschen Häusern links und rechts. Es war nicht weit bis zu ihrem kleinen Häuschen, über dessen Tür ein Willkommensschild hing. Sein erstes Bad zu Hause dauerte nicht lange, da Max möglichst schnell zurück an den Küchentisch zu Erna und Karl wollte, aber am nächsten Tag blieb er vier Stunden im Badezimmer. Während er in der dampfenden Wanne saß und sich auch noch den letzten Schmutz herunterschrubbte, bis die Haut wund und rosa war, wurde er von heftigem Schluchzen geschüttelt. Wie sollte er je die Kälte der Tundra hinter sich lassen? Und selbst wenn seine Knochen wieder warm wurden, was war mit dem Eis in seinem Herzen? Warschau, das Lager, die schreckliche Flucht nach Hause … Max begriff, dass er diese Wunden nicht mit einem einzigen ausgiebigen Bad aufweichen und wegwaschen konnte. Er drehte den Hahn noch einmal auf, um mehr heißes Wasser in die Wanne zu lassen, kletterte schließlich hinaus und wickelte sich in die Handtücher, die Erna ihm gebracht hatte.

»Handtücher … weiße Handtücher …«, murmelte er, drückte das Gesicht in den weichen Stoff, hob den Blick und erstarrte. Nach und nach zeichneten sich im beschlagenen Spiegel die Züge seines Gesichts ab, so wie in einer Dunkelkammer ein Foto Konturen annimmt. Max erschauderte: Seine glanzlosen Augen saßen tief im Schädel, die Haut war aschgrau und voller Falten, wo er nie welche gesehen hatte, und die tiefen Furchen zwischen seinen Brauen ließen ihn aussehen, als runzelte er ständig die Stirn. Sein kurzes, schütter werdendes Haar war links über der Schläfe weiß.

Tagelang berührte Max alles, nahm auch noch die einfachsten Dinge wie ein Forscher in die Hand und untersuchte sie von allen Seiten: seine Zahnbürste, den Kamm, eine Porzellantasse und den Nippes auf dem Regal, der neu für ihn war. Dabei versuchte er, Ernas und Karls Blicke zu ignorieren.

»Sieh, Erna«, sagte er und zog den kleinen Silberlöffel aus der Tasche, den er zwölf Jahre bei sich getragen hatte. »Hast du die Zuckerdose noch?«

Erna sah ihn mit Tränen in den Augen an. »Max, wir haben alles verloren. Ich glaube nicht, dass du verstehst, wie es hier war, als die Bomben fielen. Wir hatten Glück, mit dem Leben davonzukommen. Wen interessiert da eine Zuckerdose?«

Max sah den Löffel an. Ihn interessierte die Zuckerdose. Er hatte den Löffel zurückgebracht, hatte auf ihn aufgepasst. Die Dose gehörte dazu.

»Es war am 28. November 1944«, sagte Erna leise. »Es war nur ein kleiner Luftangriff, aber uns haben sie getroffen. Du konntest nie sagen, wann du an der Reihe warst. Wenn da nichts passiert wäre, wären wir wahrscheinlich in der schrecklichen Nacht vom 2. Januar umgekommen. Aber warum erzähle ich dir das, du bist ja noch gar nicht richtig zu Hause. Es tut mir leid.«

»Das muss es nicht. Ich will das alles wissen«, murmelte Max.

»Jetzt nicht. Dafür ist noch Zeit.«

Trotz des freundlichen Willkommens war wenig so, wie Max es sich erhofft oder vorgestellt hatte. Wie oft hatte er davon geträumt, seine Frau zu umarmen, und die Postkarten mit ihrer Handschrift gestreichelt? Wann immer er sich davonstehlen konnte, hatte er sie unter dem Hemd hervorgeholt. Alle paar Monate war eine neue Karte gekommen, hatte ihm Kraft gegeben und die Verbindung aufrechterhalten.

In diesem Dorf jedoch, das ihm so fremd war, mit einem Sohn, den er kaum wiedererkannte, und einer Frau, die ihm freundlich, aber kühl begegnete, zerbröselte alle Hoffnung. Was blieb, waren die brüchigen Binden seiner Erinnerung.

Max kam nicht zur Ruhe. An manchen Tagen hatte er das Gefühl, dass Erna jede seiner Bewegungen beobachtete, und wenn er durchs Dorf ging, zog er den Hut tief ins Gesicht. Und obwohl Karl in die Fußstapfen seines Vaters getreten war und nach dem Krieg eine Schreinerlehre angetreten hatte, wechselte er kaum ein Wort mit ihm. Der kleine Junge, der seinen Vater so bewundert hatte, schien verschwunden.

Max konnte sich auch beim Essen nicht entspannen. Er zerschnitt alles in winzige Stücke, genoss jeden Bissen Brot, als wäre es sein letzter, und wenn er einen Apfel aß, dann so, als wüchse an jedem Baum nur einer.

Eines Tages schrie er Erna unversehens an. »Bist du verrückt? Brot wegzuwerfen!«

»Unsinn, Max, das ist nur ein Stück Kruste. Was ist denn nur los mit dir?« Ernas Stimme klang scharf und verärgert.

Max legte die Hände vors Gesicht und weinte.

»Bitte, Max, jetzt weine doch nicht wegen eines kleinen Stückes Kruste!« Ernas Stimme wurde weicher.

»Du verstehst das nicht, Erna. Der Mensch kann ohne Brot nicht leben. Wir haben hier so viel, dass ich kaum weiß, was ich zuerst essen soll, und meine Kameraden verrotten immer noch im Lager und haben nichts, worin sie die Zähne versenken können. Nichts als eine wässrige Suppe und ein winziges Stück altes Brot.«

Erna sagte nichts, doch er sah, dass sie in seinem Gesicht nach dem Mann suchte, von dem sie sich vor all den Jahren auf dem Bahnsteig in Nürnberg verabschiedet hatte. Vor einem Krieg, der alles verändern sollte.

Max vermisste den Prinzen. Er hatte die Puppe nicht mehr gesehen, seit er sie Karl auf dem Bahnsteig gegeben hatte, und der Platz über seinem Herzen, wo er den Prinzen immer bei sich getragen hatte, fühlte sich leer an.

Eines Nachmittags, als Erna und Karl fort waren, suchte er in Karls Zimmer nach der Puppe.

»Ah, da bist du ja, ich habe dich überall gesucht.« Max hielt sich den Prinzen vors Gesicht und lächelte. »Aus Karls schmutziger Wäsche habe ich dich graben müssen.« Er setzte sich auf den Boden und sah den Prinzen traurig an.

»Du bist der Einzige, der mich wirklich kennt. Alles ist so normal hier, aber ich passe nicht dazu. Ich weiß nicht mehr, was richtig, was tatsächlich passiert ist. Aber du, mein Freund, du weißt alles. Du bist mein Zeuge. Sieh mich an: Ich bin das fünfte Rad am Wagen. Ich bin nicht Teil dieser Familie, es war keine Heimkehr. Was für ein Heim habe ich noch? Ich kenne diese Menschen kaum.«

Er seufzte, drückte den Prinzen an sich und wanderte durchs Haus.

»Ja, Erna ist meine Frau, und oh, sie ist immer noch schön, aber kalt wie der Nordwind. Dabei sind alle so fürchterlich nett. Erna macht mir meine Lieblingsspeise, die Nürnberger Zipfel, von denen ich dir erzählt habe, und abends gehen wir ins Bett. Wir haben sogar schon ein paarmal miteinander geschlafen, nur ist da eine Kluft zwischen uns, eine tiefe, breite Schlucht. Als lebte sie in einem anderen Land. Und Karl? Der ist höflich, aber schreckhaft, und schleicht auf Zehenspitzen um mich herum, den Fremden im Haus, der keinen Lärm verträgt. Neunzehn ist er jetzt, fast zwanzig, er wird bald ausziehen.«

Max drückte den Prinzen an seine Brust und trug ihn von jetzt an wieder in der Tasche mit sich herum.

Max versuchte, sich anzupassen, und fand nach ein paar Monaten eine Stelle als Schreiner in einer kleinen Fabrik in der Nachbarstadt, aber die lauten Maschinen machten ihn nervös, und ihm war immer kalt. Vom frischen Holzgeruch bekam er Kopfschmerzen, und eines Morgens erwischte er sich dabei, dass er nach Grasbüscheln suchte aus Angst, dass ihn die Wachen doch noch erwischen würden. Er hielt den Kopf gesenkt, und seine Kollegen gaben ihre Versuche, mit ihm ins Gespräch zu kommen, schnell auf.

»Den hat's erwischt«, hörte er sie flüstern. Nach ein paar Wochen begannen seine Hände anzuschwellen und zu schmerzen.

»Die verdammte Kälte frisst mir die Gelenke auf. Sibirien lässt mich nicht los.«

Meist konnte Max nachts nicht schlafen, und wenn er wieder einmal aus einem Alptraum hochschreckte, stand er auf, setzte sich mit dem Prinzen in die Küche und erzählte ihm, was ihn bedrückte.

»Ich weiß nicht, wie das weitergehen soll. Wie können wir so weiterleben und tun, als wäre nichts passiert? Nach Polen und Russland? Nach Auschwitz? Wir haben den Tod in alle Ecken dieser Welt getragen.«

Max humpelte zum Herd und machte sich eine Tasse Milch warm.

»Ich habe versucht, mit Erna über Warschau und die Deportationen zu reden. Sie wollte es nicht hören. Saß da, hat Kartoffeln geschält und ist ohne ein Wort aufgestanden, um sich ans Kochen zu machen.«

Bald wurde das Schweigen ihr ständiger Gefährte. Sie schwiegen beim Essen, beim Erledigen der täglichen Aufgaben und selbst, wenn sie sich liebten. Bis auch das aufhörte.

Max sehnte sich genau wie Erna nach dem stolzen Mann, den sie vor einer Ewigkeit geheiratet hatte, aber diesen Max

Meierhauser mit dem dicken Schnauzbart, dem breiten Lächeln und den warmen, kräftigen Händen gab es nicht mehr.

Nach ein paar Monaten Arbeit fing Max trotz des milden deutschen Klimas an zu husten. Tag und Nacht wurde seine Brust von einem tiefen Beben geschüttelt.

»Der Doktor sagt, ich habe Asthma«, erzählte er dem Prinzen eines Nachts. »Dieses Asthma ist eine gemeine Bestie, die mir die Luft nehmen will und auf mich einhackt, so wie die Krähen im Lager auf die Toten eingehackt haben. Der Doktor sagt, kein Holz und keinen Staub mehr. Auf Wiedersehen, Arbeit.« Er starrte vor sich hin. »Was soll ich nur machen?«

Am nächsten Tag wurde er fünfzig. In der Küche hing noch der Geruch von Mandeln und Butter. Erna hatte ihm zu seinem Ehrentag morgen einen köstlichen Frankfurter Kranz gebacken. Seinen Lieblingskuchen.

Er nahm den Deckel von dem Steinguttopf, in dem der Kranz lag, atmete den Duft tief ein, und unversehens erfasste ihn wieder sein Kummer. Er fing an zu husten und sank auf einen Küchenstuhl. Wie so oft hatte er sich ein großes Glas Milch mit Honig gemacht, aber heute stand noch ein kleineres Glas Wasser daneben, wie ein jüngerer Bruder. Er nahm den alten Silberlöffel.

»Ich habe genug. Ich bin nur eine Last für alle«, sagte er zum Prinzen, der zwischen Salz und Pfeffer auf dem Tisch hockte. »Nicht mal arbeiten kann ich noch. Ich gehöre zum alten Eisen.« Er nahm die Tabletten, die er die ganze Nacht schon zu vergessen versuchte, und drehte das Röhrchen langsam in der Hand hin und her.

»Vom Doktor verschrieben. Eine Nacht richtig schlafen, mehr will ich doch nicht. Was denkst du?« Er sah den Prinzen nicht an, sondern öffnete das Röhrchen und ließ die Tabletten ins Wasser fallen, eine nach der anderen. Die letzte spritzte etwas, bevor sie versank. Er gab noch drei Löffel Zucker ins Glas und rührte um.

»Ah, mein alter Freund, der Silberlöffel. Einen Sturm im Wasserglas mache ich, sagen sie, ich verliere den Sinn für die Verhältnisse. Aber was, wenn du nur eines der kleinen Zuckerkristalle da drin bist?« Er hielt das Glas in der Hand und betrachtete die herumwirbelnde Mischung.

»Gibst du also auf? Nach allem, was du durchgemacht hast?«

Max schreckte zusammen. Der Prinz bewegte sich nicht, aber Max hätte schwören können, seine feine, leise Stimme gehört zu haben.

»Was stört dich das? Du solltest nicht mal hier sein, du gehörst diesem Jungen. Mika.« Aber die Unterbrechung nahm ihm den Mut. Er konnte auch bis nach seinem Geburtstag warten und seinen Kuchen noch genießen. Er stand auf und schüttete die Mischung in den Ausguss, trank die Milch und hielt den Prinzen vor sich hin.

»Also gut, aber das war es noch nicht, mein Prinz.« Er verschränkte die Arme auf dem Tisch und bettete den Kopf darauf. Seit seinem Marsch durch die eisige Tundra hatte er sich nicht mehr so müde gefühlt.

Erna fand ihn am nächsten Morgen schlafend vor, und als Max vom kräftigen Kaffeegeruch aufwachte, stand neben ihm ein Stück Frankfurter Kranz.

Kapitel fünfundzwanzig

Eines Nachts, als Erna und Karl längst im Bett lagen, schenkte sich Max ein weiteres Glas Schnaps ein und setzte die Prinzenpuppe auf den Küchentisch. Sein Gesicht war gerötet, und er sah die Puppe mit großen Augen an.

»Stell dir vor, ich habe unseren alten Nachbarn aus Nürnberg getroffen. Er wohnt im nächsten Dorf und war auch in Russland. Erst in Stalingrad, dann haben sie ihm zehn Jahre Arbeitslager in Sibirien aufgebrummt, genau wie mir. Nur dass sie ihn 1948 haben gehen lassen. Ich habe ihn erst gar nicht wiedererkannt, aber ich sehe ja auch nicht mehr aus wie früher.«

Die beiden hatten sich zu Weißbier und Schnaps im Gasthaus getroffen und bis tief in die Nacht geredet.

»Aber es gab doch Anzeichen, Bert. Unser Doktor, Jakob Rosenzweig, ist eines Nachts verschwunden, und ich hörte einen Nachbarn ›Dachau‹ flüstern. Von Dachau hatten wir alle gehört, oder? Und dann die zerstörten Läden, die Feuer, die Bücherverbrennungen. Wie habe ich so blind sein können? Als ich nach Warschau kam, war es zu spät. Da war ich schon Teil der Maschine.« Wie ein Hund, der seinen Knochen nicht loslassen wollte, wiederholte Max immer wieder die gleichen Fragen.

Bert antwortete nicht.

»Hast du gehört, dass die Amis die Bewohner von Dachau

an den Leichenbergen vorbeigeführt haben?«, fuhr Max fort. »Aber hat ihnen das, was da direkt vor ihren Augen geschehen war, schlaflose Nächte bereitet? Haben sie sich verantwortlich gefühlt und vor Scham gewunden? Oder sind sie zurück nach Hause gegangen und haben ihre Weißwürste gegessen?«

Bert sagte immer noch nichts. Aber über den Schnee hatten sich die beiden genug zu erzählen.

»Der Tod ist kein finster gekleideter Sensenmann«, verkündete Max und trank seinen vierten Schnaps. »Der Tod ist der grausame Nordwind mit seinen schweren Schneewolken, die alles Leben unter sich begraben. Die Kälte verbrennt dir die Lunge und bricht dir die Knochen. Für einen Platz am Feuer, und wenn es nur ein lausiger Holzofen ist, würdest du einen anderen umbringen.«

Bert sah auf seine Hände, der linke Ringfinger fehlte. »Mein Handschuh hatte ein Loch. Ich konnte es nicht stopfen, und nach drei Tagen war es so weit: Der Finger wurde schwarz. Sie mussten ihn abschneiden.«

Oft rauchten die beiden Männer auch einfach nur und tranken stumm ihr Bier. Manchmal erzählte Max von seinen Alpträumen.

»In dem Traum versuche ich verzweifelt, irgendwo hinzukommen, aber alles, was ich sehen kann, ist das gleißende Weiß. Ich versinke und ersticke im Schnee. Unter dieser riesigen Masse, die sich über mir türmt, und das Merkwürdige ist, dass ich dabei nie friere. Als wäre ich schon tot. Wenn ich aufwache, schnappe ich nach Luft und weiß nicht, wo ich bin.«

Bert nickte einfach nur.

»In einem anderen Traum ist da Mika, der Junge, von dem ich dir erzählt habe. Er wird in einen Waggon getrieben, und ich bin es, der ihn und all die anderen Juden treibt. Kurz bevor sich der Zug in Bewegung setzt, sehe ich eine Puppe aus einem kleinen Fenster gucken: eine Prinzessin, ihre dünnen Ärmchen recken sich durch den Stacheldraht, wie ein Schatten schwebt Mikas Gesicht hinter ihr, und plötzlich bin ich selbst in dem verdammten Zug. Er ist so voll, dass ich keine Luft bekomme. Ich dränge alle zur Seite, um an das kleine Stacheldrahtfenster zu kommen, schaffe es aber nicht, und dann bin ich wieder in dem schrecklichen Viehwaggon, der uns nach Sibirien gebracht hat, und kratze mit meinem kleinen Löffel Eis von der Wand. Wahrscheinlich erinnerst du dich auch an die Züge.«

Bert nickte wieder nur.

»Es waren dieselben verdammten Waggons, mit denen wir die Juden nach Treblinka geschafft haben. Uns haben sie damit nach Sibirien gebracht.« Max' Zunge wurde schwer. »Alles Übel der Welt hat mit diesen Viehwaggons angefangen. Ich würde da nicht mal mehr eine Kuh reinschicken.«

Oft schimpften sie auch über die mangelnde Unterstützung der Regierung. »Tausende von uns sind nach Sibirien geschickt worden. Millionen, heißt es. Kannst du dir das vorstellen? Und die wenigen, die zurückkommen, sind nur mehr fahle Abbilder derer, die sie mal waren. Wir werden nie erfahren, wie viele von uns umgekommen sind. Den Russen sind die Zahlen egal.« Berts rotes Gesicht erweckte den Anschein, als könnte er jeden Moment explodieren. »Wie Fliegen sind wir gestorben, und keiner will mehr was von uns wissen. Als wären wir ein Schandfleck auf ihrer weiß gewaschenen Weste. Einige von uns verrotten noch immer in den Lagern, während die großen Fische davongekommen sind. Nun, wenigstens einige. Haben ihren Naziarsch in Sicherheit gebracht oder sich sogar wieder wählen lassen. All dieses Gerede von Entnazifizierung klingt wie eine große Entlausungsaktion, wenn du mich fragst, aber es kriechen noch reichlich Nazis herum. Es ist alles ein heilloses Chaos.«

Manchmal, nach einer guten Menge Bier und Schnaps, versuchte Max, über Warschau zu reden.

»Was geschehen ist, ist geschehen, Max. Das ist Schnee von gestern, mein Freund. Oder besser gesagt: Eis von gestern. Wir haben genug gelitten, ich meine, ehrlich.« Selbst bei Bert kam Max nicht weiter.

In einer klaren Dezembernacht, als er wieder einmal nach einem Abend mit Bert nach Hause wankte, geriet Max in philosophische Stimmung. Er zog den Prinzen aus der Tasche und deutete auf den Schnee ringsum.

»Ich bin sicher, in Sibirien liegt Schnee, der, seit wir da waren, nicht geschmolzen ist. Schnee, der alles gesehen hat. Glaubst du, er erinnert sich auch an alles? Und die gepflasterten Straßen Warschaus, werden die sich an unsere Stiefeltritte erinnern, an all das vergossene Blut?« Max sah zu den Sternen hinauf. »Ich glaube, nichts verschwindet jemals ganz. Ist das nicht furchterregend und gleichzeitig wundervoll, mein Freund? Ob alles so ewig ist wie die Sterne?«

In dieser Nacht begriff Max, dass er sich nie von der Vergangenheit würde befreien können. Bis an sein Lebensende würde er das Ghetto in seiner Seele mit sich tragen, gleich neben dem Lager 267 und seinem alten Nürnberg, das in Trümmern lag.

Die Zeit verging. Max wurde in Wolkersdorf nie richtig heimisch.

»Ich bin ein Stadtmensch«, verkündete er oft. »Ihr könnt mich nicht in ein so kleines Dorf sperren. Ich vermisse die Altstadt, die Burg und die Stadtluft.«

»Ich weiß, Max«, versuchte Erna, ihn zu trösten, »aber es hätte dir das Herz gebrochen, Nürnberg zu Kriegsende zu sehen. Alles war zerbombt, in der Altstadt standen nur noch ein paar Mauern. So weit das Auge reichte, lag alles in Schutt und

Asche. Eine einzige lausige Wasserleitung gab es noch für die Altstadt, und wir mussten die Trümmer beiseiteschaffen, damit die Amerikaner ihre Siegesparaden abhalten konnten. Es war schrecklich, und dann der Gestank. Sie konnten die Toten nicht alle aus den Ruinen hervorholen.«

Max sagte nichts. Er dachte an Warschau, den alten Markt und die schönen Fassaden, die eingestürzt waren oder voller Schrapnellsplitter steckten. Sie hatten zahllose Tote zurückgelassen. Trotzdem, Max wollte seine alte Heimatstadt wiedersehen, und so zog er eines Morgens seinen besten Anzug an und ging zum kleinen Bahnhof des Dorfes. Den Prinzen steckte er in die Jackentasche.

Nach einer kurzen Fahrt kamen sie im Nürnberger Hauptbahnhof an. Max überquerte die Straße und lief in Richtung des Hauptmarktes. Den ganzen Weg über erklärte Max der Puppe leise, wo sie gerade waren und woran sie vorbeikamen, ob das jeweilige Haus oder Wahrzeichen noch da war oder nicht. Die Leute, die ihn verwirrt ansahen, störten ihn nicht.

»Sieh dir den Bahnhof an. Die Fassade ist noch so wie früher. Wunderschön.« Auf der Königstraße wurde Max schneller, als würde er von einer unsichtbaren Kraft ins Stadtzentrum gezogen.

»Es stört mich nicht, was die Leute denken«, murmelte er leise vor sich hin. »Mich versteht sowieso keiner. Ich kann nicht mehr zurück in ihre normale Welt, ich bin ein Außenseiter. Gott, ich erkenne kaum noch etwas.« Er betrachtete die neu gebauten Häuser entlang der Straße. Je weiter er kam, desto stiller wurde er.

Den Umriss der alten Burg konnte er erkennen, doch nach dem Metzger und der Fassade des Rathauses suchte er umsonst.

»Gott, alles ist weg. Muss alles total zerbombt gewesen sein.«

Schwindel ergriff ihn, und er ließ sich auf eine Eingangsstufe sinken. Er holte den Prinzen heraus und setzte ihn sich auf den Schoß.

»Sieh dir nur an, was sie neu gebaut haben! Wie hässlich. Ohne jede Seele.« Er studierte die nüchternen Häuser.

»Was starren Sie so?«, fuhr er eine Frau an, die zu ihm und dem Prinzen herübersah. »Haben Sie noch nie eine Puppe gesehen? Nun, die hier kommt von weit her, zusammen mit mir.«

Die Frau beschleunigte ihren Schritt. Max stand auf und ging weiter. Hinter der nächsten Ecke öffnete sich die gepflasterte Straße auf den Hauptmarkt, der von farbenfrohen Häusern und der beeindruckenden Fassade einer großen Kirche gesäumt wurde.

»Ah, wenigstens unsere stolze Frauenkirche sieht noch aus wie früher.«

Max näherte sich der Kirche und sah die Gerüste links und rechts. Er stöhnte.

»Unsere Gute hat es also auch nicht überstanden.« Er ging zur aufwendig geschnitzten Tür.

»Gehen wir hinein«, sagte er und zog am Messinggriff des schweren Portals.

Max kam sich klein und unbedeutend wie eine Maus vor, als er das majestätische Kirchenschiff betrat. Er machte ein paar Schritte und sah, dass die Fassade zwar noch intakt, alles andere aber schwer beschädigt worden war. Selbst sechs Jahre nach Kriegsende wurde überall noch repariert. Max sah sich um.

»Ich schwöre, da drüben stand ein Engel mit einem mächtigen Schwert. So viele von den Statuen sind nicht mehr da«, flüsterte er und ging langsam den Gang hinunter. Er sah die roten Sandsteinsäulen hinauf, die sich weit in die Höhe reckten und das gigantische Gewölbe trugen. Verschluckt dich mit

Haut und Haar, diese Kirche, dachte er. Die Säulen sind so hoch wie die höchsten Tannen Sibiriens.

Vor einem flackernden Kerzenfeld blieb Max stehen.

»Die brennen für die Toten, weißt du«, erklärte er dem Prinzen. »Wie viele müssten wir da anzünden?« Er starrte in die Flammen, bis seine Augen zu tränen begannen, nahm dann eine der in einem Fach liegenden dünnen weißen Kerzen, entzündete sie und steckte sie in einen kleinen metallenen Halter neben die bereits brennenden. Reglos stand er einen Moment lang da, griff nach einer weiteren Kerze und steckte auch die an. Und noch eine. So fuhr er im gleichen stetigen Rhythmus fort, bis keine einzige Kerze mehr übrig war.

Stundenlang saß er dann mit dem Prinzen hinten in der Kirche und betrachtete die flackernden Kerzen, während die Nachmittagssonne durch die großen Fenster fiel, die ihre Strahlen in jede erdenkliche Farbe tauchten.

»Ich könnte immer hier sitzen bleiben«, sagte Max. »Vielleicht könnte ich in diesem Meer aus Licht … tatsächlich darüber hinwegkommen. Es beruhigt mich etwas.«

Als das Nachmittagslicht verging und sein Magen zu rumoren begann, stand er auf, ging zum Bahnhof und fuhr zurück in sein Dorf.

Kapitel sechsundzwanzig

Eine Woche später verkündete Karl, er wolle seine Gesellenzeit als Wanderbursche verbringen und so sein Glück versuchen. Er war jetzt zwanzig und hatte seine Lehrzeit längst hinter sich.

»Aber dann kommst du drei Jahre und einen Tag nicht nach Hause!«, rief Max. Die Tradition verbot, dass ein wandernder Handwerksbursche näher als fünfzig Kilometer an seine Heimatstadt herankam.

»Ich weiß, Papa, aber ich kann euch schreiben und manchmal auch anrufen. Ich muss einfach etwas von der Welt sehen und aus diesem kleinen, stickigen Dorf hinauskommen. Du solltest das am allerbesten verstehen.«

Das stimmte, und zwar nicht nur wegen seiner endlosen Reise quer durch einen ganzen Kontinent, sondern weil auch er in Karls Alter auf Wanderschaft gegangen war. Karl hatte immer wieder Geschichten darüber hören wollen.

»Tu, was immer du tun musst, mein Sohn.« Max mühte sich, die Fassung zu bewahren. »Es ist einfach nur …« Er beendete den Satz nicht, weil ihm Erna eine Hand auf den Arm legte. Er verstand die Rastlosigkeit seines Sohnes, konnte es aber kaum ertragen, ihn so schnell wieder zu verlieren.

Bald darauf umarmten Max und Erna ihren Sohn zum Abschied, und Karl zog in seiner Wanderburschenausrüstung los: mit einem breitkrempigen schwarzen Hut, einer Weste, einer unten weit ausgestellten Hose und einem krummen Wanderstab.

»Er wird zurechtkommen, Max«, sagte Erna. Max nickte stumm. Im Haus wurde es nun noch ruhiger.

Die Jahre vergingen. Karl schrieb Briefe aus allen Teilen Deutschlands und rief einmal im Monat sonntags an. Dann kam eines Tages völlig unerwartet ein besonders schöner Umschlag an, aus festem Papier und mit goldener Schrift. Max und Erna öffneten ihn gemeinsam.

»Du wirst es nicht glauben, er wird heiraten.« Max hatte sich im Bad eingeschlossen, um mit dem Prinzen zu reden. »Mein Sohn, mein Junge, er will sein Jawort geben. Sieh sie nur an, ist sie nicht wunderschön? Und auch klug. So jung und doch schon eine Ärztin. Maria heißt sie.« Er hielt dem Prinzen das Foto hin.

Nach der Hochzeit kamen Karl und Maria zweimal jährlich zu Besuch. Tage vor ihrer Ankunft schon roch das Haus in froher Erwartung nach Seife und Apfelkuchen, doch die kurzen Besuche waren oft enttäuschend, weil das Paar nur einen kurzen Zwischenstopp bei ihnen einlegte auf dem Weg zu interessanteren Orten wie Venedig, Rom oder Salzburg.

Fünf Jahre später kam das erste Kind, ein kleines Mädchen namens Mara. Max hielt das erst eine Woche alte Baby auf dem Arm, als gebe es nichts Wertvolleres. Die Kleine gurgelte und strampelte.

»Sie ist so schön«, sagte er. »Einfach vollkommen.« Tränen liefen ihm über das Gesicht. Erna lächelte, nur Karl wirkte verlegen. Während der nachfolgenden Monate und Jahre verfolgte Max das Heranwachsen seiner Enkelin mit größtem Interesse.

»Läuft sie schon? Wie steht es mit ihren Zähnen? Hat sie schon etwas gesagt?« Max wollte alles über seine Enkelin wissen, und es schmerzte ihn, dass er sie nur zweimal im Jahr zu sehen bekam.

Ja, tatsächlich, Mara rührte an eine Stelle in ihm, die niemand sonst erreichte. Wann immer sie in seiner Nähe war, fing Max an zu summen, erfand Lieder oder schnitzte kleine Tiere. Er baute sogar eine Puppenstube für seine kleine Enkelin, das eine Kind, das er heranwachsen sehen würde.

Max konnte es sich aus den wenigen Worten zusammenreimen, die drei Tage nach Maras drittem Geburtstag am anderen Ende der Leitung aus Karls Mund kamen.

»Papa, wir hatten einen Unfall.«

Sein Sohn hatte Schwierigkeiten zu sprechen. Max' Herz zog sich wie eine Faust zusammen.

»Wir waren am Meer, in der Nähe von Kiel, zu einem Sonntagspicknick. Wir fuhren im Auto und haben zusammen gesungen, da kam dieser Lastwagen von hinten …« Seine Stimme brach ab. »Er ist in uns hineingefahren. Unser kleiner Ford hatte keine Chance. Maria ist tot, Papa, in meinen Armen verblutet. Sie sind nicht mehr rechtzeitig gekommen.« Karl schluchzte. »Und ich habe nur ein paar Kratzer.«

»Und Mara?« Max' Herz hämmerte.

»Sie hat sich nur ein Bein gebrochen. Aber sie hat einen Schock und seit dem Unfall kein Wort mehr gesagt.«

»Bitte, kommt zu uns, Karl! Wir kümmern uns um euch zwei.«

Karl und Mara blieben ein paar Wochen und kamen auch später, als sie wieder in Hamburg waren, so oft wie möglich zu Besuch.

Eines Tages erinnerte sich Max in seiner Trauer an die Puppen aus Sibirien. Hatten er und seine Kameraden in der schrecklichen Zeit damals nicht aus ein paar Lumpen, Kartoffeln, einem Stück Holz und etwas Stroh ein ganzes Puppenensemble gebastelt, um ihre Stimmung etwas aufzubessern? Er stampfte in die Küche, plünderte Schubladen und Schränke und sammelte dieses und jenes: einen Flaschenöffner, ein Sieb, ein paar Gabeln und einen Nussknacker. Er arbeitete mit Draht und Bindfaden, verbog die Gabeln zu komischen Formen und schmückte das Sieb mit Stoffstreifen, die er aus einem Geschirrtuch geschnitten hatte. Nach und nach kamen lauter merkwürdige Kreaturen zum Vorschein, die zum Leben erwachten, als er sie über den Küchentisch wandern ließ. Aus dem Stegreif erfand er ein Stück mit seinen neuen Puppen. An diesem Nachmittag lächelte Mara zum ersten Mal seit dem Unfall, und sogar Erna stand lachend in ihrer Schürze dabei, ohne ihm böse zu sein, dass er ihre Küche gefleddert hatte.

Aber der Prinz blieb in seiner Tasche verborgen, da Max fürchtete, Maras unschuldige Fragen könnten ihn ins Herz treffen.

Mara wuchs schnell. Sie saß niemals still, erfand Lieder, die sie mit fröhlicher Stimme sang, lief Vögeln hinterher und suchte unter den Steinen im Garten nach Käfern. Sie war der Sonnenschein der Familie. Ihre erdbeerblonden Locken wippten wild über ihren Schultern auf und ab, und sie schrie, wenn Erna ihr das Haar zu ordentlichen Zöpfen flechten wollte. Maras Augen erinnerten Max an die Farbe der sibirischen Seen im Herbst, ein dunkles, fast smaragdenes Grün.

Max liebte sie sehr, und doch drohte ihn ihre Lebendigkeit zu ersticken. Während seine kleine Mara lachend umherrannte, musste er an eine Mara im Ghetto denken, ein Mädchen mit der gleichen überschäumenden Energie, das wie ein Wurm zerquetscht, dessen Lebenslicht rücksichtslos ausgeblasen worden war. Die Erinnerung an jene Kinder verfolgte ihn noch immer, bei Tage, wenn er seine Enkelin ansah, und bei Nacht, wenn er sich im Schlaf unruhig hin- und herwarf. Er sah immer zwei Maras: seine Enkelin und ein Mädchen, dessen Leben er auslöschen geholfen hatte. Die Augen der Mara, die lachend um ihn herumsprang, und die eines anderen, unbekannten Mädchens, eines Zwillings aus Staub und Asche, der ihm wie ein Schatten folgte.

Max' Stimmungen wechselten wie die Jahreszeiten oder die Phasen des Mondes. An einem Tag spaßte er mit Mara, ließ sie auf seinem Schoß sitzen und erzählte ihr Geschichten, dann plötzlich knurrte er sie an wie ein alter Bär, der gerade aus seinem Schlaf aufgeweckt worden war. Und doch hatte Mara über die Jahre einen Weg in sein Herz gefunden und half ihm, neue, wertvolle Augenblicke zu sammeln, wenn sie mit offenen Armen auf ihn zurannte und ihm Fragen stellte, die ihr wie bunte Murmeln aus dem Mund kullerten: Warum ist die Sonne heiß? Wie viel wiegt ein Herz? Woher kommen wir? Warum sterben die Menschen?

»Bekomme ich vielleicht eine zweite Chance?«, fragte er den Prinzen eines Nachts.

Aber Max hielt immer noch den Atem an. War Mara wirklich der ewige Sonnenschein, den alle in ihr sahen? Manchmal, wenn er sie betrachtete, wurde ihm klar, wie viel Schmerz noch in ihr war. Tief in ihrem Herzen gab es einen Ort wie ein leeres Nest. Ihr war die Mutter genommen worden, und nichts konnte diese ersetzen. Aber für ihren Papa und ihren Opa lächelte sie weiter.

Eines Tages saß Mara im Garten auf seinem Schoß, und er las ihr aus einem Buch vor.

»Glaubst du, ich war schuld, Opa?«, fragte ihn Mara völlig aus dem Blauen heraus.

Max war perplex. »Was meinst du?«

»Ist Mama wegen mir gestorben?«

»Aber natürlich nicht, mein Schatz! So etwas darfst du nicht denken.«

Er drückte sie fest an sich und entschied sich in diesem Moment, ihr den Prinzen vorzustellen.

»Ich will dir etwas zeigen, Mara«, sagte er und zog die schwer mitgenommene Puppe aus der Tasche.

Maras Miene hellte sich auf. »Darf ich mit ihm spielen?«

»Sicher darfst du das.« Max gab ihr den Prinzen, und innerhalb von Minuten erfand Mara ein kleines Stück und gluckste vor Vergnügen.

Dem Prinzen gefiel es, so aufgeregte kleine Hände zu spüren, Kinderhände wie die von Sara und Hannah, von den Waisen und Kranken. Das war so lange her.

Eines Tages beschloss Max, Mara eine eigene Puppe zu kaufen, einen Kasperle.

Maras Hand schlüpfte unter den Kasperle und ließ ihn wild herumspringen. Sie drängte Max, eine seiner Geschichten zu erzählen: »Bitte, Opa, die von gestern noch mal!« Und Max erzählte.

Von jetzt an schenkte er seiner Enkelin zu jedem Geburtstag eine weitere Puppe, manchmal auch zwei, und als Mara zehn wurde, hatte sie eine wunderbare Sammlung, mit dem Kasperle, seiner Freundin Gretl, einem Krokodil, einer Prinzessin, einem Räuber, einem Polizisten und einem Affen. Max baute für Mara sogar eine Bühne.

Die Besuche seiner Enkelin hielten eine kleine Flamme in Max am Leben, nachts quälten ihn jedoch immer noch die Dämonen aus Warschau und Sibirien.

»Der Krieg hat mein Leben völlig entleert«, klagte er dem

Prinzen. »Ausgenommen hat er mich wie einen Fisch. Ich weiß einfach nicht, wie ich mit all dieser Schuld und Wut leben soll, die mir wie ein Sturm durch die Seele fährt. Sie wollen mich nicht vom Krieg erzählen hören, die Nachbarn, Erna und Karl. Sie sagen, ich hätte nur meine Pflicht getan, aber ich weiß, dass ich mich schuldig gemacht habe. Ich wusste, dass die Deportationen nichts Gutes bedeuteten, es hatte genug Gerüchte gegeben. Ja, es stimmt schon, ich habe versucht, die Mutter und die Tante des Jungen zu schützen, ja, da bin ich ein kleines Risiko eingegangen. Wenn Peter nicht den Mund gehalten hätte, hätte es mich erwischt. Aber am Ende hat es nicht geholfen. Sie haben sie bei der letzten Razzia gefasst und wie alle anderen deportiert. Und habe ich ihre Verstecke nicht mit meinem Flammenwerfer in Brand gesteckt? Ich werde nie erfahren, ob dieser Junge es lebend aus dem Ghetto geschafft hat.«

Max ließ den Kopf in die Hände sinken.

»Ich habe das Gefühl, über eine Eisschicht zu gleiten. Ich entferne mich von allen, und auch wenn ich sie noch sehen kann, zurück an Land zu ihnen komme ich nicht. Selbst Erna und ich reden kaum noch miteinander …«

Max verstummte für eine lange Weile und starrte den Prinzen an.

»Und doch liebe ich sie. Und ich liebe Karl und meine Mara. Und dich. Ich kann es nur nicht gut zeigen. Vielleicht gelingt es mir wenigstens bei Mara?« Er wischte sich die Tränen aus den Augen und ging zurück in sein Bett.

Allein Mara vermochte hinter seine Maske zu blicken. Er erfand eine Geschichte nach der anderen für sie. Nach und nach gelang es ihm sogar, ihr kleine Schnipsel seines Lebens in Sibirien und aus den Jahren der Flucht zu erzählen.

»Was geschah dann, Opa?« Das alles war für Mara eine einzige große Abenteuergeschichte. Sie saß auf seinem Schoß, alberte mit den Puppen herum und brachte Max immer wieder zum Lachen.

Jene Sommer mit ihrem Opa entzündeten eine tiefe Leidenschaft in ihr, und sie begriff, dass sie mit den Puppen viele Hindernisse überwinden und in die Herzen der Menschen vordringen konnte.

Kapitel siebenundzwanzig

In den ersten Frühlingstagen des Jahres 1969 änderte sich alles. Max' Husten wurde schlimmer, und wenn ihn der Husten erst einmal im Griff hatte, ließ er ihn nicht wieder los. Die Diagnose des Arztes war kurz und bitter: Wenn er Glück hatte, blieben ihm noch drei Monate. Am Ende wurden es fünf. So waren es doch nicht seine Gelenke, sondern der Baum in seiner Brust, der aufgab. Der Krebs zerstörte seine Lunge und hatte bereits Nieren und Knochen befallen.

»Der Tod macht mir keine Angst«, flüsterte Max dem Prinzen eines Nachts zu. »Ich habe ihm schon so oft in die Augen gesehen. Aber ich muss Karl meine Geschichte erzählen. Und du, mein Freund, kannst nicht mit mir kommen, wenn ich gehe. Du musst hierbleiben und meine Geschichte weitererzählen.«

Erna seufzte und drehte sich um. Sie war es gewohnt, dass Max dem Prinzen tief in der Nacht sein Herz ausschüttete, und es erfüllte sie mit tiefer Trauer, dass sie ihm nicht so zu helfen vermochte wie diese schäbige alte Puppe.

»Aber ich liebe dich doch, Erna«, versuchte Max ihr zu versichern, als er merkte, dass sie wach war.

»Ich weiß, Max«, sagte sie, doch sie wusste, dass sich die Kluft zwischen ihnen nicht mehr überbrücken ließ. Nach all den Jahren des Wartens war ihnen die Zeit ausgegangen.

Erna rief Karl an und sagte ihm, wie es um Max stand, worauf Karl und Mara sofort kamen. Und es geschah etwas Außerordentliches: Innerhalb von ein paar Tagen schmolz alle Distanz und Förmlichkeit zwischen Max und Karl dahin. Angesichts der unerbittlich verrinnenden Zeit öffneten sie sich einander, der Vater dem Sohn und der Sohn dem Vater. Als würde die große blaue Sauerstoffflasche neben dem Bett Max dabei helfen, auch noch die verborgensten Erinnerungen aus dem Inneren seiner Seele zu holen, erzählte er seinem Sohn alles: über Warschau und das Ghetto, von Mika, Sibirien und dem Lager, von den Kameraden, die es nicht geschafft hatten, und von seiner langen Reise nach Hause.

Karl lauschte ihm mit weit offenem Herzen. Gegen Ende dieses Sommers wurde er wieder zu dem Jungen, den sein Vater zu Kriegsbeginn zurückgelassen hatte. Manchmal weinte Karl.

»Papa, es gibt noch so viel, was ich dich fragen möchte, so viel, was ich wissen möchte.« Beide waren voller Gefühle und trugen sie offen auf der Zunge, in den Augen, ihrem Atem. Endlich. Sie hatten keine Zeit zu verlieren. Nur Erna hielt sich heraus, brachte Essen und heißen Tee, Kissen und Medizin. Sie half und machte ihnen alles so erträglich wie nur möglich. Aber ihre Augen blieben trocken. Sie würde allein für sich weinen.

Eines Morgens, als sich das Grau des Lichts im Zimmer golden färbte, zog Max den Prinzen unter dem Kissen hervor und sah seinen Sohn an.

»Karl, ich möchte dir diesen lieben Freund von mir anvertrauen. Behandle ihn gut. Er mag nicht mehr nach viel aussehen, doch er war mein Weggefährte und hat alles miterlebt. Diese Puppe trägt inzwischen mehr Leben in sich als ich. Sie soll dir und Mara Trost und Freude bringen.«

»Danke, Papa. Ich werde gut für ihn sorgen.« Karl nahm die Puppe in beide Hände und sah sie lange an.

»Bitte erzähle Mara meine Geschichte, wenn sie alt genug dafür ist, und ich meine, wirklich alles. Ich möchte, dass sie einmal den Prinzen bekommt.« Max hustete und keuchte, er hatte Schwierigkeiten zu sprechen. »Und, Karl, da ist noch etwas. Dieser Junge, Mika, Mika Hernsteyn, bitte versuche herauszufinden, was mit ihm geschehen ist. Es macht mich verrückt, es nicht zu wissen. Immer schon. Ich hätte nach ihm suchen sollen. Bitte, Karl, vielleicht lebt er noch.«

»Ich weiß nicht, Papa. Das ist so lange her.« Karls Stimme klang leicht gereizt, aber Max wusste, es war nur Angst.

»Bitte, Karl. Ich wollte dir wirklich ein besserer Vater sein. Wie gerne wäre ich mehr für dich da gewesen. Ich wünschte, sie hätten mich nie nach Warschau geschickt. Es tut mir so leid. Bitte vergib mir, wenn du kannst.«

Karl sagte nichts. Nichts zu Mika, nichts von Vergebung. Wie hätte er ihm vergeben sollen? Es lag nicht in seiner Macht. Die, die Max hätten vergeben können, waren tot. Aber Karl versicherte seinem Vater, dass er ihn liebe.

In jenen Tagen saß auch Mara oft an Max' Bett, und ihre geschickten Hände erweckten die gesamte Puppenschar zum Leben. Sie hatte sie alle mitgebracht und erfand eine Geschichte nach der anderen. Mit so viel Leidenschaft und Wut tat sie das, als könnte ihr Spiel Max neues Leben einhauchen. Aber Mara kannte den Tod, und sie spielte auch für sich selbst als Erinnerung daran, dass das Leben weiterging.

Max starb in den frühen Morgenstunden eines hellen Septembertages.

Als Erna Tage später eine der Jacken ihres Mannes wegräumte, bemerkte sie einen kleinen Knubbel. Sie griff in die Tasche, und ihr Gesicht verzog sich vor Abscheu.

»Was ist denn das?« Sie zog ein Stück hartes, verschimmeltes Brot hervor. Da endlich fand sie ihre Tränen.

Karl und Mara wohnten in einer kleinen, ordentlichen Wohnung in Hamburg, und am Tag nach ihrer Rückkehr steckte Karl den Prinzen in die unterste Schublade seines Schlafzimmerschrankes. Viele Wochen vergingen, bevor Karl eines Abends hektisch zwischen den Socken nach der Puppe suchte.

»Also gut, mein Freund, Mara braucht dich.« Er ließ den Prinzen vor seinem Gesicht baumeln und sagte: »Sie hat wieder im Schlaf geweint und nach dir gefragt. Also los! Aber ich sage dir, Mara muss nicht alles wissen, was du erlebt hast. Verstanden?« Die Puppe hing schlaff in seiner Hand.

Als Mara am Morgen aufwachte, sah sie den Prinzen auf ihrem Kissen sitzen. Sie drückte ihn fest an sich.

»Wo warst du denn? Papa hat gesagt, dass Opa dich mit in seinem Sarg haben wollte.« Sie streichelte den Kopf des Prinzen, seine Krone und das Stückchen Fell und ließ ihn sanft in ihre Tasche gleiten. Wie schon Mika und Max würde sie immer wieder kurz nach der Puppe tasten, um sich zu versichern, dass sie noch da war. Und wenn immer Mara sich umzog, wechselte der Prinz die Taschen.

Kapitel achtundzwanzig

Mara blieb ein Einzelkind, Karl heiratete nicht wieder. Er beschützte seine Tochter wie eine kostbare Blume, die freilich nicht blühen wollte. An den meisten Tagen spielte sie über ihre Einsamkeit hinweg, aber nachts lag ihr das Alleinsein nicht selten wie ein Stein auf der Brust, und sie konnte kaum atmen. Nach ihrem dreizehnten Geburtstag wurde es schlimmer. Die Ärzte sagten, es sei Asthma: Wie Max verspürte Mara eine erdrückende Enge ums Herz und kämpfte um Luft und Raum.

Das Grab ihrer Mutter besuchte sie einmal in der Woche. Auf dem Weg zum Friedhof kam sie an einer Reihe Eibenbüsche vorbei, rupfte ein paar Nadeln ab und zerrieb sie zwischen den Fingern, so dass sie immer mit grünen Händen ankam, an denen ein kräftiger, bitterer Geruch hing, wie eine Art Traurigkeit oder Kummer, und doch seltsam tröstend. Sie erzählte ihrer Mama von ihrem Papa, der Schule und dem Taubenpärchen, das sie hoch auf einer Laterne hatte turteln sehen.

Mara spielte meist allein für sich. Neben den Puppen hatte sie auch Stofftiere in allen Größen: ein Reh, ein Zebra, einen Tiger, eine Giraffe und eine ganze Bärensammlung, die ihr alle gerne zusahen und zuhörten und die sie in ordentlichen Reihen vor ihre Bühne setzte. Sie besaß ein spezielles Talent zum Puppenspiel, wie es ihr die Nachbarskinder bestätigten, wenn sie denn einmal zu einer Vorstellung eingeladen wurden.

»Weißt du, mein kleiner Prinz«, sagte Mara eines Nachmittags, »ich habe oft das Gefühl, dass ich zu einem anderen Stamm gehöre. Ich passe einfach nicht hierher.«

So einsam Mara gewesen sein mag, sie liebte die Gesellschaft ihrer Bücher. Deren Geruch, deren Gewicht und dass jedes von ihnen eine ganze Welt in sich trug. Woche um Woche fraß sich Mara wie eine hungrige Raupe durch die Bücher der örtlichen Bibliothek, verbrachte abenteuerliche Tage bei Karlsson auf dem Dach, kämpfte mit Prinz Löwenherz gegen einen tödlichen Drachen, träumte von Pippi Langstrumpfs verrückter Villa, zitterte in Blaubarts Kammer oder genoss eine wilde Floßfahrt mit Huckleberry Finn den Mississippi hinunter. Manchmal las sie dem Prinzen vor, der auf ihrem Schoß saß.

»Ich glaube, ich kenne jetzt alle Bücher in der Kinderabteilung, und frage mich, was die Erwachsenen lesen«, erklärte sie eines Tages und ging ohne große Umschweife nach unten, wo die Bücher für die Erwachsenen standen. Was es hier alles zu entdecken gab!

Und so kam es, dass sich Mara an einem Nachmittag zwischen den Regalen der Geschichtsabteilung wiederfand und ein großes Buch auf dem Schoß hielt, das voller Namen und leicht unscharfer Schwarzweißfotos war, aus Auschwitz, Buchenwald, Mauthausen und Treblinka. Die Namen schrillten grell in ihren Ohren, wenn sie auch nicht sagen konnte, warum. Völlig reglos saß sie da, und ihr Herz schlug schneller als eine Trommel.

»Was ist das?«, flüsterte sie, und ihre erschrockenen Augen versuchten zu verstehen, was sie da sah. Sie blätterte durch das Buch und zog ein weiteres heraus. Stacheldraht, sich dahinschleppende Skelette in gestreiften Uniformen, Leichen in wilden Haufen auf einem Feld, Baracken, Soldaten … Sie hob den Kopf und starrte ins Nichts. Diese Bücher waren Fenster in eine schreckliche Welt, von der sie nicht wusste, ob sie sie kennen sollte. Mit einer schnellen Bewegung klappte sie das Buch zu und lief, ohne es zurückzustellen, aus der Bibliothek. Ihre Beine fühlten sich komisch steif und fremd an, als gehörten sie nicht zu ihr. Sie lief kilometerweit bis zum Hafen, setzte sich auf eine Bank und sah den großen Schiffen zu, die einliefen oder wieder abfuhren. Sie sprach mit niemandem und ging erst wieder, als die Sonne längst versunken war.

Nachts holte sie den Prinzen hervor und setzte ihn neben sich aufs Kissen.

»Ich weiß nicht, was das alles ist, aber es macht mir Angst. Letzte Woche erst hat mir Papa verboten, einen Film mit anzusehen, ›Nacht und Nebel‹ hieß er, und als ich kurz zu ihm hineinging, um gute Nacht zu sagen, kamen da Leute aus einer hölzernen Baracke, einer nach dem anderen, wie Gespenster, in einer langen Reihe. Sie sahen wirklich aus wie Zombies, kahlköpfig, fast nackt und dünn wie Knochengerüste. Heute in der Bibliothek dann hat es mich wie ein Schlag getroffen: Das ist alles wirklich passiert.«

Was Mara gesehen hatte, ließ sie nicht ruhen. Sie empfand das wilde Bedürfnis, in die Abgründe der menschlichen Seele zu blicken, und mit der Zeit fand sie alles: Fotos, Zeichnungen, Berichte und sogar Gedichte derer, die überlebt hatten und noch sprechen konnten. Sie lernte auch, welchen Namen diese Finsternis trug: »Holocaust.« Das Wort schmeckte bitter und abscheulich, wenn sie es aussprach. Was die Menschen einander antun konnten!

Aber niemand wollte etwas davon wissen. In der Schule lernte Mara alles über Barbarossa und den Hundertjährigen Krieg, doch kaum etwas über den Mann mit dem Schnauzbart.

»Wie konnte das passieren?« Lange Abende redete sie mit dem Prinzen darüber, sorgte sich und hörte nicht auf zu fragen.

»Glaubst du, auch ich wäre ein dralles ›Jungmädel‹ im BDM geworden und stolz in meiner gestärkten Uniform dahinmarschiert, die Haare ordentlich zu Zöpfen geflochten? Oder hätte ich mein Leben riskiert und heimlich nachts Flugblätter gedruckt? Hätte ich den Mut gehabt, zur Waffe zu greifen und mich dem Widerstand anzuschließen?« Es erschütterte sie, dass sie nie eine Antwort darauf bekommen würde.

»So viele waren einfach nur Mitläufer, die Hitlers Bauten, seinen Reden und seinem Krieg Beifall spendeten. Viele nannten sich nicht mal Nazis, und vielleicht stimmt es ja, dass sie nicht wirklich wussten, was mit den Juden geschah. Sie hielten sich für nette, zivilisierte Bürger, aber waren sie nicht auch Mittäter? Haben sie die Todesmaschine nicht unterstützt, indem sie stumm blieben und die dummen Lieder mitsangen? Wie konnten sie übersehen, dass ihre jüdischen Nachbarn nachts abgeholt wurden, dass die jüdischen Ladenbesitzer, ihre Kollegen und Freunde verschwanden? Und was war mit meinem Großvater? Meinem lieben Opa? Was hat der im Krieg gemacht?« Mara war in einem Mahlstrom aus Fragen gefangen, die wie Treibholz im Meer der Geschichte um sie herumwirbelten. Antworten gab es keine.

Eines Abends dann überschwemmte sie ihren Vater mit all ihren Fragen.

»Gott, Mara, das ist so lange her! Und du bist ein junges Mädchen, du hast mit dieser dunklen Zeit doch nichts zu tun.«

»Aber ich bin eine Deutsche. Ich bin vom gleichen Fleisch und Blut wie die Menschen, die diese Lager geschaffen haben, oder? Wie hat das geschehen können?«

Karl sah auf seine Hände. »Es war eine schlimme Zeit, Mara. Eine sehr schlimme Zeit. Aber Deutschland ist nicht nur das.«

»Ja, ich weiß, Deutschland hat viel Musik, Kunst und Dichtung hervorgebracht. Große Philosophen, das weiß ich doch alles, Papa! Bach und Goethe, Schiller, Schubert und all die anderen. Aber wie kann es so wunderbare Dichtung und Musik geben und dann dieses wahnsinnige Abschlachten? In Auschwitz mussten Mädchen lustige Märsche und Walzer spielen, während ihre Mitgefangenen in die Gaskammern geschickt wurden. Ich verstehe das nicht!«

Und dann, eines Abends kurz nach Maras fünfzehntem Geburtstag, brach der Damm. Vielleicht war es die samtige Luft der herannahenden Nacht, die Karl das Herz öffnete, als er mit Mara auf der Veranda saß.

»Mara, du hast mich oft gefragt, wie es war, im Krieg und davor.«

Mara sah ihn mit großen Augen an und rückte näher.

»Nun, Hitler nannte Nürnberg ›die deutscheste aller deutschen Städte‹. Deshalb gab es in der Stadt all die großen Aufmärsche, für die sie das Zeppelinfeld schufen. Ganz Nürnberg war begeistert, wenn wieder so ein Aufmarsch bevorstand. Zwei meiner Onkel, Heinrich und Herbert, kamen einmal extra aus Hamburg angereist. Sie schliefen im Flur, und wir hängten eine Flagge aus dem Fenster. Einmal habe ich mir sogar in die Hose gemacht, weil ich Angst hatte, den Führer zu verpassen, und nicht von meinem Platz wegwollte. Ich fühlte mich so stolz, wenn die Kolonnen mit donnerndem Schritt durch die gepflasterten Straßen marschierten. Und tags darauf dann auf dem Zeppelinfeld: Stell dir all die Menschen vor, Tausende und Abertausende, die in Reih und Glied marschierten und wie mit einer einzigen Stimme sangen! Abends gab es den herrlichen ›Lichterdom‹, da strahlten Hunderte von Scheinwerfern in den Himmel. Und mir gefiel es auch in der Hitlerjugend, wo ich mit meinen Freunden zum ›Horst-Wessel-Lied‹ marschiert bin. Wie hätten wir wissen sollen, dass das alles so falsch und ein solches Gift war? Sie haben uns verführt, mit täglich neuen Lügen, und als wir es begriffen, war es zu spät. Ja, ich habe meinen Papa in seiner Uniform bewundert und war traurig und stolz, als wir uns 1939 von ihm verabschiedet haben und er nach Polen zog. Aber waren wir nicht alle stolz auf unsere Väter?

Die Alliierten haben Nürnberg im August 1942 und 1943 bombardiert. Wir mussten ständig in den Bunker. Uns passierte nichts, doch wir waren erschöpft und gereizt, weil wir so wenig Schlaf bekamen. Auch am 3. Oktober 1944 heulten die Sirenen wieder. Wir nahmen ein paar Decken und liefen in den Bunker. Aber diese Nacht war anders, das merkten wir bald schon. Das Dröhnen der Flugzeuge begann wie gewöhnlich, nur wollte es nicht wieder aufhören, als fiele ein ganzes Wespenvolk über uns her: Sie schwärmten über der Stadt zusammen und bereiteten sich auf den Todesstoß vor. Und dann krachte es. Es war eine fürchterliche Explosion, und die Erde bebte, als marschierte ein Riese über uns hinweg. Alle schrien. Wir waren etwa dreißig in unserem Bunker. Wenn er einstürzte, würden wir dann alle lebendig begraben? Draußen herrschte Totenstille.

Mutter weinte, ich hielt den Blick in mein Buch gerichtet. Ich starrte auf die Worte, kam aber über den ersten Satz nie hinaus.

Ein kleines Mädchen mit einer großen rosa Schleife im Haar lief wie ein rastlose Katze durch den Bunker, trat zu den Gruppen dahockender Leute und erfand Geschichten und Lieder, um sie zu trösten. Ich konnte nur an mich denken und brauchte all meine Kraft, um nicht wild zu zittern. Ich biss die Zähne so fest zusammen, dass mir der Kiefer weh tat. Ich war ganz und gar nicht mehr stolz auf mich.

Später bin ich wohl eingeschlafen. Es wurde Morgen, und es gab Entwarnung, einen kreischenden Sirenenton, der es uns erlaubte, den Bunker wieder zu verlassen.

Jemand drückte gegen die Luke, und wundersamerweise öffnete sie sich. Einer nach dem anderen krochen wir hinaus. Droben dann erkannten wir nichts wieder. Überall waren Trümmer und Feuer. Nichts war verschont geblieben, alle Häuser in unserer Straße waren ausgebrannt und schwelten noch, völlig zerbombt.

Ich sah zu unserem Haus hinüber, zu dem, was davon noch übrig war, und begriff es nicht gleich. Die ganze Fassade war weg. Wir konnten in unsere Küche und mein Zimmer sehen, wie in ein Puppenhaus. Auf dem Küchentisch stand noch ein Ei im Eierbecher, und etwas Brot vom Abendessen. Zum ersten Mal sah ich unsere Tapete richtig: große, fleischige, burgunderrote Blumen auf einem cremefarbenen Hintergrund. Ich lief zur Seite und musste mich übergeben.«

Mara saß da und atmete kaum. Sie sagt nichts, um den Redestrom ihres Vaters nicht aufzuhalten.

»Wir sind dann nach Wolkersdorf gezogen, hinaus aus Nürnberg. Wochen später wurde die Altstadt innerhalb von ein paar Stunden völlig zerstört. Wir hörten den unheimlichen Bomberschwarm näher kommen, ehe er seine todbringende Fracht auf unsere Stadt warf. Die ganze Nacht über war der Himmel grellorange gefärbt. Die Bomben krachten wie ein fernes Gewitter.

Wer immer noch in der Stadt ausgehalten hatte, brauchte alles Glück dieser Welt. Was für eine Lotterie! Wie sich herausstellte, hatte Otto, einer meiner Schulfreunde, das Inferno überlebt, während die Müllers, unsere Nachbarn, es nicht mal in den Bunker geschafft hatten.

Ich bin froh, dass Opa Max seine Stadt nicht so zerstört gesehen hat. Als er zurückkam, hatte man das meiste aufgeräumt und hässliche neue Häuser errichtet, so wie man schnell ein Pflaster auf eine Wunde klebt.

Die letzten Monate des Krieges waren chaotisch. Wir alle versuchten, durchzuhalten und genug zu essen zu bekommen, sogar im Wald haben wir nach Essbarem gesucht. Dann, eines Tages, kam mein Einberufungsbefehl, ich wurde zu Hitlers ›totalem‹ Krieg in den Kampf gerufen. Jetzt sollten auch Kinder, manche waren erst dreizehn, in einem letzten verzweifelten Aufbäumen mitkämpfen. Deine ruhige Großmutter Erna hat mich vor diesem Wahnsinn gerettet. Ich sollte mich am nächsten Tag vor dem Rathaus einfinden. Mutter warf nur einen Blick auf das Schreiben und sagte: ›Pack eine Tasche, Karl, leicht genug, dass du sie eine Weile tragen kannst. Wir verschwinden heute Nacht.‹

Die nächsten Wochen bis zum Ende des Krieges versteckten wir uns bei verschiedenen Leuten auf dem Land. Meine Mutter hat damit ihr und mein Leben aufs Spiel gesetzt, weil Deserteure als ›Vaterlandsverräter‹ getötet wurden. Trotzdem, ohne sie säße ich nicht hier.

Eines Tages kamen wir an einem Garten mit Apfelbäumen vorbei. Mutter versuchte, mich wegzuziehen, aber ich hatte sie bereits gesehen: vier Tote, zwei Männer und zwei Jungen etwa in meinem Alter, vielleicht auch noch jünger, die im Wind baumelten und ein Schild um den Hals trugen. ›Deserteur‹ stand darauf. Mama nahm meine Hand. ›Wir werden schon nicht so enden. Fass dir ein Herz!‹ Ich konnte die geschwollenen Gesichter nicht vergessen und die merkwürdigen Winkel, in denen die Köpfe zur Seite gekippt waren. Das hätten leicht auch Mutter und ich sein können.

In den verrückten letzten Wochen des Krieges richtete die Gestapo mobile Gerichte an den Straßen ein und exekutierte Soldaten, die ohne die entsprechenden Papiere aufgegriffen wurden. Ganze Straßen waren gesäumt von toten Soldaten an Bäumen und Laternen.

Deine Großmutter hat später nie darüber geredet, über die Angst und ihren Mut. Ich bezweifle sogar, dass Opa davon wusste, aber ich weiß, dass sie mein Leben gerettet hat.«

Karl trank den Rest seines Weins mit einem Schluck aus. »Dann, an einem warmen Apriltag, war alles vorbei. Hitler hatte sich umgebracht, und Nürnberg war ein rauchendes Trümmerfeld. Am 20. April 1945, dem Geburtstag des toten ›Führers‹, marschierten die Amerikaner in die Stadt ein. Bei der Siegesparade auf dem Zeppelinfeld bedeckten sie das riesige Hakenkreuz mit der amerikanischen Flagge und sprengten es noch am selben Tag in tausend Stücke. Das Dritte Reich lag in Trümmern.

Als wir hörten, dass die Amerikaner kommen würden, gerieten alle in Panik und versteckten ihre letzten Habseligkeiten. Sie vergruben ihr Silberbesteck und ihr Porzellan, ihren Schmuck und manchmal auch ihre Fotoalben. Ich hatte nur ein paar Bücher aus unserer kaputten Wohnung gerettet. Die Puppe, die Papa aus dem Osten geschickt hatte, einen Doktor, habe ich nicht mehr gefunden. Uns war nichts Wertvolles geblieben.«

Karl schenkte sich noch etwas Wein nach.

»Weißt du, ich hatte Angst, was die Amerikaner mit uns machen würden, aber wie sich herausstellte, waren sie ziemlich nett, schenkten uns Kaugummi und sogar Hilfspakete mit Zucker und Kaffee. Wir lebten im Chaos, und die Moral der Menschen war auf einem Tiefpunkt. Wir hatten den Krieg verloren und waren von Ruinen umgeben.

Eines Tages hängten die Amis, wie wir sie nannten, Plakate mit Fotos aus den Lagern Buchenwald, Auschwitz und Dachau auf. ›Diese Schandtaten: Eure Schuld!‹, stand darauf. Ich wusste nicht, wohin ich sehen und was ich fühlen sollte. Wie hätte ich das wissen sollen? Alles, was Papa aus Warschau geschickt hatte, war eine Doktorpuppe und ein Brief gewesen, in dem stand, dass ich ihm sehr fehle. Ich hatte keine Ahnung vom Ghetto dort, den Lagern und was mit den Juden geschah. Papa war immer noch vermisst. Seit Warschau hatten wir nichts mehr von ihm gehört. Es dauerte ein ganzes Jahr, bis wir erfuhren, was mit ihm war, und noch mal ein paar Monate später kam die erste Postkarte von ihm aus Sibirien. Jahrelang bekamen wir nur diese dünnen Karten mit ein paar Sätzen darauf. Ich glaube, da habe ich ihn in mir verloren.« Mara rückte näher an Karl heran. »Das muss schlimm gewesen sein, Papa. Die Bomben, der Bunker und dass dein Vater nicht da war. Alles.«

Eine Weile saßen sie schweigend da, und Mara legte eine Hand auf Karls Schulter.

»Das war es, Mara. Deshalb möchte ich normalerweise auch nicht darüber sprechen. Aber vielleicht ist es wichtig, alles aus sich herauszulassen. Wenigstens hat dein Opa das gedacht. Er hat mir alles erzählt, es gibt ja noch so viel mehr. Weißt du, Mara, kurz bevor er gestorben ist, hat Opa mir gesagt, ich soll dir die Geschichte des Prinzen erzählen. Seiner Puppe.«

Eine lange Pause trat zwischen ihnen ein. Mara sah ihren Vater an. »Bitte erzähl sie mir, Papa«, bat sie.

Und so fing Karl an. Bis tief in die Nacht saßen sie da, und Karl hörte nicht auf, bevor er zu Ende gekommen war.

»Als er starb, hat Opa mich gebeten, nach dem Jungen zu suchen, dem Puppenspieler. Er hieß Mika. Mika Hernsteyn. Aber ich habe nicht den Mut dazu. Ich glaube nicht, dass er überlebt hat.«

Mara hatte endlich ein paar wichtige Teile des riesigen Puzzles gefunden. Antworten hatte sie aber immer noch wenige. Ihr lieber Opa war Soldat im Warschauer Ghetto gewesen, und es gab einen Jungen, der Mika Hernsteyn hieß.

Eine Woche später begann Mara zu stricken. Erst schien es harmlos. Sie fing mit einem Paar blauweiß gestreifter Socken an.

»Ich bin froh, dass du etwas anderes gefunden hast, womit du dich beschäftigen kannst, statt immer nur mit diesen Geschichtsbüchern«, sagte Karl und lächelte, als sie ihm die Socken zeigte.

Bald schon ging Mara nirgends mehr ohne ihre Nadeln hin und verstrickte Knäuel um Knäuel. Alles floss in ihre Strickerei: ihre Einsamkeit, ihre Wut und die Frustration über ihre unbeantworteten Fragen. Je komplizierter die Muster waren, umso besser. Breitflächige Norwegermuster linderten ihre Traurigkeit, weiße Mohairwolle war gut gegen die innere Aufregung, und ein mit so dicken Nadeln wie Besenstiele gestrickter Mantel wurde zur Medizin gegen Schuldgefühle und Scham. Sie war wie eine Spinne, nur dass sie Pullover strickte und keine Netze spann. Mara strickte überall, von morgens bis abends, und die mechanischen Bewegungen füllten ihren Kopf mit einer flauschigen, kokongleichen Leere.

»Ich weiß, es ist eine nicht enden wollende Aufgabe«, erklärte sie dem Prinzen, »aber ist die Liste der ermordeten Menschen nicht auch ohne Ende?«

Manchmal machte Mara abends das Fenster auf, setzte die Puppe auf den Sims, und gemeinsam sahen sie hinauf in den klaren Nachthimmel. Sie wusste nicht, wie oft Max mit dem Prinzen dagesessen und den Sternenhimmel über Sibirien betrachtet hatte. Max hatte der Puppe den Großen Bären und Kassiopeia gezeigt, und sie hatten das breite neblige Band quer über den Himmel bestaunt. »Schau, mein Kleiner«, hatte er gesagt, »das ist die Milchstraße!« Wann immer er zu ihr hinaufsah, drang ein tiefes Seufzen aus seiner Brust. Mara ging es nicht anders.

Kapitel neunundzwanzig

Langsam wurde Mara erwachsen. Als die Zeit kam, da es zu entscheiden galt, was sie mit ihrem Leben anfangen sollte, beschloss sie, Krankenschwester zu werden. Vielleicht würde ihr das Für-andere-da-Sein dabei helfen, jene schweren Fragen über das menschliche Herz zu beantworten?

Sie zog nach Bremen, in eine kleine Wohnung neben dem Krankhaus dort. Ihre Puppen nahm sie mit, hörte aber auf, den Prinzen ständig bei sich zu tragen. Sie setzte ihn auf ihr Bücherregal, zwischen Hesses »Steppenwolf« und Saint-Exupérys »Der kleine Prinz«, von wo er leicht vorgebeugt und mit baumelnden Beinen zur ihr herabsah. Die anderen Puppen kamen zusammen mit dem Strickzeug unters Bett.

Mara arbeitete viel und hart. Im Laufe der Monate und Jahre legte sich eine feine Staubschicht auf den Prinzen, und seine Farben verblichen noch etwas mehr. Ihre Liebe zu den Puppen verlor Mara jedoch nie. Nachdem sie ihre Prüfungen bestanden hatte, bastelte sie Tierhandpuppen, erst einen Löwen mit Fell um den Papiermascheekopf, dann ein Zebra, einen Wolf und eine Giraffe. Bald schon hatte sie ein ganzes Tierensemble zusammen.

Als Krankenschwester spezialisierte sich Mara auf Kinder. Nach einem anstrengenden Tag auf der Krebsstation holte sie die alten Puppen unter dem Bett hervor und den Prinzen aus dem Regal. Sie befreite den Umhang des Prinzen vom Staub, polierte seine kleine Krone und malte ihm neue Apfelbacken und ein Paar hübsche, frische Lippen ins Gesicht.

»Da sieh mal an«, sagte sie und erfand ein kleines Stück für ihn.

Der Prinz fühlte sich im Krankenhaus vom ersten Tag an in seinem Element. Es war, als erwachte er aus einem langen Traum: Vor einer Gruppe kranker Kinder zu spielen war immer schon seine liebste Beschäftigung gewesen.

Die Jahre vergingen. Zwanzig, um genau zu sein. Und an einem sonnigen Tag im Juli, Maras vierzigstem Geburtstag, setzte sie sich den Prinzen auf die Hand.

»Ich habe lange darüber nachgedacht. Ich will eine Puppenspielerin werden, mein Prinz. Nichts erscheint mir richtiger, und ihr Puppen bringt den Menschen so viel Freude und Spaß. Ich werde das zu meinem Beruf machen.«

Von nun an lebte sie für ihre Puppen und atmete mit ihnen. Nie aber vergaß sie, was ihr Vater ihr erzählt hatte: die Geschichte von dem Jungen aus Warschau, Mika, und ihrem Opa Max. Diese Geschichte sollten ihre Puppen erzählen. Mara kam kaum mehr aus dem Haus. Sie arbeitete von früh bis spät und manchmal auch nachts, modellierte, nähte und schuf mehr und mehr Puppen, malte Kulissen, schnitzte Requisiten und schrieb Texte für das Spiel. Sie hatte eine klare Vision, für die sie mit aller Kraft arbeitete, wie ein Hund, der seinen Knochen nicht loslassen will.

Dennoch drängten oft Zweifel an die Oberfläche, vor allem spätnachts. Bekomme ich die Geschichte richtig hin? Kenne ich überhaupt alle Einzelheiten? Ich weiß, ich meine es gut, aber reicht das? Wie kann ich die verzweifelte Situation im Ghetto mit ein bisschen Pappe, Sperrholz und den Puppen greifbar machen? Über Wochen schlief Mara schlecht, doch sie gab nicht auf. Besonders viel Sorgfalt verwendete sie darauf, Mika so aussehen zu lassen, wie sie ihn sich immer vorgestellt hatte. Da er die Hauptperson sein würde, machte sie ihn etwas größer als die anderen.

Eines Herbsttages dann, als die Puppen und die Requisiten fast fertig waren, wurde Mara klar, was noch fehlte: Sie musste die Stadt selbst sehen, mit eigenen Augen. Und vielleicht würde sie ja auch etwas über Mika herausfinden.

Also packte Mara in der folgenden Woche einen kleinen Koffer, steckte den Prinzen in die Manteltasche und machte sich auf nach Warschau.

»Wir sind ein gutes Team, du wirst es sehen«, flüsterte sie, als sie sich auf ihren Platz im Flugzeug setzte. An einem Orangensaft nippend, sah sie aus dem Fenster und bewunderte die endlosen weißen Wolkenfelder. Wie Sibirien, nur flauschiger, weicher. Für eine Weile wanderten ihre Gedanken zu ihrem Großvater und dem Geheimnis, das er nie mit ihr geteilt hatte: seiner Flucht aus den brutalen Fängen des fernen, eisigen Landes.

Im Zug vom Flughafen nach Warschau rechnete Mara: Wenn ihr Vater ihr die Wahrheit über ihren Opa erzählt hatte, hatte der Prinz vor rund sechzig Jahren den Besitzer gewechselt. 1942, hier in Warschau. Ihre Finger fanden das Stückchen Fell am Umhang des Prinzen. Sie lächelte. Ihn dabeizuhaben beruhigte sie.

Sie kam im Bahnhof Centralna an, einem grauen, hässlichen, quadratischen Gebäude, in dem es nach verbranntem Gummi roch. Sie nahm den ersten Ausgang und blieb gleich wie angewurzelt stehen. Vor ihr erhob sich ein kolossales vielstöckiges Gebäude hoch in den Himmel, gekrönt von einer großen Antenne.

Ah, der Kulturpalast, ein Geschenk der Russen an das polnische Volk. Die »russische Hochzeitstorte« nennen sie ihn. Mara hatte sich vorbereitet und den Reiseführer eingehend studiert. Sie nahm sich ein Zimmer im Polonia-Palace-Hotel, einem der wenigen Gebäude, wie in ihrem Reiseführer stand, die den Krieg unbeschadet überstanden hatten. Sie stellte das Gepäck in ihrem Zimmer ab und war Minuten später schon wieder auf der Straße. Sie steckte den Prinzen in die Tasche, nahm den Reiseführer und die Karte in die Hand und ging in nördliche Richtung.

Wohin sie auch sah, erhoben sich graue Hochhäuser mit bunten Leuchtreklamen, und noch auf den Dächern standen Reklametafeln.

Sie erreichte die jenseitige Ecke des Kulturpalastes und stieß auf ein Schild, das anzeigte, wo einst die Mauer verlief: »Ghettomauer 1940–1943«. Die Mauer selbst gab es nicht mehr, nicht einen einzigen Stein, nur die verrostete eiserne Markierung im Pflaster, wie eine Linie auf einer Karte. Hier war der Beginn des Ghettorundgangs. Mara studierte die Karte und ging weiter nordwärts, Straße um Straße. Wo ehedem stolze dreistöckige Häuser mit schmiedeeisernen Balkonen gestanden hatten, gab es jetzt Hochhäuser mit zahllosen Fensterquadraten und hier und da eine ultramoderne Stahl-und-Glas-Konstruktion.

Aber dann sah sich Mara unversehens einigen der alten Mietshäuser gegenüber, und an der Straßenecke fand sie eine weitere Tafel. Hier war eines der Haupttore des Ghettos gewesen, der Eingang von der ulica Żelasna. Ein Foto war unter der Tafel zu sehen, auf dem ein Soldat vor dem Tor patrouillierte. Ein Schild neben ihm verkündete in großen Buchstaben: »Seuchengefahr – Sperrgebiet«. So haben die Deutschen das Ghetto zur »arischen« Seite hin gerechtfertigt, hatte Mara gelesen. Sie war nahe der Stelle, wo eine hölzerne Brücke das kleine mit dem großen Ghetto verbunden hatte.

Dann kam Mara zu einigen Häusern, die ein bisschen höher standen als die anderen. Als die Deutschen das Ghetto zerstört hatten, lagen hier so viele Trümmer, dass die Leute nicht alles wegschaffen konnten. Nach dem Krieg hat man die neuen Häuser einfach auf den alten Trümmern errichtet.

Ist sonst wirklich nichts vom ganzen Ghetto geblieben, nur dieser Meter überwachsener, überbauter Trümmer? Mara konnte es kaum fassen. Denken diese Menschen je daran, worauf ihre Häuser stehen? Spüren sie nachts die Geister des Ghettos, die durch die Straßen irren? Mara hielt nach einer Bank Ausschau, sah jedoch keine. Sie blätterte erneut in ihrem Fremdenführer: »Nach dem Aufstand haben die Deutschen das Ghetto systematisch dem Erdboden gleichgemacht. Der Rest der Stadt wurde während des großen Warschauer Aufstandes zerstört und weiter bis zur Befreiung der Stadt 1945. Vor dem Krieg hatte Warschau 1,3 Millionen Einwohner. Als die Rote Armee in die Stadt einmarschierte, krochen nur noch tausend Leute aus den Trümmern. Während der deutschen Besatzung sind vierhunderttausend Juden umgekommen.«

Mara fröstelte. Sie wusste nicht, was genau sie zu finden gehofft hatte, aber da war tatsächlich nichts mehr, rein gar nichts. Sie erschauderte und zog ihren Mantel fester um sich. Plötzlich erinnerte sie sich an ein Bild der zerbombten, niedergebrannten Nürnberger Altstadt, das sie in einem der Bücher ihres Vater gefunden hatte. Eine Ruine ist eine Ruine, hatte sie damals gedacht, sie bricht dir das Herz. Was aber tun, wenn nicht mal eine Ruine bleibt? Nur Gras. Und Häuser, die ein wenig höher stehen als der Rest der Stadt?

Mara schüttelte sich. Es war noch nicht einmal Mittagszeit. Sie zog eine Tafel Schokolade aus der Tasche und nahm einen großen Bissen, dann machte sie sich auf den Weg zum Gelände des ehemaligen Pawiak-Gefängnisses. Sie ging die ulica Dzielna hinunter, und dann plötzlich sah sie die Überbleibsel des Gefängnistores vor sich: mit Stacheldraht bewehrt und auf der Hälfte gekappt. Mitten auf dem leeren Gefängnisplatz stand ein einsamer, kahler Baum, der die Äste in den Himmel reckte. Er war voller Namensschilder, die auf den Stamm genagelt waren. Ein Baum der Erinnerung, ein Denkmal für die Toten.

Während sie stumm die Namen auf den Plaketten las, wurde ihr bewusst, dass sie nach dem des Jungen suchte. Mika. Mika Hernsteyn. Aber er war nicht dabei. Sie holte tief Luft und machte ein paar Schritte in das Innere des Gefängnisses, eine unwirtliche Höhle. Feuchte, modrige Luft schlug ihr entgegen, und sie strich über den Kopf des Prinzen in ihrer Tasche.

Sie ging einen dunklen Korridor hinunter. Die schweren Eisentüren der Zellen standen weit offen, und Mara betrat jede einzelne von ihnen. In Vitrinen links und rechts waren Zeugnisse der Gefangenen zu sehen: schwache Bleistiftzeichnungen von Gesichtern und Landschaften, Briefe, Fotos, Postkarten, ein geknetetes Schachspiel aus Brot, geschnitzte Würfel, ein winziges handgezeichnetes Kartenspiel, gestrickte kleine Beutel, ein Notenblatt. Alles ausgestellt wie kleine Schätze. Was war aus der Frau auf dem Foto geworden, was aus den Schach- und den Kartenspielern? Dem Komponisten? In einer der Zellen fand Mara heraus, was es mit dem Baum im Hof auf sich hatte. Es war eine Ulme, die einzige Zeugin dessen, was dort im Hof geschehen ist, und die alle Zerstörungen überlebt hat.

In einer der letzten Zellen stand Mara lange über eine Vitrine gebeugt, entzifferte Briefe und Postkarten und studierte Schwarzweißfotos. Mikas Name tauchte nirgends auf. Was die Fotos anging, so konnte sie nicht sagen, ob er auf einem von ihnen zu sehen war. Bevor ihr bewusst wurde, was es war, las sie die verblichenen Bleistiftbuchstaben auf einer grauen Postkarte, die Nachricht eines Gefangenen in Auschwitz an seine Lieben in Warschau. In klarem, gepflegtem Deutsch verfasst. Übelkeit ergriff Mara, und sie konnte einen Moment lang kaum atmen.

Als sie aus dem Inneren des Gefängnisses trat, atmete sie tief die frische Luft ein. Das Licht war schwächer geworden, aber der Himmel leuchtete immer noch in einem kräftigen Kobaltblau. Wie Samt, dachte Mara und sah hinauf. Irgendwo losgelassen, stieg ein hellroter Ballon höher und höher und tanzte über den weiten, blauen Warschauer Herbsthimmel. Sie sah dem Ballon nach, bis er sich in der Ferne verlor.

Lass es gut sein für heute! Ich denke, ich habe genug gesehen. Erst jetzt merkte sie, dass sie feuchte Wangen hatte. Sie hatte sich gesorgt, wenn sie einmal anfinge, könne sie nicht wieder aufhören zu weinen. Auf dem Weg zurück zum Hotel ließ sie ihren Tränen freien Lauf und war dankbar für die Anonymität dieser Stadt, in der sie niemand kannte.

In der Nacht träumte Mara, sie wäre ein Hund, ein großer, grauer Mischling, der im Labyrinth der Gefängnisgänge nach Mika suchte und schnüffelnd nicht eine Zelle ausließ, aber ohne Erfolg blieb. Aber als sie das Gefängnis verließ, sah sie Mika hoch oben an einem Ballon hängen und näher und näher auf die Sonne zufliegen.

Am nächsten Morgen verschlang Mara ein riesiges Frühstück mit mariniertem Fisch, Käse und Müsli und machte sich anschließend wieder Richtung Nordwesten auf. Reif bedeckte alles mit glitzerndem Weiß.

Sie konnte das Denkmal an der Stelle, wo die heftigsten Kämpfe während des Aufstands im Ghetto stattgefunden hatten, schon von weitem sehen. Als sie es erreichte, öffnete gerade ein Touristenbus seine Türen, und die Leute stiegen aus. Wie eine Schar bunter Schmetterlinge schwärmten sie um das Denkmal und fotografierten es von allen Seiten. Sie sprachen gedämpft, aber Mara erkannte ihren süddeutschen Akzent. Sie wünschte, sie wäre später gekommen.

Sie setzte sich auf eine Bank und las in ihrem Reiseführer: »Das Denkmal für die Helden des Aufstandes im Warschauer Ghetto wurde aus einem riesigen grauen Basaltblock errichtet, den die Nazis in Erwartung ihres Sieges aus Norwegen nach Warschau gebracht hatten.« Sie ging um das Denkmal herum. Eine Seite zeigte einen erbärmlichen Zug von Ghettobewohnern, die wie von einem Sturm niedergedrückt wirkten: Männer in dicken Mänteln, Kinder, die an ihren Müttern hingen, ein Rabbi mit den heiligen Büchern. Auf der gegenüberliegenden Seite waren Männer und Frauen jeden Alters zu sehen, die ihre Waffen wie Fackeln gen Himmel reckten: die Ghettokämpfer, die Helden. Kleine Steine, Kerzen und Blumen lagen um das Denkmal herum, wie vom Meer angespült. Mara wollte einen Stein dazulegen, zögerte jedoch.

Ihre nächste Station war das Bunkerdenkmal in der ulica Miła 18. Dort war der Hauptbunker des Widerstandes gewesen, aus dem heraus Mordechaj, der Anführer, und etwa zweihundert Kämpfer den Deutschen ein letztes Gefecht geliefert hatten, bevor diese den Bunker sprengten. Vom Bunker war nur noch ein einfacher Grashügel übrig, der von grauen Häuserblocks umgeben war. Der feine Reif auf dem Gras schimmerte im klaren Morgenlicht wie Kristallzucker, als Mara die Stufen hinaufging. Oben lag ein großer Granitblock, in den eine lange Namensliste gemeißelt war: die Namen der getöteten Kämpfer. Mara stand da und las sämtliche Namen.

All diese tapferen Kämpfer, die unter den Trümmern begraben liegen. Dürfen wir hier überhaupt stehen? Sie schloss den

Reiseführer, ging die Stufen auf der anderen Seite hinunter und setzte ihren Rundgang fort.

Der ehemalige »Umschlagplatz« war kein wirklicher Platz mehr, es gab nur mehr eine raue, weiße Marmorwand mit eingravierten Namen. Vierhundertachtundvierzig jüdische Vornamen von A bis Z. Mara stand allein vor der Marmorwand, und ihre Lippen bewegten sich stumm, während sie von links nach rechts die Namen las: von Abi bis Zygmund, von Abel bis Zanna, von Abigajil bis Zlata, von Anna bis Zofia. Wieder suchte sie nach Mika. Den gab es nicht, nur einen Mikhail. Da standen so viele Namen, die sie noch nie gehört hatte. Es war schwer, sich den alten »Umschlagplatz« vorzustellen, diesen schmutzigen Ort, der für so viele Menschen das letzte Stückchen Warschauer Erde gewesen war, bevor sie abtransportiert wurden. Zitternd zog Mara den Mantel enger um sich und fühlte nach dem Prinzen in ihrer Tasche.

»Wohin jetzt, mein kleiner Freund?« Sie ließ den Finger über die Karte gleiten. Sie wusste, wohin sie als Nächstes wollte: zum alten jüdischen Friedhof in der ulica Okopowa.

Sie ging nun in südwestliche Richtung und betrat den Friedhof durch das kleine Tor. Nachdem sie den Eintritt bezahlt hatte, blieb sie vor der großen Übersichtskarte stehen und suchte den Hinweis auf das Denkmal für Janusz Korczak. Bald stand er vor ihr, der alte Mann, groß und beherrschend, aus schwarzem Stein gehauen, die geliebten Kinder hinter sich, als bewegte er sich durch einen Sturm. Kleine Steinhaufen lagen zu seinen Füßen, die Besucher dort hingelegt hatten.

»Liebe und Achtung«, las Mara auf der Tafel, die die Skulptur schmückte. Sie setzte sich auf eine Bank in die frühe Nachmittagssonne, Karte und Buch geschlossen auf dem Schoß.

Mara erinnerte sich, dass es im Jüdischen Historischen Institut ein Archiv gab, das Ringelblum-Archiv. Vielleicht würde sie dort etwas über Mika in Erfahrung bringen.

Die Leute im Archiv erklärten ihr freundlich, sie könne nicht einfach so hereinkommen und nach jemandem suchen. Es würde Zeit kosten. Wochen, vielleicht Monate. Maras Hoffnung sank. Sie versprachen, ihr zu schreiben, notierten sich ihre Adresse und Mikas vollen Namen. Weitere Angaben konnte sie nicht machen. Mittlerweile warf die Sonne lange Schatten aus blauschwarzer Tinte. Mara beschloss, in die Altstadt zurückzugehen. In der Umgebung des Schlosses traf sie auf zahllose Touristen, die sich in Dutzenden Sprachen unterhielten und ins Zentrum der Altstadt strömten. Auf dem gepflasterten Markt hielten Fremdenführer Schirme in die Höhe, versammelten aufmerksam lauschende Gruppen um sich und deuteten auf farbige Details an den Fassaden. Hier herrscht eine so andere Atmosphäre, dachte Mara. Es ist so touristisch, so süß und europäisch. Von einer Statue angezogen, trat sie auf die Mitte des Marktes. Es war die Seejungfer mit Schild und Schwert, ein Symbol Warschaus.

Nach dem Krieg hat man die Altstadt Stein für Stein nach Zeichnungen und Fotografien neu aufgebaut, belehrte sie ihr Reiseführer. Es hat Jahre gekostet, bis alles fertig war, und zum Abschluss haben die Menschen hier auf dem Markt getanzt und geweint.

Vom Markt aus wanderte Mara durch die heimeligen Gassen der Altstadt, am Schloss vorbei und zurück ins moderne Zentrum.

Die weiße Kirche mit den zwei Türmen kannte sie von ihrem Reiseführer her. Dort lag Chopins Herz unter einer Marmorplatte begraben. Sein Körper liegt in Paris, aber sein Herz wollte er in seiner Heimat begraben wissen. Mara blieb eine

Weile vor der blumenbekränzten weißen Marmorplatte mit dem Relief seines Gesichts stehen. Dann ließ sie Chopins Herz unter dem kalten Marmor zurück, ging zum Hotel und fiel erschöpft auf ihr Bett. Erst ein Jahr später sollte sie in einem Artikel von Chopins Antisemitismus lesen. »Subtiler als der Wagners«, schrieb der Journalist. Soll das ein Trost sein?, dachte sie. Ihr ganzes Erwachsenenleben lang hatte sie Chopins Musik geliebt.

Auf dem Flug zurück nach Deutschland füllte Mara Seite um Seite ihres Notizbuchs mit Ideen und Skizzen und machte sich tags darauf gleich wieder an die Arbeit an ihrem Puppenspiel über Warschau während der Besatzung. Drei Wochen später kam ein Brief.

»Nichts. Sie haben nichts über Mika herausgefunden. Gar nichts«, sagte Mara laut, nachdem sie den Umschlag mit den bunten polnischen Marken aufgerissen hatte. »Aber sie sagen, es besteht die Möglichkeit, dass er dennoch überlebt hat. Er könnte nach dem Krieg nach Israel oder Amerika ausgewandert sein. Es gibt ein anderes Archiv über die, die Polen als Flüchtlinge verlassen haben. Sie meinen, ich soll es dort versuchen.«

Abends setzte sich Mara an ihren Computer und schrieb an das zweite Archiv, und nach einiger Zeit kam die Antwort per E-Mail: Einen Mika Hernsteyn hat man nicht gefunden, aber im August 1947 ist ein gewisser Mikhail Hernstein von Warschau aus nach New York aufgebrochen. War das Mika?

Sie versuchte es im Online-Telefonbuch von New York, ohne Erfolg. Er kann ja überall in den USA sein, dachte sie und widmete sich wieder ihrem Stück.

Entschlossener noch als zuvor arbeitete sie an ihrer Geschichte, stieß jedoch bald an ihre Grenzen. Eines Abends zog sie den Prinzen hervor und setzte ihn sich auf die Knie.

»Ich brauche mehr als zwei Hände, um das Licht zu verändern, die Nazitruppen marschieren zu lassen und all die Puppen zum Leben zu erwecken. Meinst du, ich sollte mich nach Hilfe umsehen?« Wie gewohnt wartete Mara nicht auf eine Antwort des Prinzen, sondern fuhr schon Augenblicke später von ihrem Stuhl hoch und machte einen Anruf nach dem anderen. Bald traf sich eine kleine Gruppe zum Frühstück bei ihr: Rainer, ein leidenschaftlicher, rotschopfiger Saxophonist, Martin, mit dem sie einmal eine Beziehung gehabt hatte und der eine Stimme tief wie ein Brunnen besaß, und Sibylle, Maras älteste Freundin, die sie schon seit ihrer Kindheit kannte. Nach einmonatigen Proben war das Stück fertig: »Der Puppenspieler von Warschau«, dargeboten vom Puppentheater Schwarzer Elch, wie sie sich stolz nannten.

»Der Puppenspieler« erlebte seine Premiere in einem Gemeindesaal in Bremen und fand nach einigen guten Besprechungen ein kleines Theater. Zeitungen und Radiosender waren sich äußerst uneins über das Stück: ein Puppenspiel über den Holocaust? Und nicht nur das: Mit welcher Berechtigung spielten da ein paar deutsche Puppenspieler die Geschichte des Warschauer Ghettos nach? Aber so harsch das Stück und Maras Truppe von manchen auch kritisiert wurde, viele hießen es gut und lobten den »Puppenspieler von Warschau« als bahnbrechend.

Während der nächsten Monate tourten die vier Puppenspieler durch Deutschland, wobei sie auch in kleineren Orten auftraten. »Der Puppenspieler von Warschau« entwickelte sich zu einem unerwarteten Erfolg.

Kaum dass die Truppe aus München zurück war, landete eine E-Mail in Maras Inbox, die sie zu einem Puppenfestival in Südfrankreich einlud. Spanien kam eine Woche später, gefolgt von Italien und Griechenland.

Dann, eines Septembertages, als sie endlich wieder zu Hause waren, sprang Mara vom Stuhl vor ihrem Computer auf und machte einen Luftsprung. Sie packte den Prinzen, der wie immer, wenn sie nicht auf Tour waren, neben ihrem Computer saß. Wie ein Derwisch tanzte Mara mit ihm durch ihr Wohnzimmer.

»Ich kann es nicht glauben. Wir fahren zum Big Apple, nach New York! Da gibt es auch ein Puppenfestival, und sie haben uns eingeladen. Uns alle!« Sie drückte ihren lieben Freund an sich und rief Sibylle an.

Drei Wochen später brachen sie auf. In New York zu spielen bedeutete Mara mehr als alles andere zuvor. Nicht nur, weil sie sich auf die große, aufregende Stadt freute, sondern auch wegen einer Hoffnung, die sich in ihrem Herzen regte. Vielleicht gab es eine Verbindung, eine Verbindung zu dem Jungen, der heute ein alter Mann war und dem ihre geliebte Puppe einmal gehört hatte.

TEIL DREI

Heimkehr

Kapitel dreißig

NEW YORK CITY, DOWNTOWN HOSPITAL,
14. JANUAR 2009

Schwaches Licht fällt durch das Milchglas des Nordfensters auf das schwarz-weiß marmorierte Linoleum. Niemand im Zimmer ist sich des fortwährenden Murmelns des Verkehrslärms draußen bewusst, das gelegentlich von einer Sirene durchbrochen wird. Es ist die gewohnte Geräuschkulisse Manhattans. Das kleine Zimmer ist ein Ort außerhalb der Zeit, außerhalb des Gewohnten. Ein Ort im Schwebezustand, des Wartens. Bis auf das regelmäßige Piepen des Monitors und das Geräusch der Beatmungsmaschine, die Sauerstoff in Mikas Lunge pumpt und deren Plastikschlauch sich wie eine alte Ziehharmonika zusammenzieht und ausdehnt, ist es still im Raum. Leicht aufgerichtet und in gestärkte Bettwäsche gehüllt, liegt der alte Mann fest in der Umarmung des großen Krankenhausbetts.

Mika treibt über Zeit und Raum, sein ganzes Sein scheint von den Ereignissen der letzten Tage aufgebrochen: dem bunten Plakat dieses Puppentheaters, einem geheimnisvollen Anruf, dem Hervorbrechen der Vergangenheit, den großen Augen seines Enkels, dem er endlich seine Geschichte erzählt hat, dem anschließenden Spaziergang um sein Apartmenthaus, dem Tanz unter den wirbelnden Schneeflocken, dem eisernen Krampf und weißblitzenden Schmerz in seinem Herzen, Dannys Gesicht im Krankenwagen, als er seine Hand hielt …

Als Daniel anrief, kochte sich Hannah gerade eine Kanne kräftigen schwarzen Tee, um sich für einen späten Fernsehthriller auf der Couch niederzulassen. Was Daniel sagte, war wie ein Schlag auf den Solarplexus, der sie nach Luft schnappen ließ.

»Er ist im Krankenhaus? Was ist passiert?« Sie hatte das komische Gefühl, neben sich zu stehen, und registrierte, wie hoch und hysterisch sich ihre Stimme anhörte. »Im Schnee? Im Dunkeln? Was zum Teufel habt ihr draußen im Schnee gemacht? Was? Er hat getanzt?« Eine Welle hilfloser Wut erfasste sie, bevor ihr die Situation ihres Sohnes bewusst wurde.

»Entschuldige, Danny, ist mit dir alles in Ordnung? Wo bist du? Ich komme sofort.«

Sie eilte, so schnell es eben ging, ins Krankenhaus und verfluchte den Schnee und die Unbesonnenheit ihres Vaters. Seitdem verschmolzen die Stunden ununterscheidbar ineinander, unterbrochen nur von dem langen Bericht Dannys, der vor ihr die Geschichte ihres Vaters ausbreitete: seine Kindheit in Warschau, das Ghetto, die Puppen, die Feuer, die Deportationen … Der alte Mann selbst lag reglos da und wurde von einer Maschine am Leben erhalten.

Hannah sitzt an Mikas Bett. Ihre Hände streichen rastlos über den rauen schwarzen Mantel, der auf ihren Knien liegt. Sie hat ihn nicht losgelassen, seit sie ihn auf dem Bett ihres Vaters gefunden hat, wo er wie ein treues Tier zu warten schien. Seit sie in die geheimen Taschen und Öffnungen gefasst und verschiedene Zeugnisse von Mikas Vergangenheit gefunden hat, könnte sie nichts dazu bringen, den Mantel loszulassen.

Auf dem Nachttisch ihres Vaters liegen eine goldene Brille,

eine kleine hölzerne Flöte, ein Bündel Briefe und sechs Puppen, eine neben der anderen wie eine farbige Theatertruppe. Vor zwei Tagen hat sie das alles gefunden, und immer noch streichelt sie die Puppen wie wertvolle Gefährten. Manchmal greift sie nach Mikas trockener Hand. »Daddy, kannst du mich hören?« Ihre Stimme ist sanft und ruhig. Sie weiß nicht, ob sie zu ihm sprechen oder besser still sein soll. Es ist nicht leicht, die richtigen Worte zu finden, nicht weil sie ihm nichts zu sagen hätte, sondern weil sie nicht weiß, wie und womit sie anfangen soll. Der Damm hat so lange gehalten, und sie war auf die Flut nicht vorbereitet. Dass alles so aus ihm herausströmen würde.

Sie ist froh, dass sie nicht allein ist. Dankbar für Danny, ihren Jungen. Sie streckt den Arm nach Mika aus und hält für einen Moment inne.

Danny sitzt da und blättert durch eine Zeitschrift. Wie ein rastloses Wiesel sitzt er mal mit im Krankenzimmer, dann läuft er wieder hinaus. Er weiß nicht, was er mit sich anstellen soll. Er bringt seiner Mutter Kaffee, ist froh, wieder ein paar Minuten hinauszukommen, läuft über die Korridore, zieht sich eine Cola aus dem Automaten und dann noch eine. Heute kommt er damit durch, Mum merkt es nicht.

Trotz der sterilen Umgebung ist Daniel froh, seinen Grandpa im Krankenhausbett liegen zu sehen, unter der sauberen weißen Decke. Selbst wenn er nur noch mit Hilfe der Maschine atmet. Danny sieht Mika an und glaubt eine Sekunde lang, er habe die Lider des alten Mannes zucken sehen und dass sie sich gleich öffnen werden. In diesem Augenblick erinnert er sich an den Anruf.

»Mum, ich muss zurück in die Wohnung und Grandpas Anrufbeantworter abhören.«

»Warum?« Seine Mutter sieht ihn mit großen Augen leicht erschrocken an. »Was ist denn? Kann das nicht warten?«

»Ich habe das völlig vergessen: Als Grandpa im Krankenwagen kurz zu sich kam, sagte er: ›Danny, jemand hat angerufen. Sieh nach dem Anrufbeantworter!‹ Und schon war er wieder weg und hat mir nur noch kurz die Hand gedrückt. Es muss etwas Wichtiges sein.«

Seine Mutter sagt eine Weile nichts, seufzt, greift in ihre Tasche und zieht ein paar Geldscheine hervor.

»Okay, aber nimm ein Taxi und komm gleich wieder zurück, verstanden?«

»Ja.«

Danny nimmt das Geld, wirft noch einen Blick auf den alten Mann, der unverändert reglos daliegt, und verlässt den Raum. Gut, hier rauszukommen, denkt er. Ich hasse Krankenhäuser. Er nimmt den Aufzug, tritt durch die schweren Glastüren ins Freie und winkt einem Taxi.

»Wohin, junger Mann?«, fragt der Fahrer und lächelt Danny im Rückspiegel an. Daniel gibt ihm die Adresse und sagt sonst nichts. Er ist nicht in der Stimmung für ein Gespräch, lässt sich in den schwarzen Ledersitz sinken, holt tief Luft und sieht hinaus in den Schnee. Eine veränderte Welt zieht an ihm vorbei. Der Verkehr kommt nur schleppend voran. Wenn die Straßen auch längst geräumt sind, fahren die Leute doch immer noch, als wären sie dick mit Eis bedeckt: langsam, vorsichtig, unsicher. Das Hupen und Fluchen des Fahrers zerrt an Daniels Nerven.

Endlich hält das Taxi vor dem Apartmenthaus.

»Bitte warten Sie, ich bin gleich wieder da«, sagt Daniel, der bereits halb aus der Tür ist.

Er öffnet die Eingangstür mit einem Code und läuft zum Aufzug. An dessen Metalltür hängt ein Schild mit den hingekrakelten Worten »Außer Betrieb«, als wollte es sich über ihn lustig machen. Er rennt die fünf Stockwerke hoch und schwitzt und schimpft. Er zögert einen Moment, bevor er den Schlüssel ins Schloss steckt. Er hat die Tür noch nie aufgeschlossen. Es ist Großvaters Schlüssel. Daniel läuft gleich zum Anrufbeantworter, der wie ein nervöser Wecker rot blinkt: »4, 4, 4 …« Danny drückt den Wiedergabeknopf: seine Mutter. Er spult weiter: wieder seine Mutter, die Großvater sprechen will. Die dritte Nachricht betrifft ihn: »Hi, Dad! Kann Danny sonntags bei dir bleiben? Geht das? Ich hoffe, dir geht es gut. Ruf bitte an!« Der letzte Sonntag scheint so lange zurückzuliegen wie der letzte Sommer.

Warum löscht er das nicht? Bewahrt alles auf, der alte Mann. Daniel wird bewusst, wie durcheinander alles ist seit Großmutters Tod. Sie hat die Wohnung in Schuss gehalten, und jetzt ist es ein einziges Chaos. Eine tiefe Frauenstimme mit einem Akzent überrascht ihn. Sie klingt nervös, fast ängstlich.

»Das ist eine Nachricht für Mikhail Hernstein. Mein Name ist Mara Meierhauser. Wenn Sie früher einmal als der Puppenspieler von Warschau bekannt waren, würde ich mich gerne mit Ihnen unterhalten. Ich bin im Moment mit dem Black Elk Puppet Theatre in New York. Wir spielen im Triad Theatre in der 72. Straße. Sie können mich unter folgender Nummer erreichen …« Daniel greift nach einem Stift und schreibt sich die Nummer auf. Er hört die Nachricht noch einmal ab, vergleicht die Nummer und ruft an. Er weiß nicht, was er sagen soll, wenn die Frau antwortet.

»Hotel Carmen, Empfang. Wie kann ich Ihnen helfen?«

»Könnte ich Mara Meier … Meierhauser sprechen?« Was für ein blöder Name ist das denn eigentlich?

»Einen Moment bitte, ich probiere es.«

Daniels Herz schlägt heftig.

»Sie ist nicht da, fürchte ich. Wollen Sie ihr eine Nachricht hinterlassen, Sir?«

»Nein, danke, ich rufe wieder an.« Er legt auf und sieht das Telefon einen Moment wie ein Ding von einem anderen Stern an, als würde es gleich wieder klingeln.

Ich hätte ihr eine Nachricht hinterlassen sollen. Aber was hätte ich sagen sollen? Der Puppenspieler liegt im Krankenhaus? Überrascht stellt Daniel fest, dass er wütend wird. Er reißt die Nummer von dem Blatt ab, auf dem er sie notiert hat, steckt sie in die Tasche und verlässt die Wohnung. Er rennt die fünf Stockwerke hinunter, nimmt immer drei Stufen auf einmal. Er fliegt und fühlt sich leicht benommen.

»Zurück zum Krankenhaus, bitte.« Daniel lässt sich ins Polster sinken und ist dankbar, dass es derselbe Fahrer ist, der schon weiß, dass er nicht reden will.

Wer um alles in der Welt ist Mara Meierhauser? Er spielt sich die Nachricht in seinem Kopf immer wieder vor und grübelt über den Namen nach.

Als der Wagen über eine Bodenwelle rumpelt, fällt es ihm ein – wie ein Schlag ins Gesicht: Max Meierhauser, der deutsche Soldat. Plötzlich ergibt alles einen Sinn. Daniel schwitzt. Zum ersten Mal seit Tagen ist ihm heiß. Sein Herz rast.

»Da sind wir.«

»Danke.« Daniel bezahlt, steigt aus und betritt das Krankenhaus.

Als er ins Zimmer seines Großvaters kommt, wechselt die Schwester gerade Mikas Tropf. Daniel versucht, seinen Atem zu beruhigen, und greift nach einem Stuhl. »Alles in Ordnung? War da eine Nachricht für ihn?«, fragt Hannah.

»Es ist alles okay.«

Als der Tropf wieder angeschlossen ist, zählt Daniel die

Tropfen, bis die Schwester gegangen ist. Dann rückt er den Stuhl näher zu seiner Mutter.

»Es ist verrückt, Mum, da war eine Nachricht von einer Frau auf dem Anrufbeantworter, die mit Großvater sprechen will. Sie sagt, sie heißt Mara Meierhauser. Das ist der Name des Soldaten, dem Großvater seine Prinzenpuppe gegeben hat. Sie sagt, sie ist in New York, mit einem Puppentheater. Ich habe die Nummer angerufen, aber sie war nicht da.« Die Worte sprudeln nur so aus seinem Mund, er kann nicht aufhören. »Ich habe dir das nicht erzählt, aber Grandpa ist schon morgens auf dem Weg zum Museum einmal zusammengebrochen, nachdem wir an einem kleinen Theater in der 72. vorbeigekommen waren, und später wollte er wissen, ob ich das Plakat gesehen hätte, etwas über einen Puppenspieler von Warschau. Vielleicht ist das ihre Truppe?«

»Ganz langsam, Danny. Bist du sicher? Woher sollte sie seine Nummer haben?« Seine Mutter klingt jetzt ebenfalls außer Atem. »Andererseits ... vielleicht war die Nachricht der Grund, warum er dir das alles erzählt hat. Weißt du, mir hat er nie etwas über Polen und seine Kindheit sagen wollen. Nichts. Da war er wie ein Buch mit sieben Siegeln. Wann hat denn diese Mara angerufen?«

»Ich weiß nicht genau, aber nachdem du ihn wegen sonntags gefragt hast.«

Hannah steht auf und geht im Zimmer auf und ab. Sie sieht ihren Vater an.

»Mum, ich muss rauskriegen, wer das ist.«

»Nicht jetzt, Danny. Du bist völlig erschöpft. Vielleicht morgen. Wir rufen sie morgen früh an. Ich habe mit der Schwester gesprochen, weiter den Flur hinunter gibt es ein Angehörigenzimmer mit einem Bett. Warum schläfst du nicht etwas? Ich bleibe hier.«

Das klingt verlockend, denkt Daniel. Er ist so müde, dass es schon weh tut.

Er behält seine Kleider an, aber kaum liegt er, fällt er in Schlaf.

»Wie geht's Grandpa?« Daniel sieht müde und zerzaust aus, als er wieder in Mikas Zimmer kommt. Fahles Morgenlicht fällt durch das Fenster aufs Bett seines Großvaters. Er versucht, seinen Traum zu verstehen: hohle Bäume, zerschlagene Eier, und dann ist eine ganze Puppengesellschaft zum Leben erwacht, hat erst geflüstert und ihn schließlich angeschrien. Er kann sich an kein einziges Wort erinnern. Er sieht auf die Uhr und zieht die Brauen zusammen. »Da habe ich wohl verschlafen.«

»Ich bin froh, dass du dich etwas ausgeruht hast, Schatz«, sagt seine Mutter. »Mit Granddad ist alles, wie es war. Ich habe inzwischen im Internet nach dem Puppentheater gesehen, und es gibt tatsächlich ein Stück im Triad Theatre, das ›Der Puppenspieler von Warschau‹ heißt, von einer Truppe namens Black Elk Puppet Theatre.«

»O mein Gott, das ist es!« Plötzlich ist Danny hellwach. »Grandpa hat von dem Plakat der Aufführung gesprochen, das er gesehen hat, als wir ins Museum wollten. Damit wird alles angefangen haben. Aber als er mir dann seine Geschichte erzählt hat, hab ich nicht mehr dran gedacht. Das passt alles zusammen. Das Plakat wird ihm so einen Stich versetzt haben, dass er deswegen schon das erste Mal zusammengebrochen ist.« Daniel sieht seine Mutter mit großen Augen an. »Ich fahre hin. Wir müssen herausbringen, was es damit auf sich hat.«

»Das solltest du wohl. Um zwölf gibt es eine Matinee.« Auf Daniels Uhr ist es zehn nach zehn. Er wirft einen Blick auf die Puppen auf dem Nachttisch und greift nach dem Krokodil.

»Das nehme ich mit. Bis später, Mum! Wünsch mir Glück!«

Kapitel einunddreißig

Dieses Mal nimmt er die U-Bahn. Er denkt daran, wie er an der 72. mit seinem Großvater ausgestiegen ist. Soll das wirklich erst drei Tage her sein? Hat Grandpa überhaupt nur deswegen vorgeschlagen … oder hat er da noch nichts davon gewusst?

Es ist halb zwölf, als er an dem kleinen Theater ankommt. Er kauft sich eine Karte, setzt sich auf einen Hocker an der Bar im Foyer und bestellt sich eine Cola. Es ist kaum jemand hier, denkt er. Warum machen sie sich da die ganze Mühe? In diesem Moment kommt eine Gruppe ausgelassener Schulkinder herein, die etwas jünger sind als er.

Endlich klingelt es. Er geht in den Zuschauerraum und setzt sich in die erste Reihe. Er nimmt das Programmheft, das auf seinem Platz liegt, und blättert es durch. Da ist ihr Name wieder: Mara Meierhauser. Bevor er weiterlesen kann, geht das Licht aus, und der Vorhang öffnet sich.

Die Bühne wirkt ziemlich voll und verwirrend. Dreistöckige Häuser in allen denkbaren Grautönen lehnen etwas seltsam über gepflasterten Straßen, die in der Ferne verschwinden. Daniel schiebt die Hand in die Tasche und sucht nach einem Bonbon, findet aber nur das Krokodil. Warum habe ich das bloß dabei?

Da erscheint die erste Puppe. Klein und ein wenig mitgenommen sieht sie aus, trägt einen dunkelroten Umhang und hat eine kleine Krone auf dem Kopf, die etwas zur Seite gerutscht ist. Die Puppe setzt sich auf einen Stuhl am Rand der Bühne und beginnt zu sprechen.

»Guten Tag, meine Damen und Herren, Ladies and Gentlemen. Sie wollen also meine Geschichte hören? Ich soll Ihnen also erzählen, was ich alles gesehen habe und wo ich überall gewesen bin? Nun, ich bin ziemlich alt, und mein Glanz ist verblichen, doch ich kann Ihnen sagen, mein Leben hatte es in sich. Sie können sich nicht vorstellen, was ich alles erlebt habe. Und all die Geschichten, die ich gehört habe, in tausend zungenbrecherischen Sprachen, genügen, um euch ins Herz zu schauen. Mein ganzes Puppenleben lang hat man mir applaudiert und geschmeichelt, mich vergessen, verloren und, ja, wiedergefunden.«

Die Puppe springt auf und stellt sich auf den Stuhl.

»Ich wurde in einer kleinen Werkstatt geboren, unter den geschickten Händen eines Jungen namens Mika. Das war im Warschauer Ghetto im Winter des Jahres 1940. Mika nahm sich Zeit mit mir, modellierte mein prinzliches Antlitz aus Papiermaschee, bemalte es mit feinen Pinseln, mischte das Rosa für meine Apfelbäckchen und gab meinen Augen das Blau des Meeres an einem sonnigen Tag. Mein Gewand besetzte er mit goldenen Säumen, glitzernden Steinen und etwas Kaninchenfell, und dazu bastelte er eine passende Krone für meinen Kopf. Ich weiß, die Farben sind verblichen, und ich sehe ein wenig schäbig aus, aber warten Sie nur, bis meine Geschichte beginnt!«

Den Namen seines Großvaters zu hören gibt Daniel ein ungutes, seltsam missliches Gefühl. Die haben ja keine Ahnung. Mikas Grandpa hat die Puppen gemacht, und dazu fehlt noch eine wichtige Sache: Die Deutschen haben den alten Mann erschossen, oder etwa nicht?

»Mika trug immer einen schwarzen Mantel, der so groß war wie ein Zelt«, fährt der Prinz fort.

Und weißt du, warum? Weil der Mantel seinem Grandpa gehört hatte, du Idiot. Daniels Herz schlägt schnell und heftig. Und da kommt er, ein Junge in einem riesigen schwarzen Mantel. Die Mika-Puppe ist größer als der Prinz.

»Sie nennen mich den Puppenspieler«, sagt die Puppe. Langsam öffnet sie den Mantel und zeigt auf viele kleine Puppen, die ihre Köpfe aus winzigen Taschen recken.

Das ist ja völlig durchgeknallt: Mika als Puppe.

Der Puppen-Mika spricht mit einer tieferen Stimme als der Prinz, jedoch ebenfalls mit einem leichten Akzent. Daniel horcht auf: Es ist die Stimme der Frau auf dem Anrufbeantworter, die Stimme von Mara Meierhauser.

Mika stellt dem Publikum zwei Schwestern und einen Bruder vor, dann seine Mum und seinen Dad.

Nein! Diese Frau hat wirklich keinen Schimmer!

»Im November 1940 errichteten die Deutschen eine Mauer und schlossen alle Juden Warschaus in einem kleinen Teil der Stadt ein, in das Ghetto«, verkündet der Prinz, während eine Mauer an unsichtbaren Fäden über die Bühne gezogen wird, bis sie alle Häuser umschließt. Mehr und mehr Puppen erscheinen auf der Bühne und drängen sich in Trauben zusammen.

Mikas Geschichte nimmt ihren Lauf so, wie Mara Meierhauser sie sich vorstellt: Mika spielt mit seinen Puppen auf den Straßen des Ghettos, vor Suppenküchen und in Kellern.

Daniel sieht, wie Mika eine Minipuppe aus dem Mantel zieht und einem deutschen Soldaten widerspricht. Der Soldat hat eine tiefe männliche Stimme mit einem starken deutschen Akzent, und er geht auf Mika los, packt ihn beim Kragen und zerrt ihn von der Bühne. Der Vorhang schließt sich.

Wenigstens das hat sie richtig mitgekriegt.

Als sich der Vorhang wieder öffnet, hat sich die Bühne in

eine Truppenunterkunft verwandelt, mit etlichen Tischreihen und Soldatenpuppen, die betrunken daliegen oder mit ihren Krügen auf die Tische hauen. Zunächst sehen sie alle gleich aus mit ihren Bierbäuchen, roten Gesichtern und Hakenkreuzuniformen, doch als Daniel genauer hinsieht, bemerkt er die Unterschiede: Einer hat eine Adlernase, ein anderer ist ganz dünn und blass.

Die Geschichte nimmt etliche Wendungen. Die Soldaten richten im Ghetto großes Unheil an, treten, schreien und erschießen alle, die ihnen in die Quere kommen. Sie zerren die Leute zum »Umschlagplatz« und schieben sie in die Züge.

In Maras Version versteckt sich Mika mit seiner Mum und seinen Geschwistern auf einem Dachboden, während sein Vater abgeführt wird.

Weiß sie nicht von Mikas Mum und dass der Soldat sie zu retten versucht hat?

Das Stück endet mit viel Rauch und Getöse, dem Aufstand im Ghetto und Mika, der mit seiner Mutter und seinen Geschwistern durch die Ruinenlandschaft kriecht. Alle lebend, das wünschst du dir. Dass es so einfach wäre. Der kleine Vorhang schließt sich. Im Zuschauerraum ist es still wie am Morgen des Schneesturms. Niemand klatscht. Sekunden später treten die Puppenspieler hinter der Bühne hervor, und der Zauber löst sich. Zwei Frauen, eine groß und blond, die andere kleiner, dunkel und mit einer Brille, und zwischen ihnen ein Mann. Sie halten sich bei den Händen und verbeugen sich. Sie sind ganz in Schwarz gekleidet, tragen schwarze Hosen, schwarze Rollkragenpullover und schwarze Schuhe. Endlich prasselt Applaus auf sie nieder. Die drei Puppenspieler lächeln, verbeugen sich noch einmal und deuten auf die Puppen und den Techniker im Hintergrund. Die dunkelhaarige Frau hält den Prinzen, verbeugt sich mit ihm und tritt vor.

»Ich danke euch. Bitte kommt noch ins Foyer, wir beantworten gern alle Fragen.«

Daniel überlegt, welche von den beiden Frauen wohl Mara ist? Was die Stimme angeht, ist er nicht mehr sicher. Sein Herz hat die ganze Zeit nicht aufgehört, wie wild zu schlagen, und jetzt, im hellen Licht, die Puppenspieler so nahe vor sich, steigt ihm ein Kloß die Kehle hoch.

Er wartet und ist der Letzte, der den Zuschauerraum verlässt. Die Schulklasse hat sich im Foyer verteilt, alles schwatzt und kichert. Daniel zieht seine Jacke an, setzt sich an einen kleinen Tisch und isst ein paar alte Erdnüsse. Das ist so irre, Grandpa liegt im Krankenhaus, und diese Frau macht aus seinem Leben ein Puppenspiel. Dabei kennt sie nicht mal die Hälfte davon.

Minuten später kommen die Puppenspieler und der Techniker ins Foyer und mischen sich unter die Kinder und die übrigen Zuschauer.

Die große blonde Frau steht allein mit einer Cola in der Hand da, während die Brünette von einer Schar Kinder umringt wird. Er geht auf die Frau mit der Cola zu.

»Entschuldigen Sie, sind Sie Mara Meierhauser?«

Die Frau lächelt ihn an. »Nein, mein Lieber, ich bin Sibylle, die Frau da drüben ist Mara.« Sie zeigt auf die Frau mit dem braunen Haar.

»Danke.« Er ist wieder weg, bevor sie noch etwas fragen kann. Ich sollte nach Hause fahren. Das ist zu blöde. Er geht an den Kindern vorbei und steuert auf die Eingangstür zu. Die Kälte trifft ihn wie ein Schlag, aber er mag die ernüchternde Wirkung. Ich werde genau fünf Minuten warten.

Der Bürgersteig ist mit dunklem Matsch bedeckt. Er stampft ein Stück die Straße hinunter und freut sich darüber, wie der schmutzig-nasse Schnee zur Seite spritzt. Sein Blick fällt auf einen Bagel-Shop, und sein Magen fängt an zu rumoren. Er hat die vergangenen Tage fast nichts gegessen und überlegt, ob er sich einen holen soll. Doch dann muss er wieder an diese deutsche Frau denken, die die Geschichte seines Großvaters an kleine Kinder verkauft.

Daniel dreht sich um und geht zum Theater zurück. Er betritt das Foyer. Jetzt ist sie allein. Bleib ganz ruhig! Aber sein Herz verrät ihn, es schlägt wie verrückt in seiner Brust. Er holt tief Luft, nähert sich der Frau von hinten, die Hände in den Taschen, und versucht, cool zu tun.

»Sind Sie Mara Meierhauser?«, fragt er.

»Ja, das bin ich.« Sie dreht sich um, lächelt, aber er kann sehen, dass sie nervös ist. War sie bei den anderen Kindern auch nervös?

»Ich bin Daniel Hernsteyn«, sagt er. Er hat noch nie gesehen, dass jemandem das Blut so schnell aus dem Gesicht weicht. Sie ist kreidebleich und kopfscheu wie ein gestraucheltes Pferd.

»Daniel … Hernsteyn?«

»Ja, oder besser Danny. Sie haben eine Nachricht auf dem Anrufbeantworter meines Großvaters hinterlassen?«

»Ja, ja, das habe ich. O mein Gott. Du bist sein Enkel?«

»Ja, er liegt im Krankenhaus. Er hatte einen Herzinfarkt, vor drei Tagen.«

Was kaum möglich ist, die Frau wird noch bleicher. Sie geht zu einer Gruppe Stühle und setzt sich.

»Sind Sie okay?«, fragt er und folgt ihr.

»Ja, schon. Ich habe nur nicht gleich mit einem Herzinfarkt gerechnet, als ich nichts von deinem Großvater gehört habe. Wie geht es ihm denn?«

»Ich weiß nicht. Er ist nicht bei Bewusstsein, und er hängt an einer Maschine.«

»O nein.« Sie sieht Daniel in die Augen. »Das tut mir so leid. Ich hoffe, er erholt sich wieder.«

»Ich auch. Sie wollen also mit ihm sprechen?«

»Ja.« Sie klingt jetzt schüchtern. »Ich weiß nicht, wo ich anfangen soll, da ist so viel. Hast du etwas Zeit?«

Daniel nickt.

»Sollen wir etwas suchen, wo wir eine Weile sitzen können?«, fragt Mara.

»Klar. Ein Stück die Straße hinunter gibt es einen Bagel-Shop«, sagt Daniel und sieht zum Ausgang.

»Das klingt gut. Ich sage nur schnell meinen Kollegen Bescheid.« Sie steht auf, spricht mit der großen Frau, verschwindet dann und kommt kurz darauf in einem dunkelblauen Mantel und mit einem rubinroten Schal zurück.

Sie gehen auf die Straße und gehen das Stück bis zum Bagel-Shop ohne ein Wort. Als sie eintreten, begrüßt sie der Duft frisch gebackener Bagels wie eine warme Umarmung. Sie ziehen ihre Mäntel aus und setzen sich an einen Tisch beim Fenster.

»Such dir etwas aus, ich würde dich gern einladen«, sagt Mara. Die Kellnerin bringt die Karte. Daniel zögert.

»Danke. Ich nehme einen Bagel mit Frischkäse und Lachs und eine Cola«, sagte Daniel.

»Oh, für mich das Gleiche.« Die Kellnerin nimmt die Bestellung auf, und sie sitzen schweigend da.

»Ich bin so froh, dass du gekommen bist«, sagt sie schließlich. »Ich suche schon seit langer Zeit nach deinem Großvater. Überall. Ich möchte ihm etwas zurückgeben.« Jetzt lächelt sie, obwohl ihre Stimme heiser klingt. Sie greift in die Tasche und holt ein dunkelrotes Bündel hervor. Es ist der Prinz, der Erzähler des Stückes. Sie legt ihn vor Daniel hin und rückt die kleine Krone zurecht.

»Das ist also …« Daniel streckt den Arm aus, berührt die Puppe aber nicht.

»Ja, das ist der Prinz, die Puppe, die dein Großvater 1942 in Warschau meinem Großvater gegeben hat. Hat er dir davon erzählt?«

»Ja, ein paar Dinge, aber erst vor wenigen Tagen. Vorher nicht, nicht mal meiner Mum.« Dann war es mit der Zurückhaltung vorbei. »Die Deutschen haben sich alles genommen. Warum konnte Ihr Großvater meinem Grandpa nicht wenigstens seine geliebte Puppe lassen? Wie konnte er sie ihm wegnehmen? Grandpa war da noch ein Junge. Und übrigens hat er in Warschau die ganze Familie verloren, es war nicht wie in Ihrem Stück. Er war der Einzige, der lebend dieser Hölle entkommen ist. Niemand von seiner Familie hat überlebt.« Daniels Stimme ist lauter, als er es will, und seine Wangen laufen feuerrot an.

»Wie schrecklich«, sagt Mara mit leiser Stimme und sieht auf ihre Hände. »Es tut mir so leid.«

Daniel starrt sie an, doch sie sieht immer noch nicht auf. Nach einer Weile holt sie tief Luft und hebt den Blick.

»Hör zu«, sagt sie leise und beugt sich vor. »Es gibt nichts, was ich tun kann, um die Vergangenheit zu ändern, aber ich möchte wenigstens, dass er seine Puppe zurückbekommt. Bitte bringe sie deinem Großvater! Der Prinz gehört ihm.« Sie sieht Daniel mit ihren großen dunkelgrünen Augen an und schiebt die Puppe zu ihm hinüber.

Wut durchzuckt Daniel wie ein Stromstoß. Das wäre schön einfach, wie? Als könnte das alles wegwaschen. Er atmet scharf ein, versucht jedoch, seine Stimme ruhig zu halten. »Danke, aber das müssen Sie schon selbst tun. Grandpa liegt im Downtown Hospital, Zimmer 215. Besuchszeit ist von zwei bis sieben Uhr.« Er glaubt, er kann sehen, wie Mara zusammenzuckt, aber sie lässt sich nichts anmerken, als sie ihm antwortet.

»Gut, das werde ich tun.«

In diesem Augenblick kommt die Kellnerin und stellt Teller und Gläser mit großer Geste vor sie hin. »Zwei Bagels mit Frischkäse und Lachs, dazu zwei Cola … Oh, wie süß«, sagt sie mit einem Blick auf den Prinzen, aber bevor sie nach ihm greifen kann, steckt Mara ihn zurück in die Tasche.

»Danke«, sagt Mara. Die Kellnerin geht, und sie sitzen schweigend da. Daniel trinkt etwas Cola, die Bagels bleiben unberührt.

»Du sagst, das mit dem Herzinfarkt, das war vor wenigen Tagen?«, bricht Mara endlich das Schweigen.

»Ja, am Sonntag. Ich war ganz schön durcheinander, weil er mir gerade die ganze Geschichte über Warschau erzählt hatte. Er sagte, ich solle doch über Nacht bleiben, und Mum hatte nichts dagegen, besonders wegen dem Schnee. Ich habe am Telefon nichts von Grandpas Geschichte gesagt, aber sie hat was gemerkt und meinte, ich höre mich komisch an. Als ich auflegte, sagte Grandpa: ›Ich gehe noch etwas raus, um frische Luft zu schnappen. Kannst du uns ein paar Sandwiches machen?‹ Ich konnte es nicht glauben, dass er im Dunkeln und bei dem Schnee noch allein rauswollte, und sagte: ›Grandpa, ich komme mit!‹ Erst wollte er nicht, aber dann gab er nach, nahm seinen Stock, zog sich die Fellmütze tief ins Gesicht, und los ging's. Wir machten den gewohnten Spaziergang einmal um den Block. Er machte Späße und schlug mit dem Stock in den Schnee. Dann blieb er unter einer Laterne stehen, sah zu den wirbelnden Flocken hinauf und trat wie auf einer Bühne in die Mitte des Lichtkegels. Er ließ den Stock los, und als hörte er eine Musik, die ich nicht hören konnte, fing er an zu tanzen. Langsam erst und dann schneller. Er hob die Arme zum Himmel und ließ sie herumwirbeln wie die Schneeflocken. Da hätte ich ihn wohl stoppen sollen, aber ich hab ihn nur angesehen. Es war so seltsam und so schön, wie er hoch zum Himmel sah und die Schneeflocken auf seinem Gesicht schmolzen. Und die ganze Zeit hat er gelächelt, bis er umfiel.«

Langsam spürt Daniel, dass sich seine Wut auflöst wie die Schneeflocken auf Großvaters Gesicht.

»Ich wusste nicht, was ich tun sollte. Das war ein ganz schöner Schreck. Ich hab versucht, ihn hochzubekommen, aber es ging nicht. Dann habe ich den Krankenwagen gerufen, und den Rest kennen Sie ja. Ich glaube, es hat ihn zu sehr erschöpft, all das Reden über den Krieg und über Warschau.« Daniel lehnt sich zurück und nimmt einen großen Schluck Cola.

»Es tut mir so leid.« Maras Stimme klingt heiser. Daniel blickt auf. Tränen laufen ihr über die Wangen, zwei stumme Rinnsale. Sie wischt sie nicht weg und legt ihre Hand kurz auf seinen Arm, nur ganz leicht.

Daniel sieht eine Öffnung, eine Möglichkeit: »Ich bin nicht sicher, ob es Grandpa recht wäre, dass ich Ihnen von ihm erzähle, aber da Sie dieses Puppenstück über ihn aufführen, sollten Sie wohl wissen, wie es wirklich war.« Er steckt die Hand in die Tasche und holt das Krokodil heraus. »Das hier ist eine von seinen alten Puppen.« Er schiebt die Hand in das Krokodil und lässt es das Maul auf- und zumachen.

»O mein Gott, das gibt es noch? Wie wunderbar«, sagt Mara und streckt die Hand nach dem Krokodil aus.

»Grandpa hatte es bis zuletzt in seinem Mantel, zusammen mit noch ein paar anderen Puppen. Hier in Amerika hat er den Mantel dann im Schrank verstaut und all die Jahre nicht hervorgeholt. Erst vor ein paar Tagen wieder.« Danny zieht die Hand aus dem Krokodil und legt es einladend mitten auf den Tisch. Mara streicht mit den Fingerspitzen darüber.

»Und was ist mit dem Prinzen? Wie hat der überlebt?«, fragt Daniel.

Mara holt die Puppe wieder hervor und fährt mit der Hand

unter den Samtumhang. »Nun denn, Danny«, sagt sie mit leiser Stimme, setzt den Prinzen neben ihren Teller und schaut Daniel an. »Lass mich dir erzählen, wie es mir ergangen ist …«

Der Nachmittag vergeht, während sie reden. Stundenlang. Mara erzählt die Geschichte des Prinzen, bis Daniel der Kopf dröhnt. Anschließend wendet sich das Blatt wie eine riesige Wippe, und Daniel weiht Mara in die Geschichte seines Großvaters ein, mit jedem Detail, an das er sich erinnern kann. Er hatte es nicht vor, aber die Worte brechen sich Bahn wie ein wilder Fluss, und während er spricht, befreit sich Mara nach und nach aus ihrer Verteidigungshaltung, die ihr zur zweiten Natur geworden ist: der Preis dafür, eine Deutsche zu sein und über den Krieg reden zu wollen. Alles löst sich, und sie hat das Gefühl, dass das Schicksal sie endlich einholt.

»Kann ich Ihnen noch etwas bringen?« Die Stimme der Kellnerin erschreckt sie beide. Wie aus einer anderen Wirklichkeit hochschreckend, sieht Mara auf die Uhr.

»Großer Gott, ist es schon so spät? Lass mich zahlen, und dann werde ich meine Kollegen bitten, die Vorstellung heute abzusagen. In einer Stunde oder so müsste ich es ins Krankenhaus schaffen. Glaubst du, sie lassen mich noch hinein? Oder soll ich morgen kommen?«

»Nein, ich bin sicher, das geht. Kommen Sie heute noch, und wenn jemand fragt, sagen Sie, Sie sind eine Freundin der Familie.«

»Danke, Danny.« Sie blickt auf den Tisch. »Sollen wir uns die einpacken lassen?« Beide haben nicht einen Bissen von ihrem Bagel gegessen.

Kapitel zweiunddreißig

Mara steht im Blumenladen gegenüber vom Krankenhaus in einem Überfluss an Farben und kann sich nicht entscheiden. Blumen für Mika, den alten Mann, der einmal ein Junge in Warschau war. Der Junge mit dem Mantel voller Taschen, der Puppenspieler. Sie greift nach einem Strauß rosa Rosen und stellt ihn zurück. Orangefarbene Gerbera? Zu knallig. Am Ende nimmt sie einen großen Strauß gelber Rosen. Für das Leben.

Sie betritt das Krankenhaus, eilt durch ein Labyrinth aus Korridoren und findet schließlich das Zimmer 215. Sie steht auf der Schwelle, klopft und ist fürchterlich angespannt. Neben dem Bett sitzt eine Frau mit einem dichten Lockenkopf. Sie dreht sich um, sieht Mara und steht auf. Kommt auf sie zu und umarmt sie.

»Danke, dass Sie gekommen sind. Ich bin Hannah, Mikas Tochter.«

Danny sitzt direkt beim Bett. Er lächelt ihr zu. »Hi, schön, dass Sie hier sind.«

Mara tritt von einem Bein aufs andere, ihre Hände sind schweißnass. Die freundliche Begrüßung lässt sie schlucken. Danny zieht ihr einen Stuhl heran, aber sie möchte stehen bleiben, so dankbar sie für Dannys Geste ist. Sie klammert sich an die Freundlichkeit dieser Menschen, in deren Leben sie sich katapultiert hat. Sie fühlt sich fehl am Platz und überfordert. Als hätte sie ein Tabu gebrochen.

»Danke« ist alles, was sie herausbringt. Was mache ich hier? Eine deutsche Puppenspielerin mit der Last eines toten Großvaters, eines Soldaten, auf den Schultern, überlegt sie.

Sie sieht zu dem alten Mann hin, tritt aber nicht näher, steht bewegungslos da. Daniel bringt eine Vase für die Blumen. Hier im Zimmer leuchten sie besonders hell.

Mara erinnert sich plötzlich daran, was sie mitgebracht hat. Sie fasst in ihre Tasche und gibt Hannah ein kleines Päckchen. »Hier, ich möchte Ihnen das geben.«

»Danke.« Hannah nimmt das Päckchen mit beiden Händen. Daniel sieht seiner Mutter über die Schulter.

Langsam erscheinen unter verschiedenen Schichten dünnen blauen Seidenpapiers ein kleines Stück verfilztes Fell, etwas roter Samt und ein Kopf mit großen aufgemalten Augen und einer leicht eingedrückten Krone. Der Prinz. »O Gott, er ist so klein.« Hannah hält die Puppe in die Höhe und schlüpft mit der rechten Hand unter den Umhang. »Ist das wirklich die Puppe, die mein Vater dem Soldaten … nun, Ihrem Großvater gegeben hat? Der alte Prinz aus Warschau?«

Mara nickt. Sie spürt eine Kröte im Hals. Der Prinz, auf Hannahs Hand zum Leben erweckt, sieht von Mara zu Daniel, dann zu Mika. Die Puppe bleibt stumm. Hannah tritt an Mikas Bett, beugt sich über ihn und legt den alten Prinzen neben die rechte Hand ihres Vaters.

Mara wagt kaum zu atmen. Tränen strömen aus ihren Augen und lösen den Kloß. Ihr Herz brennt und wünscht sich nichts so sehr, als dass dieser todkranke Mann aufwacht und seinen alten Freund begrüßt.

»Daddy, die Frau hier, Mara, sie hat die Puppe zurückgebracht, die du dem deutschen Soldaten in Warschau gegeben hast. Einem Mann namens Max Meierhauser. Mara ist seine Enkelin. Es ist die Prinzenpuppe, Daddy.«

Der alte Mann liegt reglos da. Es sieht aus, als würde er in all dem Weiß ertrinken, allein die Puppe bringt etwas Farbe ins Bild wie ein zufälliger Klecks auf einer leeren Leinwand. Der Prinz mit seinem roten Umhang und dem verfilzten Fellbesatz, den apfelroten Backen und dem feinen Lächeln liegt auf der weißen Decke. Sein Kopf würde perfekt in Mikas Hand passen. Wie ein Ei.

Die drei starren den Prinzen an, dessen kleines Gesicht neben Mikas Hand liegt. Sein Körper ist so schlaff wie der des alten Mannes unter der Decke.

Mikas Welt ist zu einem weißen Kubus zusammengeschrumpft, der aus der Zeit gefallen ist, mit einem Bett, einem milchigen Fenster, gedämpften Geräuschen. Mika erinnert sich an den Blitz, der ihn durchfahren und wie einen Baum gefällt hat, als er unter den Schneeflocken tanzte. Er fühlt sich untergetaucht, wie unter Wasser, unter einer Eisschicht. Eine Gedichtzeile treibt durch seine vernebelten Gedanken, einer Krähe gleich, die über einer Schneelandschaft aufsteigt:

Jetzt ist die Leiter weg
Ich krieche um den Leitergrund, verroht
Lieg ich beim Lumpensammler Herz im Kot.

Etwas in ihm wiederholt die letzten Worte wie eine kaputte Schallplatte: *Lumpensammler Herz im Kot… Lumpensammler Herz im Kot… Lumpensammler…*

Reglos liegt er da, versprengte Erinnerungen formen eine Collage, ein Kaleidoskop von Bildern.

Er ist vierzehn, in Großvaters Mantel gehüllt und steht in einer der ermüdenden Schlangen des Ghettos. Dann ist er älter, aber sehr dünn, in einer weiß gekachelten Halle auf Ellis Island, am Ende einer langen Schlange von der See gebeutelter Einwanderer. Bei seinem ersten Tanz mit Ruth an einem hellen Frühlingstag des Jahres 1952 in einem alten Tanzpalast unten in Manhattan. Drei Jahre später zertritt er ein Weinglas. Er hat gerade geheiratet und denkt nicht an Jerusalem, sondern an das Ende Warschaus, als könnte das Zerbrechen des Glases auch die Mauer um sein Herz einreißen, ein für alle Mal, und Ruth ist so schön in ihrem cremefarbenen Hochzeitskleid aus Spitze.

Schließlich Hannah, ein winziges, strampelndes Bündel mit dicken schwarzen Locken, ein leuchtendes Muttermal schmückt ihren Rücken wie eine Motte. Er hält sie, küsst sie direkt auf den Mottenflügel, die kleine Hannah, ihr Lächeln süß wie Honig. An einem heißen Sommertag des Jahres 1966 rutscht sie in ihr Leben, eine späte Überraschung, sie sind in ihrer Wohnung auf der Lower East Side. Hannah, die Begnadete, die, der Gott gnädig ist, ihre ersten Schritte fast genau ein Jahr nach ihrer Geburt an einem sonnigen Tag im Central Park. Eine Fahrt auf dem Karussell, alle fahren mit, Hannah auf seinem Schoß, fest in seinen Armen geborgen, und Ruth hüpft neben ihm auf einem lila Pferd auf und ab. Alle drei lachen vor Freude, sein Herz fliegt leicht dahin.

Jetzt zieht es sich zusammen, sein Herz. Er sieht seine Tochter, mit dreizehn, in ein Ghettomädchen verwandelt. Hannah schrumpft, wird blass und dünn wie ein Geist, eine Schattenpuppe, der Geist seiner anderen Hannah.

Mikas Gedächtnis macht einen Sprung, und er findet sich in der stickigen Hitze des Bunkers in der ulica Miła wieder, auf einem schmalen Feldbett mit Elli. Er will sie halten, wird aber von einem Wirbel von ihr weggezogen: Sein Großvater dreht sich in seinem neuen Mantel vor Nathans Spiegel, Elli steht lächelnd mit ihrem alten Koffer vor der Tür, Mutters Fäuste regnen auf ihn herab, der Saal ist voll mit Soldaten, dann Ellis

Fäuste, nachdem die Deutschen alle geholt haben, der Prinz liegt neben dem Gesicht seiner Mutter, eine Nachricht in der Hand, die Puppenprinzessin, sein letztes Geschenk an Elli, dann verschwindet Ellis Gesicht, er klettert in die Kanalisation, Max, der Soldat, der Prinz baumelt zwischen ihnen …

Langsam versiegt die Bilderflut, Stimmen dringen in Mikas Bewusstsein. Er kann Danny hören, den lieben, hübschen Danny mit seinen schwarzen Locken, und Hannah. Ihre Stimme klingt sanft, aber angespannt. Er gibt sich alle Mühe, kann jedoch nicht verstehen, was sie sagen. Da ist noch eine andere Stimme im Raum, eine Frauenstimme. Sie spricht ihn nicht an, aber er spürt ihre Gegenwart. Jetzt hört er Hannah wieder. »Daddy« nennt sie ihn. Sein Mädchen. Er fühlt ein leichtes Gewicht neben seiner Hand, kühl und weich, Fell berührt seine Finger wie ein Atemhauch. Etwas versucht, in sein Bewusstsein zu dringen, ruft ohne ein Geräusch, ohne Worte.

Die drei Personen versammeln sich um Mikas Bett. Sie haben aufgehört zu reden, sehen ihn nur noch an und warten. Dann, ganz sachte, fast ist es so, als spielte ihnen ihre Vorstellung einen Streich, hebt sich Mikas Finger. Es ist der Ringfinger, der kleine folgt, dann sind es alle vier, nur der Daumen bleibt auf dem Bett liegen, als wäre er zu schwer. Mikas Fingerspitzen bewegen sich über das Gesicht der Puppe so, wie ein Blinder den Zügen eines geliebten Menschen nachspürt, flattern über das Stückchen Fell, den Samtumhang, zurück zum Gesicht. Mikas Augen bleiben geschlossen, und ein schwerer Seufzer erschüttert seinen Körper.

Mit einem Mal weiß er es. Weiß es ohne Zweifel: Es ist sein Prinz. Nein, das träumt er nicht, er erkennt das Fell, den Stoff, die zarten Züge der Puppe. Sein Prinz ist nach Hause gekommen. Die alte Puppe kehrt zu ihrer Familie zurück. Nicht, dass ein klarer Gedanke wie dieser den Nebel in seinem Kopf durchdringen könnte, aber ein eindeutiges Gefühl strahlt von seinem Herzen aus, eine leuchtende Sonne: Dies ist eine Wiedervereinigung. Und mehr als das: eine Heimkehr. Ob es die Puppe ist, die nach Hause gefunden hat, oder er, er ist nicht sicher. Aber ist das wichtig?

Etwas in ihm beschließt zurückzukehren. Zurückzukehren wie der Prinz, und sei es nur für eine kleine Weile. Er macht seinen ersten eigenständigen Atemzug seit Tagen, rasselnd, schlürfend. Seine Lider zucken, und das Bedürfnis, die Augen zu öffnen, ist überwältigend. Mika spürt kleine Energiepakete aus seinem Inneren aufsteigen, wie Luftblasen, die an die Oberfläche eines Teiches drängen. Seine rechte Hand umfasst den Prinzen und drückt ihn leicht. Er öffnet das eine, dann auch das andere Auge.

Er kann drei Gestalten erkennen: Danny, das letzte, liebe Gesicht, bevor er zusammengebrochen ist, und Hannah. Er sehnt sich nach Hannah, will nach ihr greifen, sie berühren.

Und da ist noch eine Frau, eine Frau, die er noch nie gesehen hat. Sie lächelt nicht, ist bleich wie ein Gespenst. Was hat Hannah gesagt? Die Frau heißt Mara? Als sich der Nebel über seinen Gedanken hebt, überwältigt ihn das Ausmaß dessen, was ihm da gesagt wird. Die Enkelin des Soldaten? Er zuckt zusammen und schließt die Augen wieder. Wie kann das sein?

»Daddy, kannst du mich hören?« Hannahs Stimme ist seidenweich. Mika müht sich, die Augen zu öffnen, mit Erfolg. Hannahs Gesicht ist so nahe, dass er sie riechen kann, die so vertraute Mischung des Geruchs ihrer Haut und ihres Parfüms. Dannys Stimme überrascht ihn. »Grandpa, ist alles in Ordnung?« Mika sieht Danny an, er öffnet den trockenen Mund, bringt aber nur ein Krächzen hervor. Er ist so müde.

»Wie fühlst du dich, Daddy?« Hannah beugt sich über ihn. Sie sieht angespannt aus, besorgt.

»Ok-haay«, flüstert er und erkennt seine Stimme kaum. Er versucht zu lächeln. »Bin noch da. Wer ist das?« Er möchte die Hand heben, um auf Mara zu deuten, aber es gelingt nicht.

»Das ist Mara, Dad. Eine Puppenspielerin. Sie hat dir deine Prinzenpuppe zurückgebracht.« Hannah hält ihm den Prinzen vor die Augen. Mikas Lächeln wird deutlicher, seine rechte Hand hebt sich etwas. Hannah führt sie unter den Samtumhang, bis die Puppe richtig daraufsitzt. »Hal-loo.« Mika bewegt den Prinzen ganz leicht, dreht dessen Kopf langsam von Hannah zu Danny, lässt ihn sich verbeugen und Mara ansehen. So verweilt er einen Moment. Mara lächelt jetzt, aber Mika denkt, er kann Tränen über ihr Gesicht laufen sehen. Der Prinz nickt ihr zu, winkt kaum merklich und sieht wieder Danny an. Er bedeutet dem Jungen, sich zu ihm aufs Bett zu setzen. Danny hockt sich auf den Rand der Matratze, und Hannah schiebt Mika ein zusätzliches Kissen unter Kopf und Nacken.

»Der Prinz ist für dich, Danny, für dich und Mum«, flüstert Mika. Er sieht Hannah an und lächelt. »Bewahrt ihn gut auf…« Sein Atem rasselt. »Er hat eine lange Reise hinter sich, der Prinz.«

»Ja, Daddy. Streng dich nicht an, ruhe dich aus!« Hannah streichelt seine Wange.

»Danke.« Ich war noch nie so müde, denkt er.

Danny nimmt den Prinzen und stülpt ihn sich über die Hand. »Danke, Grandpa. Ich passe gut auf ihn auf.«

»Schlaf jetzt, mein Freund. Ich bin in Sicherheit, und du auch.« Die Hand des Prinzen streicht sanft über Mikas Wange, bevor Danny ihn in seine Hemdtasche steckt.

Epilog

Der Mantel ist hier eindeutig nicht beliebt. Alt und schäbig und so voller Geschichte wirkt er wie ein Löwe in einer Bibliothek, ein gefährliches Raubtier in der sauberen Ordnung des Krankenhauses. Gestern hat die Schwester einen Blick auf ihn geworfen, als wäre er völlig verlaust. Sie hätte ihn weggeworfen, wenn sie gekonnt hätte. Aber Hannah hat sie daran gehindert, und so blieb der Mantel im Zimmer.

Hannah ist genau das, was so ein alter Mantel braucht: nett und doch unerschütterlich. Sie streichelt ihn wie ein liebes Haustier, vielleicht etwas gedankenverloren, aber doch mit genug Zuneigung, um seine alte Seele zu nähren.

Er verlangt ja nicht viel, dieser alte Mantel. Er will nur nicht weggeworfen werden und nie wieder in einer Schachtel landen. Ein Haken an der Wand reicht ihm schon, ein schöner Kleiderbügel in einem geräumigen Schrank, ein Stuhl, über den er gehängt werden kann, ein Platz in deinem Herzen. Am besten wäre ein Platz mit Aussicht. Zum Ausruhen und Sich-zu-Hause-Fühlen.

Wann immer du also einen gewöhnlichen Mantel siehst, denke daran, was in seinen Falten schlummern mag, was für Erinnerungen in seinen Taschen versteckt sein mögen. Vielleicht flüstert er dir in der Nacht etwas zu. In seine Ärmel sind so viele Geschichten genäht, und in seinen Säumen könnten Schätze auf dich warten.

ANHANG

Aus Mikas
»Buch der Helden«

ADINA BLADY-SZWAJGER, KRANKENSCHWESTER

Eine junge Krankenschwester im Kinderkrankenhaus des Ghettos, die einigen der kränksten Kinder die Reise ins Gas ersparte, indem sie ihnen am Abend bevor die Deutschen alle deportierten, aus einem Instinkt heraus und mit gebrochenem Herzen einen bitteren Schlaftrunk mit Morphium gab. So schliefen sie mit einer Gutenachtgeschichte ihrer Lieblingsschwester für immer ein. Später kämpfte sie im Widerstand.

SYLVIN RUBINSTEIN, EIN RUSSISCHER TRAVESTIEKÜNSTLER

Ein Entertainer, der mit seiner Zwillingsschwester vor dem Krieg in ganz Europa und den USA Flamenco tanzte. Bei einem Auftritt in Warschau 1939 geriet er in die Hände der deutschen Besatzer und wurde ins Ghetto gezwungen. Seine Zwillingsschwester und seine Mutter wurden deportiert, er überlebte. Er floh aus dem Ghetto und wurde ein berühmter Widerstandskämpfer. In Polen und Deutschland kämpfte er als Frau und war an wichtigen Attentaten auf Gestapo- und SS-Männer beteiligt. Nach dem Krieg lebte er in Hamburg.

JANUSZ KORCZAK, POLNISCH-JÜDISCHER KINDERBUCHAUTOR, KINDERARZT UND PÄDAGOGE

Er schrieb mehrere pädagogische Werke und leitete ein Waisenhaus im Warschauer Ghetto. Obwohl er selbst hätte freikommen können, wollte er seine zweihundert Kinder und Mitarbeiter nicht im Stich lassen, als sie am 5. August 1943 nach Treblinka deportiert wurden. Alle wurden ermordet.

HANUŠ HACHENBURG, DREIZEHNJÄHRIGER DICHTER IN THERESIENSTADT

Autor von Gedichten und Stücken für die Kinderzeitschrift »Vedem«. Im Ghetto Theresienstadt schrieb er das Puppenstück »Wir suchen ein Gespenst« über einen König, der nach alten Knochen sucht. Er wurde nach Auschwitz deportiert und mit vierzehn Jahren ermordet.

IRENA SENDLER, RETTERIN VON KINDERN IN RIESIGEM UMFANG

Als römisch-katholische Sozialarbeiterin rettete sie zusammen mit ihren Helferinnen etwa zweitausendfünfhundert Kinder aus dem Warschauer Ghetto. Sie schmuggelten die Kinder auf die »arische« Seite und brachten sie in polnischen Familien unter. Persönlich brachte sie etwa vierhundert Kinder nach draußen, schrieb ihre Familiennamen auf und wo sie nun untergebracht waren und vergrub die Aufzeichnungen in Milchflaschen unter einem Apfelbaum in ihrem Garten. So konnten einige der Kinder nach dem Krieg wieder mit ihren Familien zusammengeführt werden. Andere erfuhren wenigstens ihre eigentlichen jüdischen Namen. 1943 wurde sie gefasst, von der Gestapo gefoltert und schließlich totgeglaubt in einem Wald außerhalb von Warschau zurückgelassen. Wunderbarerweise überlebte sie und kämpfte weiter im Widerstand. Sie blieb nach dem Krieg in Warschau und starb im Mai 2008 im Alter von achtundneunzig Jahren. In Interviews sagte sie immer, sie denke, dass sie noch mehr hätte tun können.

HAKINA OLOMOUCKA, MALERIN DES HOLOCAUST

Sie überlebte das Warschauer Ghetto, Auschwitz und Ravensbrück, und die ganze Zeit über gelang es ihr, zu malen und zu zeichnen. Sie versteckte ihre Bilder, wo immer sie konnte, und schuf die womöglich eindrücklichsten Abbilder des Schreckens. Sie zeigte die Brutalität von Schmerz und Verlust und die fürchterlichen Lebensbedingungen mit großer Klarheit. Ihre Mitgefangenen baten sie, der Welt zu berichten, wie es gewesen sei, sollte sie überleben, und das tat sie mit einer Unzahl Bilder. Heute lebt sie in Israel und malt noch immer.

NIVELLI, DER GROSSE ZAUBERER

Geboren in Berlin 1906, überlebte er Auschwitz, während seine Eltern, seine Frau und seine Kinder ermordet wurden. Er wurde gezwungen, vor den Nazis aufzutreten und ihnen einige seiner Tricks beizubringen. 1947 wanderte er in die USA aus und starb dort 1977. Mit seiner zweiten Frau trat er auch in seiner neuen Heimat weiter auf.

SOPHIE SCHOLL, AKTIVISTIN DER WEISSEN ROSE

Die Weiße Rose war eine gewaltlos operierende studentische Widerstandsgruppe. Sophie Scholl wurde mit ihrem Bruder Hans wegen Vorbereitung zum Hochverrat und Wehrkraftzersetzung zum Tode verurteilt, nachdem sie in der Universität München beim Verteilen von Antikriegsflugblättern gefasst worden war. Sie war einundzwanzig Jahre alt, als sie mit der Guillotine hingerichtet wurde.

DIE MITWIRKENDEN BEIM ROSENSTRASSEN-PROTEST

Im Februar und März 1943 protestierten nichtjüdische Ehefrauen und Angehörige gegen die Inhaftierung jüdischer Männer, die deportiert werden sollten. Die Proteste eskalierten, bis die Männer freigelassen wurden.

DIE EDELWEISSPIRATEN

Eine informelle Gruppe der Jugendkultur in Nazideutschland. Die Edelweißpiraten entstanden im Westen Deutschlands in den späten dreißiger Jahren aus der Jugendbewegung als Antwort auf die streng reglementierte Hitlerjugend.